FELIX K. NESI wurde 1988 in Nesam-Insana, Westtimor, geboren. Er studierte Psychologie und hat zur Versklavung von Menschen aus Timor durch den niederländischen Kolonialstaat geforscht. Er ist Mitbegründer der Komunitas Leko, die sich für Alphabetisierung einsetzt, sowie einer Buchhandlung, einer Bibliothek und eines Literaturfestivals in Westtimor. Nesi schreibt Romane, Kurzgeschichten und Lyrik. Beim Makassar International Writers Festival 2015 wurde er als Emerging Writer ausgezeichnet. 2018 gewann *Die Leute von Oetimu* bereits als Manuskript den Literaturwettbewerb des Kunstrats Jakarta als Bester Roman des Jahres. 2021 wurde der Roman mit dem Literaturpreis des indonesischen Ministeriums für Bildung und Kultur ausgezeichnet. 2022 war Nesi Writer in Residence an der Universität von Iowa.

SABINE MÜLLER ist Übersetzerin aus dem Indonesischen und Englischen. Sie studierte Ethnologie, Malaiologie und Soziologie an der Universität Köln sowie Indonesisch an der Universitas Gadjah Mada in Yogyakarta, Indonesien. Ihre Übersetzungen aus dem Indonesischen umfassen Romane, Kurzgeschichten und Theaterstücke.

FELIX K. NESI

DIE LEUTE VON OETIMU

EINE GARANTIERT WAHRE GESCHICHTE AUS TIMOR

ROMAN

AUS DEM INDONESISCHEN
VON SABINE MÜLLER

EDITION NAUTILUS

Die Originalausgabe des vorliegenden Buches erschien unter dem Titel *Orang-orang Oetimu* 2019 bei CV. Marjin Kiri, Serpong, Tangerang Selatan.

Der Verlag und die Übersetzerin danken dem Goethe-Institut Indonesien für die Förderung der Übersetzung.

Editorische Notiz: Im Glossar am Ende dieses Buches werden wichtige Begriffe und Anspielungen auf die indonesische Geschichte erläutert. Im Roman kursiv gesetzte Begriffe stehen im Original in den auf Timor ebenfalls gesprochenen Sprachen Uab Meto, Tetum oder Malaiisch, sie sind ebenfalls im Glossar aufgeführt.

Edition Nautilus GmbH
Schützenstraße 49 a
D-22761 Hamburg
www.edition-nautilus.de

Deutsche Erstausgabe September 2024
Umschlaggestaltung:
Maja Bechert
www.majabechert.de
Porträt des Autors Seite 2:
© Armando Elo

MIX
Papier aus verantwortungsvollen Quellen
FSC® C083411

Druck und Bindung:
CPI – Clausen & Bosse, Leck
1. Auflage
ISBN 978-3-96054-370-1

KAPITEL 1

OETIMU, 1998

Am Abend des Endspiels der Fußballweltmeisterschaft und eine Stunde bevor die Killer sich Zutritt zu seinem Haus verschafften, wurde Martin Kabiti von Sergeant Ipi mit dem Motorrad abgeholt. Das Motorrad, eine Yamaha RX King, war frisiert worden und nun verstärkte der Auspuff die Motorengeräusche zu einem ohrenbetäubenden Röhren, das die Holzwände der von ärmeren Leuten bewohnten Häuser erzittern ließ, die Hunde zum Bellen reizte und die Fledermäuse in den Wipfeln der Kapokbäume aufscheuchte. In der kühlen Abendluft hatten sich feine Nebelschleier zwischen den Bananenstauden verfangen und auf den Oberflächen der Blätter niedergeschlagen, sodass diese im Scheinwerferlicht des Motorrads silbrig schimmerten. Drei Hunde jagten dem Gefährt hinterher, und als einer von ihnen nach Sergeant Ipis Bein schnappte, ließ dieser den Motor noch lauter aufheulen, als wollte er die dürren Kläffer herausfordern. Es war dies ein glücklicher Abend für ihn. Er hatte bereits sämtliche Vorbereitungen für eine bescheidene Feier in der Polizeiwache, in der er arbeitete und lebte, getroffen. Es würde Rica Anjing, gegrilltes Schwein, Reh und allerlei Getränke geben, und zwar sowohl solche mit den offiziellen Zollaufklebern auf der Flasche, die er aus der Stadt mitgebracht hatte, als auch Sopi Kepala, das alkoholische Gebräu aus Palmsaft, das man hier im Dorf bekam.

»Lass uns das Finale gemeinsam ansehen. Komm zu mir und freu dich mit mir!«, so lautete die Einladung, die er zwei Tage zuvor an Martin Kabiti gerichtet hatte.

Sergeant Ipis Einladung galt aber nicht nur Martin Kabiti. Er hatte zwei Schuljungen aufgetragen, allen Männern im Dorf, angefangen von den Oberschülern ohne Bartwuchs und Motorradtaxifahrern über die Unruhestifter und Kleinganoven, die nicht selten Schläge von ihm einzustecken hatten, bis hin zu den Dorfältesten und honorigen Herren von seiner Feier zu berichten. Martin Kabiti einzuladen war für ihn jedoch etwas ganz Besonderes und er fühlte sich verpflichtet, diesen Mann persönlich mit seinem Motorrad abzuholen.

Martin Kabiti, der den bewaffneten Kampf schon vor einer ganzen Weile an den Nagel gehängt hatte und keinen Gedanken an die Möglichkeit eines bevorstehenden Unheils verschwendete, zog sich seine dicke Jacke mit Tarnmotiv über, die er noch aus der Zeit besaß, als er am Berg Matebian Jagd auf Aufständische machte, steckte seine Füße in schwarze Socken und in Carvil-Sandalen, griff nach seinem Hausschlüssel und eilte aus dem Haus. Seine Frau ließ ihn ohne die leiseste Vorahnung ziehen, und seine Kinder schliefen bereits tief und fest, in den Schlaf gesungen vom Chor der Zikaden und der nachtaktiven Tiere der Savanne. Martin Kabiti nahm auf dem Sozius Platz. Auf dem gesamten Weg zur Polizeiwache überholten sie junge Männer in Jacken und alte Männer in Sarongs, die man hier *Bete* nannte; sie alle eilten zu Fuß in dieselbe Richtung. Ein anderes Motorrad, besetzt mit zwei aus Java herbeorderten Soldaten von der Grenzwache, heulte hinter ihnen auf. Der Fahrer beschleunigte, sowie er das Dröhnen der RX King von Sergeant Ipi erkannte. Martin Kabiti hatte die beiden Soldaten eingeladen. Er hatte ihnen schon mehrere Male geraten, engeren Kontakt zur Zivilbevölkerung zu suchen. Und dieser Abend bot dafür eine besonders günstige Gelegenheit, denn so würden sie sich unter die Dorfbewohner mischen und ihre Begeisterung für dieselbe Sache mit ihnen teilen können. Die beiden Motorräder fuhren das letzte Stück des Weges nebeneinander her, und die Männer aus dem Dorf, an denen sie vorüberfuhren, hoben respektvoll grüßend die Hand.

Die Leute von Oetimu hatte das Fußballfieber gepackt. Allabendlich versammelten sie sich vor dem Fernseher und feuerten die Männer an, die auf dem grünen Rasen einem Ball hinterherjagten. Sie schnitten sich die aktuellen Spielpläne aus der Zeitung aus und klebten sie an die Wand im Wohnzimmer oder im Schlafzimmer oder sogar in der Hütte auf dem Feld; sie machten mit dem Bleistift ein Zeichen hinter dem Namen des Landes, welches bereits ein Spiel verloren hatte, und ein anderes Zeichen hinter dem Namen jenes Landes, welches ihrer Beurteilung nach noch ein Spiel verlieren würde. Sie hatten einen Favoriten, von dessen Sieg sie fest überzeugt waren, nämlich Brasilien; denn abgesehen davon, dass die brasilianischen Fußballer spielten, als würden sie tanzen, besaß die brasilianische Elf einen unbezwingbaren Stürmer: Ronaldo Luis Nazário de Lima. Die Leute vergötterten Ronaldo, sie nannten ihre Hunde Ronaldo und auch andere Tiere in Haus und Hof, und wenn Brasilien spielte, blieben in den Häusern nur die Frauen und Kinder zurück, während die Männer, jung und alt, sich vor dem Fernseher versammelten und ihrem Idol zujubelten.

Im Dorf gab es allerdings insgesamt nur drei Fernsehgeräte. Eins in der Polizeiwache, eins im Haus von Mas Zainal und eins im Haus von Baba Ong, dem Besitzer des Gemischtwarenladens Subur. Baba Ong war ungemein geizig und würde die Leute aus dem Dorf niemals in sein Haus lassen, es sei denn, sie wollten etwas bei ihm kaufen. Er besaß lange, blickdichte Vorhänge, die den Fernseher im Wohnzimmer vor den Augen der Kinder abschirmten, die oft und gerne durch die Fenster linsten. Mas Zainal hatte derart vorstehende Zähne, dass er jedem Besucher seines Hauses den Eindruck vermittelte, er würde ihn freundlich anlächeln. Allerdings war Mas Zainal Alteisensammler, und in seinem Haus fernzusehen bedeutete, sich zwischen verrostete und scharfkantige Eisenwaren sowie gebrauchte Akkus und Batterien zu zwängen. Zudem war man starken Gerüchen ausgesetzt: Der Duft nach frisch zubereitetem Essen drang aus der Küche und machte Appetit, aber gleichzeitig wurde einem von dem Gestank nach Altöl speiübel. Kein Zweifel, die Polizeiwache war der beste Ort, um fernzusehen – auf der geräumigen Fläche des Fußbodens würde man sich mit ausgestreckten Beinen fläzen können, zur Abwechslung könnte man sich gegen die glatt verputzte Wand lehnen und falls keine wichtigen Leute anwesend waren, könnte man sich auf das weich gepolsterte Sofa setzen –, doch Sergeant Ipi schaltete das Gerät üblicherweise nur für wichtige Leute wie Martin Kabiti, die Dorfältesten, Lehrer oder andere respektable Persönlichkeiten ein. So hatten die gewöhnlichen Leute, wenn sie fernsehen wollten, keine andere Wahl, als sich im Haus von Mas Zainal umgeben von allerlei Eisenschrott und unangenehmen Gerüchen zu versammeln.

Sergeant Ipi hatte den Männern daher mit seiner Einladung, an diesem Abend bei ihm in der Polizeiwache fernzusehen, eine riesengroße Freude bereitet. Umso größer war ihre Freude, als sie von der üppigen Auswahl an Fleischspeisen und Getränken erfuhren, die der junge Polizist bereits besorgt haben wollte. Die Männer strömten also in Scharen herbei, und auch Mas Zainal schaltete sein Fernsehgerät aus und machte sich auf zur Polizeiwache, um dort gemeinsam mit den anderen das Finale zu sehen.

Als die beiden Motorräder nebeneinander in den Hof der Polizeiwache einfuhren, hatte sich dort bereits eine erwartungsvolle Menschenmenge von rauchenden oder Betel kauenden Männern eingefunden. Die Wache war zu klein, als dass man sie Polizeirevier hätte nennen können, aber auch zu groß für einen Polizeiposten. Das Gebäude war aus Stein gebaut und verfügte über zwei Räume, einen im hinteren Bereich, in welchem Sergeant Ipi schlief, und einen deutlich größeren, zur Straße hin gelegenen, den er zum Arbeiten nutzte. In Letzterem schrieb er seine Berichte, sah fern, empfing Besucher und hier aß er auch.

Nachdem er sein Motorrad abgestellt hatte, griff Sergeant Ipi nach dem Schlüssel unter der Fußmatte und öffnete die Tür. Martin Kabiti, der sich für die respektabelste Person unter den Anwesenden hielt, trat als Erster ein und ließ sich sogleich auf Sergeant Ipis Bürostuhl nieder, einem Stuhl nämlich, der mit einem dicken Polster bezogen war, Rollen unter den Füßen hatte und sich drehen ließ. Die beiden Soldaten traten als Nächstes ein und setzten sich auf das Sofa hinter dem Drehstuhl mit Martin Kabiti. Dieses Sofa war recht breit und hätte noch drei weiteren Personen Platz geboten, doch niemand aus dem Dorf hätte es als angemessen empfunden, Seite an Seite mit Soldaten aus Java zu sitzen und fernzusehen. Sergeant Ipi setzte sich gegenüber auf eine Bank aus Holz, auf der einem schon nach wenigen Minuten der Hintern weh tat. Zu ihm quetschten sich zwei der Dorfältesten, drei Lehrer und zwei junge Kerle, die als Streithähne bekannt waren. Der einzige vorhandene Tisch war bereits in eine Ecke gerückt worden, sodass in der Mitte des Raumes Mas Zainal zusammen mit den anderen, weniger wichtigen Dorfbewohnern im Schneidersitz auf dem

Boden Platz fand. Weitere Zuschauer drängten sich im Hof der Wache, zwängten ihre Köpfe zur Tür und zu den Fenstern hinein.

Bevor er den Fernseher einschaltete, machte Sergeant Ipi sich daran, die Fleischspeisen und die alkoholischen Getränke aus dem hinteren Raum herbeizuholen. Zwei der jungen Kerle halfen ihm, die Töpfe und Schüsseln auf dem Tisch, aber auch darunter und unter dem Fernsehregal zu arrangieren; die Speisen waren reichlich, sie heranzuschaffen schien beinah kein Ende zu nehmen. Während die beiden Jüngeren noch mit den Töpfen und Schüsseln hantierten, wählte Sergeant Ipi eine der Flaschen Sopi Kepala aus, zog das zusammengerollte Maisblatt, das als Korken diente, heraus und hob zur Erklärung an, warum er diese Feier ausrichtete. Silvy, jenes Mädchen, das zwar vor kurzem erst nach Oetimu gekommen sei, aber sofort alle Bewohner mit ihrer Schönheit und Klugheit zu verzaubern vermocht habe, jenes Mädchen also sei nun seine Liebste und künftige Ehefrau.

»Bitte lasst euch das bescheidene Mahl schmecken und freut euch mit mir!«, so fuhr er fort. »In zwei Wochen werden wir heiraten.«

Die Vorfreude auf das Finale und auf ihr Idol sowie das Glück, das die jungen Männer angesichts der Mengen an Fleisch und Alkohol soeben noch empfunden hatten, war in dem Augenblick, als diese Neuigkeit an ihre Ohren drang, wie weggeblasen. Seit dem Tag von Silvys Ankunft hatten sie um ihr Herz gebuhlt, und nun? Nun war nichts mehr zu machen, nun war Silvy in Sergeant Ipis Arme gefallen. Als würde es ihm nicht reichen, die jungen Männer schlecht zu behandeln und sie, wann immer sich die Gelegenheit dazu bot, zu ohrfeigen, nun hatte Sergeant Ipi ihnen auch noch die Frau ihrer Träume gestohlen.

Mit einer Gefühlsmischung aus Eifersucht und gebrochenem Herzen begannen die Kerle nun, sich zu besaufen. Im Fernseher waren noch zwei Fußballkommentatoren in gelben Jacketts zu sehen, die ständig ihre Fäuste ballten und alle dreißig Sekunden ein Hoch auf den Fußball ausstießen. Martin Kabiti, die Ältesten, die Lehrer und die beiden Soldaten tranken in aller Seelenruhe, sie lehnten sich dann und wann entspannt zurück und schlossen, einen Schluck genießend, ihre Augen. Die Jungen hingegen tranken, als verdursteten sie. Sie stürzten ein volles Glas Whisky hinab, gingen zu Sopi Kepala über, gossen sich Bier ein und wechselten wieder zu Wein, sodass sie innerhalb kürzester Zeit völlig betrunken waren und zu lärmen anfingen. Sie lachten über Dinge, die außer ihnen niemand lustig fand, sie wurden immer lauter und übertönten schließlich die Kommentatoren.

Als jedoch das Spiel begann, wurden sie mucksmäuschenstill und niemand sagte mehr ein Wort. Das Spiel allerdings entsprach nun ganz und gar nicht den Erwartungen der anwesenden Zuschauer. Ihrem Idol Ronaldo Luis Nazário de Lima schienen die Reißzähne ausgefallen zu sein. Mit seinem offenstehenden Mund und den Vorderzähnen glich er eher einer Maus, und zwar einer Maus, die giftiges *Kotpese* gefressen hatte. Nichts war von den eindrucksvollen Manövern, die er sonst in jedem Spiel vollführte, zu sehen. Auch nichts von seinem gewinnenden Lächeln, wenn es ihm gelungen war, einen gegnerischen Spieler zu täuschen. Es machte keinen Spaß, ihm beim Fußballspielen zuzusehen. Skeptischen Auges verfolgten die Männer das Geschehen auf dem Bildschirm. Nicht, dass am Ende noch ihr Favorit von den Franzosen geschlagen wurde. Sie konnten die Franzosen nicht ausstehen, die Franzosen spielten ohne zu lächeln, und wenn sie einmal lächelten, dann ähnelten ihre Mienen denen der Niederländer, die einst als Kolonialherren über Oetimu geherrscht hatten.

In der 27. Minute bestätigten sich ihre schlimmsten Befürchtungen. Der französische Spieler Zinédine Zidane, kahlköpfig und groß wie ein Pferd, schoss den Ball ins Tor der Brasilianer. Die Männer wurden laut, sie fragten sich entrüstet, was wohl der Grund dafür sein konnte, dass Ronaldo spielte wie ein betäubtes Nagetier. Hatte er etwa vergessen, wie man Fußball spielt, war er durch das Zaubermantra eines Ältesten der Franzosen verwünscht worden oder hatte er einfach nur Hunger?

Während die Männer lautstark ihre Vermutungen darüber anstellten, was bloß mit Ronaldo los sei, stürmten Atino und die Killer zum Angriff auf das Haus von Martin Kabiti. Den Pick-up, mit dem sie gekommen waren, parkten sie außerhalb des Dorfes und schlichen sich dann, um den Dorfkötern aus dem Weg zu gehen, in Zickzacklinien auf ihr Ziel zu. Sie waren zuvor schon mehrmals in diesem Dorf gewesen, verkleidet als ein Trupp von Straßenvermessern oder als Bauern, die sich verlaufen hatten, und sie wussten genau, welches Haus von einem Hund bewacht wurde und in welchem Winkel es spukte. Sie töteten, noch bevor er bellen konnte, den Hund vor Martin Kabitis Haus mit einem Pfeil, traten die Haustür ein und rissen Kabitis Ehefrau und die Kinder aus dem Schlaf. Sie griffen sich die wertvollsten Gegenstände, vernichteten Bankunterlagen und Grundstückspapiere, dann setzten sie der Frau und den Kindern die Klingen ihrer Klewang-Schwerter an den Hals. Für Atino galt es, Seele für Seele zu vergelten. Martin aber sollte weiterleben und den Schmerz spüren, der ihm, Atino, widerfahren war. Atino hatte im Krieg in Osttimor gekämpft, er hatte viele Jahre im Gefängnis gesessen, hatte Folter und Misshandlungen durch Soldaten, aber auch die Last seines eigenen unermesslichen Hasses ertragen müssen. Heute war er gekommen, um abzurechnen. Er hatte lange auf einen Tag wie diesen gewartet, einen Tag, an dem jeder Mann im Dorf sein Haus verlassen und Frau und Kinder zurückgelassen haben würde. Er war sicher, Martin Kabiti würde die nächsten Stunden in der Polizeiwache verbringen und erst spät und sturzbetrunken nach Hause zurückkehren.

Einer von den Killern schlug Martins Frau mit dem Griff seines Klewang ins Gesicht. Sie schrie auf, verzweifelt, sie wusste, niemand würde ihnen zur Hilfe kommen; alle Männer Oetimus saßen in diesem Augenblick versammelt vor dem Fernseher in der Polizeiwache. Und wieder wurde sie geschlagen, sie solle still sein. Die Kinder waren viel zu verängstigt, um zu weinen. Das älteste, ein Mädchen, ihre Brüste wuchsen eben erst, verkroch sich unter dem Arm ihrer Mutter; der kleine Bruder hatte sich schon in die Hosen gemacht, als er aus dem Bett gezerrt worden war.

Atino und seine Bande gingen bei jedem Schritt ohne Hast vor, sie wussten, sie würden für das, was sie vorhatten, viel Zeit haben. Mit der Wendung, dass Ronaldo das Finale der Fußballweltmeisterschaft nur noch für die französische Elf und ihre Fans interessant machte, konnten sie nicht gerechnet haben.

Sowie Zidane kurz vor dem Ende der ersten Halbzeit das zweite Tor geschossen hatte, erhob sich Martin Kabiti von seinem Platz, trat gegen den Drehstuhl, beschuldigte Ronaldo, bestochen worden zu sein, um zu verlieren, und verfluchte die Vereinigten Staaten von Amerika als Drahtzieher hinter der ganzen Sache.

»Ronaldo wurde doch geschmiert! Mit Sicherheit von Amerika, *Pukimai*! Das ist keine Fußballweltmeisterschaft, das ist ein Sumpf der Korruption!«

Fluchend und wild in Richtung Fernseher gestikulierend

erklärte er, wie das raffgierige Amerika die Strippen hinter jedem, aber auch wirklich jedem auf der Erdoberfläche herrschenden Übel zog. Er war derart in Rage, dass ihm beim Sprechen die Spucke durch seinen Schnurrbart hindurchspritzte. Niemand wagte es, ihm zu widersprechen, denn schon hatte er die Fäuste erhoben, als wolle er Amerika und seine Verbündeten zum Kampf herausfordern.

»Bring mich nach Hause, bevor ich den verfluchten Fernseher in Stücke haue! Der wurde doch auch in Amerika hergestellt, oder etwa nicht?«, fluchte er.

Beim Anblick des Mannes, der gerade mit seinem wuchtigen Stuhl in den Händen ausholte, um ihn auf das Fernsehgerät zu werfen, eilte Sergeant Ipi ohne ein Wort des Widerspruchs aus der Tür und startete das Motorrad. Martin Kabiti, der sich Worte des Abschieds oder der Entschuldigung sparte, bahnte sich ebenfalls den Weg durch die Menge der betrunkenen und liebeskranken Männer. Das Gemurmel der Zurückbleibenden begleitete ihn bis hinaus vor die Tür. Einige der Männer stimmten Kabiti zu und verfluchten ihrerseits Amerika, einige andere warteten, bis er gegangen war, und fingen dann erst zu debattieren an, und wieder andere hielten ihre Flasche umklammert und beweinten still ihren Kummer. In weniger als nur einer Stunde hatten sie gleich zwei Schicksalsschläge zu verkraften: die Tatsache, dass die Frau ihrer Träume bald einen anderen Mann ehelichen sollte, und die Niederlage Brasiliens.

Seit ihrer Ankunft war Silvy der Traum eines jeden Mannes in Oetimu. Die Männer hatten alle den gleichen Traum vom Glück der Familiengründung mit Silvy als die Mutter der gemeinsamen Kinderschar. Obgleich Silvy noch zur Oberschule ging, buhlten die Männer um ihr Herz. Die Motorradtaxifahrer boten ihr gratis Mitfahrgelegenheiten an, die Rowdys versprachen ihr Schutz und die Witwer sorgenfreie Behaglichkeit.

An jedem Tag, ob die junge Frau nun zu Fuß auf dem Weg zur Staatlichen Oberschule Oetimu gegenüber des Subur war oder mit einem Sack Wäsche hinunter zum Fluss, folgte ihr ein Haufen junger Kerle in einem Abstand, der keinen Verdacht erregen sollte, so als gingen sie rein zufällig in dieselbe Richtung. Im Gehen betete jeder der Männer, es möge sich eine Gelegenheit ergeben, bei der er Silvy von Angesicht zu Angesicht gegenüberstehen und sich ihr bekannt machen könnte; es wäre ein flüchtiges Bekanntmachen, welches aber bei einer weiteren zufälligen Gelegenheit den Weg zu weiteren Schritten würde ebnen können, etwa zu dem Schritt, ihr seine Liebe zu gestehen. Doch jedes Mal, wenn sich eine zufällige Gelegenheit zum Bekanntmachen einstellte, wurde die Zunge schwer wie Blei, die Wangen wurden heiß und das Sprechen war verlernt.

Und jetzt, da Silvy also bereits in die Arme eines anderen Mannes gefallen war, saßen die Kerle gegen die Wand gelehnt auf dem Boden, stürzten den Alkohol hinunter und bedauerten ihr Schicksal.

Die älteren Anwesenden waren in keinster Weise von Sergeant Ipis Ankündigung überrascht – die meisten freuten sich für ihn. Ruhig leerten sie ihre Gläser, zupften sich dann und wann ein Stück Fleisch von einem der Teller und kauten darauf herum. Wenn einer von ihnen aufgebracht war, dann war er es wegen Brasilien, das eine Niederlage kassiert hatte, und nicht wegen Sergeant Ipi, dem das Glück hold war. Sie lebten bereits lange genug, sie hatten miterlebt, wie Sergeant Ipi als Kind in der Obhut Am Sikis, den sie ausnahmslos verehrten, aufgewachsen war. Obwohl sich Sergeant Ipi nicht selten danebenbenahm und sich nicht sonderlich um die Leute im Dorf scherte, fühlten sie sich ihm verbunden. Dieses Kind, dessen waren sie sich sicher, würde auf immer von Unheil verschont bleiben und von Glück überschüttet, denn schon bei seiner Geburt waren die Vorzeichen zu sehen gewesen: Seine Mutter und seine Vorfahren würden stets ein wachsames Auge auf ihn haben.

KAPITEL 2

LISSABON, 1974

Júlio Craveiro dos Santos feierte im Kreis der Familie den sechzehnten Geburtstag seiner Tochter Laura, als das Telefon klingelte und ihn die lang erwartete Nachricht erreichte: Er würde nach Timor entsendet werden, um dort Mario Lemos Pires, den Gouverneur der Kolonie Portugiesisch-Timors, im Dekolonialisierungsprozess vor Ort zu unterstützen.

»Ich habe dir doch von Anfang an gesagt, Gott schläft nicht«, sagte seine Frau Lena.

Auch nach dem Putsch einer Gruppe linker Militärs vor etwa sechs Monaten war er nicht von seiner Haltung abgerückt, Premierminister Marcelo Caetano weiterhin zu stützen. Doch inzwischen befand sich Caetano auf der Insel Madeira im Exil, und Júlio hatte allen Grund, sich über sein eigenes Schicksal Sorgen zu machen. Die Nelkenrevolution hatte alles in Unordnung gebracht. Wenn er nicht vor Gericht gezerrt werden würde, dann würde er mit Sicherheit zumindest seine Arbeit verlieren. Einer von diesen selbsternannten Revolutionären würde in sein Büro treten, ihn grimmig ansehen und ihn dann durch einen anderen selbsternannten Revolutionär ersetzen. Falls er nicht rausgeschmissen werden würde – was sehr unwahrscheinlich war –, würde man ihn zwingen, mit Männern zusammenzuarbeiten, die ihn als Feind betrachteten und sicher leicht reizbar waren. Kurz: Nach der Revolution führten für Júlio alle Wege, auf die er das Rad seines Schicksals hinzulenken versuchte, in Sackgassen. Es war zum Verzweifeln.

Dann aber ließ die Revolutionsregierung ihre politische Weisung zur Dekolonialisierung verlautbaren, und ab diesem Zeitpunkt ergriff Júlio Craveiro dos Santos jede Gelegenheit zum Beten, und er kontaktierte gewisse Bekannte in Regierungskreisen mit der Frage, wie es um seine Chancen stand, in eine der Kolonien in Afrika entsendet zu werden. Mit einer solchen Entsendung würde er ein wenig Abstand von hiesigen Problemen gewinnen können, ohne dass er seine Arbeit verlöre. Er würde sich bei der Arbeit die allergrößte Mühe geben, und wenn alles glücklich lief, würde er nach Abschluss des Dekolonialisierungsprozesses mit einem etwas höheren Rangabzeichen nach Lissabon zurückkehren. Denn war es nicht so, dass man eher in einen höheren Rang versetzt wurde, wenn man aus einer der Kolonien heimkehrte?

In der Nacht schlief er leidenschaftlich mit seiner Frau. Wie ein Fünfzehnjähriger, der gerade eben zwischen Gut und Böse zu unterscheiden gelernt hat und nun die Frau seiner lang gehegten Träume traf. Seine Ehefrau, die keine Gelegenheit hatte verstreichen lassen, für das Wohlergehen ihres Mannes Fürbitten an die Jungfrau Maria zu richten, war nicht weniger lustvoll und küsste ihren Ehemann unablässig, biss und kratzte ihn. Erst als Júlio erschöpft neben ihr lag und sie an die Zimmerdecke blickte, wurde ihr bewusst, dass ihre Gebete tatsächlich erhört worden waren. Aber bedeutete das nicht gleichzeitig, dass sie bald von ihrem Ehemann verlassen in Lissabon zurückbleiben musste? Unwillkürlich kullerten ihr Tränen die Schläfen hinab. Sie bemühte sich, keinen Laut von sich zu geben, einem winzigen Seufzer aber gelang es doch, sich aus ihrer Kehle zu befreien. Und dann kamen ihr auch noch alle möglichen düsteren Gedanken in den Sinn und spukten dort herum. Sie hatte einfach von allzu vielen Offizieren und Angestellten des Gouverneurs gehört, die in den Kolonialgebieten mit einheimischen Frauen zusammenlebten oder durch Rebellenhand getötet worden waren.

»Wir haben doch bereits darüber gesprochen«, sagte Júlio, als er den kleinen entwichenen Seufzer vernommen hatte.

Seine Frau nahm einen tiefen Atemzug, wischte ihre Tränen ab, drehte sich zu Júlio und drückte ihm einen Kuss auf die Lippen. Seine Wangen. Seine Augen.

»Es werden nicht einmal fünf Jahre sein«, hob Júlio wieder an. »Wenn alles nach Plan läuft, sind es vielleicht sogar nur zwei oder drei Jahre. Wir sorgen lediglich dafür, dass dort drüben freie Wahlen stattfinden.«

Aus der Ferne war das Dröhnen eines Zuges zu hören und Leute, die auf der Straße lärmten. Die Städter betranken sich in den Bars bis spät in die Nacht und auf dem Heimweg diskutierten sie über die Lage der Nation. Das, so dachte Júlio bei sich, wäre ein Ding der Unmöglichkeit, wenn es die Geheimpolizei PIDE noch gäbe.

»Warum können sich die Afrikaner nicht um ihre eigenen Angelegenheiten kümmern?«, murmelte seine Frau nach einer längeren Schweigepause.

»Timor. Nicht Afrika. Timor ist ein kleines Land in der Nähe Australiens«, stellte Júlio richtig.

»Die Länder klingen doch alle gleich.«

Júlio lachte.

»Es handelt sich um die sicherste Kolonie. Dort herrscht kein Krieg. Du solltest eigentlich dankbar sein, dass ich dorthin und nicht nach Afrika entsendet werde.«

Sie küsste seine Schulter. Júlio antwortete mit einem

Gutenachtkuss, löschte das Licht, legte einen Arm um seine Frau und schloss die Augen.

Lena schloss ihre Augen nicht. Die unterschiedlichsten Gedanken gingen ihr im Kopf herum, es waren freundliche Gedanken darunter, aber auch ausgesprochen finstere, leichte und weniger leichte. Schließlich gelangte sie an einen Punkt, an dem sie sich entschloss, Júlio an die Schulter zu fassen und wachzurütteln.

»Wenn es sich tatsächlich um ein sicheres Land handelt, wie du sagst, warum kommen Laura und ich dann nicht einfach mit dir mit?«

Die Frage wiederholte sie drei Mal, so als würde sie damit nicht nur eine Bitte an Júlio formulieren, sondern sich selbst auch von möglichen Implikationen einer positiven Antwort zu überzeugen versuchen.

»Warum sollten wir hier ohne dich zurückbleiben?«

Júlio öffnete die Augen und knipste das Licht wieder an. Er blickte in das Gesicht seiner Frau – ihre etwas zu lang geratene Nase, in die er sich einst verliebt hatte, ihre schmalen Lippen, ihr gelocktes Haar – und ließ sich alles Mögliche durch den Kopf gehen, von belanglosen bis hin zu weniger belanglosen Fragen, bis er wenige Augenblicke später zu der Frage gelangte, ja, warum eigentlich sollten Laura und Lena ohne mich hier zurückbleiben?

»Du könntest in einer Schule unterrichten«, wandte er sich zu Lena. »Oder zuhause bleiben, ganz wie du möchtest.«

Die Vorstellung von einem Leben in einer fernen Kolonie, in einem kleinen, exotischen Land, in dem sie vom Revolutionschaos verschont in Ruhe zur Schule gehen konnte, gefiel auch Laura.

Und so setzten Júlio, seine Frau und seine Tochter bereits einen Monat später ihre Füße auf den Boden von Timor. Sie landeten in Baucau, an der Nordküste der Insel gelegen, und fuhren in einem Konvoi aus Jeeps und Unimogs in Richtung Dili, der Hauptstadt Osttimors. Der Weg führte sie durch beinah völlig verlassen wirkende Städte, in denen sich nur Rinder und Wasserbüffel zu tummeln schienen. In Dili war es heiß, die Straßen staubig, und die Menschen liefen mit auffällig sorgenvollen Gesichtern umher. Die Häuser der portugiesischen Beamten waren beeindruckend prächtig und der Markt beeindruckend schmutzig. An einigen Mauern befanden sich revolutionäre Parolen und Wandmalereien, die aber offenbar von politischen Gegnern in Teilen wieder übermalt worden waren.

Auf dem Weg zur Dekolonialisierung existierten in Timor mehr als fünf Parteien, von denen vor allem drei starken Rückhalt besaßen: Die Demokratische Timoresische Union, UDT, strebte die Anbindung an Portugal an; die Revolutionäre Front für die Unabhängigkeit von Osttimor oder kurz Fretilin forderte die uneingeschränkte Unabhängigkeit Timors, und die Timoresische Demokratische Volksvereinigung, abgekürzt Apodeti, befürwortete die Vereinigung mit Indonesien, dem Nachbarland Timors und ehemaligen Kolonie der Niederländer. Während der Ära der Estado Novo hatte keine Partei existiert, die sich für die Belange der Bevölkerung Timors einsetzte. Die PIDE war stets an Ort und Stelle, um auch die kleinste politische Bewegung bereits im Keim zu zerschlagen. Männer von dieser inzwischen offiziell aufgelösten Geheimpolizei schlichen, wenn auch unter neuem Namen, nach wie vor durch die Straßen der Stadt und sie lebten auch noch in den von der Regierung bezahlten Häusern, ganz so als hätte es die Revolution nie gegeben. Politische Tatkraft konnten sie jedoch nicht beugen oder aufhalten. Die Menschen in diesem Land waren lange Zeit unterdrückt worden und ließen sich nun, da sie ihre Freiheit wiedererlangten, von nichts und niemandem aufhalten. Die politischen Parteien lieferten sich einen erbarmungslosen Konkurrenzkampf; sie ließen nichts unversucht, um ihre Position und den Rückhalt in der Bevölkerung zu stärken, sie bedienten sich moderater Mittel, aber auch hinterhältiger Intrigen. Jede der Parteien hatte fanatische Anhänger und auch Milizionäre in ihren Reihen, die bereit waren, für ihre Partei zu sterben. Die Meldung, dass jemandem etwas zugestoßen war, weil er einer anderen und damit falschen Partei anhing, war inzwischen nichts Ungewöhnliches mehr.

Die aufgeheizte politische Stimmung war bis hinein in die Amtsstuben der Regierung zu spüren. Etliche von Júlios Kollegen hielten sich mit ihrer politischen Einstellung nicht zurück und sympathisierten offen mit einer der Parteien. Einige unter ihnen schlossen sich sogar einer Partei an und kehrten dem Regierungsdienst den Rücken, andere arbeiteten weiter wie bisher, trafen sich aber heimlich mit Parteimitgliedern. Júlio jedoch, den die Nelkenrevolution beinahe den Kragen gekostet hatte, war längst entschlossen, alles irgendwie Politische zu meiden, und zog es vor, neutral zu bleiben. Er kam pünktlich ins Büro, erledigte, was zu erledigen war, und machte sich pünktlich zum Feierabend auf den Heimweg. Seine Tochter kaufte einen Punglor Cendana, einen heimischen Vogel, dem man allerdings noch das Pfeifen beibringen musste; und seine Frau legte einen Garten hinter dem Haus an, mit einem kleinen Pavillon darin, der zum entspannten Lesen oder zum Genießen eines Glas Weins oder zu beidem einlud. Zeit mit seiner Familie zu verbringen, war eine erbauliche Beschäftigung, die ihn voll und ganz erfüllte. Obgleich nicht wenige seiner Kollegen sich in lokalpolitische Angelegenheiten einmischten, suchte Júlio sich davon fernzuhalten.

Bis Kapten Gustavo in sein Leben trat.

In den Straßen war es bereits still geworden, als Kapten Gustavo an die Haustür klopfte. Júlio öffnete die Tür und erkannte den Mann sofort als einen der Mitarbeiter aus dem Büro für Politische Angelegenheiten. Sie hatten sich zwar schon einige Male miteinander unterhalten, dennoch fragte sich Júlio, warum Kapten Gustavo ihn an diesem Abend unangekündigt und zu später Stunde zuhause aufsuchte. Ihre letzte Begegnung lag fast zwei Monate zurück, sie hatten sich über die Einmischung Indonesiens in die Angelegenheiten der portugiesischen Kolonie unterhalten. Am Ende ihres Gesprächs hatte Kapten Gustavo ihm unvermittelt eine persönliche Frage gestellt, nämlich ob Júlio das Haus mit den drei Sandelholzbäumen in der Jalan Fernando bewohnte. Júlio bestätigte, dass drei Sandelholzbäume auf seinem Grundstück standen, fügte aber hinzu, dass er sich nicht sicher sei, ob nicht noch weitere Bäume dieser Art an einem anderen der Häuser in der Straße wuchsen. »Mein Vater hat diese Bäume einst gepflanzt«, erwiderte der Kapten und erklärte: »Früher waren es vier, aber einer ist nach einem Raupenbefall abgestorben und wurde gefällt.« Júlio antwortete, dass tatsächlich an drei der vier Ecken seines Hauses jeweils ein Baum stand und es daher wahrscheinlich früher einmal einen vierten Baum an der vierten Ecke gegeben habe.

Im Büro rauchte der Kapten ständig Zigarre. Sein Gesicht war von auffallend dunkler Hautfarbe und stets von einer Erschöpfung gezeichnet, als befände er sich auf dem Schlachtfeld. So wie dieser Mann nun vor seiner Haustür stand, ohne Zigarre, aber mit diesem unverkennbaren erschöpften Gesichtsausdruck, fragte sich Júlio, ob er gekommen war, um die Sandelholzbäume aus der väterlichen Hinterlassenschaft zurückzufordern.

»Zweifellos, das ist das Haus, in dem früher mein Vater lebte«, erklärte Kapten Gustavo.

Júlio bat den späten Gast ins Haus, hieß ihn Platz nehmen und öffnete eine Flasche Wein. In den folgenden Stunden sprach Kapten Gustavo ausschließlich über seinen Vater und erzählte Episoden aus dessen Leben.

Sein Vater, so begann Gustavo, habe seinerzeit dem portugiesischen Präsidenten Manuel Gomes da Costa nahegestanden. Er sei aber dann 1926 nach der Militärrevolte unter General António Oscar de Fragoso Carmona, die zur Absetzung des Präsidenten geführt hatte, nach Timor in die Verbannung geschickt worden. Zwei Jahre später wurde Gustavo geboren, seine Mutter, eine Einheimische, war die Pflegerin seines Vaters gewesen. Noch bevor Gustavo sprechen konnte, kehrte sein Vater nach Portugal zurück und ließ seine Mutter und ihn in Timor zurück. Er war vierzehn Jahre alt, als die Japaner einmarschierten, und er könne nur von Glück sprechen, dass er die japanische Besatzung lebend überstanden habe. Es war ein grausamer Krieg. Seine Mutter kam in dieser Zeit ums Leben. Später wurde er, es lag ihm als Sohn seines Vaters wohl im Blut, selbst Soldat. Er war an der Zerschlagung der Aufstände in Manufahi und in anderen Regionen im östlichen Teil der Insel Timor beteiligt. Man hätte ihm seiner Meinung nach einen höheren Dienstgrad verleihen müssen. »Aber was willst du schon von einer korrupten Regierung wie dieser erwarten, nicht wahr, Júlio?«

Júlio murmelte etwas Unverständliches als Antwort, fügte dann aber deutlicher hinzu, er würde allmählich müde. Seine Tochter und seine Frau schliefen bereits im Schlafzimmer, dessen Tür er nach Gustavos Eintreten verriegelt hatte, denn schließlich kannte er die Absichten seines Besuchers nicht. Kapten Gustavo musste Júlios Bemerkung als Zeichen verstanden haben, dass es Zeit für ihn war, nach Hause zu gehen, doch er fragte seinen Gastgeber, ob er auf dem Sofa übernachten dürfe.

»Diese Nacht schreibt Geschichte für mich«, sagte er, ohne dass Júlio verstand, was er damit meinte. »Erlaube mir, meines Vaters zu gedenken, hier in diesem Haus.«

Unter dem Einfluss des Weins gab Júlio der sentimentalen Bitte seines Gastes nach.

»Wir alle haben einen Vater, dessen wir gedenken«, antwortete er. »Dort drüben ist das Gästezimmer«, fügte er hinzu und deutete auf einen Raum im vorderen Teil des Hauses. »Sei unser Gast!«

Kapten Gustavo bedankte sich und sparte nicht mit Entschuldigungen, seinem Gastgeber bereits solche Umstände bereitet zu haben. Júlio erwiderte, er solle sich darüber nicht den Kopf zerbrechen, es sei ihm vielmehr eine Ehre, einem Sohn, dem sein Vater fehle, einen Herzenswunsch zu erfüllen.

Nachdem Kapten Gustavo in das ihm zugewiesene Zimmer getreten war, blieb Júlio noch eine Weile auf dem Sofa sitzen, um abzuwarten und sicherzustellen, dass sein Gast mit der Bewirtung und der Unterkunft zufrieden war und bald tief und fest schlafen würde. In diesen Momenten dachte Júlio an seinen eigenen Vater, der, ebenfalls als Soldat, in Angola gefallen war. Nach dessen Tod war Júlios Mutter in ihr Heimatdorf im Süden Portugals zurückgekehrt. Júlio führte sich seine eigene gegenwärtige Situation vor Augen, er schätzte sich glücklich, seine Arbeit hinter dem Schreibtisch verrichten und sich um seine Familie kümmern zu können. Gerade als er sich entschlossen hatte, schlafen zu gehen und die Schlafzimmertür entriegelte, hörte er die Geräusche von Schritten vor dem Haus, die von mehr als einem Paar Stiefel herrühren mussten und näher zu kommen schienen.

Einen Augenblick später klopfte es an der Haustür. Júlio ging zur Tür und spähte durch das kleine Türfenster hinaus.

Acht Männer standen auf der anderen Seite des Türblatts, fünf von ihnen mit einem Mauser-Gewehr in den Händen.

»Wir sind auf der Suche nach Kapten Gustavo!«, rief einer der Männer, der allem Anschein nach die Gruppe anführte.

Júlio wandte sich um, da stand Kapten Gustavo bereits in der offenen Tür des Gästezimmers und gab ihm resigniert ein Zeichen, die Haustür zu öffnen. Júlio kam der Aufforderung nach und die Männer traten ein. Sofort griffen zwei von ihnen Kapten Gustavo bei den Armen.

»Es tut mir leid, *Malae.* Sie müssen uns ebenfalls begleiten«, ergriff der Anführer erneut das Wort.

Als Júlio einen Schritt zurücktrat und zum Widerspruch ansetzte, fügte der Mann mit ruhiger Stimme hinzu: »Oberstleutnant Magiolo Gouveia erwartet Sie in seinem Büro. Es wird nicht lange dauern.«

Sowie der Name des Polizeichefs gefallen war, öffnete Júlios Frau die Schlafzimmertür. Sie beide kannten den Polizeichef. Er war ein guter und ehrbarer Mann, alles würde gut werden.

* * *

Doch es kam anders als sie vermuteten, nichts wurde gut. Die Partei UDT hatte einen Putsch lanciert und hielt inzwischen die Stadt mit sämtlichen ihrer zentralen Regierungseinrichtungen einschließlich des Polizeipräsidiums besetzt. Júlio und Kapten Gustavo wurden zwar zum Präsidium, nicht aber vor den ehrbaren Polizeichef gebracht. Stattdessen wurden sie in eine Zelle gesperrt und wie Gefangene behandelt, sie wurden als Kommunisten bezeichnet und über die Pläne der Fretilin sowie über andere Umstände, von denen Júlio nicht im Geringsten wusste, befragt.

Júlio drohte seinerseits, er sei schließlich portugiesischer Regierungsbeamter, doch das brachte die Männer nur noch mehr gegen ihn auf und sie begannen ihn zu schlagen. Auch Kapten Gustavo wurde mehrfach geschlagen, und ihnen beiden wurde bewusst, dass sie nun dasselbe Schicksal teilten.

Weil ihr Ehemann auch am nächsten Tag nicht nach Hause kam, suchte Lena einige der ihr bekannten Regierungsbeamten auf, um sich bei ihnen zu erkundigen, was da vor sich ging. Sowie sie den Herren aber mitteilte, dass ihr Mann den Abend vor seiner Festnahme mit Kapten Gustavo verbracht hatte, dass dieser bei ihnen zu Gast war und auch in ihrem Haus übernachten wollte, beschuldigten die Beamten wiederum Lena und ihren Mann, sie hätten mit Überläufern kollaboriert.

»Wir werden sehen, was sich machen lässt. Aber sollte sich herausstellen, dass Ihr Mann mit der Fretilin zusammenarbeitet, dann können wir nicht mehr viel für ihn tun.«

Lena versuchte, sie zu überzeugen, dass ihr Mann in keinerlei Konspiration verwickelt und Kapten Gustavo an diesem Abend zum ersten Mal in ihrem Haus zu Besuch gewesen war. Am Ende schickte man Lena nach Hause und versprach, sich um die Angelegenheit zu kümmern.

In der zweiten Nacht ihrer Gefangenschaft forderte Kapten Gustavo Júlio auf, sich bereitzuhalten. Um zwei Uhr morgens begann er zu klagen und flehte die Wärter an, zur Latrine gebracht zu werden. Seine Stimme klang gedämpft, mehr wie erstickte Schreie aus seinem Inneren, ein mitleiderregendes Stöhnen. Die zwei diensthabenden Wärter, einfache Milizionäre und ohne jede Ausbildung in Selbstverteidigung, näherten sich der Zelle, um dem jammervollen Wehklagen auf den Grund zu gehen. Sowie sie die Zellentür geöffnet hatten, setzte Gustavo zum Angriff an. Dem einen Wärter drehte er den Hals um und dem anderen schlug er mit der geballten Faust gegen den Kehlkopf. Als die beiden Männer außer Gefecht gesetzt waren, flohen Kapten Gustavo und Júlio aus ihrer Zelle, und es gelang ihnen, die Gefängnismauer zu überwinden und sich dann geduckt mit gesenkten Köpfen durch dunkle Gassen zu schleichen, bis sie schließlich an ein Haus gelangten, in dem laut Kapten Gustavo eine Bekannte von ihm namens Sarah lebte.

»Alle haben sich schon nach Aileu zurückgezogen«, teilte Sarah Kapten Gustavo mit.

Júlio machte sich Sorgen um seine Familie, aber Kapten Gustavo erinnerte ihn an die Gefahren, die ihm drohten, sollte er jetzt nachhause zurückkehren.

»Dein Haus wird mit Sicherheit überwacht.«

Júlio gab Kapten Gustavo die Schuld dafür, dass er nun in einem Schlamassel steckte, mit dem er nicht das Geringste zu schaffen hatte. Doch es war zu spät. Jeder Zentimeter seines Körpers schmerzte. Und in seinem Inneren entbrannte ungeahnter Hass auf die UDT. Bisher hatte er sich als Portugiese immer für zivilisierter und aufgeklärter als die Einheimischen gehalten, in den vergangenen zwei Tagen aber war er von Männern beschimpft, geschlagen und getreten worden, die auf Seiten Portugals standen. Im Namen der portugiesischen Sache hatten sie seinen Kopf gepackt und auf die Tischplatte geschlagen.

»Kann denn Lemos Pires nichts ausrichten?«

»Ihr beide geltet jetzt als Überläufer. Als Vaterlandsverräter«, erwiderte Sarah. »Haltet euch zunächst hier versteckt. Unser Freund Francisco wird sicherlich etwas unternehmen.«

Während Júlio sich in Sarahs Haus versteckt hielt, verlegte Mario Lemos Pires seinen Regierungssitz von Dilis

Stadtzentrum in den Stadtteil Farol. Von dort versuchte er die Kontrolle über die Lage zurückzugewinnen und die Sicherheit der portugiesischen Staatsangehörigen zu gewährleisten. Dort erreichte ihn auch Lenas Nachricht von der Festnahme ihres Mannes, woraufhin er zwei Inspektoren zum Polizeipräsidium schickte, um sich nach Júlios Verbleib zu erkundigen. Im Präsidium wurde den beiden Männern dann geschildert, auf welche Weise Júlio und Kapten Gustavo die Flucht gelungen war. Einem Wachmann sei der Hals umgedreht worden, so hieß es, er sei auf der Stelle tot gewesen. Der zweite Wachmann, der Kapten Gustavos Attacke überlebt hatte, tischte ihnen, wohl aus einer Gefühlsmischung aus Wut und Scham heraus, die Geschichte auf, dass sich in der besagten Nacht eine Gruppe von Partisanen der Fretilin heimlich in das Gefängnis geschlichen und Júlio und Kapten Gustavo zur Flucht verholfen haben mussten.

»Ich konnte sie nicht genau erkennen, aber die Männer waren gut ausgebildet. Die beiden müssen wichtige Leute bei der Fretilin sein, wenn sie von so gut ausgebildeten Kämpfern befreit werden. Aber wir werden sie aufspüren. Wehe dem, der sie verstecken sollte!«

Nachdem ihm wiederum die beiden Inspekteure diese Version der Flucht gemeldet hatten, versprach Lemos Pires, Júlio festnehmen zu lassen, falls dieser in sein Büro zurückkehren sollte, und für den Fall, dass Júlio nicht zurückkehrte, stehe ihm in diesem Krieg nunmehr allein Gott der Allmächtige bei.

Eine Woche lang hielt sich Júlio in Sarahs Haus versteckt, wo er Schach spielte und sich Kapten Gustavos Heldengeschichten anhörte. In diesem Zeitraum gelang es der Fretilin, in die Stadt vorzudringen und der UDT die Kontrolle zu entreißen. Mitglieder der UDT und ihre Unterstützer, darunter der Polizeichef, wurden festgenommen. Sympathisanten der Fretilin, die sich in Gefangenschaft befanden, wurden auf freien Fuß gesetzt. Unterdessen wurde Júlio an der Seite von Kapten Gustavo von hochrangigen Männern der Revolutionspartei empfangen und in ihren Reihen willkommen geheißen.

»Ihr habt an der Seite des Volkes gekämpft. Ihr habt im Namen der Fretilin und im Namen des Volkes der Maubere Folter erleiden müssen. Ihr seid die ersten Märtyrer dieses Kampfes!«

Da sich die Stadt nun unter der Kontrolle der Fretilin befand, wagte Júlio es, sich heimlich mit seiner Familie zu treffen. Einen Fuß in sein Büro zu setzen, schien ihm jedoch nach wie vor zu gefährlich.

»Lemos Pires ist außer sich vor Zorn«, teilte Lena ihm mit. »Man wird dich festnehmen und vor Gericht zerren.«

Júlio sendete eine Nachricht an den Gouverneur mit der Bitte um ein persönliches Treffen, bei dem er seinen Standpunkt erklären würde. Anstatt eine Antwort des Gouverneurs zu erhalten, erfuhr er einige Tage später, dass dieser seinen Regierungssitz nun auf die Insel Atauro, rund fünfundzwanzig Kilometer vor der Küste der Stadt Dili, verlegt hatte. Der Gouverneur war außerstande, die Kontrolle über die Stadt zurückzuerlangen. Júlio hatte das Gefühl, von seinem eigenen Land im Stich gelassen worden zu sein.

Während er sich von seinem Heimatland verraten und verkauft fühlte, wurde er von den Männern der Fretilin mit offenen Armen empfangen und für seine Taten gerühmt. In Ansprachen und Reden hochrangiger Parteimitglieder wurde er häufig als leuchtendes Beispiel für andere genannt: »Seht euch diesen Ausländer an! Entschlossen kämpft er an unserer Seite. Er wurde von der UDT gefangengenommen und gefoltert, weil er sich für unser Volk einsetzt. Wenn ein

Malae mit dem Volk der Maubere zu kämpfen bereit ist, wollt ihr dann tatenlos am Rande stehen und zusehen? Apartidarismo hat dazu geführt, dass dieses Land Hunderte von Jahren unter dem Joch der Kolonialherren verharrt hat!«

Mit der Zeit gewann Júlio mehr und mehr das Gefühl, ein neues Heimatland zu haben, das ihn mit offenen Armen aufnahm. Wozu nach Portugal zurückkehren? Er würde doch nur ins Gefängnis geworfen werden. Aber hier in diesem Land liebten ihn die Menschen. Und so begann er, im Kreis der Fretilin zu arbeiten. Seine Mitarbeit bestand darin, Sinn und Zweck des Kampfes schärfer zu definieren, Abtrünnige zu identifizieren und die Deklaration der Unabhängigkeit vorzubereiten. Die verfeindeten Lager bekämpften sich unerbittlich und viele Menschen wurden auf allen Seiten getötet, doch Júlio und seine Gefährten blieben zuversichtlich, dass, wenn sie nur ihr Bestes gaben, die Lage sich stabilisieren ließe. Frieden und Sicherheit würden in das Land zurückkehren, und seine Frau und seine Tochter würden ihr Leben unbeschwert genießen können.

* * *

Als am frühen Morgen die Angriffe der indonesischen Armee auf Dili begannen, hatte Júlio noch kein Auge zugetan. Die ganze Nacht über hatte er vergeblich zu schlafen versucht. Immer wieder war er ins Bad gegangen oder hatte sich grübelnd an den Esstisch gesetzt und war dann wieder ins Schlafzimmer zurückgekehrt. Jedes Mal, wenn er die Schlafzimmertür öffnete oder schloss, weckte das Quietschen der Türangeln seine Frau auf. Indonesische Truppen kontrollierten inzwischen die Grenzen zum Westteil der Insel. Scharmützel im Grenzgebiet hatten in den letzten

Monaten viele Menschen das Leben gekostet, darunter fünf Journalisten aus Australien, die Balibo Five, von denen zwei die britische Staatsbürgerschaft besaßen. In Dili lebende Australier versuchten eilig, Flugtickets zu ergattern, und verließen scharenweise die Stadt, um in ihr Heimatland zurückzukehren. Große Teile der timoresischen Bevölkerung selbst flohen in die Berge.

Nachdem im November die Stadt Atabae, rund sechzig Kilometer Luftlinie von Dili entfernt, von indonesischen Truppen angegriffen und besetzt worden war, beeilte sich die Fretilin, die Unabhängigkeit von Portugiesisch-Timor im Namen der Demokratischen Republik Timor-Leste zu erklären. Schleunigst wurde eine Fahne genäht und in nur wenigen Tagen eine Verfassung auf die Beine gestellt. Die Unabhängigkeitserklärung wurde vor dem Sitz der nun ehemaligen portugiesischen Regierung öffentlich verlesen. Die portugiesische Fahne, die dort über Hunderte von Jahren geweht hatte, wurde herabgelassen, die neue Fahne Timor-Lestes wurde gehisst, die Menge sang die Hymne *Pátria! Pátria!*, und zu Ehren der Gefallenen wurden Kanonen abgefeuert. Über Rádio Marconi verbreitete die Führung der Fretilin die Nachricht von der Unabhängigkeit Timor-Lestes in alle Teile der Welt.

In der Welt allerdings zeitigte die Unabhängigkeitserklärung nicht allzu große Wirkung. Die Parteien UDT und Apodeti hatten sich bereits mit Indonesien verbündet und erklärten nun ihrerseits die Integration Portugiesisch-Timors in die Republik Indonesien. Auch die Anerkennung der Souveränität Timor-Lestes durch andere Länder gestaltete sich schwierig – selbst Mario Lemos Pires war nur gewillt, das Ergebnis allgemeiner Wahlen anzuerkennen. Dabei war es unrealistisch, auf die Durchführbarkeit von allgemeinen Wahlen zu setzen, zumal er und seine Regierung sich wie Feiglinge noch auf der Insel Atauro versteckt hielten.

Júlio, der zu einer kleinen Arbeitsgruppe gehörte, die fünfundfünfzig Artikel der neuen Verfassung für das Land formulierte, sagte zu Kapten Gustavo, er habe keine Angst vor einem Krieg.

»Aber ich fürchte um Lenas und Lauras Leben«, fügte er hinzu.

»Falls Indonesien tatsächlich Dili angreifen sollte«, erwiderte Kapten Gustavo, »dann sag den indonesischen Soldaten, dass ihr portugiesische Staatsbürger seid.« Da Kapten Gustavo zum engsten Kreis um den Fretilin-Mann Rogério Lobato gehörte, hatte Júlio keine Veranlassung, nicht auf seine Worte zu vertrauen.

Um drei Uhr in der Früh erloschen die Lichter, und Júlio wusste, die Invasion hatte begonnen. Der Angriff erfolgte vom Meer aus und aus der Luft, Flugzeuge dröhnten über der Stadt und Fallschirmjäger sprangen ab. Bombendetonationen und Maschinengewehrfeuer zerschlugen die Stille der Nacht. Júlios Tochter war aus dem Schlaf aufgeschreckt und lief zitternd vor Angst in das Schlafzimmer ihrer Eltern. In der Dunkelheit hörte er seine Frau den Lobgesang Mariens aufsagen.

Den folgenden Tag über verließ die Familie dos Santos nicht das Haus. Von Zeit zu Zeit ebbte der Lärm ab, um nur wenige Augenblicke später erneut aufzuflammen. Einheiten der Fretilin und ihrer Unterstützer leisteten Widerstand, doch noch bevor der Tag zu Ende ging, war die Stadt von indonesischen Truppen besetzt. Die einmarschierten Soldaten durchsuchten jedes Haus, durchkämmten jedes Gebäude. Als man schließlich auch Júlio aufforderte, das Haus zu verlassen, widersetzte er sich nicht. Seine Waffe hatte er bereits hinter dem Kleiderschrank versteckt. Er erklärte den Soldaten, er sei portugiesischer Staatsbürger, aber die Männer sprachen nur Indonesisch und verstanden nicht, was er ihnen zu sagen versuchte. Zusammen mit Dutzenden anderen wurden er, seine Frau und seine Tochter in das Verwaltungsgebäude im Osten der Stadt in der Nähe des Hafens getrieben. An jeder Straßenkreuzung standen mit Gewehren bewaffnete Soldaten des indonesischen Militärs Wache. Einige Zivilisten waren damit beschäftigt, Leichen auf der Straße einzusammeln. Ein Fallschirmjäger hing tot von einer Stromleitung herab, ohne dass jemand Anstalten machte, ihn herunterzunehmen. Den Festgenommenen wurde befohlen, über Nacht in dem Gebäude zu bleiben.

»Draußen ist es viel zu gefährlich«, sagte einer der Kommandanten mit der Hilfe eines Dolmetschers. »Wir werden euch hier beschützen.«

Júlio erkannte in der Menge einige Angehörige der Fretilin, sie sprachen einander weder an noch nickten sie sich zu. In ihren Gesichtern stand nackte Angst und jeder Einzelne sprach nur mit seinen Angehörigen. Auf dem kalten Boden liegend hörte Júlio seine Frau Gebete sprechen, dann und wann stimmte seine Tochter mit ein. Er versicherte den beiden, es würde ihnen nichts zustoßen. »Wir sind portugiesische Staatsbürger«, flüsterte er ihnen zu. »Indonesien wird keine Scherereien mit uns haben wollen.« Seine Frau und Tochter schliefen schließlich ein, und nicht lange darauf ließ ihn die Erschöpfung ebenfalls in den Schlaf sinken.

In aller Frühe wurden sie geweckt. Soldaten brüllten etwas auf Indonesisch, Júlio konnte lediglich die Worte »Kommunist« und »Fretilin« aufschnappen. Kurz darauf kam ein weiteres Mal der Dolmetscher hinzu, ein junger Timorese, hochgewachsen mit lockigem Haar. Der Kommandant sprach mit ihm und zeigte mit seinem Zeigefinger auf mehrere Personen, die daraufhin aufgefordert wurden, aufzustehen und eine neue Gruppe zu bilden. Júlio begriff, dass zunächst Männer von der Fretilin herausgegriffen wurden, gefolgt von Mitgliedern der Unetim, der Fretilin-Jugendorganisation, und dann weitere Personen, die er jedoch nicht kannte. Als auch er und seine Familie von der Gruppe getrennt wurden, ahnte er Böses. Er versuchte aufs Neue zu erklären, dass er portugiesischer Staatsbürger sei, doch der Kommandant brüllte ihn an, und einer der Soldaten richtete sein Maschinengewehr auf ihn.

Etwa fünfzig Personen, darunter Júlio und seine Familie, wurden von der größeren Gruppe getrennt, der man befahl, auf dem Boden sitzen zu bleiben. Die kleinere Gruppe wurde nach draußen geführt und in Richtung Hafen getrieben. Den gesamten Weg wich Júlio nicht von der Seite seiner Tochter und seiner Frau. Die Morgensonne wärmte ihre Nacken, Schwalben flogen über dem Hafen umher. Júlio spürte die Hand seiner Frau an seinem Handgelenk.

Am Zugangstor zum Hafen standen zwei Soldaten, sie hielten die jungen Frauen, unter ihnen Laura, zurück. Laura blieb am Tor stehen, den Blick auf ihre Eltern gerichtet, die nun zum Kai geführt wurden. Dort angekommen, wurde die Gruppe abermals in kleinere Gruppen eingeteilt. Die Männer und Frauen jeder dieser kleineren Einheit wurden entlang des Piers in einer Linie aufgestellt. Dann wurde auf sie geschossen. Eine Gruppe stellte sich in einer Linie auf, wurde niedergeschossen, dann kam die nächste Gruppe. Die Leichen wurden ins offene Meer gerollt. Drei Frauen lösten sich aus der Menge und liefen davon, aber man schoss ihnen in den Rücken und auch sie fielen nieder. Aus der Ferne konnte Laura ihre Mutter und ihren Vater sehen, sie hielten sich an den Händen. Obwohl die Entfernung zu groß war, um ihre Gesichter erkennen zu können, wusste sie, dass ihre Eltern sie ansahen. Ihr schnürte sich die Brust zusammen, als sie die Körper ihres Vaters und ihrer Mutter am Pier niederstürzen sah. Ihr Nacken spannte sich und vor ihren Augen flimmerten Lichtpunkte, aber sie hatte zu viel Angst zu weinen.

Nach der Massenhinrichtung am Hafen brachte ein Lastwagen Laura und die anderen jungen Frauen zum Hotel Tropical in Lecidere am östlichen Stadtrand. Dort begannen die Qualen. Sie wurde vergewaltigt, verhört und gefoltert. Sie wurde immer wieder über ihre Verbindungen zur Unetim verhört, auf welche Weise sie an Massakern an Timoresen beteiligt gewesen war oder warum sie Kommunistin sei, und man stellte ihr unzählige andere Fragen, deren Sinn sie nicht verstand. Sie antwortete, dass sie nicht wisse, worüber die Männer sprachen, doch diese schlugen sie darauf nur mit ihren Gürteln, nannten sie Kommunistenhure und drückten brennende Zigaretten auf ihrer Haut aus. Bald antwortete sie nicht mehr, sprach kein Wort mehr, denn was immer aus ihrem Mund kam, es war vergebens.

An diesem Ort wurde sie Zeugin des Leidens vieler Gefangener. Männer wurden auf das Grausamste gefoltert. Einige zwang man wiederholt, Lauras Brüste anzufassen, den meisten Frauen erging es nicht besser. Sie und die anderen Gefangenen konnten einander lediglich in die Augen sehen, selbst zum Weinen fehlte ihnen die Kraft. Einige Monate später wurde Laura in das Gebäude des ehemaligen Warenhauses Sang Tai Hoo in Dilis zentral gelegenem Geschäftsviertel Colmera verbracht. Auch an diesem Ort, der inzwischen zu einem Gefängnis umfunktioniert worden war, erwarteten sie die gleichen Torturen, nichts änderte sich. Wieder wurde sie verhört und gefoltert. Soldaten wechselten sich ab, um sie zu vergewaltigen, dann wieder wurde sie mit einem Jeep zum Quartier eines Offiziers gebracht, der sie sich nahm.

Laura magerte ab, verwahrloste zusehends. Das Essen war ungenießbar und sie brachte kaum mehr als einen Bissen hinunter. Ihr Gesicht war gezeichnet von Narben und frischen Wunden; wiederholte heftige Schläge und Verbrennungen mit Zigaretten hatten deutliche Spuren auf ihrem Körper hinterlassen. Ihr Zustand verschlechterte sich unter den menschenunwürdigen Haftbedingungen mehr und mehr. Sie schlief auf dem schmutzigen Boden der stickigen Zelle, in die kaum ein Sonnenstrahl drang. Die Toilette hatte kein Wasser und überall schwirrten Fliegen. Krätze breitete sich auf ihrem mageren Körper aus. Während sie immer mehr an Gewicht verlor, blieb ihre Menstruation aus und ihr Bauch spannte sich. Etwas wuchs in ihr heran, wurde von Tag zu Tag größer. Nach nur wenigen Schritten schienen ihre dürren Beine nicht mehr in der Lage, ihren Leib zu tragen. Die Wunden eiterten, ihr Zustand verschlechterte sich dramatisch.

Eines Nachts kam ein Timorese in ihre Zelle, vermutlich ein Freiwilliger, der für die indonesische Sache einstand. Laura fürchtete, sie würde ein weiteres Mal vergewaltigt werden, der Mann jedoch führte sie hinaus ins Freie und befahl ihr, in einen Wagen zu steigen. Die indonesischen Soldaten sahen ihr gleichgültig nach, sie schienen zu wissen, was ihr bevorstand. Laura war sicher, sie würde zum Quartier eines der Kommandanten gebracht werden, aber dann fuhren sie eine ganze Weile in Richtung Westen und, zwei Wachposten passierend, hinaus aus der Stadt. An einem Abschnitt der Straße, die die Savannenlandschaft durchschnitt, steuerte der Mann den Wagen an die Seite und hielt an.

»Ich habe den Befehl, dich zu töten«, sagte er auf Portugiesisch. »Aber ich habe schon zu viel Tod gesehen. Steig aus und töte dich selbst, bevor ich es mir anders überlege!«

Ohne ein Wort zu sagen, stieg Laura aus dem Wagen, wandte sich von der Straße ab und begann, einen Schritt vor den anderen zu setzen. Sie erwartete jeden Augenblick, dass der Mann sie von hinten erschießen würde, und bemühte sich, ihren Schritt zu beschleunigen, aber ihr geschwächter Körper hinderte sie daran. Zwei Mal fiel sie zu Boden, bevor sie den dichten Wald erreichte, der sich an die grasbewachsene Ebene anschloss. Am Waldrand angekommen, blickte sie sich um. Der Wagen hatte sich noch nicht vom Fleck gerührt. Ohne weiter nachzudenken, bahnte sie sich einen Weg durch Sträucher und Büsche und trat ein in die Dunkelheit des Waldes. Scharfe Dornen der Lantana-Sträucher und spitze Zweige rissen ihre Wunden auf, aber sie setzte ihren Weg fort. Ihr Haar verfing sich im Gestrüpp, sie trat auf scharfkantige Schneckenhäuser, aber sie setzte ihren Weg fort.

Sie hatte trotz ihres Zustands bereits eine beachtliche Strecke zurückgelegt, da kam sie an ein Flusstal, das sich in Richtung Westen erstreckte. Die Erde war nass und glitschig und immer wieder rutschte sie aus und stürzte. Sie stieg hinab ans Ufer des kleinen Flusses, trank ein wenig Wasser und folgte nun dem Strom, sich Schritt für Schritt weiter von den Männern und der Stadt entfernend.

Obwohl ihr kein Mondlicht leuchtete, überwand sie in der ersten Nacht eine große Distanz. Die Dunkelheit des Waldes glich einer schwarzen Wand, doch die Sterne spiegelten sich auf der Wasseroberfläche des Flusses und wiesen ihr, einer Gasse ähnlich, den Weg. Das Zirpen der Insekten verschmolz mit dem Plätschern des Wassers und mit ihrem keuchenden Atem. Nach mehreren Stunden setzte sie sich unter die Krone einer Lontarpalme und fiel in tiefen Schlaf.

Als der Morgen anbrach und die Tiere des Waldes sich zu regen begannen, wachte sie auf und setzte ihren Fußmarsch fort. Den ganzen Tag über ging sie wie eine Nachtwandlerin, immer weiter in Richtung Westen, dem schmalen Flusslauf folgend. Wenn sie der Hunger überkam, pflückte sie Blätter und aß sie. Wenn sie durstig war, kniete sie sich nieder und trank Wasser aus dem Fluss. Das tat sie die folgenden Wochen. Sie ging, bis sie zu schwach wurde und sich am Ufer einen Platz zum Schlafen suchen musste. Auch wenn sie kaum hungrig war, aß sie, was sie finden konnte, und trank Wasser aus dem Fluss. Je weiter sie ging, desto magerer wurde sie und desto praller wurde ihr Bauch. Fliegen, angelockt von ihren eiternden Wunden, umschwirrten sie auf Schritt und Tritt. Weil sie sich nachts zum Schlafen auf den Waldboden legte, hafteten Laub und Erde auf ihrer Haut und an ihrem Nachthemd, ihrem einzigen Kleidungsstück. Das Nachthemd, ursprünglich blütenweiß und mit einem Puppenmotiv auf der Vorderseite, war inzwischen zerlumpt und von dunkelgrauer Farbe. Ihr Haar war verfilzt und roch streng, ihr Anblick war erbärmlich.

Sie folgte dem Flusslauf immer weiter westwärts. Wenn sie den Rand eines Dorfes streifte, gingen ihr die entgegenkommenden Menschen aus dem Weg und taten so, als würden sie sie nicht sehen, denn den Dorfbewohnern waren streunende Verrückte, Hexer oder durch die Luft schwebende Geister nicht fremd.

Laura hatte inzwischen ein Dutzend Dörfer passiert, da verließen sie alle Kräfte. Es war helllichter Tag, als sie, anstatt ans Ufer zu gehen, um sich niederzulegen und zu schlafen, den Weg in das Dorf hinein fortsetzte, an dessen Rand sie gestoßen war.

Es war die Zeit nach der Pflanzperiode, wenn die Sonne unerbittlich brennt, wenn Rinder und andere Tiere zum Flussufer ziehen, wenn die Bauern ihr Mittagessen in ihren Feldhütten zu sich nehmen. Sowie die Fremde das Dorf betreten hatte, schlossen die Bewohner, die sie von ihren Fenstern aus gesehen hatten, die Vordertür ab, schlichen sich aber von Neugier getrieben sogleich zur Hintertür hinaus, um von anderer Stelle aus einen Beobachtungsposten einzunehmen; kleine Kinder nahmen ihre Beine in die Hand und rannten, nach ihrer Mutter und ihrem Vater rufend, in den Garten. Einer der Männer ergriff die Initiative und schlug mit einem Stock die Signaltrommel aus Bambus, die unter dem Dach des Dorf-Lopo hing – es war dies übrigens das erste Mal, dass die Trommel erklang, seit sie auf Anordnung der Herren von der Informationsbehörde im Lopo aufgehängt worden war, denn die meisten Leute im Dorf hatten den eigentlichen Nutzen eines solchen Objekts noch nicht verstanden.

»*Aina*! *Ama*!«, schrien die Kinder nach ihren Müttern und Vätern. »Da ist was ins Dorf gekommen, was ist das? Es ist verflucht. Ein böser Geist bringt Unglück.«

Die Männer und Frauen auf den Feldern, die sich eben noch nach dem Essen ausruhen oder das Vieh auf den Weiden tränken wollten, machten sich nun auf den Weg ins Dorf zurück. Die Nachricht verbreitete sich wie ein Lauffeuer und überall herrschte große Aufregung. So dauerte es nicht lange, bis der Frau, diesem fremden Wesen, ein Tross aus Menschen mit Macheten, Klewang und Speeren in den Händen und Mantras aufsagend folgte. Laura setzte ihren Weg ins Dorf fort, mit stolpernden Schritten und leeren Augen, die beinah ganz von ihrem schmutzigen, verfilzten Haar verdeckt wurden. Ihr Körper verströmte einen Geruch nach Verwesung und ein Schwarm von Fliegen umschwirrte sie.

Junge Männer mit Waffen in den Händen folgten in sicherem Abstand, zu ihrem eigenen Schutz richteten sie Gebete an ihre Vorfahren, deren Namen sie immer noch nicht lückenlos auswendig aufsagen konnten. Dem Flügel dieser Tapferen folgten zögerlich Frauen und Kinder mit einer Mischung aus Furcht und Neugier. Weil die Fremde ihren Weg ohne sich umzuwenden fortsetzte, schlossen sich nach und nach immer mehr Menschen im Gefolge der bewaffneten Männer an. Die Kerle blieben auf der Hut, raunten einander in harschem Ton zu, einen gewissen Abstand beizubehalten und bloß gewappnet zu sein für den Fall, dass die Frau einen Fluch über die Menge hinter sich ausstoßen sollte. Vor dem Subur-Gemischtwarenladen, dem einzigen Gebäude am Ort mit gemauerten Wänden, fiel die erbarmungswürdige Frau zu Boden. Mit ihrem knochigen Hinterteil saß sie auf dem rauen und schadhaften Asphalt und begann zu weinen. Sie schluchzte und jammerte aus Leibeskräften, dabei reckte sie beide Arme entweder zum Himmel oder sie schlug sich mehrmals hintereinander auf ihren gewölbten Bauch. Seit dem Tag, an dem ihre Mutter und ihr Vater ermordet worden waren, war es das erste Mal, dass sie weinte. Sie hatte auf ihrem Marsch keinen Laut von sich gegeben und nun bebte ihre Stimme, für andere Ohren kaum zu ertragen.

Die jungen Männer begannen, langsam ihre Waffen zu senken, währenddessen blieben die anderen Dorfbewohner in einem Sicherheitsabstand stehen, der ihnen erlaubte, die Szene mit eigenen Augen zu verfolgen, aber auch, falls notwendig, sofort Reißaus zu nehmen. Das Wehklagen der Frau berührte ihre Herzen und erregte ihr Mitleid. Weil die Fremde aber unablässig ihre Arme zum Himmel reckte, fragten sich die Leute, ob sie nicht etwa ein Mantra sprach, das einen Blitz heraufbeschwören und sie alle vernichten würde.

Das Oberhaupt des Dorfes, der *Temukung*, war Am Naijuf, der schon zur Zeit der Japaner ein Greis gewesen war und dessen wahres Alter niemand kannte. Er war von kleiner Gestalt und kein einziges schwarzes Haar wuchs mehr auf seinem Kopf. Seine Fußsohlen waren von den ungezählten Jahren des Barfußlaufens auffällig breit und schwielig. Er hatte bereits zwei Jungen aufgetragen, nach Ain Sufa, der hiesigen Heilerin, zu schicken, die außerhalb des Dorfes lebte, und stand nun in aller Seelenruhe da, Betelnuss kauend, wie ein Viehhändler, der darauf wartet, dass seine Kuh gewogen wird.

Kurz darauf kehrten die zwei Kinder auf ihrem Pferd zurück.

»Ain Sufa ist nicht zuhause«, brachten beide atemlos heraus. »Sie ist am Berg Feftua, da hilft sie Ain Nel, ihr Baby zur Welt zu bringen.«

Der *Temukung* spie einen betelroten Batzen auf den Boden. Das durchdringende Wehklagen der Frau war weiterhin im ganzen Dorf zu hören.

»Holt Am Siki!«, rief er nun den Jungen zu.

Die beiden stiegen erneut auf ihr Pferd und ritten davon. Der *Temukung* nahm Tabak und ein Stück eines Lontarblattes hervor und drehte eine Zigarette. Er hatte erst vier Züge genommen, da waren die Jungen zurück. Ein alter Mann ritt auf einem zweiten Pferd hinter den beiden her. Er trug ein übergroßes weißes T-Shirt von der Sorte, wie sie Pater Verhaaren für gewöhnlich bei seinen Besuchen im Dorf verteilte, das aber derart fadenscheinig war, dass er es schon seit vielen Jahren zu tragen schien. Der gewebte Sarong um seine Hüften war ebenso verwaschen wie die *Aluk*-Tasche, die er um seinen Hals trug. Seine Haut war faltig, sein langes, glattes Haar hatte er sorgsam zu einem Zopf zusammengebunden.

Er stieg von seinem Pferd und ging auf Am Naijuf zu. Einige weitere Ältere kamen ebenfalls hinzu und begannen, einander Betel anzubieten. Unterdessen brach das herzzerreißende Weinen der Frau nicht ab.

»Das geht die ganze Zeit schon so«, erklärte der *Temukung*, während er sich ein wenig Kalk in den Mund steckte. »Jedes Mal, wenn jemand sich ihr nähert, egal ob ein Mann oder eine Frau, jammert sie noch lauter.«

Die anderen Älteren nickten zustimmend und in Erwartung dessen, was Am Siki zu sagen haben würde. Am Siki spuckte in die Hände, griff in seine *Aluk*-Tasche, tastete nach etwas in ihrem Inneren und sprach murmelnd ein Gebet. Dann, nachdem er kurz seine Augen gen Himmel gerichtet hatte, bahnte er sich einen Weg durch die Menge der jungen Männer mit ihren Waffen in den Händen in Habachtstellung und ging auf die Frau zu. Während er vorwärtsschritt, wappneten sich alle anderen für das, was nun kommen sollte: die Älteren mit Gebeten, die jungen Männer mit Waffen, die Frauen und Kinder mit der günstigsten Körperposition, um schleunigst davonlaufen zu können.

Am Siki näherte sich langsam Schritt für Schritt der weinenden Frau. Plötzlich hob sie ihren Kopf, sah ihn an, und sowie ihre Blicke sich trafen, erkannte Am Siki, dass sie ihren Verstand verloren hatte. Am Siki streckte ihr vorsichtig eine Hand entgegen, mit den Handflächen nach oben, als wolle er ein wildes Pferd an den Nüstern berühren. Mit einem Mal hörte die Frau zu weinen auf und blickte Am Siki scharf an. Für mehrere Sekunden hielten die Leute die Luft an, ihre Nackenhaare stellten sich auf, was würde als Nächstes passieren? Würde die Frau Am Siki angreifen, oder würde sie aus beiden Augen heraus die Pest versprühen?

KAPITEL 3

Im gesamten Land gab es niemanden, der Am Siki nicht kannte. Er war der einzige Mann, der jemals im Alleingang ein Zwangsarbeitslager der Japaner niedergebrannt und mehr als zehn japanische Soldaten getötet hatte – und noch immer lebte. Unter der Herrschaft der Japaner war es unmöglich gewesen, ihren Bajonetten zu entkommen. Wenn sie dich tot wollten, dann starbst du. Und wenn sie dich nicht tot wollten, starbst du trotzdem, entweder infolge ihrer Peitschenhiebe, der Zwangsarbeit und des Hungers oder der Vergewaltigungen tagein, tagaus. Am Sikis Heldengeschichte hatte ihn zu einem im ganzen Land bekannten und geachteten Mann gemacht. Sein Ruf war legendär und eilte ihm bis auf entfernt gelegene Inseln voraus. Man nannte ihn einen Helden, einen Krieger, der getötet hatte, um *Bangsa* aus dem eisernen Griff der Japaner zu befreien.

Am Siki kannte das inzwischen allerorts verwendete indonesische Wort Bangsa für »Volk« nicht und wollte von dem ihm zuteil gewordenen Ruhm nichts wissen.

»Ich habe niemals getötet, um diesen Bangsa zu retten«, sagte er in der Annahme, Bangsa sei ein Rōmusha gewesen, ein Zwangsarbeiter, der aus dem Arbeitslager geflohen war, das er seinerzeit in Schutt und Asche gelegt hatte. »Ich kenne diesen Bangsa nicht einmal. Ich habe die Japaner nicht umgebracht, um Bangsa zu retten. Ich habe die Japaner umgebracht, um meine Stute zu retten.«

Die Leute lachten, wenn sie das hörten, dabei entsprach es den Tatsachen.

Die Geschichte hatte sich folgendermaßen zugetragen.

Es war um die Zeit, als australische Soldaten auf die Insel kamen, da fiel eines Tages Am Neno, Am Sikis Vater, von einer Lontarpalme herab und starb. Der Sohn betrauerte zwar den Verlust seines Vaters, die Umstände seines Todes erschütterten ihn hingegen nicht. Seine Familie glaubte daran, dass ihre Ahnen vor Urzeiten aus einer Lontarpalme erschaffen worden waren und dass daher für männliche Familienmitglieder über Generationen hinweg der Sturz von einem Exemplar dieser Gattung als die zu erwartende Todesursache sowie als ein ehrenvoller Weg ins Jenseits und hin zur Vereinigung mit den Ahnen anzusehen war. Am Sikis Vater starb unter dem Schirm einer Lontarpalme, sein Großvater war unter dem Schirm einer Lontarpalme gestorben, ebenso sein Urgroßvater und so weiter und so fort.

Am Nenos Ehefrau namens Aina Fai war bereits gestorben. Sie war bei Am Sikis Geburt verblutet, und so war dieser nach dem Tod seines Vaters mutterseelenallein.

Am Siki glich einem dieser jungen Männer, wie sie in jedem Märchen vorkommen: auf sich allein gestellt, stark, geschickt und fleißig. Er konnte die Rispen von zwölf Lontarpalmen in einer Zeit abschlagen, die andere benötigten, um zwei Zigaretten zu drehen, und er konnte unfallfrei ein Pferd in stockfinsterer Nacht reiten. Er blieb stets von Unglück verschont, denn seine Vorfahren wachten an seiner Seite.

Nach dem Tod seines Vaters lebte Am Siki in der Gesellschaft seiner Pferde und der Lontarpalmen. Mit geschickter Hand zapfte er die Rispen der Lontarpalmen an, um den süßen Palmsaft zu gewinnen, den er zu Sopi weiterverarbeitete. Aus den Palmblättern flocht er alle möglichen nützlichen Dinge wie Hüte, Matten und Körbe. In der Trockenzeit ging er in den Wald und sammelte Bienenwachs, Honig, Sandelholz und sogar geringe Mengen Gold. Seine Erzeugnisse bot er den Portugiesen in Oekusi an, um sie gegen Salz, Tabak, Decken oder hin und wieder auch ein neues Hackmesser zu tauschen.

Den Handel mit den Portugiesen musste er heimlich betreiben, es durften weder die niederländischen Soldaten noch die königlichen Truppen davon erfahren. Der König hatte das Dekret erlassen, alle aus dem Wald gewonnenen Erzeugnisse seien ausschließlich mit den Niederländern zu handeln. Jeder im Land hielt sich daran, mit Ausnahme Am Sikis und seiner Verwandten. Sie führten ihren Handel mit den Portugiesen fort, aus Hass gegen die Niederländer, der seit Generationen tief in ihren Herzen wurzelte.

Woher dieser Hass rührte, wurde folgendermaßen berichtet:

Vor Urzeiten hatte Ama Neno Manas Manikin, der Urahn der Familie, die Geschicke des Landes gelenkt. Er besaß eine Nase so krumm wie ein Papageienschnabel und er wurde von allen Wesen gleichermaßen geachtet. Niemals benetzte ihn der Regen, und nur mit seiner Erlaubnis streifte ihn der Wind, und wenn er in der glühenden Mittagshitze sein Pferd bestieg, begleitete ihn eine Wolke, die sich über seinem Kopf verdichtete und drehte und ihn vor der sengenden Sonne schützte. Ama Neno Manas Manikin führte mehr als fünfzig Clans an, die verstreut von der Küste im Norden bis zu den Sandstränden im Süden siedelten. Die Clans lebten in einträchtiger Nachbarschaft und trieben Handel mit Kaufleuten aus China, Indien, Java, Makassar, Portugal und den Niederlanden.

Im Laufe der Zeit kam es jedoch immer häufiger zu Konflikten zwischen den Portugiesen und den Niederländern. Beide Parteien hatten es auf das Sandelholz abgesehen. Sie kamen mit Soldaten und mit Waffen, und sie wurden nicht müde, bei den *Usi* genannten Oberhäuptern der Clans vor Ort um Unterstützung für ihre jeweilige Sache zu buhlen. Einige der *Usi*, die Zugeständnisse an beide Seiten gemacht hatten, gerieten zwischen die Fronten und in die Schusslinien der kämpfenden Truppen. Ama Neno Manas Manikin sowie etwa hundert weitere *Usi*, die sich den bewaffneten Kämpfen nicht anschlossen, ermahnten die anderen, sich ebenfalls aus dem Krieg herauszuhalten, zumal man diesen um Schätze der Natur führte, die nicht den Menschen gehörten. Alles, was auf der Erde wächst, gehört ausschließlich den Ahnen. Braucht man etwas, kann man es sich nehmen. Wozu also einen Krieg führen? Doch die beiden verfeindeten Völker aus der Ferne befolgten diesen Grundsatz nicht, sie setzten ihre bewaffneten Kämpfe fort und errichteten jeweils ihre Festungen. Die Niederländer blieben im westlichen Teil der Insel, und die Portugiesen zogen in den östlichen Teil.

Nachdem sich die Portugiesen im Osten niedergelassen hatten, streiften die Niederländer über den westlichen Inselteil, um bei der dort lebenden Bevölkerung das begehrte Sandelholz einzutreiben. Zu jener Zeit war die Zahl der Clans gebietsweise recht gering, sie siedelten verstreut an der Küste, in Tälern, auf Berggipfeln und an Flussufern. In jeder Ansiedlung wurde mindestens einer der Männer *Usi* genannt. Die Grenzen eines jeweiligen Territoriums waren nicht eindeutig festgelegt und nur die Bewohner kannten ihren Verlauf. Die Menschen hatten keine Schrift, und so stand auch ihr Recht nirgends niedergeschrieben. Vielmehr lehrte man die Kinder Sprache und Recht, sobald sie zwischen Tag und Nacht unterscheiden konnten, und im Gegensatz zu den Fremden war jedes Kind imstande, sich das vermittelte Wissen zu merken. Kurz gesagt, die Menschen folgten ihrer Lebensweise und besaßen eine Regierungsform, die sich grundsätzlich von jener unterschied, mit der die Niederländer vertraut waren und diese daher in größte Verwirrung stürzte. Um schließlich die Widrigkeiten, denen sich die Niederländer ausgesetzt sahen, komplett zu machen, beherrschten die Einheimischen kein Wort der niederländischen Sprache.

Da es die Niederländer nicht unnötig schwer haben und auch keine Zeit damit verschwenden wollten, Dinge zu erlernen, die sie nicht verstanden, nannten sie die einheimische Bevölkerung »primitiv« und begannen, ihr aus Europa vertrautes Regierungssystem zu etablieren. Sie brannten die Häuser der in den entlegenen Bergregionen lebenden Clans nieder und befahlen den Menschen, sich in den für die Niederländer leichter zugänglichen Tiefebenen anzusiedeln. Sie legten die Grenzen der Königreiche neu fest und ernannten Männer, die sich zur Kollaboration bereit erklärten, zu *Usi* und statteten sie mit Befugnissen aus, die jene der anderen bereits amtierenden *Usi* überstiegen.

Für jeden dieser neuernannten *Usi* errichteten die Niederländer einen Palast aus Stein, samt Thron und Badebecken. Fortan arbeitete ein solcher *Usi* nicht mehr auf dem Feld und er stieg auch auf kein Pferd mehr, er zog nur noch Steuern ein. Wohin es auch ging, wurde er auf einer Sänfte getragen, aber da ihn keine Wolke vor der Sonne schützte, wie es bei Ama Neno Manas Manikin der Fall war, stellte man eigens einen jungen Mann dafür ab, einen aufgespannten Sonnenschirm über ihn zu halten. Dem *Usi* war es erlaubt, neben seiner Ehefrau mehrere Nebenfrauen zu haben, die von eigenen Zofen bedient wurden, außerdem durfte er seine Cousine ersten Grades heiraten. Damit nicht genug, sorgten die Niederländer für Spannungen und Missgunst unter den *Usi* und sie versorgten sie mit Waffen, die blutige Konflikte beförderten. Sie heuerten Männer von der südwestlich vorgelagerten Insel Roti als Soldaten an, die auf ihren Befehl Aufständische erschossen. Jeder, der nur einen Funken Widerstand zeigte, wurde von seinem Land vertrieben; jeden, den man verdächtigte, Rädelsführer im Widerstand gegen die Niederländer zu sein, wurde, nicht selten mittels Intrigen, in Gewahrsam genommen und dann in die Verbannung geschickt.

So erging es auch Ama Neno Manas Manikin. Er und die ihm loyal zur Seite stehenden Männer leisteten Widerstand. Ihnen gelang es, nicht wenige Niederländer und Männer von der Insel Roti sowie Soldaten der königlichen Truppen zu töten. Dann aber wurde Ama Neno Manas Manikin im Zuge einer grausamen Hinterlist – von der an dieser Stelle kein weiteres Mal berichtet werden soll, liefert sie doch bis heute ausreichend Zündstoff für einen Bürgerkrieg – festgenommen und auf ein Schiff verschleppt. Ob er auf offener See über Bord geworfen oder in ein entlegenes Land verbannt wurde, bleibt ungeklärt.

Diese Geschichte hielt sich über die Zeit, man erzählte sie immer und immer wieder, sowohl in der Trockenzeit als auch in der Regenzeit. Auch wenn keiner der Nachfahren des verehrten Ahnvaters die Macht besessen hatte, die Niederländer offen herauszufordern und sie zu vertreiben, so sollte niemand unter ihnen jemals willens und bereit sein, etwas mit den Kolonialherren zu schaffen zu haben. Das traf ebenso auf Am Siki zu. In seinen Augen waren die Niederländer feige Räuber, und er würde immer ausschließlich mit den Portugiesen in Oekusi Handel treiben. Früher hatte ihn sein Vater häufig in diese an der Nordküste gelegene Stadt mitgenommen, aber nach dessen Tod musste er die Reise allein antreten.

Der Weg nach Oekusi war steil und verschlungen, er führte durch Wälder und Savannen und drei Königreiche. Noch vor dem ersten Hahnenschrei brach Am Siki auf. Er führte zwei Pferde mit sich, einen Hengst und eine Stute. Auf dem Hengst ritt er und die Stute belud er mit Sandelholz, Bienenwachs, Gold, Sopi Kepala und verschiedenen Utensilien, die er aus Lontarblättern geflochten hatte. Außerdem hatte er Trockenfleisch als Proviant im Gepäck. Er schlug nie den direktesten Weg ein, sondern machte stets einen großen Bogen um eine Siedlung oder den Verwaltungssitz eines Königreichs, und er mied Wachpatrouillen, sowohl die der Niederländer als auch die der königlichen Truppen. Er wusste, fiele er in die Hände der niederländischen Soldaten, würde man ihn verprügeln und sein Hab und Gut beschlagnahmen. Griffe ihn aber eine königliche Patrouille auf, dann würde man ihm nicht nur seine Sachen wegnehmen, sondern man würde ihn halb totschlagen und überdies zur Arbeit im Haus eines *Usi* zwingen, wo er für den Rest seines Lebens die Badebecken von dessen Nebenfrauen schrubben müsste.

Nach etlichen Wochen, in denen er durch Täler, Wälder und Savannen geritten und allen möglichen Exemplaren von Geistern und wilden Tieren begegnet war, erreichte er endlich Oekusi. Aber ein Unglück kommt selten allein und das Glück verteilen die Ahnen. Sowie er den ersten Schritt auf den Boden von Oekusi gesetzt hatte, wurde er von japanischen Soldaten festgenommen. Die Japaner hatten inzwischen die weißhäutigen Kolonialherren samt ihren *Usi*-Kollaborateuren besiegt und beherrschten das ganze Land. Am Sikis Waren wurden auf der Stelle beschlagnahmt und sein Hengst wurde erschossen. Mit seiner Stute und anderen gefangengenommenen Männern wurde er in ein Zwangsarbeitslager in Sanaplo, im Südwesten der Insel, getrieben.

Der Fußmarsch dauerte mehrere qualvolle Wochen. Die Gefangenen legten die Strecke mit gefesselten Händen zurück, sie wurden ausgepeitscht und bekamen nur unzureichend zu essen. Schließlich erreichten sie Sanaplo. Dort erwartete die Gefangenen ihre Einteilung zur Zwangsarbeit, tagein, tagaus arbeiteten sie am Bau einer Straße, die zur Südküste führen sollte. Das Einzige, was sie regelmäßig für ihre Arbeit erhielten, waren Peitschenhiebe. Ein wenig mehr zu essen bekamen sie, wenn neue Zwangsarbeiter eintrafen, die ein paar Maiskolben bei sich trugen. Wenn niemand kam, hungerten sie, und wenn jemand vor Hunger fast starb, wurde er so lange ausgepeitscht, bis er starb. Während Am Siki schuftete, wurde seine Stute neben dem Wachposten angebunden und nacheinander von Soldaten, denen gerade der Sinn danach stand, geschändet.

Am Sikis Herz blutete. Nicht genug, dass man ihn versklavte, man vergewaltigte auch noch seine Stute.

Eines Nachts, es war stockfinster, er war gerade im Begriff, eine Lontarpalme zu fällen, die dem Bau der Straße weichen musste, löste sich eine Rispe voller Früchte aus ihrer Krone und fiel ihm auf den Kopf. Er stürzte zu Boden und sah Sterne vor seinen Augen tanzen. An der Schwelle zur Besinnungslosigkeit beobachtete er, was die Lontarpalme im Folgenden tat. Sie beugte sich zu ihm hinab, betrachtete sein Gesicht und sprach nach einem kurzen Seufzer ein Gedicht auf Uab Meto:

»Zuckerrohr ragt in den Himmel, Bananenblüten bohren sich in deine Brust. Wächst du fruchtlos heran, so kehre in den Mutterschoß zurück und verrotte.«

Nachdem die Palme das Gedicht dreimal gesprochen hatte, breitete sie mit dramatischer Geste ihre Palmwedel aus und spuckte zu guter Letzt auf Am Sikis Arme und Augenlider.

Von den feuchtwarmen Spucketropfen der Palme aufgeschreckt, öffnete Am Siki die Augen. Die Lontarpalme ragte kerzengerade vor ihm empor, als sei nichts gewesen, aber er spürte plötzlich eine ungeahnte Kraft in seinem Körper, die die eines Pferdes bei Weitem übertraf. Den Aufseher, der auf ihn zugekommen war, um ihn wegen Arbeitsverweigerung auszupeitschen, schlug Am Siki nieder, immer und immer wieder ließ er seine Fäuste auf den Schinder niederprasseln, bis er ihn schließlich mit beiden Armen in die Höhe stemmte und seinen Schädel am nächsten Felsvorsprung zerschmetterte. Am Siki lief in dieser Nacht Amok. Er tötete jeden der japanischen Soldaten und brannte das Arbeitslager nieder. Die Leichen der Japaner lagen herum, die Flammen griffen um sich, die Arbeiter flohen in alle Himmelsrichtungen.

Als das Lager dem Erdboden gleichgemacht war, stieg Am Siki auf seine Stute und floh in Richtung Norden. In sein Dorf kehrte er nicht zurück, denn er wusste, man würde unerbittlich Jagd auf ihn machen. Er blieb auf der Flucht, wechselte ständig seinen Aufenthaltsort, zog aus einem Tal hinauf auf einen Berg und von einem Berg hinab in die Savanne. Er ernährte sich von wilden Süßkartoffeln und Waldhonig, er fing Heuschrecken und Rehe. Er setzte keinen Fuß in ein Dorf; er blieb im Verborgenen, ständig auf der Suche nach einem nächsten sicheren Versteck.

Eines Tages, es war bereits später Nachmittag, kam er an den Rand eines Dorfes und bemerkte, dass am Fahnenmast in der Dorfmitte keine japanische Fahne wehte. Allerdings flatterte dort eine andere Fahne in den Farben rot und weiß im Wind. Er sammelte all seinen Mut zusammen, um von den Bewohnern zu erfahren, in welchem Teil der Welt er sich befand und ob die Japaner dieses Dorf möglicherweise übersehen hatten.

Es stellte sich heraus, dass die meisten Dorfbewohner zu der Gruppe der Gefangenen gehörten, die aus dem Zwangsarbeitslager in Sanaplo geflohen waren, als er dort Amok lief. Die Berichte von diesem Tumult, den Am Siki dort angerichtet hatte, waren bereits vielfach wiederholt von Mund zu Mund weitergetragen worden, wobei bei jeder erneuten Erzählung ein dramatisches Detail hinzugefügt wurde, sodass Am Siki inzwischen als jener unbezwingbare Mann geschildert wurde, der ganz Timor von der grausamen Herrschaft der Japaner befreit hatte. Man brachte ihn in das große Dorf-Lopo und klärte ihn darüber auf, dass die Japaner längst nicht mehr da waren und über das Land herrschten.

»Und was ist mit den Niederländern?«, fragte Am Siki.

»Auch die Niederländer sind nicht mehr hier. Wir sind jetzt nicht mehr Niederländisch-Timor.«

»Und wessen Fahne hängt dort? Ist dieser komische Wimpel da oben die Fahne eures Königreichs?«, fragte er erneut.

»Das ist die indonesische Fahne«, lautete die Antwort. »Wir sind jetzt Indonesisch-Timor.«

Am Sikis Neugier war geweckt. Wie sahen diese Indonesier wohl aus? Waren sie weiß wie die Niederländer oder gelb wie die Japaner? Spielten sie die Leute gegeneinander aus oder trieben sie es mit Pferden?

»Können die Indonesier denn Uab Meto sprechen?«, fragte er.

»Natürlich können sie das nicht«, lautete die einstimmige Antwort. »Aber wir haben jetzt eine neue Sprache, sie heißt Indonesisch. Wenn du sie lernen willst, kannst du das hier tun. Jede erste Woche im Monat unterrichten sie hier im Lopo Indonesisch für Anfänger.«

Es schnürte Am Sikis Brust zusammen. Es war deprimierend; die Fremden, von den Portugiesen über die Niederländer und Japaner bis zu den Indonesiern, kamen hierher, aber kein Einziger unter ihnen war bereit, in einer lexikalisch und grammatikalisch schlüssigen Sprache sprechen zu lernen. Immer nur waren es die Menschen in Timor, die man zwang, sich die Bedeutungen der seltsamen Laute aus den Mündern der Fremden anzueignen.

»Wie heißt euer Dorf?«, fragte Am Siki.

»Oetimu«, antworteten ihm die Leute.

»Zu welchem Königreich gehört es?«

»Also früher, da gehörte es zum Königreich Timu Un. Jetzt aber gehört es zum Verwaltungsunterbezirk Makmur Sentosa.«

Am Siki fragte nach der Bedeutung dieses Namens, aber die Leute sahen ihn nur mit einem Blick an, als würden sie selbst nicht die indonesischen Wörter für »Wohlstand und Frieden« kennen.

»Wachsen hier in der Nähe Lontarpalmen?«, fragte er darauf.

»Kommst du aus einer Familie von Palmzapfern?«, fragte einer der Dorfbewohner zurück. »Lass dich hier nieder, wenn du willst. Tausende von Lontarpalmen stehen ums Dorf herum. Mehr als du jemals verarbeiten kannst.«

So suchte Am Siki den *Temukung* auf und bat um die Erlaubnis, sich in diesem Dorf niederzulassen. Der *Temukung* fühlte sich geehrt und die Leute im Dorf bauten ein Haus für ihren Helden, ein kleines Haus zwar, aber komplett mit einem Klohäuschen und einem *Saenhana*, einer Destillerie, in der er den Palmsaft brennen konnte.

Ihm zu Ehren wurde ein Fest von sieben Tagen und sieben Nächten ausgerichtet, die Leute tanzten Tag und Nacht und betranken sich.

Die Nachricht, dass Am Siki, der lange verschollene Held, sich nun in Oetimu niedergelassen hatte, verbreitete sich in Windeseile. Und als der indonesische Unabhängigkeitstag näherrückte, machte sich eine Delegation von Beamten aus der großen Stadt auf den Weg nach Oetimu, um Am Siki persönlich zu treffen. Sie ließen sich mit ihm fotografieren und baten ihn, am 17. August in die Stadt zu kommen, um die Medaille, die man ihm für seine Tapferkeit überreichen wollte, entgegenzunehmen. Er sei ein Held, der Bangsa gerettet habe.

»Ich habe es euch doch schon gesagt, ich bin kein Held! Ich habe diesen Bangsa nicht gerettet. Und was überhaupt ist eine Medaille? Wenn man sie essen kann, gebt sie meiner Stute. Ihre Nachkommen werden noch herumlaufen, wenn ich längst tot bin.«

Die indonesischen Beamten schauten verwirrt, worauf der *Temukung* ihnen erklärte, Am Siki habe in Metaphern gesprochen.

»Bewahrt die Medaille für seine Kinder auf«, übersetzte er. »Nach seinem Tod werden sie die Medaille entgegennehmen.«

Die Beamten aus der Stadt nickten kurz, notierten sich diesen wichtigen Hinweis und verabschiedeten sich, um niemals wiederzukehren.

Lontarpalmen wachsen im Wald und in der Savanne, in Gesellschaft von Schopfpalmen und auf Sandsteinhügeln. Eichhörnchen nagen an ihren Früchten, Mäuse und Skorpione verstecken sich zwischen ihren Wedeln. Niemand betrachtet sie als Privateigentum. Alles und jedes Gewächs auf der Erde gehört den Vorfahren. Jeder ist willkommen, das, was er braucht, zu ernten.

Am Siki beschnitt für seinen eigenen Bedarf zwölf Lontarpalmen. In der Jahreszeit, wenn die prallen Rispen schwer von den Kronen herabhängen, kletterte Am Siki den Stamm jeder der zwölf Palmen hinauf, ritzte die Rispen an und fing den Palmsaft auf. An einem einzelnen Tag erzielte er auf diese Weise mehr als fünf randvoll gefüllte Bambuszylinder der süßen Flüssigkeit. Eine gewisse Menge destillierte er zu Sopi, eine weitere Menge verarbeitete er zu Palmzucker. Manchmal hielt er einen Teil zurück und verteilte ihn an die Kinder im Dorf. Diese freuten sich darüber, sie tranken den Saft und gaben vor betrunken zu sein, sie ahmten Männer nach, die sich nur dann trauten, einer Frau ihre Liebe zu gestehen, wenn sie angeheitert waren. In der Jahreszeit, in der keine Rispen reifen, nahm Am Siki die vertrockneten Blätter von den Palmen und verwandelte sie in Papierchen, mit denen man Zigaretten rollen konnte, sowie in Matten, Körbe und andere Gebrauchsgegenstände. Diese Dinge verteilte er, ebenfalls umsonst, an die Kinder.

Der süße Palmsaft und die Flechtwaren aus seiner Hand machten Am Siki das ganze Jahr über zum unangefochtenen Favoriten der Kinder. Aber wenn es in Strömen regnete, dann liebten sie ihn ganz besonders.

Lange bevor die ersten Fremden nach Oetimu gelangten, gehörte es in der Regenzeit zum Alltag der Kinder, sich zu Füßen des Geschichtenerzählers zu versammeln. Alle Kinder kamen, ohne Ausnahme, denn blieb eines zuhause, wurde es von einem Skorpion gestochen. Der prasselnde Regen nämlich vertrieb die Skorpione aus ihren Verstecken in den Hauswänden, und die frei umherlaufenden Exemplare bestraften die Kinder, die dem Geschichtenerzähler nicht zuhören wollten. Aus dessen Mund erfuhren die Kinder allerlei über ihre Vorfahren, etwa wie diese vor Urzeiten ihre Gestalt verändert und sich in Menschen verwandelt hatten, oder warum es ihnen nicht erlaubt war, Wachtelfleisch zu essen, oder welche Katastrophen über sie hereinbrechen würden, wenn sie einander hassten. Mit der Ankunft der Priester und ihren Gleichnissen aus der Bibel kam die junge Zuhörerschaft in den Genuss neuer Geschichten. Das Geschichtenerzählen war nicht nur spannende Unterhaltung für die Kinder, sondern es verschaffte auch deren Eltern Momente ungestörter Zweisamkeit. Während der kühle Monsunregen auf die Hausdächer prasselte und die Kinder mit offenen Mündern dem Geschichtenerzähler lauschten, ergriffen ihre Eltern die Gelegenheit, ein weiteres Brüderchen oder Schwesterchen zu zeugen.

Nachdem Am Nu'an, der altgediente Geschichtenerzähler von Oetimu, in einen Abgrund, den er, kurzsichtig wie er war, versehentlich für einen flachen Tümpel gehalten hatte, gestürzt und gestorben war, baten die Leute von Oetimu Am Siki, dessen Position zu übernehmen und den Kindern Geschichten zu erzählen. In ihren Augen war er genau der richtige Mann dafür, er hatte als Volksheld reichlich Abenteuer erlebt und als alleinstehender Mann hatte er keine Ehefrau, mit der er während des prasselnden Regens schlafen konnte. Die Leute von Oetimu lagen richtig. Bei jedem Regenguss versammelten sich die Kinder im Dorf-Lopo und lauschten wie hypnotisiert Am Sikis fantastischen Geschichten. Er erzählte ihnen nicht nur von vergangenen Zeiten und dem Leben ihrer Vorfahren, sondern auch von seinen ganz persönlichen Lebenserfahrungen und von mancher Gefahr, die er, bei allem Respekt, kühn gemeistert haben wollte. Er malte aus, wie er einem bösen Geist oder einem wilden Tier im Wald ein Schnippchen schlagen konnte, wie er in die Hände japanischer Soldaten gefallen war und viele andere atemraubende Geschichten mehr. Er war ein zuverlässiger Geschichtenerzähler, der nicht nur passende Adjektive fand, die es den Kindern erleichterten, sich die von ihm beschriebene Szene bildhaft vorstellen zu können, sondern der auch mit vollem Körpereinsatz und dramatischer Gestik beim Zuhören die Zeit vergessen ließ. Selbst wenn er eine Geschichte lediglich aus einer anderen Perspektive heraus wiederholte, hingen die Kinder gebannt an seinen Lippen, als hörten sie den Plot zum allerersten Mal.

Seine Gabe zum Geschichtenerzählen erregte bei den Eltern jedoch auch Besorgnis. Er brachte seine Geschichten derart detailreich dar, dass sie den Kindern in lebhaften Bildern vor Augen erschienen. Allerdings galt dies auch für Passagen, die für Kinderohren weniger geeignet waren. Manchmal ging es unverfänglich um eine Lontarknospe, die sich erblühend in die erste Frau auf Erden verwandelte. Aber dann führte er eben auch aus, wie die japanischen Soldaten seine Stute vergewaltigt hatten, mit sämtlichen Einzelheiten, einschließlich Gestalt und Größe eines jeden der beteiligten Penisse. Solche Details spornten die Kinder zum Mitmachen an und sorgten für großen Spaß. So forderte Am Siki seine jungen Zuhörer auf, ihre Hände nach oben in die Luft zu recken, damit er anschaulich demonstrieren konnte, welcher kleine Finger mit der Größe des Penis von Tsuchihashi übereinstimmte, oder welcher Daumen die gleiche Größe wie der Penis von Sadashichi hatte. Manchmal schlüpfte er in die Rolle eines wilden Tieres, das ihm im Wald begegnet war. Aber dann ahmte er eben auch die Stoßbewegungen der keuchenden Japaner am Hinterteil seiner Stute nach. Einige Eltern waren derart in Sorge, dass sie ihren Kindern verboten, ins Dorf-Lopo zu gehen.

»Bleib zuhause und leg dich schlafen! Aus Am Sikis Geschichten erfährst du nichts Lehrreiches.«

Doch die Kinder, die während des Regens im Haus schliefen, wurden von einem Skorpion gestochen. Außerdem waren die Kinder, wenn sie nicht schliefen, wahre Plagegeister, die so lange keine Ruhe gaben, bis ihre Eltern ihnen eine Geschichte erzählten, und diese somit davon abhielten, ein weiteres Geschwisterchen zu zeugen. Am Ende ließen die Eltern ihre Kinder doch wieder zum Dorf-Lopo ziehen, nicht aber ohne sie nach deren Rückkehr auszufragen, was für eine Geschichte Am Siki erzählt habe, um im Nachhinein gewisse Anpassungen vornehmen zu können.

»Und, welche Geschichten hat euch Am Siki denn heute erzählt?«

»Das waren viele Geschichten. Er hat uns von den Räubern aus dem Westen erzählt, vom Riesen *Neonbal-bali* und den großen Hunden und von den Japanern.«

»Hat er euch auch von seiner Stute erzählt und davon, was die japanischen Soldaten mit ihr gemacht haben?«

Wenn die Kinder daraufhin nickten, fügte der Vater oder die Mutter schnell hinzu: »Glaubt ihm diesen Teil der Geschichte nicht. Es gibt nämlich keine Japaner, die Pferde vergewaltigen. Dafür ist ihr Ding zu klein.«

KAPITEL 4

Am Siki stieg von seinem Pferd, und bereits beim ersten Anblick der Fremden, wie sie schluchzend auf dem Boden vor dem Subur-Laden kauerte, umgeben von Frauen und Kindern mit Angst in den Augen und jungen Männern mit Waffen in den Händen, ergriff ihn großes Mitleid. Ihre Beine waren nurmehr Haut und Knochen und schienen außerstande, ihren gewölbten Bauch zu tragen. Ihr Haar verdeckte Gesicht und Nacken. Was sie am Leib trug, hing in löchrigen Fetzen herab und bedeckte nur dürftig ihren Körper voller nach Verwesung stinkender Geschwüre und Schmutz. Lediglich der Klang ihrer Stimme verriet ihm, dass er einer Frau gegenüberstand.

Am Siki näherte sich und streckte ihr eine Hand entgegen, da verstummte sie und sah ihn mit starrem Blick an. Am Siki antwortete mit einem Blick, der ihr zu verstehen gab, dass sie in Sicherheit war, und der sie tatsächlich zu beruhigen schien. Dann sackte sie plötzlich in sich zusammen und weinte jetzt lautlos, mit weit geöffnetem Mund, ihre Schultern bebten. Am Siki legte stützend seine Arme um sie. In seiner Umarmung weinte sie nur noch heftiger, die Tränen liefen ihr in Strömen hinab. Die umstehenden Frauen begannen ebenfalls zu schluchzen, die Kinder aber schmollten, sie waren enttäuscht, nun doch kein Kräftemessen zweier Zauberer geboten zu bekommen.

»Wie langweilig, die kämpfen ja gar nicht«, nörgelte einer der Jungen.

»Warum sollten die auch kämpfen?«, erwiderte ein anderer. »Bei Am Siki als Gegner hat sich die Zauberin sofort bedingungslos ergeben.« Auf diese Weise wuchs der Respekt vor Am Siki um ein weiteres Quäntchen.

Einige Frauen näherten sich ebenfalls mit der Absicht, der Fremden zu helfen. Doch sowie der Abstand zu ihr nur noch sechs Schritte betrug, sträubte sie sich und versuchte, sich aus Am Sikis Armen zu befreien. Dieser gab den Frauen ein Zeichen, sich langsam zurückzuziehen, und sprach mit ruhiger, sanfter Stimme auf die Verzweifelte ein.

Die Leute verharrten noch eine Weile, bis auch der Letzte begriff, dass die Frau niemanden außer Am Siki in ihre Nähe ließ und dass man dessen Bemühungen, sie zu beruhigen, nur erschwerte, wenn man blieb. Schließlich löste sich einer nach dem anderen aus der Menge und entfernte sich, die Angelegenheit allein den beiden Protagonisten überlassend. Am Siki gab auch Am Naijuf mit einem Handzeichen zu verstehen, dass er sich um die Frau kümmern würde, woraufhin der *Temukung* und die anderen Ältesten ebenfalls den Schauplatz verließen.

Sobald Am Siki mit der Frau allein war, nahm er ihren kraftlosen Körper auf seine Arme, hob sie auf den Rücken seines Pferdes und brachte sie zu sich nach Hause. Da er nur ein Bett hatte – eine Pritsche aus Bambus, die er irgendwann einmal behelfsmäßig zusammengenagelt hatte und die bei jeder Bewegung quietschte –, legte er die Frau dort nieder. Er packte für sich ein paar Sachen und ging hinüber ins *Saenhana.* Dort machte er sich daran, einen Topf mit Wasser und Maniokknollen zu kochen, er gab Sufmuti-Wurzeln, *Koknaba*-Sprossen, den Sporn eines Habichts und weitere Heilmittel hinzu.

Die Sonne war längst untergegangen, als die Frau aufwachte. Kraftlos setzte sie sich auf und ließ ihren Blick schweifen. Der Raum wurde von einer mit Rizinusöl befüllten Lampe beleuchtet, die vom Trägerbalken in der Mitte des Hauses herabhing. Sie nahm die Öllampe ab, ging nach draußen in den Hof und sah in den Sternenhimmel über sich, worauf sie wie benommen stehen blieb. Dann fiel ihr Blick auf das *Saenhana* und schließlich auf Am Siki, der dort unter dem Dach, neben der Kochstelle, auf einem Sack schlief. Zögerlich näherte sie sich dem Tontopf über dem Feuer. Sie hob den Deckel aus Kokosnussschale ab und sah hinein. Der Anblick des Maniok ließ sie beinah mit der bloßen Hand hineingreifen, doch sowie sie den heißen Dampf auf der Haut spürte, schreckte sie zurück und ließ die Kokosnussschale in der anderen Hand zu Boden fallen. Am Siki richtete sich auf und rieb sich die Augen, um vorzugeben, er sei gerade erst aufgewacht und habe das Missgeschick der Frau nicht bemerkt. Er erhob sich von seinem Bettlager und nahm einen Schöpflöffel, ebenfalls aus Kokosnussschale, von einem der Haken, schöpfte eine Maniokknolle aus dem Topf und legte sie auf ein Tablett aus Bambus.

Monatelang hatte sie nichts anderes als Blätter gegessen und nichts anderes als Flusswasser getrunken, und nun überkam sie ein wahrer Heißhunger. Sofort schnappte sie sich ein Stück, als müsste sie es verteidigen, und verschlang es. Der Bissen war noch siedend heiß, so öffnete sie den Mund ganz weit, ließ den Dampf entweichen und schmatzte wie ein sich im Schlamm suhlendes Ferkel. Ihr Gesicht war bald mit Manioksprenkeln übersät und wirkte noch bedrohlicher. Ohne ein Wort zu sagen, ließ Am Siki sie essen. Ein kühler Wind blies von Osten her und ihre Schmatzgeräusche mischten sich mit den Gesängen der Zikaden und nachtaktiven Tiere.

Nachdem sie ganze zwölf Maniokknollen aufgegessen hatte, rülpste sie laut und lehnte sich gegen einen Pfosten. Ihre Augen waren auf die im Wind flackernde Flamme der Öllampe gerichtet, ihr Blick aber war leer, vollkommen entrückt. Am Siki hatte sich inzwischen an ihren strengen Geruch gewöhnt, dennoch schauderte er, als nun die Fliegen erwachten und auf ihr herumkrochen.

Nach ein paar Minuten erhob sich die Frau, nahm die Öllampe in die Hand, die sie neben der Feuerstelle abgestellt hatte, und ging nach draußen. Neben dem *Saenhana* ging sie in die Hocke und machte ihr Geschäft. Sie säuberte ihr Hinterteil mit einem flachen Stein, ging zurück ins Haus und legte sich wieder schlafen. Ihr mit Maniok und Heilkräutern gefüllter Magen ließ sie in einen tiefen Schlaf sinken, währenddessen trat Am Siki zu ihr und rieb sie mit heilenden Salben ein.

Dies geschah nun auch an den folgenden Tagen: Nach einem langen, ohnmachtsgleichen Schlaf stand sie auf, ging hinüber zum *Saenhana* und aß. Manchmal machte sie ihr Geschäft neben dem Haus, dann ging sie wieder hinein und legte sich schlafen. Darauf kam Am Siki und rieb ihren Körper mit Salben ein. Die Medizin ließ ihre Wunden trocknen, und das Essen gemischt mit Heilmitteln kräftigte sie, allmählich stabilisierte sie sich. Am vierzehnten Tag war zwischen Knochen und Haut etwas Fleisch auszumachen. Die offenen Wunden eiterten nicht mehr und begannen sich zu schließen, aber nach wie vor folgten ihr die Fliegen überallhin. Die Dorfköter versammelten sich immer häufiger in der Nähe des Hauses, angelockt von ihrem von Tag zu Tag nahrhafter werdenden Kot.

Am fünfundzwanzigsten Tag war ihr Körper deutlich praller. Ihre Beine waren kräftig genug, den gewölbten Bauch zu tragen. Die Geschwüre trockneten aus und die

Krusten begannen abzufallen. Sie erinnerte sich wieder an den Zweck eines Klohäuschens, und die Fliegen folgten ihr nicht mehr.

Am vierunddreißigsten Tag ließ sie zum ersten Mal ihre Stimme vernehmen. Um festzustellen, ob Am Siki verstand, was sie sagte, nahm sie das Gesicht des alten Mannes in beide Hände und sah ihm in die Augen. Da Am Siki als junger Mann mit den »Herren Portakes« – so nannte er die Portugiesen – Handel getrieben hatte, verstand er hinlänglich, was sie zu ihm sagte.

»Die Niederländer sind keine guten Händler«, gab er als Antwort. »Sie sind raffgierig und stecken sich das meiste in die eigenen Taschen. Die Japaner handeln überhaupt nicht. Das Einzige was sie tun, ist Straßen bauen lassen, töten und vergewaltigen.«

In gewissem Umfang wusste Am Siki, was in der Welt vor sich ging. Er wusste, dass fremde Völker in sein Land zu kommen pflegten, es als ihr Eigentum beanspruchten und jeden umbrachten, der sich ihnen widersetzte. Aber von dem, was sein Gast ihm von der indonesischen Armee berichtete, dass diese Menschen im Osten Timors töteten, wusste er nichts. Früher, so erinnerte er sich, da hatten indonesische Soldaten einmal die Leute in der Gegend dazu aufgerufen, Kommunisten und deren Sympathisanten umzubringen, ja, das schon, aber das war keine große Sache gewesen, und am Ende waren es nur siebenundvierzig Bewohner von Oetimu, die vor der Tür der Dorfkapelle getötet wurden, und das hatte keinesfalls zu einem flächendeckenden Chaos geführt.

»Und das ist schon lange her, liebe Frau«, entgegnete er schließlich seiner Gesprächspartnerin. »Inzwischen ist schon viel Palmwein getrunken worden, und die Indonesier haben keinen mehr umgebracht.«

»Mich ›liebe Frau‹ zu nennen, ist nicht angebracht«, erwiderte sie. »Ich bin noch längst keine zwanzig Jahre alt und ich bin nicht verheiratet. Ich sollte eine junge Frau sein, die sich des Lebens freut. Aber der Krieg hat mir alles genommen, selbst meine Eizellen.«

»Aber, aber«, entgegnete Am Siki: »Du bist ein portugiesisches Mädchen und die sind alle entzückend. Sie haben Pausbäckchen und ihre Nasen knospen rot wie reife Tomaten am Strauch. He du, welches Unglück sitzt in deiner Brust? *Uisneno*, unser aller Schöpfer, sieht alles. Sei stark, Mädchen! Auch du hast Ahnen, oder etwa nicht? Die Ahnen lassen weder die Blume noch ihre Wurzel im Stich. Ich habe auch Ahnen, sie stammen von einer Lontarpalme ab, und sie haben mir immer beigestanden, niemals haben sie mich verlassen. Also, damals, als ich noch im Arbeitslager in Sanaplo war …«

In seinem nicht ganz lupenreinen Portugiesisch begann Am Siki nun davon zu berichten, auf welche Weise ihm seine Vorfahren durch die Leidenszeit unter den Japanern hindurchgeholfen hatten. Er berichtete von der Zwangsarbeit und von seiner geliebten Stute, die von den japanischen Soldaten vor seinen Augen immer und immer wieder missbraucht worden war.

Die junge Frau weinte. Allerdings war ihr Herz weniger vom Inhalt der Geschichten berührt, den sie vor allem anstößig und verstörend empfand, sondern von Am Sikis Aufrichtigkeit, mit der er ihr die Geschichten erzählte. In ihren schwersten Tagen der Folter und der Entbehrungen, während ihrer Gefangenschaft und als sie sich allein durch den Urwald schlagen musste, hatte sie sich manches Mal gefragt, ob es auf der Welt wohl noch einen aufrichtigen Menschen gäbe. Sie dachte immerzu an ihren Vater, an ihre Mutter und an die anderen Gefangenen im Hotel Tropical oder im

Sang Tai Hoo oder an all den anderen Orten im ganzen Land. Ihre Tränen flossen in Strömen, begleitet von Am Sikis Worten, von denen nicht jedes eindeutig zu verstehen war.

Am Siki schloss seine Erzählung mit einer Portion Stolz, überzeugt davon, dass er nicht nur außergewöhnliche Geschichten erzählt, sondern diese auch auf gekonnte Art und Weise vorgetragen hatte, denn warum sonst wäre seine Zuhörerin derart mitgerissen, dass sie weinte? Diese wischte ihre Tränen, die ihr über das ausgezehrte Gesicht rannen, und lächelte. Auch wenn sie trotz ihres Lächelns entstellt blieb, es war ein Lächeln, das sich nach langer Zeit zum ersten Mal wieder auf ihrem Gesicht zeigte.

»So hat es sich zugetragen, liebes Mädchen. Ich habe noch etliche Geschichten mehr auf Lager. Wenn du willst, ich erzähle sie dir gerne.«

»Vielleicht ein anderes Mal«, sagte sie lachend.

»Nun gut. Ich denke, wir haben alle Zeit der Welt dafür.«

»*Eu chamo-me* Laura, *Avô*. Mein Name ist Laura, Großvater.«

Am Siki lächelte breit. Die Zeit war gekommen, da man ihn Großvater nannte, obwohl seine Zähne noch vollzählig waren und er sein volles Haar zu einem Zopf am Hinterkopf band, ein Zeichen dafür, dass er noch unverheiratet war.

* * *

Einen Tag nach diesem Gespräch, an dessen Ende sie zum ersten Mal wieder lachte und aus dem sie als Am Sikis Enkelin hervorging, erklärte Laura, sie habe wohl ein Bad nötig. Letztendlich musste sie sowohl den Verwesungsgestank als auch den Schmutz und abblätternden Schorf auf ihrer Haut wahrgenommen haben. Hintereinander auf dem Pferderücken sitzend machten sich die beiden auf den Weg zum Fluss. Zu Beginn der Trockenzeit bildeten sich mancherorts bereits Risse in der Erde, die Affen kamen von den Bergen herab, sie hatten es auf die reifen Maiskolben auf den Feldern der Bauern abgesehen. Die Sonne schien hell und freundlich, der blaue Himmel strahlte und die grünen Blätter rauschten sacht im Wind.

Das Pferd trabte gemächlich vor sich hin. Wenn sie an einem Feld vorüberkamen, auf dem Bauern arbeiteten, verbarg Laura ängstlich ihr Gesicht hinter Am Sikis Schultern. Leute, denen sie begegneten, eilten an den Wegesrand, um genügend Abstand zu der Frau mit ihren mutmaßlichen Zauberkräften zu halten, andererseits durfte der Abstand nicht zu groß sein, um Am Sikis Gefühle nicht zu verletzen. Ihre Hochachtung vor diesem alten Mann war erneut gewachsen, denn wer würde es sonst wagen, sich dieser verlorenen Teufelin anzunehmen.

Den ganzen Tag über badete Laura im seichten Flusswasser. Sie schrubbte ihren Körper mit einem Bimsstein und einem Seifenstück der Marke Tjap Tangan, und sie wusch ihr Haar mit dem Saft wilder Zitronen. Ein Teil der Fischpopulation des Gemeinen Hechtlings überlebte ihr Bad allerdings nicht, die Fische wurden durch den Schmutz auf ihrer Haut, der sich langsam im Flusswasser löste, vergiftet.

Während Laura badete, schaute Am Siki nach den Lontarpalmen etwas weiter südlich in der Nähe des Flussufers. Er leerte die mit Palmsaft gefüllten Bambusbehälter und ritzte die Rispenspitzen erneut an, damit der Palmsaft wieder gleichmäßig abfließen konnte. Kurz ging er zurück zur Badestelle, um sich zu vergewissern, dass Laura wusste, wie Bimsstein und Seife zu benutzen waren, und brachte dann die mit Palmsaft gefüllten Behälter ins *Saenhana*. Nachdem er seine Ernte verstaut hatte, machte er sich auf den Weg zum Haus des *Temukung*, um ihn um ein Stück Stoff zu bitten.

»Laura badet noch im Fluss, aber ich habe nicht einmal ein Stück Stoff, das sie sich nachher überwerfen könnte.«

Da es in der Gegend üblich war, mit der Übergabe eines Stoffes seine Heiratsabsichten zu offenbaren, fragte das Dorfoberhaupt: »Wirst du sie zur Frau nehmen?«

Am Siki lachte auf und erwiderte: »Nein, Laura ist jetzt meine Enkeltochter und sie hört gerne meinen Geschichten zu.«

Mit einem *Tais*, einem gewebten Sarong für Frauen, den ihm das Dorfoberhaupt übergeben hatte, machte Am Siki sich zurück auf den Weg zum Flussufer, um Laura abzuholen.

Dort aber erwartete ihn eine große Überraschung: Er wurde von einer jungen schönen Frau mit Pausbäckchen und einer tomatenroten Nasenspitze begrüßt. Auf ihrem Rücken waren noch Striemen und vernarbte Wunden zu sehen, aber nun wirkte sie sauber, erholt und genährt. Sie legte sich den *Tais* um, den Am Siki ihr mitgebracht hatte. Noch während sich die beiden auf dem Heimweg befanden, verbreitete sich bereits die aktuellste Nachricht über die hässliche schwangere Hexe, die man erst kürzlich jammernd vor dem Subur-Laden aufgefunden hatte: Sie habe sich inzwischen zu einer schönen Frau verwandelt, mit Pausbäckchen und einer tomatenroten Nasenspitze, mit langem gewellten Haar und strahlenden Augen. Die Geschichte verbreitete sich bis in die entlegensten Dörfer, je nach Vorstellungsgabe des jeweiligen Erzählers mit unterschiedlichsten Abwandlungen gewürzt. Einer berichtete von einem Engel, der gekommen sei, um die Leute von Oetimu zu prüfen;

er sei zunächst in der Erscheinung einer Zauberin aufgetreten, aber weil Am Siki sich seiner trotz seines furchterregenden Äußeren angenommen habe, habe er sich zu guter Letzt in seine wahre Gestalt zurückverwandelt. Jeder, der die Geschichte hörte, gab sie mit eigenen Ausschmückungen wieder sowie mit dem Versprechen, von nun an wirklich regelmäßig die Kirche zu besuchen und niemals wieder Opfergaben für die Ahnen zu vergessen.

Am Abend dieses Tages kamen die Leute zu Am Sikis Haus, um das Wunder mit eigenen Augen zu sehen. Sie küssten die Frau auf die Nasenspitze und beteten für ihre Gesundheit und die ihres ungeborenen Kindes. Einige brachten Stoffe, einige brachten Reis oder Früchte, Hühner- und Schweinefleisch oder andere nützliche Gaben. Die älteren Leute forderten Laura zum Gespräch auf, um ihre eigenen Portugiesischkenntnisse aufzufrischen. Frauen kochten Reisbrei für sie, Kinder liefen im Hof umher. Über Am Siki schüttelte man allerdings missbilligend den Kopf, da er die Schwangere auf seinem Pferd hatte reiten lassen, überdies ohne Sattel, über Hügel hinweg und durch die Savanne, in der zu dieser Jahreszeit paarungswillige Affenmännchen nach Weibchen Ausschau hielten, und dann hatte er sie noch allein im Fluss mit all seinen Wassergeistern baden lassen.

»Was, wenn ihrem ungeborenen Kind etwas zugestoßen wäre?«, fragten sie ihn vorwurfsvoll.

»Wo hätte sie sich denn sonst waschen sollen?«, fragte Am Siki zurück.

Daraufhin bauten die Leute für Laura ein Badehäuschen neben Am Sikis Haus. Die Eckpfeiler bestanden aus Stämmen junger Mimosenbäume und die Wände aus Blättern der Lontarpalme. Ein neuer Tonkrug aus dem Dorf-Lopo wurde herbeigeschafft und als Wasserspender darin aufgestellt.

Es herrschte ordentlich Betrieb in und um Am Sikis Haus. Täglich kamen Frauen, um Gerichte nach den beliebtesten Rezepten für sie zuzubereiten, und die Kinder kamen, um den Tonkrug mit frischem Wasser aufzufüllen. Sie brachten Laura nützliche Handgriffe bei, sie zeigten ihr, wie man bestimmte Speisen kochte, wie man Garn spann oder Stoff webte und viele andere Dinge mehr, damit sie nicht tatenlos blieb und am Ende gar ein faules Kind zur Welt brachte.

Im Licht der Aufmerksamkeit, die ihr die Leute von Oetimu schenkten, machte Laura einen glücklichen Eindruck. Mit großer Begeisterung nahm sie Anteil an den Geschichten und juchzte vor Freude, wenn sie etwas Neues lernte. Von Tag zu Tag wirkte sie gesünder und heiterer, auch ihre Wunden verheilten zusehends, bis sie nahezu verschwunden waren. Sie wurde immer schöner und war schließlich bereit für die Geburt. Aus dem Anblick seiner neugewonnenen Enkelin, wie sie vor Freude auflachte wie ein verliebter Teenager, schloss Am Siki, dass sich der Schmerz in ihrem Herzen verflüchtigt habe. Als sie sich aber dann, nachdem sie einen kerngesunden, makellosen Jungen zur Welt gebracht hatte, weigerte zu essen und zu trinken, da wusste Am Siki, dass sie nur um ihr Überleben gekämpft hatte, um das Kind zu gebären.

»Nun habe ich es geschafft, das Kind zu bekommen, Großvater«, sagte sie und küsste Am Siki auf die Nase. »Lass mich jetzt zu meiner Mutter und zu meinem Vater gehen.«

Nach dem Kuss sollte es Am Siki nicht mehr gelingen, Laura zum Essen zu bewegen. Die Milch in ihrer Brust versiegte und das Baby wurde von Tanta Domi gestillt.

Vier Tage nach der Geburt und noch bevor sie ihrem Kind einen Namen geben konnte, starb Laura. Die Leute beerdigten sie, wie es Brauch war, mit einer Mischung aus katholischen Gebeten und althergebrachten Zeremonien. Am Abend nach ihrer Beerdigung bellten die Hunde unaufhörlich und stürmische Winde streiften durch das Dorf. Mehrere Bäume stürzten um und Affen flohen aus den Bergen. Die Leute waren überzeugt, dies alles waren Zeichen, dass Laura weiterlebte, um ihren Sohn zu beschützen.

Am Siki gab dem Kind den Namen Portakes Oetimu, denn, so seine Erklärung, es handelte sich schließlich um einen in Oetimu geborenen portugiesischen Jungen. Am Tag seiner Taufe fügte der Pastor noch den Namen Siprianus hinzu, da der Kleine, so seine Erklärung, am Tag des Santo Siprianus geboren worden war, des Bischofs von Karthago, den man, nachdem ihn Kaiser Valerian hatte köpfen lassen, als Märtyrer feierte.

Und so lautete der vollständige Name des Jungen Siprianus Portakes Oetimu. Später nannten ihn die Leute kurz Ipi. Oder eben: Sergeant Ipi.

KAPITEL 5

Im südlichen Zipfel des Bezirks Makmur Sentosa gelegen, bildete Oetimu den Knotenpunkt zwischen der geschäftigen Bezirkshauptstadt und den Dörfern und Weilern, deren Grundsteine vor Urzeiten in den entlegenen Tälern und auf Bergkämmen gelegt worden waren – und die die zerstörerischen Umsiedlungsmaßnahmen der Niederländer überdauert hatten. Oetimu war weder besonders quirlig noch besonders ruhig, weder zu groß noch zu klein. Die mit Schlaglöchern durchsetzte Asphaltstraße, die aus der Stadt herführte, endete am südlichen Dorfrand, in der Nähe der ununterbrochen von Soldaten besetzten Grenzwache. Von der Nordseite Oetimus aus führten in die entlegenen Siedlungen nur noch Feldwege, die nicht das ganze Jahr über passierbar waren. In der Regenzeit verwandelten sich diese unbefestigten Pfade in Morast, und die Flüsse, über die keine einzige Brücke führte, traten über ihre Ufer und ließen unbeschadet nur die Ehrlichsten hindurchwaten, also Timoresen, die nichts als die Wahrheit sprachen, selbst im Dunkeln. In der Trockenzeit lauerten wilde Tiere am Wegesrand in Erwartung ihrer nächsten sich von selbst einfindenden Mahlzeit. Händler, Heilmittelverkäufer und selbst Pastoren aus der Gegend wägten stets zweiundzwanzig Mal die Frage ab, ob sie einen dieser Wege wirklich einschlagen sollten. Denn abgesehen von ihrer Furcht vor wilden Tieren zeichnete diese Leute ein Fundus von Tricksereien aus, die ihnen eine sichere Passage durch die Fluten mit hoher Wahrscheinlichkeit vereitelten.

Kaum jemand von außerhalb wagte sich in die entlegenen Dörfer, und so waren es deren Bewohner, die sich in entgegengesetzter Richtung auf den Weg nach Oetimu machten. Sie kamen jeden Sonntag, um die Messe in der Kapelle Santa Maria zu besuchen und um ihre nötigen Einkäufe im Subur-Gemischtwarenladen zu erledigen. Nachdem die von der Kommunistischen Partei Indonesiens aufgebaute Kooperative abgerissen und die Leichen ihrer Betreiber im Teakwald am Fuß des Bergs Bitauni vergraben worden waren, war es allein der Subur-Laden, der den Puls des Dorfes schlagen ließ. Der Gemischtwarenladen verkaufte so ziemlich alles, was man brauchte, vom Streichholz bis zum Sack Reis, von der Nähnadel bis zum Sarg.

Der Laden fungierte darüber hinaus als Umschlagplatz für regionale Ernteerzeugnisse, also für Tomaten und Chilischoten, Kemiri-Nüsse und Sandelholz, aber vor allem für Mais und Maniok. Die Leute in und um Oetimu betrieben keinen Nassreisanbau, sie pflanzten Mais und Maniok auf ihren Feldern, die sich an die umliegenden Berghänge schmiegten. Reis stellte nichtsdestotrotz den Hauptbestandteil ihres Speiseplans dar. Die meisten schämten sich sogar, wenn sie Mais oder Maniok aßen, und wenn sie sich nicht schämten, dann bekamen sie zumindest Magengrimmen, weil sie schon zu sehr an den Reis gewöhnt waren. Zu Beginn der Erntezeit fuhren Kastenwagen der Regierung mit Lautsprechern auf den Dächern durch Oetimu und verkündeten in ohrenbetäubender Lautstärke wichtige Informationen: »An alle Damen und Herren, an die klugen und gesunden Einwohner von Oetimu! Die Erntezeit hat begonnen! So werden wir auch in diesem Jahr wieder Mais und Maniok ernten. Aber was wissen wir über den Mais, was wissen wir über den Maniok? Unsere Vorfahren aßen Mais und Maniok. Und weil sie nur Mais und Maniok aßen, waren unsere Vorfahren mangelernährt und sie waren dumm. Wissenschaftliche Studien aus dem Westen belegen, dass diese beiden Pflanzenarten keinerlei Nährstoffe enthalten, dafür aber eine Substanz, die nach dem Verzehr das Gehirn erweicht.

Vor diesem Hintergrund, meine Damen und Herren, lassen Sie uns diese unrechte und unsinnige Sitte nicht an unsere Nachfahren weitergeben! Wir müssen Reis essen. Wir müssen Reis essen, damit wir und unsere Kinder zu kultivierten und zivilisierten Menschen gedeihen, die im unerschütterlichen Glauben an den Einen Gott leben, so wie es der erste Grundsatz der Pancasila vorsieht, das Fundament unserer Nation.«

Die Durchsagen schallten Jahr für Jahr durchs Dorf. Zum ersten Mal waren die Kastenwagen mit den Lautsprechern aufgetaucht, kurz nachdem die kommunistische Kooperative abgerissen worden war. Das konnten sich die Leute von Oetimu immer gut merken. Wenn es soweit war, ging man im Ort also mit der frischen Ernte Mais und Maniok zum Subur-Laden, um sie gegen Reis zu tauschen. Fünf Litermaße Mais ließen sich gegen ein Litermaß Reis tauschen. Drei Körbe voller Maniokknollen gegen zwei Tüten der schmackhaften Instantnudeln. Legte man ein Körbchen Erdnüsse dazu, gab es sogar noch ein Ei obendrauf. Die Leute aus den entlegenen Dörfern trotzten den Fluten und den wilden Tieren, nur um ihre Ernteerträge im Subur-Laden zu tauschen. Einige legten eine Strecke von über einem Dutzend Kilometern mit einer ganzen Staude Bananen auf den Schultern zurück, um diese gegen die begehrten industriell hergestellten Bananenchips zu tauschen. Einige tauschten Sandelholz gegen Gummisandalen, nur um den Heimweg am Ende doch barfuß anzutreten, aus Sorge, die neuen Sandalen könnten auf dem beschwerlichen Rückmarsch beschädigt werden. Wenn dann jemand auf der Strecke gegen einen spitzen Stein stieß oder auf ein scharfkantiges Schneckenhaus trat und Blut von der Fußsohle floss, dann setzte er sich an den Wegesrand, um die Wunde zu versorgen und dafür zu danken, dass die neuen Sandalen keinen Schaden genommen hatten – denn, nur einmal angenommen, er hätte sie vorhin getragen, dann wären sie jetzt schon ruiniert.

Gleich neben dem Subur-Laden stand ein weiteres Gebäude, das, wenn auch recht klein und windschief, eine wichtige Destination für die Besucher Oetimus bildete: die Kapelle Santa Maria. Ihr Dach war mit Silberhaargras gedeckt und ihre Bebak-Wände bestanden aus Wedeln der Schopfpalme. Die aus Mahagonibrettern gezimmerte Tür war inzwischen von Termiten völlig durchlöchert. Da sie nur einmal in der Woche geöffnet wurde, war die Innenseite der Tür wie auch die Holzbänke und beinahe jeder andere Gegenstand in der Kapelle von Spinnweben überzogen. Sonntags kam Pater Laurensius und las die Messe. Er aß gerne weiches Weißbrot und trug, wie die meisten Pater, einen stattlichen Wanst vor sich her. Jedes Mal, wenn sein Fahrer den alten Wagen schaukelnd über die Straße voller Schlaglöcher steuerte, klagte er:

»Die Straße gibt es seit der Zeit der Japaner, und niemals ist sie ausgebessert worden.«

Sein Fahrer, ein junger Mann, der in einem Waisenhaus aufgewachsen war, glaubte, er habe sein Leben der Kirche zu verdanken, und fühlte sich verpflichtet, dem Pater, ganz gleich, was er von sich gab, zustimmend zu antworten und dabei den Kopf zu senken.

»Ein Glück nur, dass wir diesen Wagen deutschen Fabrikats haben, Alfonsius«, sagte Pater Laurensius. »Wusstest du, dass deutsche Autos besonders stark sind? Sie sind stärker als sieben Pferde!«

»Aber ja, mein Herr Vater.«

Pater Laurensius las in Oetimu nicht nur die Messe, sondern er verteilte auch kostenlos Medikamente an die Kranken, die seit der Konsultation am Sonntag zuvor nun inzwischen eine Woche darauf gewartet hatten. Die Medikamentenausgabe wurde üblicherweise mit einem kurzen Gebet für jene Kranken abgeschlossen, die bereits vor Ablauf der Woche gestorben waren.

»Und daher, meine Brüder und Schwestern«, so Pater Laurensius, »sage ich euch, wenn ihr krank seid, so betet und übt euch in Geduld! Gottes Liebe ist allgegenwärtig. Hütet euch vor den Heilern, sie kauen Blätter, Zweige, Wurzeln und andere nutzlose Gewächse und kleben sie auf eure Haut, sie beschmieren euren Körper mit ihrem betelnussroten Speichel. Seht euch vor! Kennt ihr keinen Ekel? Die zerkauten Blätter, Wurzeln und Betelnüsse stecken voller Bakterien und Krankheitserreger. Kein Wunder, dass ihr daran zugrundegeht. Und dann kommen noch diese Mantras hinzu … Bei Gott, das nennen wir Götzenanbeterei! Und Götzenanbeter verstoßen gegen Gottes Willen. Gott spricht: Du sollst allein Mir dienen! Seht! Was ist die Folge, wenn ihr Götzen anbetet? Es ist euer Tod, oder etwa nicht? Gott sieht alles. Und Er wird jeden Sünder bestrafen.«

Der Kapelle Santa Maria gegenüber befand sich ein Motorradtaxistand, an dem pausenlos reger Verkehr herrschte. Om Pati war es, der nach seiner Rückkehr von einer Reise auf die Insel Java die dort bereits etablierte Erwerbsmöglichkeit, nämlich Leute mit dem Motorrad an ihren Zielort zu bringen und als Gegenleistung Geld dafür zu verlangen, in Oetimu einführte. Junge Männer, die eine Alternative zur leidigen Feldarbeit suchten, nahmen einen Kredit für den Kauf eines Motorrads auf, hinterlegten als Sicherheit die Besitzurkunde über das Land ihrer Eltern und nannten sich ab sofort Motorradtaxifahrer. Aber die meisten Leute von Oetimu zogen es vor, zu Fuß zu gehen oder auf dem Pferd zu reiten, sodass die jungen Kerle kaum etwas zu tun hatten und die meiste Zeit über am Motorradtaxistand herumsaßen, tranken oder Schach spielten. Wenn die nächste Ratenzahlung für ihren Kredit fällig war, schnappten sie sich ein Schwein aus dem Stall ihres Vaters und verkauften es an Baba Ong.

Es kam also häufiger vor, dass ein Borstentier von einem Bauern als vermisst gemeldet wurde und sich anschließend im Rahmen der Ermittlungen von Sergeant Ipi zweifelsfrei herausstellte, dass es vom eigenen Sohn entwendet worden war. Bei all der Freude, die Sergeant Ipi dabei empfand, dem Delinquenten Kopfnüsse zu verpassen, ihn zu boxen und ihm in den Hintern zu treten, so war ihm gleichzeitig bewusst, dass es völlig vergebens war, denn im kommenden Monat würde er es ein weiteres Mal tun müssen.

Die Polizeiwache, in der Sergeant Ipi lebte und arbeitete, lag am nördlichen Dorfrand Oetimus, gleich neben dem Dorfausgang. Wenn der Polizist auf seinem Motorrad durch den Ort fuhr, beteten die Motorradtaxifahrer, er möge guter Laune sein; denn andernfalls würde er bei ihnen so lange nach irgendeinem Fehlverhalten suchen, bis er eins fand und sie verprügelte, oder er würde sie einfach grundlos verprügeln. So ließ er sich etwa ihre Fahrerlaubnisse zeigen und überprüfte sie auf Gültigkeit, oder er beschuldigte sie des Glücksspiels, wenn sie am Schachbrett saßen, er warf ihnen vor, dass ihre Art zu blinzeln »der Bedrohung eines Staatsbeamten in Ausübung seiner Pflicht gleichkam«. Hatte er aber gute Laune, dann erzählte er lustige Geschichten, brachte die jungen Männer zum Lachen und heiterte sie auf. Manchmal hielt er den Sandlaster von Baba Ong an und verlangte Geld von dessen Fahrer, den er Jon Flasche nannte.

»He, Jon, he, Jon Flasche!«, rief er ihm zu. »Gib mir fünftausend, damit die Jungs hier sich was zu trinken kaufen können.«

Wenn Jon Flasche sich mit Ausreden herauszuwinden versuchte, etwa dass seine Kinder neue Bleistifte brauchten oder er noch die Raten für die Mitgift seiner Frau abzuzahlen hatte, zog Sergeant Ipi ihn von seinem Fahrersitz herunter und gab ihm ein paar Kopfnüsse.

»Das bisschen Geld wird dich schon nicht arm machen. Nun mach schon, rück' was raus!«

Manchmal sprang Ipi bei einer solchen Gelegenheit auch auf die Ladefläche des Lasters und vergewisserte sich, dass nicht etwa verbotenerweise Schulkinder mitgefahren waren und sich nun vor ihm versteckten. Wenn er bei seiner anschließenden Inspektion auf Kinder stieß, ließ er seinen Gürtel auf ihre Hinterteile niedergehen und befahl ihnen, Liegestütze zu machen und gleichzeitig aufzusagen, wie gefährlich das Mitfahren auf der Ladefläche eines Lasters war.

Ganz gleich also wo Sergeant Ipi auftauchte, es gab immer jemanden, der das Nachsehen hatte und Prügel bezog, ob einer der Motorradtaxifahrer, der Lastwagenfahrer oder die Schulkinder. Niemand wagte, sich ihm zu widersetzen, denn er war ein Staatsbeamter in Uniform, der im Namen des Staates handelte, und zwar für das Wohl aller Bürger. Wer sich einem Staatsbeamten widersetzte, der widersetzte sich dem Staat, und wer sich dem Staat widersetzte, der war Kommunist, und Kommunisten wurden getötet und im Teakwald verscharrt.

Doch nicht für alle Staatsbeamten war Gewalt ein probates Mittel. Da waren etwa die javanischen Soldaten, die am südlichen Dorfrand stationiert waren, Uniform trugen und häufig zum Subur-Laden kamen, um Zigaretten und Rasierzeug zu kaufen. Sie waren von kräftiger Statur und hatten, wie häufig bei Javanern der Fall, vorstehende Zähne, die sie freundlich aussehen ließen. Wenn sie am Stand mit den Motorradtaxis vorbeikamen, boten sie den Fahrern Zigaretten an und fragten sie, ob sie nicht eine Oberschülerin kannten, mit der man Sex haben konnte – abgesehen von Neeta natürlich, die nicht ganz dicht in der Birne war. Mit ihrem großen Mund konnte sie besser blasen als jede andere, aber sie hatte die Angewohnheit, in aller Öffentlichkeit die Penisgrößen der javanischen Soldaten mit denen der timoresischen Kämpfer zu vergleichen, was erstere häufig in Verlegenheit brachte. Da sich der Motorradtaxistand schräg gegenüber der Staatlichen Oberschule Oetimu befand, versprachen die Fahrer den Soldaten, diese hätten, im Fall dass sich eine der Schülerinnen für Sex anböte, den Vorrang.

Die Staatliche Oberschule Oetimu gab es seit vier Jahren. Der *Temukung* hatte das Stück Land im Osten, das sich seit jeher im gemeinschaftlichen Besitz der Bevölkerung befand, der Provinzregierung zur Verfügung gestellt, die nach einem geeigneten Grundstück für die Unterbringung von Flüchtlingen aus Osttimor suchte. Die einzige Bedingung, die der *Temukung* den zuständigen Regierungsbeamten stellte, lautete, dort auch eine weiterführende Schule für die Kinder aus Oetimu zu bauen. Die Kinder besuchten zwar die Schule, mussten dafür aber zu Fuß in die entfernte Bezirkshauptstadt laufen. Die Regierung stimmte ohne Weiteres zu, hatte sie doch ohnehin die Auflage, eine Schule für die Kinder der geflüchteten Familien zu errichten. Die Oberschule wurde schließlich eröffnet, für die Kinder aus Oetimu, die Kinder der Flüchtlinge und die Kinder aus den abgelegenen Dörfern. Die Schule bestand aus einem schlichten, langgestreckten, einstöckigen Gebäude, auch dieses mit Bebak-Wänden und einem Dach aus Silberhaargras, und sie beherbergte drei Klassenräume, ein Büro für den Schuldirektor und ein Lehrerzimmer. Von den zahlreichen Schülern besaßen nur wenige eine Schuluniform, die meisten trugen weder Schuhe noch eine Kopfbedeckung.

In dieser Oberschule meldete Om Daniel seine Nichte Silvy an. Om Daniel war Steuereintreiber und nicht sonderlich beliebt, aber an dem Tag, an dem er mit Silvy zur Schule ging, begrüßten ihn die Leute auf der Straße außerordentlich freundlich, in der Hoffnung, er würde sie mit der jungen Frau an seiner Seite bekannt machen. Silvy hatte die Herzen der Leute von Oetimu im Sturm erobert. Sie war höflich, duftete betörend und sah hinreißend aus. Jeder junge Mann träumte davon, mit ihr zu schlafen, und jeder Junge erlebte mit ihr seinen ersten feuchten Traum.

* * *

Sergeant Ipi hatte die Leute schon des Öfteren von der schönen jungen Frau, die neu ins Dorf gezogen war, reden hören. Sie sei auf dem Sozius eines Motorradtaxis direkt vom Busbahnhof Kefamenanu hergekommen, hieß es. Der Motorradtaxifahrer konnte aus erster Hand berichten, sie habe mit einem großen Geldschein bezahlt und das Wechselgeld abgelehnt, darauf habe sie sich bedankt mit einer Stimme so sanft und süß wie die des Engels im Krippenspiel und mit Augen so klar wie das Quellwasser eines Bergflusses.

Die Gerüchte über sie verbreiteten sich im ganzen Dorf und wurden weiter befeuert, als Om Daniel sie zu ihrer neuen Schule begleitete. Wenn sich zuvor zwei oder drei Leute begegnet waren, dann diskutierten sie über Brasilien und Ronaldo, nun aber begann und endete ihre Unterhaltung mit Silvy.

Ihre Mitschüler behaupteten, sie sei das klügste Mädchen, das sie jemals getroffen hätten. Alles, was aus ihrem Mund komme, sei durchweg richtig. Die älteren Leute sagten, es zeichne sie die Bescheidenheit einer wahren Tochter Timors aus. Die jungen Männer aus dem Dorf hingegen hätten mit ihren verdrehten Köpfen nicht sagen können, welchen Eindruck sie von Silvy hatten. In ihren Herzen herrschte ein Sturm der Gefühle, der zwischen Wertschätzung und Achtung, wie sie einer Frau gebührten, und dem Verlangen, sie nach allen Regeln der Kunst zu vögeln, hin und her wirbelte.

Alle sprachen von ihr. Selbst Baba Ong, der sich sonst nie um die Angelegenheiten der Leute im Dorf scherte und sich vermutlich noch nie in seinem Leben über etwas anderes Gedanken gemacht hatte als um seine Geschäfte, hielt eines Tages Sergeant Ipi an der Ladentür auf, um ihn auf Silvy anzusprechen. Dabei ignorierte er völlig, dass der Polizist es eilig hatte, weil er kurz vor dem Verhungern war und sich im Laden nur rasch etwas Reis kaufen oder, genauer gesagt, anschreiben lassen wollte.

»Ipi, du musst die Frau heiraten! Noch nie hab ich solch eine schöne Frau gesehen.«

»Welche Frau sollte das sein?«

»Na, die Nichte von Daniel. Wie heißt sie gleich? Silvy? Ja, richtig. Heirate Silvy! Sie ist wirklich schön.«

»Ach, das sagst du, weil du nie vor die Tür kommst. Nur im Laden schuftest du. Geld zählen, deine Gehilfen herumkommandieren ... Geh mal raus! In den Dörfern gibt es viele schöne Frauen«, entgegnete ihm Sergeant Ipi schnoddrig, obgleich er die Frau, um die es ging, noch nicht mit eigenen Augen gesehen hatte.

»Du bist schwer von Begriff, was? Es verhält sich folgendermaßen: Sie ist …«, so begann Baba Ong seinen Lobgesang auf Silvy, wobei er derart komplexe Schachtelsätze mit einer Fülle an Adjektiven bildete, dass Sergeant Ipi keine Chance hatte, den Monolog zu unterbrechen und sich zu verabschieden. Mitten im achten Schachtelsatz, Baba Ong pausierte kurz, um Luft zu holen, konnte Sergeant Ipi schnell eine Entschuldigungsfloskel einwerfen und mit einer Portion Reis aus der Tür schlüpfen. Inzwischen war er so hungrig und schlecht gelaunt, dass er erst zum Motorradtaxistand fuhr und zwei Fahrern, die gerade eine Partie Schach spielten, saftige Ohrfeigen verpasste.

»Wofür war die denn?«, fragte der eine und hielt sich seine anschwellende Wange.

»Weil du mich gerade, als ich mein Motorrad abgestellt habe, mit diesem Blick angesehen hast. Was sollte der bedeuten, he? Willst du mich etwa provozieren? Du wagst es, einen Staatsbeamten herauszufordern?«

Darauf versetzte er dem jungen Mann einen Fußtritt in die Magengrube, dass dieser rücklings in den Graben fiel. Die anderen Fahrer stoben auseinander, um sich in Sicherheit zu bringen. Nun wieder besserer Laune, startete Sergeant Ipi sein Motorrad und fuhr davon.

Was auch immer die Leute für einen Wirbel um diese Frau machten und was auch immer Baba Ong ihm umständlich zu erklären versuchte, Sergeant Ipi hatte nicht im Entferntesten das Gefühl, eine Frau nötig zu haben. Wenn er auf sein Leben blickte, erkannte er, dass er auch ohne Liebe zu einer Ehefrau und ohne die Fürsorge einer Mutter prächtig gediehen war. Natürlich war er früher häufig nach Kupang gefahren, hatte sein Geld mit vollen Händen im

Rotlichtviertel Karang Dempel ausgegeben, hatte in den Karaoke-Bars gesungen und Sex mit Huren gehabt. Aber diese Zeiten waren vorbei. Die Finger seiner rechten Hand waren vollzählig und er brauchte keine Frau, die ihn glücklich machte.

Für seine Mutter hatte er noch nie viel übrig gehabt. Allein der Gedanke an ihren Namen … allein der Gedanke an seinen eigenen Namen reichte ihm, seine Mutter nicht zu mögen. Was für eine Mutter ließ zu, dass man ihren neugeborenen Sohn, zumal einen so bezaubernden wie er es gewesen war, auf den Namen Siprianus taufte? Nicht, dass er sich über den Märtyrer und Heiligen Siprianus lustig machen wollte, niemals! Aber dessen Name war doch wirklich schauderhaft. Als Portugiesin musste seine Mutter eine ganze Liste Namen zur Hand gehabt haben, die bei den Dorfleuten beliebt waren. Wie wäre es zum Beispiel mit Ronaldo oder Rivaldo oder Bebeto? Cafu ginge auch, ja selbst mit Cafo hätte er kein Problem. Hauptsache keine solche Namen wie Ramos Horta oder Xanana, er wollte schließlich nicht heißen wie ein Rebell. Aber nein, seine Mutter hatte es ja vorgezogen zu sterben und zuzulassen, dass man ihm den Namen Siprianus verpasste. In der Schule hatte er sich einmal mit einem Mitschüler geprügelt, der ihn »Anus« genannt und dabei auf eine bestimmte Stelle einer anatomischen Zeichnung im Biologiebuch gezeigt hatte.

Und dann dieser nichtsnutzige Großvater. Ihm hatte er seinen Mittelnamen zu verdanken, bei dessen Klang allein sich ihm die Haare sträubten. Der Name war so scheußlich, dass Ipi sich in der Vergangenheit geweigert hatte, ihn in offiziellen Dokumenten niederzuschreiben. Wenn man ihn nachdrücklich dazu aufforderte, kürzte er ihn mit dem Buchstaben »P« ab. Por-ta-kes – was sollte das überhaupt für ein Name sein?

In der Polizeiwache angekommen, machte er sich als Erstes mit nagendem Hunger daran, den Reis aus dem Subur-Laden zu kochen. Das Kabel am elektrischen Reiskocher hatte sich vor einiger Zeit gelockert und musste mit einem Papierkeil befestigt werden. Ipi hatte bereits zwei Mal um einen neuen Reiskocher gebeten, doch sein Vorgesetzter, der Leiter der Polizeidirektion, war kürzlich von seinem Nachfolger aus Java abgelöst worden, der, da ihm der Name Am Siki nichts sagte, der Bearbeitung von Ipis Anträgen nicht die oberste Priorität einräumte. Dieser Neue hatte sogar zu fragen gewagt, warum ein Polizist im Rang eines Sergeanten allein ohne Familie in Oetimu lebte, ganz so, als handelte es sich um seinen Machtbereich und nicht um Ipis. Für Ipi war es sonnenklar, dieser Mann hatte nicht die geringste Ahnung, wer Am Siki, sein Großvater, war.

Während der Reis garte, arbeitete Sergeant Ipi an seinen Berichten. In dieser Woche hatte sich die Zahl der Verbrechen verringert. Ein Bauer hatte ein Schwein als vermisst gemeldet, aber der Fall war erledigt: Ipi hatte dem Bauernsohn längst eine Tracht Prügel verpasst. Ein Motorradtaxifahrer hatte einen Hund angefahren und sieben Meter mitgeschleift, aber der Fall war ebenso erledigt: Der Hund war tot, das Motorrad hatte einen Totalschaden und der Fahrer war verletzt, und Ipi hatte ihn obendrein ordentlich verprügelt, weil er beim Fahren nicht aufgepasst hatte. Schließlich hatte jemand den Verlust mehrerer Teakbäume angezeigt. In diesem Fall hatte Ipi längst seinen Anteil von Martin Kabiti erhalten, der die Bäume gefällt hatte, und nun suchte er nur noch nach einem Grund, den Anzeigenerstatter zu verprügeln. Die Anzeige würde nicht im offiziellen Register erscheinen, es sei denn, Ipi wäre bereit, seinen Anteil mit den Beamten in der Polizeidirektion zu teilen.

Der Reiskocher machte »Klack!« und Sergeant Ipi nahm

sich ein paar Löffel vom scharfen Lu'at-Sambal und in dünne Scheiben geschnittenes Trockenfleisch aus dem Schrank. Er häufte sich Reis auf den Teller, blies über die dampfende Mahlzeit und begann zu essen. Er hatte erst zwei, drei Löffel gegessen, als einer der Lehrer der Mittelschule in sein Büro stürzte. Sein Fahrrad hatte er einfach im Hof fallen lassen und schrie nun mit weit aufgerissenen Augen Sergeant Ipi entgegen.

»Sergeant, Sergeant!«

»Was gibt es denn, Pak Darius?«

»Tafin und Kletus, zwei Jungen aus der 2C, haben sich geprügelt. Und sie haben sich mit Macheten bedroht!«

»Was machen denn die Kinder mit Macheten in der Schule?«

»Heute stand Gemeinschaftsarbeit auf dem Stundenplan. Eine Gruppe Kinder sollte den Zaun um die Schule reparieren, eine andere den Schweinestall des Schuldirektors. Alle Kinder sollten dafür das notwendige Werkzeug selbst mitbringen. Und die zwei Jungen sind dann in einen Streit geraten. Wir haben die beiden schon im Lehrerzimmer eingesperrt. Am besten, Sie kommen gleich mit, Sergeant.«

Sergeant Ipi forderte den Lehrer auf, schon einmal vorzugehen, er würde erst noch aufessen. Der Lehrer bedankte sich, murmelte etwas von schmutzigen Fensterscheiben und ging davon.

Auch zu Ipis Schulzeit hatten sich Jungen geprügelt, allerdings mit bloßen Händen, ohne Waffen, und die Weichteile waren tabu gewesen. Heutzutage aber, da bedrohten sich die Kinder gegenseitig mit scharfen Waffen. Letztes Jahr während der Pflanzzeit, da waren Fanus, der Sohn von Am Tasi, und Ameta, ein Flüchtlingsjunge, in einen Streit geraten, an dessen Ende Fanus ein Finger abgetrennt wurde. Donce, Fanus' älterer Bruder, war außer sich vor Wut und trommelte ein paar Freunde zusammen, um Vergeltung zu fordern. Es kam zu einer Begegnung zwischen den jungen Männern aus dem Dorf und den jungen Männern aus dem Flüchtlingslager. Letztere trugen ihre selbstgebauten Waffen, Pfeile und Bögen sowie Klewang bei sich. Aus der Entfernung schrien sie ihren Gegnern entgegen: »Was wollt ihr Landeier? Wir kommen aus Osttimor. In Osttimor fliegen euch die Kugeln nur so um die Ohren. Aber wir haben keine Angst vor dem Tod!«

Die jungen Männer aus dem Dorf mit ihren Macheten, Klewang und Molotowcocktails im Anschlag schrien zurück: »Wenn ihr keine Angst vor dem Tod habt, warum seid ihr dann geflohen, in unser Land? Ihr feigen Hunde! Kommt nur her und wir machen Hackfleisch aus euren dürren Leibern!«

Glücklicherweise konnte der Kampf im letzten Moment abgewendet werden. Sergeant Ipi war eingeschritten, er verprügelte die Dorfjungs und Martin Kabiti knöpfte sich die Kerle aus Osttimor vor, währenddessen hielten bewaffnete Soldaten Wache. Am Ende versöhnten sich die Kontrahenten und gemeinsam betranken sie sich mit Sopi. Bei der nächsten bewaffneten Auseinandersetzung, da waren sich von nun an alle einig, würde der Polizist sofort die Sache in die Hand nehmen.

Vor diesem Hintergrund fuhr also Sergeant Ipi, sowie er seine Mahlzeit beendet hatte, zur Schule. Er ließ die beiden Störenfriede vor ihm aufstellen. Was er nun tun würde, sollte für alle Schulkinder eine Lektion sein. Er befahl den zwei Jungen, sich in der Mitte des Schulhofs vor ihm niederzuknien, nahm seinen Gürtel ab und begann, die beiden abwechselnd auszupeitschen. Erst beim siebzehnten Peitschenhieb baten die Jungen um Vergebung. Ipi hörte deswegen aber noch lange nicht auf.

»Nur Diebe und Feiglinge kämpfen mit Waffen«, schrie er. »Und in Oetimu dulden wir weder Diebe noch Feiglinge.«

Dabei schwang er kraftvoll den Gürtel auf und nieder, und erst als ihm der Arm schwer wurde, bat er um einen Stuhl, um sich auszuruhen. Zwei der umstehenden Schüler schleppten hastig einen Stuhl heran, wobei sie ihren beiden Freunden einen mitfühlenden Blick zuwerfen konnten. Aber sogleich wurden sie von ihrem Staatsbürgerkunde- und Pancasila-Lehrer zurechtgewiesen.

»Da seht ihr, was mit Kindern passiert, die sich prügeln. Das sehr ihr doch, oder? So, jetzt aber zurück in eure Klasse und fleißig gelernt!«

Sergeant Ipi saß auf seinem Stuhl und wischte sich den Schweiß ab. Dann stieß er die Jungen, die vor ihm auf dem Boden lagen, mit der Schuhspitze an. Nun fragte er die beiden, warum sie sich gegenseitig mit Macheten bedroht hätten. Ihre Antwort machte ihn stutzig: Zum einen schien ihm der Anlass des Streits noch dümmer als ihr Handeln und zum anderen bekam er schon zum zweiten Mal heute den Namen dieser jungen Frau zu hören.

Fünf Tage zuvor hatte Tafin von der neu hinzugezogenen Silvy geträumt. Es war sein erster feuchter Traum gewesen. Obwohl er sich dafür schämte, erzählte er es Kletus. »Ich hatte zwar Angst, aber es hat sich toll angefühlt«, sagte er. Kletus nannte ihn verdorben und sagte, er habe Silvys Ehre beschmutzt. »Es gibt so viele Mädchen im Dorf«, so Kletus, »und vorne auf den Kreuzworträtselheften sind auch immer Frauen drauf. Warum musstest du Silvy in den Schmutz ziehen?« Den ganzen Tag über zog Kletus Tafin auf, er rief ihn einen Stricher und verglich ihn mit anderen schlimmen Dingen, bis Tafin sich wie der größte Sünder von ganz Timor vorkam.

An dem Morgen, an dem die beiden den Schweinestall des Schuldirektors ausbessern sollten, erzählte Kletus Tafin, er habe ebenfalls einen feuchten Traum gehabt.

»Mit wem denn?«, fragte Tafin. »Mit der Frau auf dem Kreuzworträtselheft?«

»Nein, mit Silvy«, antwortete Kletus. »Aber ich schwöre bei Gott, ich bin zum Schuss gekommen, bevor mein Ding in ihr drin war. Ich habe sie also nicht beschmutzt, nicht einmal im Traum.«

Immer noch gekränkt wegen Kletus' Spöttereien fünf Tage zuvor, nannte Tafin diesen nun verdorben und bezichtigte ihn, er würde nur vorgeben, anständig zu sein. Aber das sei auch kein Wunder, da doch seine Mutter ein Verhältnis mit A Teang habe, Baba Ongs ältestem Sohn, und die beiden sich oft in dem leeren Haus neben der »Cilu« genannten Savanne trafen. Obwohl er das Gerücht über seine Mutter nicht zum ersten Mal hörte, fühlte Kletus sich bis ins Mark gekränkt. Mit Tränen in den Augen schlug er Tafin ins Gesicht. Tafin antwortete mit einem Tritt in Kletus' Magengrube. Kletus ging zu Boden und zog dann seine Machete. Aber Tafin hatte keine Angst und zog ebenfalls seine Machete. Und so standen sich die beiden Kontrahenten drohend gegenüber, als der Lehrer vorüberkam.

Verärgert erhob sich Sergeant Ipi von seinem Stuhl und versetzte den Jungen noch ein paar Ohrfeigen.

»Ihr könnt feuchte Träume haben mit wem ihr wollt«, sagte er. »Mit Silvy, mit der Frau von A Teang oder mit Lady Diana. Aber, in Gottes Namen, schlagt euch nicht! Ihr seid nur dumme Jungen, die beim Pinkeln noch nicht einmal eine Delle in den Boden machen.«

Sergeant Ipi schimpfte und prügelte weiter auf die Jungen ein, bis er vor Erschöpfung von ihnen abließ. Zu dem

Zeitpunkt waren die beiden schon nicht mehr in der Lage aufzustehen, sie waren buchstäblich grün und blau. Mit letzter Kraft bettelten sie um Vergebung und versprachen, sich nach dem nächsten feuchten Traum nicht mehr zu prügeln. Sergeant Ipi vergab ihnen, hielt ihnen eine Standpauke, in die er einige amtliche Formulierungen einflocht, die er sich aus der Zeit seiner Polizeiausbildung gemerkt hatte, und befahl ihnen dann, Sufmuti-Blätter zu sammeln, um ihre Wunden zu versorgen.

Die beiden Jungen waren davongehumpelt, da blickte Sergeant Ipi nach oben in den Himmel und dachte nach. Für die Sicherheit seines Dorfes musste er schleunigst diese junge Frau aufsuchen. Wegen dieser Frau hatten sich allein an diesem Tag zwei Kinder fast gegenseitig umgebracht. Wer konnte schon dafür garantieren, dass Oetimu nicht schon morgen oder übermorgen wegen dieser Frau die Unabhängigkeit von Indonesien verlangte?

* * *

Atino, der den Angriff auf Martin Kabitis Haus anführte, hatte früher für Indonesien gekämpft. Er war der erste junge Mann gewesen, der sich aus dem Distrikt Viqueque im Süden Osttimors nach Manatuto im Norden auf den Weg über die Insel gemacht hatte, um sich der indonesischen Armee anzuschließen. Sein Patenonkel, ein Viehzüchter, war von Männern der Fretilin erstochen worden, weil er einen Mitgliedsausweis der UDT bei sich getragen hatte. Seitdem hegte Atino tiefe Rachegefühle für die Täter und alles, was im Zusammenhang mit der Unabhängigkeitsbewegung stand. Und er glaubte, Indonesien würde ihm die Chance geben, seinen Rachedurst zu stillen. Gemeinsam mit vielen anderen jungen Männern aus Osttimor wurde er militärisch ausgebildet, er wurde bewaffnet und in den Kampf geschickt, um die Fretilin zu zerschlagen.

Nach der Einnahme der Stadt Dili durch die indonesische Armee zogen sich die Kämpfer der Fretilin und ihre Unterstützer in die Bergregion im äußersten Osten der Insel zurück. Dort bildeten sie den Nationalrat des timoresischen Widerstandes, der unter einem Kommando sowohl mit diplomatischen Mitteln als auch mit Taktiken der Guerillakriegsführung die indonesische Offensive aufzuhalten versuchte. Die Guerillakämpfer machten der indonesischen Armee erheblich zu schaffen und töteten zahlreiche Soldaten. Das war kaum überraschend, denn sie kannten sich nicht nur vortrefflich im Kampfgebiet aus, sondern waren darüber hinaus mit schützenden Amuletten und mit dem Segen ihrer Ahnen sowie der Mutter Erde ausgestattet.

Bei ihrer Offensive war die indonesische Armee daher auf junge Männer wie Atino, die sich nicht zur Unabhängigkeitsbewegung oder zum Widerstand zählten, angewiesen. Wie die Guerillakämpfer kannten diese pro-indonesischen Milizionäre das Kampfgebiet und verfügten über eine entscheidende Kraft: Sie hatten keine Angst vor dem Tod. Sie schritten den indonesischen Soldaten voran und stießen bis tief in die Wälder vor, ohne Angst vor Schlangen, Malaria oder was auch immer die Guerillakämpfer mit ihren Zaubermantras gegen sie heraufbeschworen haben mochten. Wenn einer der indonesischen Soldaten von einer Schlange gebissen wurde oder Fieber bekam, dann wussten sie, wie zu helfen war und kannten das richtige Gegenmittel. Wenn ein Guerillakämpfer sich mittels eines Zauberspruchs im Verborgenen hielt, dann wussten sie ein Gegenmantra, das den Feind aus seinem Versteck zu scheuchen vermochte. Seite an Seite mit den indonesischen Soldaten konnten sie ihre Stellung in den Bergen lange halten, um von dort aus

Siedlungen und Täler nach Aufständischen zu durchkämmen und diese zu erschießen.

An einem Donnerstag im Dezember des Jahres 1983 – er war aus den Bergen gekommen, um Weihnachten zu feiern – lief Atino im Militärstützpunkt in Dili ohne jede Vorwarnung Amok, wie alle Zeugen später aussagten. Er war gerade dabei, seinen Bart zu rasieren, als ein Soldat von einem Vorfall in Viqueque einige Wochen zuvor berichtete. Unter Anführung einer Gruppe ziviler Sicherheitskräfte seien Teile der Bevölkerung des Ortes Kraras zum Feind übergelaufen und hätten zwölf indonesische Soldaten getötet. »Aber keine Sorge«, so berichtete der Soldat weiter. »Wir haben die Verräter gleich erschossen und das ganze Dorf dem Erdboden gleichgemacht. Die Frauen und Kinder, die sich uns in den Weg stellten, ließen uns keine andere Wahl, wir mussten sie ebenfalls erschießen.«

Als er das hörte, machte sich Atino allerdings Sorgen.

»Gab es Überlebende?«, fragte er.

»Ja, die gab es, ein paar Frauen. Aber ausnahmslos alle Männer waren im Widerstand und wurden erschossen«, ergänzte ein anderer Soldat.

»Seid ihr dort einem Religionslehrer begegnet?«

»Ja, da gab es einen, der lebte in einem Haus, vor dem eine riesige Ceyloneiche stand. Das Haus diente Guerillakämpfern als Versteck. Wir haben es dem Erdboden gleichgemacht. Armer Teufel von einem Religionslehrer.«

Der Soldat hatte in mitfühlendem Ton gesprochen, doch plötzlich zog Atino ihm das Rasiermesser, das er noch in seiner Hand hielt, durch das Gesicht, dass das Blut an diesem helllichten Tag nur so spritzte. Wie ein Besessener schreiend begann Atino seinen Amoklauf, er schlug auf alles ein, was ihm in die Quere kam. Er trat in den Schwarzweißfernseher, zertrümmerte einem jungen Offizier die Nase und setzte vier Soldaten, die ihn festzunehmen versuchten, außer Gefecht, bevor er schließlich von sechs anderen überwältigt werden konnte.

Der junge Offizier schmeckte das Blut in seinem Mund, er war wütend und fühlte sich in seiner Ehre gekränkt. Er griff nach seiner Pistole und setzte sie Atino an die Schläfe – und er hätte abgedrückt, wäre er nicht von einem anderen Offizier mit einem höheren Rangabzeichen daran gehindert worden. Der mit dem höheren Rangabzeichen befahl, einen Stuhl sowie ein Glas Wasser zu holen. Auf Atino sprach er mit beruhigenden Worten ein und forderte ihn auf, sich zu setzen.

Atino setzte sich, nahm das Glas, leerte es in einem Zug und blickte mit leeren Augen, ohne dem Offizier zuzuhören, nach links und nach rechts. Einen Bruchteil einer Sekunde später spuckte er dem Offizier das Wasser ins Gesicht, zerschlug das Glas in seinen Händen und rammte eine Scherbe in den Schritt des jungen Offiziers, der ihn vorhin beinah erschossen hatte. Er setzte seinen Amoklauf fort, brach drei bewaffneten Soldaten die Arme, zertrümmerte eine Tür und warf eine Handgranate in den Innenhof. Erst die Kugel aus dem Gewehr eines der im Laufschritt herannahenden Soldaten, die ihn in der Seite traf, stoppte seine Raserei.

Der Jungoffizier mit der gebrochenen Nase und der Stichwunde im Schritt krümmte sich auf dem Boden. Bei der Menge Blut zwischen seinen Beinen standen die Aussichten auf ein künftiges erfüllendes Liebesleben nicht gut. Der andere Offizier, der die Ladung Wasser abbekommen hatte, wischte sich das Gesicht mit einem Lappen, nahm die Pistole und hätte Atinos Schädel zertrümmert, wäre er nicht von einem anderen Offizier mit einem höheren Rangabzeichen daran gehindert worden.

»Tötet ihn nicht! Steckt ihn in eine Zelle und lasst ihn erst wieder raus, wenn die Sonne im Westen aufgeht!«

Mit gefesselten Händen und der Schusswunde in der Seite wurde Atino in eine Zelle gesperrt. Ab diesem Tag durfte jeder, der gerade einen schlechten Tag hatte, in seine Zelle treten und ihn zusammenschlagen. Man schlug ihn halb tot, aber, dem Befehl des Offiziers folgend, niemals ganz tot.

»Auch wenn sie keine militärische Ausbildung genossen haben, sie besitzen denselben Kampfgeist wie wir«, sagte der Offizier über die timoresischen Milizionäre. »Sie lieben ihr Land über alles und kämpfen dafür unter Einsatz ihres Lebens. Sie haben große Dienste geleistet, und ihr seid ihre Brüder, ihr seid Kinder desselben Mutterlandes, ihr seid gleichermaßen bereit, für die Verteidigung der nationalen Einheit der Republik Indonesien zu kämpfen.«

Solche Worte sorgten dafür, dass man Atino nicht tötete, auch wenn es die Soldaten der unteren Dienstgrade schon lange in den Fingern juckte, einen von diesen Einheimischen zu erschießen. Sie mochten vielleicht jeden Winkel des Kampfterrains kennen und die Kommandanten mochten sich auf ihr Wort verlassen können, aber andererseits taten sie ständig, was sie wollten. So machten sie sich gerne über die jungen Soldaten lustig und nannten sie Affen.

»He, Affe, hast du eine Zigarette?«

»Was träumst du mit offenen Augen, Affe? Vermisst du etwa deine javanische Muschi?«

Als man ihnen freundlich zu erklären versuchte, dass »Affe« keine angemessene Bezeichnung für einen Freund war, bogen sie sich vor Lachen.

»Seit wann sind wir Freunde, Affe? Wenn ich mich recht erinnere, war ich es, der dir im Wald die Windeln gewechselt hat.«

Die Soldaten konnten nichts anderes tun als sich auf die Zunge zu beißen und zu Gott zu beten, es möge irgendwann der Tag der Vergeltung kommen. Bis es soweit war, diente ein gefangengenommener Timorese zumindest als Ventil zum Dampfablassen. Wenn ein Soldat Ärger mit einem Vorgesetzten hatte oder wenn er sich nach seiner Freundin in der Ferne sehnte, dann ließ er seinen Frust am timoresischen Inhaftierten aus. Und selbst wenn ein Soldat von einem Vorgesetzten gelobt worden war, suchte er den Timoresen in der Zelle auf und schlug zu.

Zwei Wochen nach Neujahr sollte Atino nach Java verlegt werden. Die Offiziere standen in Habachtstellung für den Fall, dass die Milizionäre erkannten, dass einer von ihnen ohne Verhandlung inhaftiert und tagein tagaus geschlagen worden war, und einen Aufstand anzettelten.

Auf Java wurde Atino von einem Gefängnis ins nächste verlegt, von Ostjava bis nach Jakarta. Er bekam nie eine Gerichtsverhandlung, aber hingerichtet wurde er auch nicht. Jeder hochrangige Offizier kannte Atino und seine Mitstreiter, denn alle Soldaten mit hohen Rangabzeichen waren mit Sicherheit einmal in Osttimor stationiert gewesen und wussten von dem Durchhaltevermögen und von der Loyalität der Milizionäre, den Männern von Timor. Doch wohin man Atino auch verlegte, in seinen Begleitpapieren stand stets der Vermerk, er sei ein Verräter, der einem Offizier die Zähne ausgeschlagen hatte. Dieser Hinweis reichte als Rechtfertigung, ihn halb totzuschlagen, wenn auch nicht dazu, ihn ganz totzuschlagen.

Ende des Jahres 1984, nachdem er bereits mehrmals verlegt und immer wieder aufs Neue zusammengeschlagen worden war, kam der Offizier, dem er seinerzeit ins Gesicht gespuckt hatte, nach Jakarta, um ihn persönlich aufzusuchen. Der Offizier hatte für seine Dienste in Timor reichlich Anerkennung erhalten und war inzwischen mit einem höheren Rangabzeichen nach Jakarta zurückbeordert worden. Er hatte sehr viele Untergebene und sehr viele Aufgaben. Eine dieser Aufgaben bestand darin, die Verbrecher und Staatsfeinde, die in der Stadt ihr Unwesen trieben und die Sicherheit des Landes gefährdeten, auszumerzen.

»Immer wenn ich mir über die Ausführung dieser *Operation* den Kopf zerbreche, muss ich an dich denken, Atino«, sagte der Offizier. »Ich weiß, du bist ein Kämpfer. Ich habe deine Akte durchgesehen. Du hast dich in der Gefangenschaft bisher gut geführt. Unterdessen laufen da draußen sehr viele Verbrecher frei herum. Sie sorgen nur für Chaos und beunruhigen die Bevölkerung, sie gefährden die Einheit des Landes. Ich gebe dir eine Chance. Du entscheidest selbst. Du bleibst weiterhin hier, wo man dich wie ein Tier behandelt, oder du kommst frei und schießt den Bösen in den Kopf.«

Um nicht ohne Aussicht auf seine Freilassung oder zumindest auf eine Verhandlung in Haft zu bleiben, nahm Atino das Arbeitsangebot an. Daraufhin brachte man ihn in ein Haus im Süden Jakartas. Das Haus war riesig, es war von einem hohen Zaun umgeben und verfügte über einen großen Innenhof, in dem mehrere Hunde herumliefen. Bei der Ausstattung mit allen möglichen Sportgeräten hätte man fast das Gefühl haben können, das Haus gar nicht mehr verlassen zu müssen. Es gab Dutzende Zimmer, die ausschließlich von Männern bewohnt wurden. Sie stammten aus dem Osten Indonesiens: drei aus Ambon, sechs aus Flores, vier aus Sulawesi und sieben weitere aus Timor, oder genauer gesagt aus Dili. Jeder von ihnen war von großer, kräftiger Statur und ordentlich gekleidet und ließ keinen Zweifel daran, dass er eine militärische Ausbildung genossen hatte. Täglich kam ein Soldat ins Haus und lieferte Essen, er überbrachte aber auch Einsatzpläne und Listen mit Zielpersonen, die »zu sichern« waren.

Nach einer Woche, in der Atino die Vorgänge im Haus genau beobachten konnte, beteiligte er sich aktiv an der Operation. Sie verließen das Haus in der Nacht, selten auch tagsüber, und schossen den Männern, die für Ärger sorgten, in den Kopf: den bewaffneten Räubern, den tätowierten Kleinganoven, den unbewaffneten Studenten in ihren Zimmern voller Bücher oder wem auch immer, dessen Name auf der Liste stand.

Atino arbeitete mit großer Sorgfalt und wurde bald von allen geschätzt. Seine Aufgaben erledigte er ohne Anlass zur Beanstandung und streng nach Befehl. Außerdem schoss er mit der größten Zielgenauigkeit, und manchmal war diese gar nicht nötig, dann schlich er sich an die Zielperson heran und tötete sie mit bloßen Händen.

Bald genoss er unter den Killern einen hervorragenden Ruf. Niemand von ihnen ahnte, dass er, während er die unwichtigen Leute umbrachte, heimlich den Plan schmiedete, andere, wichtige Leute zu töten. Er sammelte und überprüfte Informationen und erstellte seine eigene Liste. Eine Liste mit Namen von Zielpersonen, die verantwortlich für den Tod seiner Familie waren.

KAPITEL 6

Wie die meisten Häuser in Oetimu war auch das von Om Daniel nicht besonders groß. Die Bebak-Wände zeigten deutliche Spuren von Verwitterung und an manchen Stellen hatten sich bereits einzelne Wedel aus den Bambusrahmen gelöst oder wiesen erheblichen Insektenfraß auf. Hier und dort waren weiße Flecken zu erkennen, die von ungelöschtem Kalk stammten, mit dem man die Außenwände jedes Jahr beizeiten vor dem Jahrestag der Unabhängigkeitserklärung tünchte. An dem mit Silberhaargras gedeckten Dach und dem Fußboden aus Zement ließ sich dennoch ablesen, dass der Hausbesitzer über hinlängliche Mittel verfügte. Im Inneren war das Gebäude in vier Kammern unterteilt: ein Wohnzimmer, zwei Schlafzimmer und eine Kammer, die als Esszimmer, Ruheraum oder als Treffpunkt für die Familie diente. In einer Ecke dieser Kammer stand ein Ölofen, der alternativ zur Kochstelle in der Küche zum Kochen benutzt wurde, und zwar immer dann, wenn es regnete oder man keine Lust hatte, Feuer zu machen. Die eigentliche Küche befand sich etwa vier Pferdesprünge entfernt außerhalb des Hauses. Ihre Außenwände waren nicht mehr vollständig vorhanden, da ein Teil für die Ausbesserung der Wände des Badehäuschens verwendet worden war. So gaben die Lücken in den Wänden den Blick ins Innere frei sowie auf die Bambuspritsche, auf der Daniels Großvater Zeit seines Lebens geschlafen hatte. Vor dem Haus befand sich ein Lopo, in dem eine grob gezimmerte Holzbank stand und dessen von Ameisenjungfern durchlöcherter Holzboden verriet, dass er selten benutzt wurde.

Nachdem er zweimal an die Haustür geklopft und noch immer keine Antwort erhalten hatte, entschloss sich Sergeant Ipi, ein letztes Mal anzuklopfen und dann zu gehen. Vermutlich, so dachte er bei sich, war er zu einer ungünstigen Zeit gekommen. Es war das erste Mal, dass er Om Daniel aufsuchte, und überhaupt begegnete er diesem Mann nur selten. Für ihn als Polizist hatte bislang kein Anlass bestanden, das Gespräch mit ihm zu suchen. In seinen Augen war Om Daniel ein rechtschaffener Bürger, er trank allenfalls bei Dorffesten Sopi und er hatte noch nie eine Messe in der Kapelle versäumt. Im Dorf war Om Daniel nicht sonderlich beliebt, denn er konnte wie aus dem Nichts plötzlich irgendwo aufkreuzen und mit einem Schuldschein in der Hand winken; und wann immer man ihm begegnete, wurde man an die eigenen noch fälligen Steuerschulden erinnert, und das wiederum führte einem vor Augen, wie hart und ungerecht das Leben doch war: Ohne dass der Staat irgendetwas für einen getan hätte, musste man ihn mit dem eigenen sauer verdienten Geld bezahlen.

Die Sonne stand senkrecht über seinem Kopf und brannte erbarmungslos. Sergeant Ipi klopfte ein letztes Mal und rief laut und deutlich: »Hallo! Hallo!« Um die Hausecke herum kam eine Hündin gelaufen, gefolgt von drei Welpen, die sich an ihre prallen Zitzen zu hängen versuchten. Die Hündin bellte. Reflexartig griff Sergeant Ipi nach seiner Pistole, auf alles gefasst. Da öffnete sich die Haustür. Vor Sergeant Ipi stand, noch in ihrer Schuluniform, eine junge Frau. Für Ipi blieb die Zeit stehen, die Luft um ihn herum gefror, und er spürte, wie sich die Erdkugel unter seinen Füßen drehte.

»Oh, 'tschuldigung, ich war gerade hinten …«, sagte die junge Frau, wobei ihre beiden Mundwinkel sich voneinander entfernten und den Blick auf ihre strahlend weißen und perlengleich aufgereihten Zähne freigaben. Ihre Mimik und Gestik spiegelte das Wort »'tschuldigung« auf das Trefflichste wider und Sergeant Ipi kam es vor, als sänge ihm ein Chor, bestehend aus ihrem Mund, ihren Lippen, ihren Augen und ihrem gesamten Körper, ein wohltemperiertes »'tschuldigung« entgegen.

Sergeant Ipi huschte ein Lächeln über die Lippen, er wandte aber sofort sein Gesicht ab und brachte kein Wort heraus.

»Aber kommen Sie doch rein!«, richtete die Frau erneut das Wort an ihn, um gleich darauf die noch bellende Hündin und ihre drei Jungen zu beruhigen: »Aus, Asu, aus!«

Die Hunde machten kehrt und trollten sich Seite an Seite hinter das Haus. Die Frau öffnete die Tür nun vollständig. Sergeant Ipis Kehle war völlig ausgetrocknet, er räusperte sich und seine Starrheit löste sich. Er setzte sich auf die Treppe, öffnete seine Schuhe, zog sie aus und versuchte, seinen aus dem Rhythmus geratenen Herzschlag wieder unter Kontrolle zu bringen. Die Hitze war unerträglich. Die Orchideen im Jackfruchtbaum ließen ihre Blätter hängen und der Wind ließ den Staub in kleinen Wirbeln tanzen. Ipi nahm einen tiefen Atemzug, schüttelte seine Nervosität ab und trat ins Haus.

»Setzen Sie sich doch! Aber, ach herrje …« Silvy stockte mitten im Satz und blickte auf die Bücher, die auf einem Holzstuhl und auf dem rissigen Zementboden verstreut herumlagen. »Entschuldigen Sie bitte die Unordnung«, sagte sie, während sie die Bücher an einer Stelle auf dem Boden aufeinanderstapelte.

Sergeant Ipi nahm Platz. Silvy setzte sich ihm gegenüber,

ohne zu zögern, wie Ipi sogleich registrierte, so wie er es von Frauen aus der Stadt kannte, die sich forsch und selbstsicher auch ohne Begleitung eines Familienangehörigen mit einem männlichen Gast in einem Raum aufhielten. Bei diesem Gedanken fiel Sergeant Ipi der Grund seines Besuchs ein, ihm wollte aber nicht einfallen, auf welche Weise er diesen seinem Gegenüber nun am besten vermittelte. Er dachte einige Augenblicke lang nach, stutzte dann und fragte sich schließlich, warum er eigentlich einer hübschen Frau wie dieser die Schuld für die Dummheit zweier Lausebengel geben sollte?

Silvy wartete, dass ihr Gast zu sprechen begann.

»Ist Om Daniel zuhause?«, war die erstbeste Frage, die ihm in den Sinn kam.

»Om Daniel und Tanta Mery sind mit ihrem Sohn Ori in der Stadt«, antwortete Silvy mit tadelloser Ausdrucksweise und kerzengerader Haltung. »Sie wollen den Gemeindepastor treffen. Ori ist ja schon in der vierten Klasse und sollte bald zur Kommunion gehen. Auf die nächste Kommunionsfeier in der Kirche hier in Oetimu müssten wir länger warten … Es heißt, hier findet sie nur alle drei Jahre statt, richtig? Und daher möchte Ori in der Stadt zur Kommunion gehen und nicht hier. So sieht es aus.«

Silvy hatte ihren Satz beendet, und da Sergeant Ipi partout keine Antwort einfiel, machte sich im Raum erneut Stille breit. Sergeant Ipi brach der kalte Schweiß auf der Stirn aus, aber keine einzige Frage wollte ihm in den Sinn kommen. Der Uhrzeiger tickte. Sekunde um Sekunde.

»Ach, ich entschuldige mich«, brach Silvy endlich das Schweigen. »Ich habe völlig vergessen, Sie zu fragen, was Sie trinken möchten.«

»Oh«, brachte Sergeant Ipi erleichtert heraus. Endlich fand sich Stoff für eine Unterhaltung.

»Nichts, danke«, lautete seine Antwort.

Erneut schwiegen beide. Keine Frage kam ihm in den Sinn. Tick tack. Tick tack.

»Ach«, warf Silvy ein weiteres Mal ein. Und wieder war Sergeant Ipi erleichtert. »Wir haben uns noch gar nicht vorgestellt«, sagte sie und streckte ihrem Gast die rechte Hand entgegen, wie es die Leute aus der Stadt zu tun pflegen.

Sergeant Ipi reichte ihr ebenfalls die Hand.

»Ich kenne deinen Namen. Silvy, richtig?«

Silvy lächelte.

»Ich kenne Ihren Namen ebenfalls. Sergeant Ipi, richtig?«

»Woher weißt du das?«, fragte er und hatte das Gefühl, seine Nasenflügel bebten. Siehe da, dachte er bei sich, da kennt sie meinen Namen. Sie muss sich schon nach mir erkundigt haben. Sie hat wohl ein Auge auf mich geworfen. Er lachte innerlich auf.

»Da steht es«, Silvy zeigte auf die rechte Seite seiner Uniformjacke. Sergeant Ipi blickte hinunter auf seine Brust an die Stelle, wo auf dem Namensaufnäher in deutlichen Lettern stand: Sergeant Ipi.

Das war furchtbar peinlich.

Silvy lachte.

»Aber, aber«, sagte sie schnell. »Ich habe doch nur einen Scherz gemacht. Wer kennt Sergeant Ipi denn nicht?«

Sergeant Ipi wandte sein Gesicht ab. Diesmal bebten seine Nasenflügel tatsächlich. Hm … das hatte er sich ja schon gedacht. Aber eine vernünftige Frage wollte ihm noch immer nicht einfallen. Tick tack. Tick tack.

»Ach«, sagte Silvy wieder, zögerte aber dann, den Satz fortzusetzen. Sergeant Ipi sah sie an und wartete, dass sie weitersprach. Diese Augen. Diese Nase. Er begann, ein Abbild ihres Gesichts in seinem Hirn zu zeichnen.

»Haben Sie schon zu Mittag gegessen?«

Er hielt die Luft an. Was war die beste Antwort auf diese Frage? Wenn er antwortete, er habe bereits gegessen, dann würde er sich verabschieden müssen, denn sicherlich wollte sie jetzt zu Mittag essen. Er wollte aber noch nicht gehen, er wollte hier sitzen bleiben und ihrer Stimme lauschen. Wenn er aber antwortete, er habe noch nicht gegessen, dann würde er sein Gewissen ausschalten müssen, da er gerade erst ein Stück getrocknetes Rehfleisch von der Länge eines Lineals verdrückt hatte … Aber wonach roch es denn plötzlich?

»Eigentlich hatte ich …«, begann Silvy zögernd. »Eigentlich hatte ich mir vorhin ein Ei in die Pfanne gehauen. Aber wie es scheint … verkohlt es gerade …«

Die letzten Worte hatte sie mit einem eigenartigen Gesichtsausdruck der Resignation gesprochen, als sei soeben ihr Pferd in eine Schlucht gestürzt und sie habe nicht die Kraft, hinterherzuspringen und es zu retten.

Sergeant Ipi sah sie verwundert an.

»Ich darf doch kurz nach dem Ei sehen?«

»Da will das Mädchen nach einem Ei sehen, verkohlt auch noch, und muss erst um Erlaubnis bitten?«, fragte Sergeant Ipi erstaunt.

Silvy blickte verdutzt aus der Wäsche. Ihr Gesichtsausdruck brachte Sergeant Ipi nun unweigerlich zum Lachen. Sie stimmte in sein Lachen ein, und die zuvor im Raum herrschende Anspannung war verflogen. Einen Augenblick später war Silvy bereits im hinteren Teil des Hauses und erklärte laut rufend, in welchem Zustand das Ei inzwischen am Boden der Pfanne haftete. Es sähe aus wie der Kopf eines neugeborenen Babys. Doch Sergeant Ipi hatte noch nie ein Neugeborenes gesehen.

»Oder wie ein Fisch, der von einem Laster überfahren wurde«, rief Silvy.

Sergeant Ipi lachte auf: »Warum sollte ein Fisch die Straße überqueren wollen?«

»Jedenfalls sieht es seltsam aus. Es lässt sich schwer beschreiben. Am besten, Sie kommen her und schauen es sich mit eigenen Augen an.«

Sergeant Ipi fragte sich, ob das wohl zulässig war. Eine Frau allein im Haus …

»Sie dürfen natürlich nicht herkommen, wenn Sie Böses im Schilde führen«, rief Silvy, als hätte sie seine Gedanken gehört.

Einen Fisch anzusehen, der von einem Laster überfahren worden war, stellte sicherlich keine böse Absicht dar. Sergeant Ipi schob den Vorhang beiseite, der den vorderen Raum, in dem er eben mit Silvy gesessen hatte, vom hinteren Teil des Hauses abtrennte, und fand sich sogleich neben Silvy wieder. Er schob seinen Kopf vor, um sich das Ei in der Pfanne anzusehen. Dessen Form war allerdings merkwürdig, es sah tatsächlich aus wie ein in der Pfanne verkohltes Spiegelei. Der junge Polizist schnaubte und erklärte, selbst ein Hund würde sowas nicht essen. Silvy nahm die Pfanne am Stiel und katapultierte, während sie die Namen der Hunde rief, den Inhalt durch die Tür zum Hof nach draußen. Die vier Hunde ließen nicht lange auf sich warten und rissen sich um den Leckerbissen.

Silvy und Sergeant Ipi beschlossen, zwei frische Eier zu braten. Eins für sie und eins für ihn. Sergeant Ipi entdeckte einige junge Papayas in einem Korb neben dem Herd und fragte, ob Silvy die Früchte mochte.

»Klar mag ich die, sie sind bittersüß und weich. Ich kann sie aber nicht zubereiten. Ich finde kein Rezept.«

»Überlass das mir, Fräulein«, erwiderte der Polizist. »Ich lebe schon lange allein. Ich weiß sogar, wie man einen Stein in ein Brot verwandelt.«

Silvy verbarg ein Lächeln. Ein Lächeln des Triumphs – nicht wegen seines Scherzes im letzten Satz, sondern wegen der Information im vorletzten Satz.

* * *

Seit Sergeant Ipi damit begonnen hatte, die Papayas zu waschen, stellte ihm Silvy eine Frage nach der anderen. Sie erkundigte sich nach allem Möglichen, so wie es alte Freunde tun, die sich lange nicht gesehen haben. Sie fragte ihn nach Belanglosigkeiten, etwa nach dem Alter des jüngsten Mannes, dem Sergeant Ipi jemals eine Ohrfeige verpasst hatte, aber auch nach persönlichen Angelegenheiten, über die der Polizist noch nie zuvor mit einem anderen Menschen gesprochen hatte, wie etwa über seine Familie. Gegenüber anderen versuchte er das Thema stets zu vermeiden, gegenüber Silvy aber, der Frau, der er an diesem Tag zum ersten Mal begegnet war, offenbarte er nun rundheraus Einzelheiten aus seiner Kindheit.

Als Tanta Domi ihn abgestillt hatte, nahm Am Siki den kleinen Ipi wieder in seine Obhut. Am Siki erzog ihn mit unnachsichtiger Strenge und lehrte ihn Sitten und Gebräuche, nach denen die Leute im Dorf längst nicht mehr lebten. Im Alter von sechs Jahren konnte Ipi rücklings auf einem Pferd reiten und es zu Höchstgeschwindigkeiten antreiben. Er hatte ein eigenes Pferd, ein junges Tier, das Am Siki unlängst an einer Flanke des Mutis gefangen und gezähmt hatte. Im Alter von sieben Jahren kletterte Ipi bis in die Kronen der höchsten Lontarpalmen hinauf und zapfte die Rispen an. Als Ipi neun war, gab Am Siki eines Tages Ipis Pferd einen Trank, der es betrunken, wild und unbezähmbar machte. Das Tier war wie von Sinnen, trat nach allen Seiten aus und lief auf und davon in Richtung des Mutis. Eine Woche darauf gab Am Siki seinem adoptierten Enkelsohn ein Küchenmesser und befahl ihm, das Pferd zu finden und zurückzubringen.

»Nur zusammen mit dem Pferd darfst du wieder nach Hause kommen!«

Mehrere Wochen verbrachte Ipi lediglich mit dem Messer ausgerüstet im Wald. Er war Geistern und wilden Tieren, Regenschauern und Albträumen ausgesetzt, bevor er das Pferd endlich aufspürte. Es dauerte weitere Wochen, bis es ihm gelang, sich dem Tier zu nähern, es zu zähmen und schließlich auf seinem Rücken nach Hause zu reiten.

Immer häufiger fragten die Leute Ipi, was das für seltsame Geschichten seien, die Am Siki erzählte.

Ach, das wusste allein der Alte. Zerstreutheit hielt Einzug in Am Sikis Geist. Immer häufiger fand man ihn im Schneidersitz und mit leerem Blick im Schatten des Tamarindenbaums, an den er sein Pferd angebunden hatte. Immer häufiger führte er Selbstgespräche, er berichtete in allen Einzelheiten, welche Arbeiten er an diesem Tag verrichtet hatte, oder er erzählte davon, wie Ipi sich entwickelte.

»Der Junge ist schon auf der Oberschule. Die Schule ist weit entfernt, aber er hat ein Pferd. Obwohl er noch nicht beschnitten ist, ist er fleißig wie ein Vogel. Was? Was sagst du? Oh, nein. Nein. Fang nicht wieder davon an, ich habe gesagt, tu das nicht! Er ist wirklich fleißig. Aber ein Nachkomme unserer Ahnen ist er nicht. Vergiss das nie!« Am Ende solcher Reden stach Am Siki mit dem Finger in die Luft: »Er ist kein Sohn der Lontarpalmen. Er ist ein Sohn der Portakes!«

Manchmal wachte der alte Mann vor dem ersten Hahnenschrei auf, feuerte die Kochstelle an und sprach von seinem nächtlichen Traum:

»Ich bin einem alten Mann begegnet. Er zog weder ein Bein nach, noch ging er gebückt. Und doch ging er an einer Krücke. Er hatte einen langen Bart und kaute auf dem Schnurrbart herum. Ich weiß, es war einer von euch, aber wie war gleich sein Name? War es Am Maunu oder Am Leko? Oder war es Am Neno? Ja, das ist möglich. Vielleicht war es auch Ama Neno Manas Manikin, den die Niederländer verbannten. Das sagen die Leute über dich: Er benutzt keine Krücke, denn seine Beine haben das Sagen. Wenn es regnet, wächst seine Liebe, wenn es heiß ist, begleiten ihn die Wolken wie Hunde. Ah, deine Nase ist krumm wie die eines Papageis? Und die Leute sagen: Wenn du diesen grünen Vogel siehst, der sein Nest in der Nähe deiner Brust baut, wirst du erkennen, dass er es ist, der niemals aufgibt, weder für Tribute noch bei Verlust. Hahaha. Ja, das bist sicher du. Hast eine Nase wie ein Papagei, ganz so wie ich.«

Beim letzten Satz rieb er sich die Nase.

»Aber hast du außer mir andere Nachkommen? Ja, hoffentlich. Hoffentlich hat es dich einmal nach Banam oder nach Belus verschlagen oder du hast dich einer Frau von der Insel Roti genähert, die dich mit zu sich nahm. Hoffentlich haben deine Schritte Spuren hinterlassen, auch wenn es nur zerbrochene Zweige sind, und er kümmert sich um die Lontarpalmen, wo auch immer, an diesem frühen Morgen. Denn bald werde ich nach Hause kommen, oh, ich werde nach Hause kommen. Wirst du bereit sein, mir die Tür deines Hauses zu öffnen?« Dann sprach er leise weiter und jammerte wie ein kleines Kind:

»Oh weh, habt Mitleid mit mir! Ich will nicht im Schlaf sterben. Ich will nicht auf der Straße sterben. Ich will nur im Schatten einer Lontarpalme sterben.«

Mit zunehmendem Alter wuchs Am Sikis Einsamkeit. Jenen Am Siki, der Ipi mit strenger Hand erzogen hatte, gab es nicht mehr. Die spannenden Geschichten, die er früher erzählte, gab es nicht mehr. Er ging zwar noch ins Dorf-Lopo, doch die Kinder hörten ihm nur noch im Halbschlaf zu, weil seine Geschichten sie langweilten. Meist wiederholte er die immer gleiche Moral, die hinter jeder seiner Geschichten steckte. Beinah klang er wie Pater Laurensius in der Kapelle Santa Maria.

»Du sollst nicht töten, auch keinen bösen Menschen. Du sollst nicht vergewaltigen, auch keine Stute. Los, los Kinder, wiederholt meine Worte, damit ihr sie nicht vergesst!«

Die Kinder dachten allmählich, Am Siki würde verrückt, denn auch ohne dass man es ihnen ausdrücklich sagen musste, verschwendeten sie keinen Gedanken daran, jemanden zu töten oder eine Stute zu vergewaltigen.

Manchmal fand Ipi ihn tränenüberströmt hinter dem *Saenhana* kauernd. Wenn er den alten Mann fragte, was ihn derart bedrücke, antwortete er, er würde gar nicht weinen. Nichts auf der Welt könne ihn zum Weinen bringen.

»Selbst als ich meinen Vater im Schatten der Lontarpalme fand, steif und ohne Leben, habe ich nicht geweint. So gehört es sich für einen Mann Timors. Er weint niemals!«

Ipi berührte Am Sikis Wange und fragte ihn, wie er abstreiten könne, wo ihm doch die Tränen über die Wangen liefen.

»He, du kleiner Herr! Die Augen von alten Leuten tränen am Morgen immer. Du magst zur Schule gegangen sein, bist aber dumm wie *Kotpese*. Warte nur, bis du so alt bist wie ich.«

So sehr der alte Mann versuchte, sich nichts anmerken zu lassen, Ipi war sicher, dass er einsam war und sich von seinen Vorfahren vergessen fühlte.

»Ich will nicht im Schlaf sterben. Und lasst nicht zu, dass

ich auf der Straße sterbe! Lasst mich in eurem Schatten sterben!«

Mit dem Wechsel der Jahreszeit wechselten die Zapfer die um die Stämme der Palmen gewundenen Seile aus, die ihnen als Tritte zum Hinaufsteigen dienten. Regen, Hitze und Insektenfraß ließen die Seile verwittern und brüchig werden. Am Siki aber erneuerte die Seile an seinen Palmen nur bis zu einer Höhe von zehn oder elf Metern. Die höheren wechselte er absichtlich nicht aus; denn insgeheim hoffte er, eins der verwitterten Seile würde ihn auf dem schnellsten Weg heim zu seinen Ahnen befördern. Was er nicht wusste, war, dass Ipi sich zu den Lontarpalmen schlich und die Seile heimlich austauschte, während er im Schatten des Tamarindenbaums ausruhte. Ipi stellte damit sicher, dass dem Alten beim Besteigen der Palmen nichts zustieß. Denn was würde er nur ohne ihn machen?

Nachdem Ipi sein Abschlusszeugnis der Oberschule erhalten hatte, suchte Am Siki den *Temukung* auf. Am Naijuf schritt noch aufrechten Ganges daher und seine Seh- und Hörfähigkeiten lagen im Normbereich, auch wenn seine Zehen gekrümmt, seine Fußsohlen platt und seine Haare größtenteils ausgefallen waren.

»Gibt es eine Möglichkeit, dass der kleine Herr ein *Kase* wird? Er ist beileibe nicht für das Zapfen geboren«, so Am Siki.

Der *Temukung* schickte seinen Enkelsohn, einen Motorradtaxifahrer, in die Stadt, um dort gewissen Regierungsbeamten eine Nachricht zu übermitteln. Die Beamten mochten zwar wechseln, aber Am Sikis Ruhm kursierte ungeschmälert in den Amtsstuben, und auch die neuen Beamten waren stets darüber im Bilde, dass Am Siki noch etwas gut hatte bei ihnen.

Zwei Wochen später fuhr ein Wagen mit rotem Nummernschild die Straße ins Dorf hinein. Die Kinder liefen neben dem Fahrzeug her, es war viel interessanter als der Sandlaster von Baba Ong. Sie sprangen umher und malten mit ihren Fingern ihre Namen auf die staubigen Fensterscheiben. Auf dem Rücksitz saß eine Frau mittleren Alters, sie drehte das Seitenfenster hinunter und warf Münzen und Bonbons hinaus. Sie hoffte, die Dorfkinder würden sich darauf stürzen, sodass sie deren muntere Balgerei um Geld und Süßigkeiten fotografisch festhalten könnte. Doch die Kinder bückten sich weder nach den Münzen noch nach den Bonbons, sie gingen davon aus, dass die Frau kleine Opfergaben brachte und so auf ihre Art die Ahnen begrüßte.

Der Wagen hielt vor dem Lopo des *Temukung*. Vier Beamte, es waren drei Männer und die Frau, öffneten gleichzeitig die Wagentüren. Von Kopf bis Fuß waren sie in gewebte Stoffe gekleidet, was für die Leute von Oetimu kurios aussah. Die Städter wussten wohl nicht, wie man einen Sarong trug, sondern sie nähten sich die gewebten Stoffe zu Hemden, Hosen und Röcken. Die Leute verkniffen sich das Lachen und machten sich daran, für eine angemessene Begrüßung ihrer Gäste zu sorgen. Die Beamtin trug eine Sonnenbrille, war etwas beleibt und lächelte die Menschen, die sich inzwischen vor dem Lopo versammelt hatten, wohlwollend an. Die drei Männer reckten ihre Hälse in die Höhe, vermutlich um etwas größer und, ihrer Rolle als Diener und Beschützer des Volkes entsprechend, respektabler zu wirken. So schritten sie auf das große Lopo vor dem Haus des *Temukung* zu.

Dort erwarteten sie bereits das Dorfoberhaupt und einige der Ältesten – alle trugen fast neue gewebte Sarongs. Außerdem hatten sich mehrere Musiker mit ihren Instrumenten wie *Juk* und *Heö* sowie eine Gruppe von Frauen eingefunden. Die Frauen trugen Lippenstift und, da ihnen vorhin nur wenig Zeit zum Schminken geblieben war, ungleichmäßig aufgetragenen Puder im Gesicht, wodurch ihr Aussehen alles andere als gewann. Auch sie trugen ihre besten Stoffe, vervollständigt mit reichlich Schmuck – mit Ohrringen, Armbändern, Halsketten aus bunten Perlen, die hier *Muti* genannt werden, und einer Silberkrone auf dem Kopf. Begleitet von den Klängen der *Juk* und der *Heö* begannen die Frauen mit ihrem Begrüßungstanz und schlangen – als integratives Element – den Beamten ihre langen farbigen Tücher um den Hals. Im Anschluss an diese Darbietung trat der *Temukung* in Aktion. Zur Begrüßung rezitierte er ein Gedicht, das nicht nur bemerkenswert lang, sondern, da auf Uab Meto, für die Beamten aus der Stadt völlig unverständlich war.

Nach dem Begrüßungsprogramm forderte der *Temukung* die Gäste auf, ins Lopo einzutreten, und hieß sie Platz nehmen. Auf einer der Bambusbänke saß bereits Am Siki, er wirkte ruhig und gelassen; er trug seine heilige *Aluk*-Tasche und den Sarong, den er zu seiner offiziellen Begrüßung als Einwohner Oetimus Dutzende Jahre zuvor überreicht bekommen hatte und den er nur zu besonderen Anlässen trug. Einige der Älteren hatten sich zu Am Siki gesetzt, sie hielten Sopi-Flaschen in den Händen, mit denen die Gäste bewirtet werden sollten. Die seitens der Organisatoren als gutaussehend befundenen Frauen liefen, ebenfalls mit fleckig gepudertem Gesicht und in die besten Stoffe gekleidet, auf und ab und überreichten den Gästen Betel und Kalk sowie verschiedene Häppchen. Die anderen, als weniger gutaussehend befundenen Frauen hatten sich einige Meter vom Lopo entfernt versammelt und schwatzten, sie beobachteten die Veranstaltung aus der Distanz, während sie ihre Kinder an ihren faltigen Brüsten mit dunklen Brustwarzen stillten. Kleine Kinder liefen barfuß, mit verrotzten Nasen und in viel zu großen T-Shirts mit Partei-Logos um den Lopo herum; sie stanken säuerlich und auf ihrer Stirn zeichneten sich dunkle Linien ab, wo der Schweiß sich mit Staub und Dreck vermischte. Die Regierungsbeamten würdigten den Tanz und die Begrüßungszeremonie mit staunenden Blicken, als wären sie aus einem entfernten Erdteil hergekommen und hätten etwas dieser Art noch nie gesehen. Einer von ihnen nahm sich etwas von dem Maniok-Gericht Lakutobe und stieß aus: »Ja, gütiger Gott, wie habe ich mich nach solchem Essen gesehnt, das sind die Speisen meiner Kindheit.« Ein anderer pflichtete ihm bei: »Ja, wir sollten regionale Spezialitäten häufiger im Rahmen solcher Anlässe genießen und uns auf unsere Geschichte besinnen.« Für andere nicht zu hören, flüsterte er seinem Kollegen ins Ohr, man solle das allerdings nicht zu häufig tun, da diese Speisen auf Dauer dumm und hinterwäldlerisch machten.

Nach einer ganzen Weile, nachdem alle Anwesenden einen Platz gefunden und hinlänglich über die Häppchen, das Wetter und die ermüdende Reise ins Dorf gesprochen hatten, übergab der *Temukung* endlich das Wort an Am Siki. Am Siki rief nach Ipi, der auf dem Absatz vor dem Lopo zusammen mit seinen Kumpeln saß. Ipi trat ins Lopo, und jeder seiner Schritte wurde von einem weithin hörbaren Rasseln, Rascheln und Klingeln begleitet, da er von Kopf bis Fuß in einem reich verzierten traditionellen Kostüm steckte und aussah wie ein Ritter, der zu seiner Hochzeit schreitet.

»Dies, meine Herren, meine Dame«, hob Am Siki auf Uab Meto an: »Dies ist der einzige mir verbliebene Zahn. Früher, da wollte ich gar keine haben. Seht meine Haare, zu einem Zopf gebunden wie bei einem Hengst ohne Stute. Aber *Uisneno*, der Erleuchter und Feuerleger, fegte den Staub von Seinen Füßen und streute ihn in meine Augen.

Auch wenn der Junge nicht meine Pfeilspitze ist, er ist die Klinge, die die Rispen schneidet, mein Reißzahn. Lasst ihn das Land roden, das ich nicht gerodet habe, lasst ihn die Wurzeln ausreißen, die ich nicht ausgerissen habe. Aber er ist Oetimu: Zieht niemals euer Klewang aus der Scheide, wenn ihr nicht wollt, dass jemand verwundet wird!«

Die Beamten runzelten die Stirn, warfen einander irritierte Blicke zu und fragten schließlich den *Temukung*, was der Alte mit seiner Rede sagen wollte.

»Am Siki«, wandte sich der *Temukung* an den alten Mann. »Die Herren und die Dame hier kommen aus der Stadt. Unsere Dichtung und unsere Bräuche sind ihnen nicht geläufig. Vor den Bergen und vor den Hügeln, sprich dein Anliegen offen und klar aus, wie der Regen in der Regenzeit, wie die Sonne in der Trockenzeit.«

Am Siki sah die vier Gäste erstaunt an und wunderte sich, wie es sein konnte, dass solch respektable Persönlichkeiten nichts von Dichtung verstanden. Zumal er ja schon eine Ausdrucksweise und Metaphorik gewählt hatte, die selbst der dümmste Timorese verstanden hätte.

Am Siki begann von vorn, diesmal deutlich ungehalten:

»Nehmt ihn auf, ihr Herren! Macht ihn zu einem *Kase* wie ihr welche seid. Er ist kein Sohn der Lontarpalmen und es steht ihm nicht zu, im Schatten einer Lontarpalme zu sterben. Aber sein Name ist Oetimu und so lasst ihn hier an diesem Ort leben! Ich spreche bereits nackt und aus dem Grab heraus, meine Gebeine bewahren meine Worte.«

Die Leute aus dem Dorf hielten die Luft an, sie spürten, wie aufgebracht Am Siki war. Die Beamten steckten für einen Moment die Köpfe zusammen, dann richteten sie ihre Blicke auf Ipi. Einer der Männer fragte ihn schließlich, welche Ziele er für die Zukunft habe.

»Ich will wie Am Siki werden. Ich will die Bösen töten.«

»Kleiner Herr!«, ergriff Am Siki das Wort. »Du sollst nicht töten, auch keine Bösen. Du erinnerst dich doch? Du sollst nicht vergewaltigen, auch keine Stute. Wiederhole!«

Ipi wiederholte die beiden Sätze, und auch die Kinder vor dem Lopo stimmten mit ein, um die Gelegenheit zu nutzen, den Leuten aus der Stadt sowie ihren anwesenden Eltern zu zeigen, wie gut sie im Auswendiglernen waren. Die Lehrer und Lehrerinnen schauten die Kinder staunend an und fragten sich, wie es möglich war, dass sie sich Am Sikis Sätze gemerkt hatten und im Chor wie mit einer Stimme aufsagen konnten, während sie in der Klasse beim Aufsagen der fünf Prinzipien der Pancasila jedes Mal ins Stocken gerieten.

Noch am selben Tag wurde Ipi in die Stadt gebracht. Er erhielt Unterricht in verschiedenen Fächern und legte mehrere Prüfungen ab. Drei Wochen später wurde er mit Dutzenden anderen jungen Männern zur Polizeiausbildung auf die Insel Bali geschickt. Nach Ende der Ausbildung, während seine Kameraden ihren Dienst auf unterschiedlichen Inseln antraten, wurde eigens für ihn eine Polizeiwache im Norden Oetimus errichtet, komplett ausgestattet, einschließlich Fernseher und Motorrad. Dort lebte Ipi im Rang eines Sergeanten und hielt ein wachsames Auge über Oetimu und die umliegenden Dörfer. Er hatte gehofft, gemeinsam mit Am Siki in der Polizeiwache leben zu können, doch sein Adoptivgroßvater war drei Wochen nach Ipis Abreise nach Bali gestorben. Der alte Mann war aus einer Höhe von sechzehn Metern von einer Lontarpalme gestürzt und hatte sich mit einem Lächeln auf den Lippen auf den Weg zu seinen Ahnen gemacht.

* * *

»Erinnerst du dich an das letzte Gebot, das Am Siki an mich richtete?«, fragte Sergeant Ipi Silvy, während er die inzwischen angebratenen Papayascheiben aus der Pfanne in eine Schüssel häufte.

»Du sollst nicht töten, auch keinen bösen Menschen«, antwortete Silvy auf der Stelle. »Du sollst nicht vergewaltigen, auch keine Stute.«

»Nein«, widersprach Sergeant Ipi.

Die junge Frau hob die Augenbrauen.

»Sein letztes Gebot lautete: Wiederhole!«

Silvy war für einen Moment verdutzt und brach dann in Lachen aus.

»So denke ich jedes Mal, wenn ich einen Fehler mache, an diese Anweisung.« Sergeant Ipi setzte das Gesicht eines strengen Vaters auf und sagte im Befehlston: »Wiederhole!«

Silvy lachte wieder.

»Ich wusste gar nicht, dass ein Polizist so lustig sein kann«, sagte sie. »Normalerweise verprügeln sie die Leute, anstatt sie zum Lachen zu bringen.«

Sergeant Ipi stimmte in das Lachen ein, stellte die Schüssel mit dem Gemüse auf den Esstisch und deckte sie mit einer Haube ab. Silvy schlug zwei Eier in ein Glas, gab eine Prise Salz hinzu und rührte um. Sergeant Ipi spülte die Pfanne ab und stellte sie wieder auf den Herd. Silvy wartete, bis die letzten Wassertropfen auf dem Boden der Pfanne vollständig verdampft waren, und gab Öl hinein.

»Apropos, die Polizeiwache ist ziemlich groß, oder?«, fragte sie. »Sie ist auf jeden Fall größer als ein Polizeiposten. Besser passt die Bezeichnung ›Haus‹. Oder ›Büro‹, ja, oder ›Bürohaus‹. Oder ›großer Polizeiposten‹. Oder besser …«

Sie hatte sich wohl darin verloren, die passende Bezeichnung für seine Polizeiwache zu finden, und Sergeant Ipi lachte.

»Auf jeden Fall ist sie sehr groß«, sagte sie schließlich, während sie die verrührten Eier in die Pfanne gab. »Leben Sie schon immer alleine dort?«

»Wie es aussieht, ja«, antwortete Sergeant Ipi.

Silvy kicherte. »Wie es aussieht?«

Sergeant Ipi antwortete nicht. Er zerbrach das Streichholz in seiner Hand und räusperte sich. Da sie keine Antwort auf ihre Frage erhielt, wandte Silvy sich um und sah den jungen Polizisten an. Einen Augenblick lang schauten sie sich in die Augen, doch Sergeant Ipi wendete seinen Blick rasch ab.

»Manchmal«, ergriff er das Wort, ohne Silvy dabei anzusehen, »manchmal kommt es mir so vor, als sei Am Siki dort. Er führt Selbstgespräche im Hof, meist am frühen Morgen, vor dem ersten Hahnenschrei, ich kann seine Stimme hören. Manchmal spricht er mit den Ahnen, manchmal spricht er zu mir.«

Silvy hörte ihm nachdenklich zu und blickte in sein Gesicht.

»Und Ihre Mutter?«, fragte Silvy, nahm einen langen Atemzug und sah ihm in die Augen.

»Was für eine Frau zögert ihren Tod hinaus, nur um ein Kind auf die Welt zu bringen?«, gab Sergeant Ipi zurück.

Silvy berührte seinen Handrücken. Draußen, vor der Küchentür balgten sich die jungen Hunde und jaulten. Ein Hahn krähte. Die Eier waren noch nicht ganz gar, da küssten sie sich schon.

* * *

Sie küssten sich wild und ohne vorher die Tür zu schließen. Silvy setzte sich auf die Kante des Esstischs, Sergeant Ipi schob ihre Beine auseinander und küsste ihre Lippen. Als er wenige Augenblicke später seinen Penis, der so hart war wie eine Türangel, in sie steckte, schrie sie auf. Schmerz und Wonne. Gerade begann Silvy ihre Hüften lustvoll zu bewegen, da stöhnte Sergeant Ipi kurz auf und zog seinen Penis wieder heraus. Einen Bruchteil einer Sekunde später zuckte er und kam auf Silvys Schuluniform. Silvy lächelte ein gezwungenes Lächeln. Sie sollte sich nun schleunigst säubern gehen, aber sie war noch nicht so weit, ihr pulsierendes Geschlecht wollte mehr. Sie machte Anstalten, vom Tisch hinunter zu steigen, da griff Sergeant Ipi sie mit beiden Händen und küsste sie gierig, er umfasste ihren Hintern, hob sie in die Höhe und legte sie rücklings auf den Boden. Überrascht legte Silvy ihre Arme um Sergeant Ipis Hals. Über ihr kniend öffnete er nun sein Hemd, nestelte an Silvys Uniformjacke, riss sie auf und knetete ihre Brüste. Dann zog er seine Hose herunter, legte sich auf Silvy, küsste sie, biss sie und drang erneut in sie ein. Silvy korrigierte mit einer Hand die Position seines Penis, der, wie sie erstaunt zur Kenntnis nahm, nach wie vor so hart war wie eine Türangel.

War ihr Liebesspiel zuvor sanft und kurz, war es jetzt wild und ausdauernd. Keuchend krallte Silvy ihre Fingernägel in Sergeant Ipis Rücken, während er seine Hüften so schnell auf und ab bewegte wie die Nadel einer elektrischen Nähmaschine. Je näher Silvy dem Höhepunkt kam, desto lauter schrie sie. Dann verdrehte sie die Augen, ihr Körper spannte sich und bebte. Sie schloss die Augen, biss kräftig in Sergeant Ipis Schulter. Auch Sergeant Ipis Körper spannte sich, bevor er durch die Zähne zischte wie jemand, der auf eine Chilischote gebissen hat. Ihre Körper wanden sich. Silvy hatte das Gefühl, eine außerordentlich große Menge Flüssigkeit ergieße sich in jeden Winkel ihrer Vagina. Sie beruhigte ihren Atem und öffnete die Augen.

»Bist du gekommen?«

Sergeant Ipi nickte und hob seine Hüften nach oben. Silvy sah an sich hinab. Sie sah, wie zähe Tropfen Flüssigkeit vom Ende seines Penis auf ihr zartes, hell schimmerndes Schamhaar fielen.

»In mir drin?«, fragte sie erneut.

Sergeant Ipi nickte.

»Ich bin gerade fruchtbar«, sagte sie leise, beinah kaum hörbar.

Sergeant Ipi küsste ihre Stirn. Ihre Augenlider.

»Mach dir keine Sorgen, Silvy, keine Sorgen! Ich werde nirgendwohin gehen.«

Silvy blickte in das Gesicht des Mannes über sich und was sie sah, war pure Aufrichtigkeit. Silvy küsste sein Kinn. Seinen Hals. Seine breite mit Schweiß bedeckte Brust. Vor ihrem geistigen Auge aber sah sie den Hals von Pater Yosef, die behaarte Brust von Pater Yosef. Die mit Schweiß bedeckte Brust von Pater Yosef.

KAPITEL 7

KUPANG, TIMOR, 1994

Seine Exzellenz der Erzbischof des Bistums Kupang hatte eben erst seinen Beschluss zur Versetzung von Pater Yosef aus der Gemeinde Santo Ferdinandus im Herzen der Stadt zur Oberschule Santa Helena in der Bucht von Kupang verfasst, da kursierte bereits das Gerücht, der junge Pater sei vermutlich strafversetzt worden. Was konnte es sonst für einen Grund geben, von einer üppig und modern ausgestatteten Pfarrei im Kreis wohlhabender Gemeindemitglieder und spendenfreudiger Wohltäter hin zu einer ärmlichen Schule zu wechseln, die fern des Stadtzentrums am Strand lag und ausschließlich Kinder von Fischern, Hafenkulis, Prostituierten und anderen einfachen Arbeitern zu ihrer Schülerschaft zählte?

»Vielleicht stellt er sich zu dumm an oder er ist zu hinterwäldlerisch, um ein Amt in der Stadt zu bekleiden«, lautete die Vermutung einiger im Bistum amtierender Priester.

Dem widersprach allerdings die Tatsache, dass Pater Yosef erst zwei Jahre zuvor zum Priester geweiht worden war, und in den Augen einiger anderer Geistlicher kam dessen Versetzung vielmehr einer Auszeichnung gleich. Es geschah nämlich äußerst selten, dass ein junger Priester das Vertrauen des Erzbistums genoss, um leitende Aufgaben in einer Gemeinde zu übernehmen, sei es unter dem Dach einer Pfarrei oder einer Schule. Nach seiner Priesterweihe blieb ein junger Priester üblicherweise zunächst über mehrere Jahre in der Stellung eines Hilfspastors. Seine Aufgaben bestanden vor allem darin, dem leitenden Pfarrer zur Hand zu gehen und weniger wichtige Aufgaben zu erledigen, etwa die Ankündigung der Gottesdienste, die pünktliche Auszahlung der Gehälter an die Angestellten oder die Jugendarbeit. Erkrankte der Fahrer des Pfarrers, so sprang der junge Priester ans Steuer; erkrankte der Koch des Pfarrers, so stellte sich der junge Priester an den Herd. Der Junior hatte sämtliche Tätigkeiten mit dem Senior abzustimmen, insbesondere wenn dieser ein konservativer Vertreter alter Schule war. Ob der Pfarrhund kastriert werden sollte oder welche Farbe die neuen Vorhänge vor den Fenstern der Pfarrei haben sollten – der junge Priester musste bei jeder noch so unbedeutenden Entscheidung Rücksprache mit dem leitenden Pastor halten. Vor diesem Hintergrund war es daher nur erstaunlich, dass man Pater Yosef das neue Amt übertrug. Die Oberschule Santa Helena mochte zwar eine ärmliche Schule mit lediglich neun Lehrern und um die hundert bildungsfernen Schülern sein, doch Pater Yosef würde in leitender Position uneingeschränkt das Sagen darüber haben, wie der Schulbetrieb zu verwalten sei, ohne sich mit einem älteren, möglicherweise schon senilen und starrköpfigen Vorgesetzten abstimmen zu müssen.

Am Vorabend seiner Abreise zum neuen Bestimmungsort richteten die Geistlichen der Gemeinde Santo Ferdinandus für Pater Yosef eine Abschiedsfeier aus, zu der geistliche Brüder und Gläubige aus den benachbarten Bezirken – aus Pfarreien, Privatschulen oder Priesterseminaren – eingeladen waren. Das reichhaltige Buffet bot Speisen mit Fisch und Fleisch, gegrillt oder gekocht, gebraten oder zu scharfem Gulasch verarbeitet. Ein Gemeindemitglied besaß einen Spirituosenladen in der Stadt und lieferte eine

Wagenladung alkoholischer Getränke, vom illegal gebrannten Sopi Kepala bis hin zu teuren Getränken in Glasflaschen. Es war gerade erst zwanzig Uhr, da sangen schon alle Anwesenden mit lauter und schiefer Stimme zur Begleitung eines Orgel spielenden Pastors mittleren Alters mit dickem Wanst, der stark schwitzte und ununterbrochen rauchte.

»Herzlichen Glückwunsch, Yosef, jetzt bist du frei von den Einmischungen eines alten Pfarrers und kannst dein eigenes Reich aufbauen«, gratulierte ein Priester aus Yosefs Jahrgang, dessen Vorgesetzter ihm den letzten Nerv raubte.

Ein jüngerer und als Witzbold bekannter Priester konnte sich die Frage nicht verkneifen, ob Pater Yosef es nicht bedauere, die hiesigen »Feuchtgebiete« zu verlassen.

»Feuchtgebiete?«, fragte Pater Yosef zurück.

»Du weißt schon, was ich meine, mein Freund«, erwiderte der junge Priester lachend.

Pater Yosef war überhaupt nicht zum Lachen zumute und er erwiderte: »Nein, ich weiß nicht, was du meinst. Ist es nicht unsere Aufgabe, uns der verlorenen Seelen anzunehmen, anstatt uns um feuchtes oder trockenes Land zu kümmern?«

»Vergiss, was ich gesagt habe! Ich wollte nur einen Scherz machen«, gab der Jüngere nun nüchtern zurück.

Einige ältere Geistliche, die das Gespräch mitanhörten, wurden ungehalten und mahnten den Witzbold, seine Zunge zu zügeln und keine unüberlegten Scherze zu machen, insbesondere gegenüber einem älteren Kollegen. Der junge Priester entfernte sich, ging in den angrenzenden Raum, nahm sich eine Flasche Bier und sprach einen Pater an, der bereits ordentlich über den Durst getrunken hatte.

Im Kreis der Gemeindemitglieder gab es ansonsten keinerlei Stoff für Gerüchte um Pater Yosef. Er war beliebt, auch wenn er in seinen Predigten ständig philosophisch-theologische Begriffe einflocht, die niemand verstand, und seine Gleichnisse meist klischeehaft und langweilig waren. Er war freundlich, engagiert und – mit makellosem Teint, strahlenden Augen und leicht gebogener Nase – durchaus gutaussehend. Es hieß, er habe die Nase von seinem Großvater geerbt, einem australischen Soldaten, der im Oesao-Krieg gegen die Japaner gekämpft hatte und nach der Niederlage der Australier nach Amarasi verbannt worden war, wo er sich nach Kriegsende entschied, für den Rest seines Lebens zu bleiben. Einige Gemeindemitglieder bedauerten den Pater allenfalls dafür, in die am Meer gelegene Schule versetzt zu werden. Die Schule war weithin bekannt für ihre dürftige und rückständige Ausstattung sowie für ihre streng riechende Schülerschaft aus ärmlichen Verhältnissen. Lehrer von anderen Schulen konnten ungezogene oder aufmüpfige Schüler auf der Stelle zum Schweigen bringen, sobald sie ihnen drohten, dass man sie, wenn sie ihr Verhalten nicht schleunigst änderten, in die Oberschule Santa Helena stecke. Den Störenfrieden machte allein der Name der Schule Angst und schnell wurden sie still und benahmen sich.

Die Oberschule Santa Helena war vom Orden der Schwestern vom Heiligen Herzen gegründet worden und stand bis dato unter dessen Verwaltung. In der Vergangenheit hatte sie einen sehr guten Ruf genossen und eine lange Liste von Auszeichnungen erhalten. Zu ihren Absolventen zählten zwei Pastoren, sieben Ordensschwestern und ein Mitglied des Parlaments. Inzwischen aber machte die Schule einen vernachlässigten und verwahrlosten Eindruck. Die Ordensschwestern vom Heiligen Herzen hatten es sich inzwischen zu ihrer obersten Pflicht gemacht, sich um die Flüchtlinge in Atambua zu kümmern. Der Krieg in Osttimor hatte sich längst ausgeweitet und die Bevölkerung flüchtete in zunehmender Zahl in diesen nahe der Grenze auf westtimoresischem Boden liegenden Ort.

* * *

Im November 1992 wurde Kay Rala Xanana Gusmão, einer der führenden Köpfe der osttimoresischen Widerstandsbewegung, von indonesischen Soldaten in der Nähe von Dili gefangengenommen. Die Festnahme wurde seitens des indonesischen Militärs zwar als Erfolg gefeiert, sie konnte den Widerstand der osttimoresischen Bevölkerung aber keineswegs dämpfen. Die repressive Herrschaft Indonesiens und sich häufende »Zwischenfälle« führten im Gegenteil dazu, dass die Liebe der Menschen zu ihrem Land nur noch stärker wurde. Der Kampf um die Unabhängigkeit wurde unerbittlicher. In den folgenden Jahren schlossen sich mehr und mehr Menschen der Widerstandsbewegung an. Das indonesische Militär bezeichnete sie als »Bewegung von Gefährdern der nationalen Sicherheit«. Wann immer es Soldaten gelang, einen dieser »Gefährder« gefangenzunehmen, schoss man ihm entweder in den Kopf oder man verschleppte ihn, ohne dass seine Angehörigen jemals wieder von ihm hörten. Die Menschen, die nicht im Kampf sterben wollten, verließen ihre Häuser, zogen in die Wälder, überquerten die Grenze zu Westtimor oder suchten Zuflucht in einer Kirche oder in einem Kloster. Nicht nur, dass die Menschen aus ihrem bisherigen Leben gerissen worden waren, sie hungerten, sie waren vom Krieg traumatisiert, sie hatten keine Aussicht auf Arbeit oder die Möglichkeit, jemals in ihre Heimat zurückzukehren.

Die Ordensschwestern vom Heiligen Herzen, die unmittelbar die Not der Flüchtlinge miterlebten, waren tief betroffen. Und sie waren der Überzeugung, Gott habe sie in dieses Land gesandt, um etwas für Seine Menschenkinder zu tun. So öffneten sie die Türen ihres Klosters und ihrer Schulen in Atambua und Dili und nahmen Flüchtlinge auf.

Von Tag zu Tag wuchs die Zahl der Menschen, die ihre Hilfe benötigten. Gleichzeitig verringerte sich die Zahl der Frauen, die den Wunsch verspürten, Haube und Schleier zu tragen und Gott zu dienen, sodass der Orden vom Heiligen Herzen nach und nach die Besten aus seinen Reihen nach Atambua und Dili entsendete, um die dort dringend benötigte Hilfe zu leisten. Zur gleichen Zeit vernachlässigte man die Schulen des Ordens in den Städten im Westen, von Kefamenanu über So'e bis Kupang, bis sie zusehends verwahrlosten. Bei einer Versammlung des Kapitels wurde entschieden, dass zum einen der Arbeitsschwerpunkt des Ordens auf der Hilfe für die Flüchtlinge liegen und zum anderen die Verwaltung sämtlicher Schulen im Westen der Insel dem Erzbistum Kupang übertragen werden sollte.

»Zu diesem Zeitpunkt erachten wir die Notlage der Flüchtlinge als die dringlichere Angelegenheit, auf die wir umgehend reagieren müssen. Sobald die Notlage überstanden ist, werden wir uns wieder dem Unterricht der Kinder zuwenden.« So lautete die Entscheidung der Kapitulare.

In den drei genannten Städten betrieb der Orden vom Heiligen Herzen insgesamt neun Grundschulen, fünf Mittelschulen und drei Oberschulen. Eine davon war die Oberschule Santa Helena in der Bucht von Kupang. Der Erzbischof begrüßte die Entscheidung, ab sofort über die Verwaltung der Schulen verfügen zu können, und ernannte Pater Yosef zum Leiter der Oberschule Santa Helena.

Pater Yosefs erste Amtshandlung bestand darin, Spenden für die Sanierung der vernachlässigten Schule zu sammeln. Die Suche nach wohltätigen Geldgebern gestaltete sich alles andere als schwierig. Pater Yosef verfasste einen Brief, in dem er sich in bestechenden, blumigen Worten über den beklagenswerten Zustand der Schule ausließ und der die Herzen der Empfänger rührte. Außerdem fügte er dem Anschreiben eine Auswahl von Fotos bei, auf denen man zum einen die schadhaften Gebäude und die mangelhafte Ausstattung mit Stühlen und Tischen erkennen konnte, zum anderen aber auch die Mädchen und Jungen einer Klasse, die inmitten von Mangel und Vernachlässigung mit freudestrahlenden und wissbegierigen Gesichtern dem Unterricht folgten. Den Brief sendete er sowohl an Einzelpersonen als auch an Institutionen, von denen er annahm, sie seien finanzkräftig.

Die Menschen neigen angesichts von Armut dazu, ihre Herzen zu öffnen und die Gelegenheit zu ergreifen, sich in der Rolle des wohltätigen Samariters zu zeigen. Die Empfänger des Briefes lasen Pater Yosefs Anliegen und sagten:

»Lasst uns Gott dafür danken, nicht in Armut geboren worden zu sein. Welch großes Glück, mit Gottes Segen konnten wir zu Reichtum gelangen. Seht nur! Viele Menschen sind so viel ärmer, als wir es sind. Diesen Menschen wurde solch eine große Gunst nicht zuteil. Angenommen, sie arbeiteten fleißiger und beteten eifriger, nun, dann würde Gott sie sicherlich mit mehr Reichtum segnen. Ihr Schicksal ist bedauernswert.

Aber ach, lasst uns also ein wenig von unserem Reichtum abgeben, um die Armen zu retten. Lasst uns spenden und Gott unsere Großherzigkeit zeigen, auf dass er unser täglich Brot mehre.«

Innerhalb nur einer Woche war es Pater Yosef gelungen, eine beträchtliche Summe an Spenden von ehrlichen und von unehrlichen Unternehmern, von beinah nicht korrupten Regierungsbeamten und von sehr korrupten Regierungsbeamten zu sammeln. Mit all den Spenden begann Pater Yosef mit der Sanierung der Oberschule Santa Helena.

Es wurden löchrige Stellen im Dach ausgebessert, Risse in gemauerten Wänden gespachtelt, Gebäudeeinheiten mit

Bebak-Wänden abgerissen und durch neue gemauerte Gebäudeeinheiten ersetzt. Die brachliegenden Flächen um das Schulgebäude herum wurden in einen Garten verwandelt, inklusive eines Teiches mit Fischen und Springbrunnen. Die mit Stacheldraht bewehrte Umzäunung wurde beseitigt und durch eine hohe Mauer ersetzt. Vor der Schule wurde ein imposanter Springbrunnen errichtet, in dessen Becken Goldfische und weiße Gänse schwammen, und aus dessen Mitte sich eine sieben Meter hohe Statue der Heiligen Helena emporhob. Bunte Lampen illuminierten das Bauwerk und den weithin sichtbaren fremdsprachigen Schriftzug: Welcome to Santa Helena Senior High School.

Neben dem Eingangstor entstand ein Wachhäuschen. Pater Yosef stellte vier kräftig gebaute ehemalige Kleinganoven vom Hafen ein, die gegen regelmäßige Bezahlung bereit waren, in Uniform und mit einem Knüppel ausgestattet das Wachhäuschen Tag und Nacht zu besetzen und Wache zu halten. Er siedelte Om Lamber und Tanta Yuli, ein ältliches Ehepaar, dessen Kinder bereits ausgezogen waren und woanders ihr Glück suchten, aus ihrem Dorf kurzerhand auf das Schulgelände um und stellte sie unbefristet ein. Fortan war Om Lamber Gärtner, Hausmeister und Wachmann in einem und obendrein servierte er den Kaffee; Tanta Yuli wurde Köchin und Wäscherin, außerdem fegte sie die Böden und war für alle Arbeiten zuständig, von denen Pater Yosef meinte, sie seien die Arbeiten für eine Frau, die nie zur Schule gegangen war.

Gegen eine ausreichende Abfindung entließ Pater Yosef einen alten Lehrer sowie zwei weitere Lehrer, die zwar noch jung und engagiert waren, jedoch häufig seine Entscheidungen kritisierten. Anschließend schrieb er Stellenangebote aus und stellte drei Frauen und einen Mann, die soeben ihr Studium abgeschlossen hatten und den Eindruck machten, sie würden sich seinen Anweisungen fügen, als Lehrkräfte ein. Neben ihrem Unterricht an der Oberschule Santa Helena erhielten zwei von ihnen von Pater Yosef zudem die Aufgabe, in einer anderen katholischen Schule mit angeschlossenem Schülerheim zu hospitieren, um sich umfassende Kenntnisse der Verwaltung eines Schülerwohnheims anzueignen. Er ließ zwei Wohnheime errichten, eins für Mädchen und eins für Jungen, ausgestattet mit allen Annehmlichkeiten, die er vor den Eltern der Schüler stolz als internationalen Standard pries, nämlich saubere Küchen, WCs und Badezimmer mit fließendem Wasser und Duschen, Schlafsäle, Speiseraum, Aufenthaltsraum mit Fernseher und Brettspielen, eine Wäscherei sowie eine Turnhalle mit allen möglichen Sportgeräten und einem Schwimmbecken.

Pater Yosef zahlte die Kaution für sieben Frauen aus einem kleinen Dorf im Landesinneren, die festgenommen worden waren, weil sie gefälschte Papiere dabeihatten, um nach Malaysia auszureisen und dort als Gastarbeiterinnen zu arbeiten. Der Komplize, der die Papiere gefälscht hatte, konnte zwar ebenfalls festgenommen werden, doch ihm war es, vermutlich dank übernatürlicher Kräfte, gelungen, durch die Vordertür des Polizeipräsidiums hinaus und an Dutzenden von Polizisten vorbeizuspazieren, ohne dass diese ihn gesehen, geschweige denn aufgehalten hätten. Er brachte sogar einen der Polizisten durch Hypnose dazu, ihn mit seinem Polizeiwagen zum Flughafen El Tari zu fahren, von wo aus er schließlich auf die Insel Batam entkam. Weil der Komplize geflohen war, blieb der Fall in der Schwebe. Weil der Fall in der Schwebe blieb, blieben die Frauen monatelang inhaftiert, ohne dass es zu einer Verhandlung kam. Bis Pater Yosef die Kaution für sie zahlte. Die Polizei entließ die Frauen mit der Auflage, die Stadt nicht zu verlassen.

»Das sind gefährliche Verbrecherinnen«, erklärte ein Polizist.

»Wir haben den Verdacht, dass sie dem Anführer der Bande zur Flucht verholfen haben.«

Pater Yosef versprach, den Frauen nicht zu erlauben, irgendwohin zu gehen, nicht einmal in ihre Heimatdörfer. Er stellte die Frauen als Köchinnen in den Küchen der Schülerwohnheime ein. Das relativ geringe Gehalt der Frauen rechtfertigte er mit dem Argument, es handele sich bei ihrer Arbeit letztendlich um einen Dienst an Gott, da Er in den Kindern wohne. Wenn sie also eine Mahlzeit für die Kinder zubereiteten, dann würden sie damit nichts Geringeres tun als auch eine Mahlzeit für Gott zuzubereiten. »Euer Gehalt mag gering sein«, erklärte er den Frauen. »Aber vertraut darauf, dass Gott euch um ein Vielfaches entlohnen wird.« Die Frauen dankten Pater Yosef, der ihre Seelen und nicht zuletzt auch ihre Körper gerettet hatte, und kochten mit Hingabe für die Kinderschar.

Nachdem alle Sanierungs- und Renovierungsarbeiten der Schule und der Wohnheime abgeschlossen waren, ließ Pater Yosef eine neue Schuluniform entwerfen. Das Ergebnis konnte sich sehen lassen: Die Uniform umfasste Jacke, Krawatte oder Halstuch und obendrein einige modische Accessoires. Wenn die Schüler in diesen Uniformen in zwei Gruppen von Mädchen und Jungen aufmarschierten, sahen sie aus wie einem japanischen Gangsterfilm entsprungen: eine Gang von kräftigen und selbstbewussten Yakuza in Begleitung von eleganten und gebildeten Stewardessen. Pater Yosef verfolgte das Ziel, mehr gescheite Kinder in der Schule aufzunehmen. Er entwickelte eine Aufnahmeprüfung mit Aufgaben, die im Vergleich zum landesweiten Standard durchaus anspruchsvoll waren. Gleichzeitig stellte er für jene Kinder, die den Test bestanden, ein Vollstipendium zur

Verfügung. Schulkandidaten, die durchweg alle Aufgaben fehlerfrei zu lösen imstande waren, stattete er zusätzlich mit einem Sparbuch aus. In der Folge wechselten mehr und mehr Klassenbeste zur Oberschule Santa Helena, was wiederum zur Folge hatte, dass die weniger bemittelten Kinder, die die Aufnahmeprüfung nicht bestanden, vom Zugang zur Schule ausgeschlossen waren und von ihren Eltern geknickt an einer anderen Schule angemeldet wurden.

Mit Beginn des Unterrichts waren alle Schüler verpflichtet, im Wohnheim zu wohnen. Die Stundenpläne für den schulischen Unterricht und für die Freizeitaktivitäten wurden aufeinander abgestimmt. Nach der letzten Schulstunde kehrten die Schüler in ihr Wohnheim zurück und folgten dem dortigen Stundenplan, auf dem Gemeinschaftsarbeit, Fremdsprachenunterricht, Sport, Musik, Kochen, Nähen, zusätzliche Unterrichtseinheiten in Physik, Mathematik und Chemie sowie noch einige Fächer mehr standen, bis die Glocke für das Abendgebet um 22:00 Uhr läutete.

Sämtliche Aktivitäten fanden auf dem Schulgelände statt, und dieses zu verlassen war den Schülern lediglich an den Wochenenden erlaubt, und das auch nur an drei Wochenenden im Monat, da an jedem letzten Wochenende eines Monats das Festspiel für Kunst und Kultur stattfand. Die Schüler führten in diesem Rahmen öffentlich auf, was sie im Laufe des vorangegangenen Monats im Unterricht gelernt hatten, sie bereiteten Gerichte traditioneller und internationaler Küche zu und führten Tänze und Musikstücke auf. Abgerundet wurden die Darbietungen mit einem gemeinsamen Tanzfest, das um Mitternacht endete.

Dieses monatliche Festspiel erfreute sich großer Beliebtheit und war stets gut besucht. Mit der Zeit wurde es weit über die Elternschaft der Schüler hinaus bekannt. Der Gouverneur persönlich pries die Schule und ihr Festspiel als touristischen Glanzpunkt und verfügte, dass Angestellte der Tourismusbehörde sowie sämtlicher Reisebüros den Besuch dieser Veranstaltung fest ins Reiseprogramm ihrer Kunden aufnahmen. Allmählich wurde sprichwörtlich, dass ein Reisender, der das Festspiel der Oberschule Santa Helena nicht besucht hatte, nicht wirklich in der Provinz Ost-Nusa-Tenggara gewesen war. Einige Besucher schrieben ihre Eindrücke in Form von Rezensionen an Zeitungen. Sie rühmten die Schule in den höchsten Tönen und bezeichneten sie als eine bemerkenswert zivilisierte und kultivierte Bildungseinrichtung im Osten des Landes. Auf den ersten Blick lasen sich solche Artikel wie positive Erfahrungsberichte, las man sie jedoch ein zweites Mal mit etwas mehr Ruhe und Aufmerksamkeit, dann offenbarten sie sich als die Prahlereien von Großstädtern, die sich über eine in der rückständigen Region im Osten des Landes bestehende Schule ausließen, deren Bemühungen, sich zu einer zivilisierten und aufgeklärten Einrichtung zu entwickeln, zwar erwartungsgemäß zum Scheitern verurteilt seien, die man als zivilisierter und aufgeklärter Mensch zumindest aber zur Kenntnis nehmen und anerkennen sollte. Die Artikel lockten mehr und mehr Touristen sowohl aus der Region als auch aus dem Ausland an, und an jedem letzten Wochenende eines Monats herrschte großer Andrang in der Schule.

Die Oberschule Santa Helena war in aller Munde. Die Besucher lobten das Gebäudeensemble und den Garten und hoben die Ausstattung nach internationalem Standard hervor. Zeitungen und Zeitschriften berichteten regelmäßig über ihre Aktivitäten. Den Kindern, die auf diese Schule gingen, zollte man Respekt. Beinahe täglich fanden sich zwei bis zehn Kinder in der Schule ein, um die Aufnahmeprüfung zu absolvieren. Der Auswahlprozess war streng, und die Eltern spornten ihre Kinder an, eifrig und noch eifriger zu lernen, um einen Platz auf einer der Schulbänke in der Santa Helena zu besetzen. Bestand ein Junge oder ein Mädchen die Aufnahmeprüfung und erhielt einen Platz in der Schule, erfüllte dies die Eltern mit großem Stolz, was sich unter anderem darin zeigte, dass sie in ihrem Viertel mit erhobenem Haupt und im sicheren Gefühl daherschritten, sie hätten im Vergleich zu ihren Nachbarn, deren Kinder nicht diese Schule besuchten, einen höheren sozialen Status erreicht. Unterdessen gab es jeden Monat drei bis fünf Kinder, die Selbstmord begingen, weil sie die Aufnahmeprüfung nicht bestanden hatten. Einige erhängten sich im Badezimmer, einige tranken Unkrautvernichter, einige zündeten sich an oder sprangen von der Liliba-Brücke hinab in den Tod. Kinder waren besessen von dem Wunsch, an der Oberschule Santa Helena aufgenommen zu werden. Wenn man den kleinen Jon fragte, »Jon, was möchtest du einmal werden, wenn du groß bist? Polizist, Pastor oder Finanzbeamter?«

Dann antwortete der kleine Jon entschlossen: »Ich will Schüler der Oberschule Santa Helena werden.«

Für seine Antwort und für seine redlichen Ambitionen erntete der kleine Jon großes Lob.

Während die Schule in Ansehen und Berühmtheit stieg und immer mehr neue Schüler anzog, mussten die Kinder der Fischer, der Hafenkulis, der Prostituierten und der anderen Arbeiter die Schule verlassen. Die Schulgebühren hatten sich um das Vierfache erhöht. Selbst wenn ein Kind eins der Stipendien erhielt, sorgte die Bedingung, im Wohnheim der Schule zu leben, dafür, dass die Eltern zweiundzwanzig Mal abwägten, ihr Kind tatsächlich auf diese Schule zu schicken. Kindern armer Familien war es nicht möglich, auf dem Schulgelände zu leben, nicht einmal für einen halben Tag; denn nach dem Unterricht und während ihre Eltern arbeiteten, wartete eine ganze Liste von Aufgaben auf sie. Die Jungen versorgten das Nutzvieh, fingen Fische oder sammelten Blätter, die sie als Futter für die Rinder in der Quarantänestation am Hafen verkauften. Die Mädchen passten auf ihre jüngeren Geschwister auf, verkauften Nippes am Strand, trockneten Fangfisch oder erledigten andere Arbeiten, um zu vermeiden, ihren Körper verkaufen zu müssen. Die Kinder waren sich ihrer begrenzten Lebenswege bewusst. Der Sohn eines Fischers würde als Fischer sterben, der Sohn eines Hafenkulis würde die Nachfolge seines Vaters antreten, die Tochter einer Prostituierten würde die Kunden ihrer Mutter bedienen.

Nachdem sie die Santa Helena verlassen mussten, gingen viele dieser Kinder gar nicht mehr zur Schule oder sie wechselten, wenn sie trotz allem etwas lernen wollten, auf die vierzehn Kilometer entfernte staatliche Oberschule. Den Hin- und Rückweg legten die Kinder in den öffentlichen Sammeltaxis zurück, deren Fahrer und Gehilfen, die das Geld von den Fahrgästen einsammelten, häufig nach Sopi stanken und die Musik bis zu einer Lautstärke von fünf gleichzeitig gezündeten Bomben illegaler Bombenfischer aufdrehten. Wenn die Kinder ausreichend Geld dabeihatten, zahlten sie für die Fahrt. Wenn sie kein Geld dabeihatten, ließen die Mädchen es über sich ergehen, dass der Fahrer und sein Gehilfe ihre Brüste begrapschten, während die Jungen sich, weil sie keine Brüste hatten, resigniert schlagen ließen.

»Du kleines Arschloch! Wenn du kein Geld hast, kannst du zu Fuß laufen, verstanden? Glaubst du, das Auto gehört deiner Oma? Glaubst du, das Benzin kannst du mit Blättern bezahlen? Verpiss dich!«

Nach und nach gingen die Kinder gar nicht mehr zur Schule. Die Mädchen prostituierten sich in ihrem jungen

Alter, die Jungen arbeiteten ganztägig, suchten Futter für die Rinder in der Quarantänestation. Sie mussten der Realität ins Auge sehen, dass sie, um klug zu werden, Geld brauchten. Der Fahrer eines Sammeltaxis würde sie nur zur Schule fahren, wenn sie ihm Geld dafür gaben. Und auch die Lehrer würden sie nur unterrichten, wenn man ihnen Geld dafür gab. Aber das Geld war nicht leicht zu finden. Und nur das Vieh im Stall der Quarantänestation gab sich mit Blättern zufrieden.

KAPITEL 8

Bei der Bekanntgabe, dass Silvy Hakuak Namepan die Aufnahmeprüfung der Oberschule Santa Helena mit Bestnote bestanden habe, weinte ihr Vater wie ein Hirte um eine verloren gegangene Kuh. Yunus Mafut Namepan weinte nicht vor Freude, er weinte, weil er sogar bei diesem Anlass das Gefühl nicht los wurde, als Vater auf ganzer Linie versagt zu haben. Seit seine Ehefrau vor sechs Jahren mit einem Geschäftsmann, von dem sie obendrein ein Kind erwartete, nach Kalimantan durchgebrannt war, konnte Yunus nicht mehr klar denken, er verlor zunehmend den Verstand. Seine einzige Beschäftigung bestand nunmehr darin, sich zu betrinken. Selbst als er eines sehr heißen Tages per Post seine Kündigung als Lehrer an der Mittelschule Tamoe Kaesna erhielt, brach er beim Lesen nur in Lachen aus. Er war im Glauben, er verfüge über ausreichend Erspartes und habe es nicht nötig zu arbeiten.

Als sein Erspartes wenig später aufgebraucht war, musste Yunus sein Haus, das aus Stein gebaut war und umgeben von einem großen Grundstück im Herzen der Stadt Kupang lag, verkaufen. Er mietete ein kleines baufälliges Haus an der Küste, mit Bebak-Wänden und einem grasgedeckten Dach, das zwar Schatten spendete, aber durch und durch von Insekten befallen war, und zog dort mit Silvy ein. Das Haus hatte keinen Garten und im Inneren lediglich drei

Räume: ein Ess- und Wohnzimmer, ein Schlafzimmer für Silvy und ein weiteres Zimmer für Yunus und die billigen Prostituierten, die er häufig mit nach Hause brachte. Weil er nichts anderes tat, als sich zu betrinken und Sex zu kaufen, hielt auch das Geld aus dem Hausverkauf nicht lange vor. Gerade hatte Silvy die Grundschule beendet, da wurde Yunus bei einem Taschendiebstahl am Lasiana-Strand außerhalb Kupangs auf frischer Tat ertappt. Passanten prügelten ihn schwarz und blau und er wurde ins Gefängnis geworfen. Die Frau, die er bestehlen wollte, war die Ehefrau eines angesehenen Mitglieds einer bestimmten Partei, und so war er im Gefängnis nicht nur der willkommene Prügelknabe für die Polizisten, sondern auch für Mithäftlinge, die dieser Partei nahestanden.

Wenige Stunden nach seiner Verhaftung erschien die um ein Haar Bestohlene, die Ehefrau des Parteimitglieds, vor Yunus' Haus. Ihr war bereits zu Ohren gekommen, dass der Mann, der sie zu bestehlen versucht hatte, ein Trinker und alleinerziehender Vater einer Tochter war. Sie kam nicht allein, sie wurde begleitet von einem Dutzend Journalisten, die sich mit ihr in die windschiefe und marode Hütte drängten. Als das kleine Mädchen schließlich vor ihr stand, mutterseelenallein und hungrig, fing sie laut schluchzend zu weinen an und umarmte das Kind. Darauf öffnete sie ihre Handtasche, entnahm ihr ein stattliches Bündel Geldscheine und drückte es dem Mädchen in die Hände. Jede einzelne Bewegung führte sie wie in Zeitlupe aus, sodass die Kameras der Journalisten jeden Moment ihrer großzügigen Geste für die Ewigkeit festhalten konnten. Sie brachte es nicht über ihr Herz, die Kleine allein in dieser Hütte zu lassen, und engagierte daher eine Tagesmutter, die sich, solange der Vater in Haft saß, um sie kümmern würde.

Am folgenden Tag machten die Dame und ihre Aktion Schlagzeilen. In einem der zahlreichen Zeitungsartikel, der gut und gerne als der herzerwärmendste des gesamten Jahres gelten durfte, wurde sie wegen ihrer Großherzigkeit »die Mutter Teresa von Timor« genannt: »Die Mutter Teresa von Timor wurde Opfer eines Taschendiebstahls und nimmt sich jetzt der verwaisten Tochter des Diebes an!« In ähnlichem Tenor schrieben auch andere regionale wie überregionale Zeitungen und Lokalanzeiger. Die Fotostrecke von Mutter Teresa, wie sie Silvy in ihre Arme schließt und ihr das Bündel Geldscheine zusteckt, verbreitete sich in sämtlichen Medien, sie wurde in Zeitungen abgedruckt, von Radioreportern in allen Einzelheiten beschrieben und flimmerte über die Bildschirme des staatlichen Fernsehsenders TVRI. Bei den folgenden Wahlen wurde Mutter Teresa an der Seite ihres Ehemannes ins Parlament gewählt.

In der neunten Nacht seiner Gefangenschaft erblickte Yunus in der Glühbirne, die nackt von der Decke seiner Zelle hing, die Gestalt Jesu Christi, die zu ihm sprach und ihn fragte: »Yunus Mafut, Sohn des Namepan, wonach suchst du?«

In diesem Augenblick und zum ersten Mal in seinem Leben überkam Yunus das Gefühl bitterer Reue über seine schändlichen Taten. Wie ein Schwein, das kastriert werden soll, fing er fürchterlich zu weinen an. Die wachhabenden Polizisten kamen in seine Zelle gerannt, ließen ihn aber bald wieder allein zurück, weil er einem nach dem anderen die Füße küsste und sie anflehte, ihn wieder zu verprügeln.

»Ich habe gesündigt, ich habe gesündigt, ich habe wahrlich gesündigt«, jammerte er.

Die Polizisten waren sich einig, dass der Taschendieb verrückt geworden war, und warfen ihn aus der Zelle und aus der Wache. Er aber weigerte sich zu gehen und flehte auf

Knien, wenigstens eine weitere Woche in Haft verbringen zu dürfen.

»Ich muss über mein Leben nachdenken. Ich bin ein Sünder.«

Es ist doch so, dass es nirgendwo auf der Welt einen Menschen gibt, der, nachdem ihm Jesus erschienen ist, keine Reue empfinden und sich nicht zur Umkehr auf den rechten Pfad bewegen lassen würde. Selbst der gefürchtete Christenverfolger Paulus von Tarsus wandelte sich nach dem Sturz vom Pferd zum eifrigsten Verkünder des christlichen Glaubens und zum Apostel Jesu. Und so beschritt auch Yunus nach seiner Haftentlassung ein neues Leben in der Liebe Gottes. Er rührte nie wieder einen Tropfen Alkohol oder die nackte Haut einer Frau an. Einmal im Monat beichtete er seine Sünden, jeden Sonntag war er der Erste in der Kirchenbank, und bei jeder Gelegenheit legte er sein Glaubenszeugnis ab. Und er begann, sich Arbeit zu suchen.

Seit dem Besuch der Mutter Teresa von Timor mitsamt dem Tross Journalisten war er allerdings überall als Taschendieb bekannt. Auch in überregionalen Zeitungen war sein Verbrecherfoto gleich neben dem vorteilhaft ausgeleuchteten Porträtfoto der Mutter Teresa von Timor erschienen. Unter seinem Bild jedoch fand sich zusätzlich die Erläuterung, dass es sich bei dem Abgebildeten um den Taschendieb handele, der seine Tochter vernachlässigte, oder dass er der Taschendieb sei, der es gewagt hatte, eine ehrbare Dame zu bestehlen. Die Schulen, an denen er sich als Lehrer bewarb, erteilten ihm eine Absage, obwohl er über das Zeugnis einer erfolgreich abgeschlossenen Lehrerausbildung verfügte und im Bewerbungsgespräch beteuerte, er führe, seit Jesus ihm in der Haft erschienen sei, ein neues Leben.

Die Leute aber hielten ihm entgegen: »Jesus kommt nicht

aus der Glühbirne. Das sieht einem dummen Dieb wie dir ähnlich. Mit leerem Magen und leerem Kopf träumst du schon, ohne zu schlafen!«

Yunus ließ sich nicht entmutigen. Auch wenn er keine Anstellung als Lehrer fand, so konnte er schließlich Om Nus davon überzeugen, ihm Arbeit zu geben. Om Nus besaß einen Zeitungsvertrieb und handelte mit gebrauchten Büchern. In aller Bescheidenheit fragte Yunus den Händler, ob er nicht für ihn arbeiten könne, und ließ dabei nicht unerwähnt, dass er einmal als Schulmentor für dessen Sohn an der staatlichen Mittelschule Tamoe Kaesna fungiert habe. Om Nus stellte ihn tatsächlich ein, ließ ihn aber keinen Augenblick aus den Augen, weil er nicht auszuschließen wagte, Yunus könne sich mit den Tageseinnahmen auf und davon machen. Ohne das geringste Interesse, zu stehlen, arbeitete Yunus für Om Nus; er lieferte Zeitungen an Abonnenten aus, verkaufte Heftromane und Kreuzworträtsel von Haus zu Haus, und er bot alle möglichen Druckerzeugnisse den Passanten auf der Straße oder den Fahrgästen in den Bussen an. Er arbeitete beflissen und gewissenhaft, und er war davon überzeugt, dass die Leute eines Tages seinen Fall vergessen haben würden und er wieder unterrichten könne.

Doch die Leute vergaßen die Sache nicht. Einmal im Monat erschien die Mutter Teresa von Timor in seinem Haus, um nach Silvy zu sehen. Jedes Mal brachte sie Journalisten mit und Yunus' Foto erschien, neben dem von Mutter Teresa, aufs Neue in den Zeitungen. So passierte es Yunus immer wieder, dass ein Abonnent, dem er eine Zeitung auslieferte, sein Gesicht genau betrachtete und es dann mit dem Foto in der Zeitung abglich und feststellte: »Ah, du bist also dieser Taschendieb!«

Dieser Umstand führte dazu, dass Yunus bei der Suche nach einer etwas besser bezahlten Arbeit stets scheiterte. Dabei bewarb er sich nicht nur als Lehrer, sondern er versuchte es auch als Büroangestellter oder Schreibkraft in einem Unternehmen, als Gemeindesozialarbeiter im Bereich HIV-Prävention, als Mitarbeiter in einer Nichtregierungsorganisation und so weiter und so fort. Aber jedes Mal kassierte er eine Absage. Der Verdienst, den er aus dem Verkauf der Zeitungen und gebrauchten Bücher erzielte, reichte so eben für die täglichen Mahlzeiten für sich und Silvy. Er wollte Mutter Teresa die Schuld für seine Misere geben, doch ohne das Geld, das sie seiner Tochter zukommen ließ, würde Silvy auf keine weiterführende Schule gehen können. Er hielt sich für den untauglichsten Vater der Welt, versuchte aber, sich vor Silvy nichts anmerken zu lassen, und brachte ihr beinah täglich eine Zeitung oder ein gebrauchtes Buch als Geschenk mit. Om Nus gab ihm den Lesestoff gratis, wenn Yunus ihm half, den Laden und den Innenhof seines Hauses zu fegen, oder wenn er seine Kinder von der Schule abholte.

Sein Selbstbild, als Vater auf ganzer Linie gescheitert zu sein, wurde eines Tages noch dadurch verstärkt, dass Om Daniel, ein naher Verwandter seiner Exfrau, bei ihm erschien und ihn zu überzeugen versuchte, Silvy mit ihm gehen zu lassen und in die Obhut seiner Familie zu geben. Er lebe mit seiner Frau und dem einzigen Sohn in Oetimu, einem Dorf weiter östlich im Landesinneren. Er habe außerdem ein paar Rinder und könne Silvy eine aussichtsreiche Zukunft bieten.

»Wir ertragen es nicht mehr, ständig eure Fotos in den Zeitungen zu sehen«, sagte Om Daniel. »Wir wollen dir Silvy nicht wegnehmen. Nein! Betrachte es als Hilfe, die wir dir als Familie von Silvys Mutter anbieten. Lass Silvy bei uns leben! Meine Frau wird sich um sie kümmern. Du wirst mehr Zeit haben, dir eine bessere Arbeit zu suchen – und vielleicht findest du sogar eine neue Frau an deiner Seite. Wann immer du dazu bereit bist, kannst du Silvy wieder zu dir holen.«

Yunus wünschte sich nichts mehr, als dass Silvy für immer bei ihm bliebe, doch seine momentane wirtschaftliche Lage war mehr als prekär und er verfügte über keinerlei Ersparnisse. Zudem war es unwahrscheinlich, dass die Mutter Teresa von Timor ihre Unterstützung für Silvy bis in alle Ewigkeit fortsetzte. Sobald sie ihre Besuche einstellte, würde Silvy auf eine weitere Schulbildung verzichten müssen. Um etwas Geld hinzuzuverdienen, müsste das kleine Mädchen womöglich übersüßten Palmwein verkaufen, oder schlimmer noch, sie müsste … Ah, nein! Yunus wollte sich die Alternativen gar nicht erst vorstellen.

»Sprich mit Silvy, frag sie selbst, was sie will«, erwiderte Yunus und wandte den Blick ab, um seine Tränen zu verbergen. »Wenn sie einverstanden ist, kann sie mit dir gehen.«

Als Antwort auf Om Daniels Frage, ob sie nicht mit ihm mitgehen und bei seiner Familie leben wolle, lachte Silvy nur und umarmte ihren Vater. Sie wolle bei ihm bleiben, für den Rest ihres Lebens, was auch immer geschehe, sagte sie.

Yunus' Herz wollte über Silvys Antwort vor Freude hüpfen und gleichzeitig vor Sorge sinken. Seine Tochter stand zu ihm, in guten wie in schlechten Zeiten, doch was würde er ihr für ihre Zukunft bieten können?

Yunus war sich durchaus darüber bewusst, dass seine Tochter ein überdurchschnittlich intelligentes Mädchen war, und dass er für die Zukunft seiner Tochter, die in guten wie in schlechten Zeiten bei ihm bleiben wollte, nicht tatenlos bleiben durfte. Schon häufig hatte er Artikel und Reportagen über diese Oberschule Santa Helena gelesen, viele davon in Großformat auf den Titelseiten der Blätter, die er auslieferte. Er hatte darüber gelesen, wie sehr Eltern darum kämpften, ihre Kinder auf dieser Schule unterzubringen – und wie viele Kinder sich umbrachten, weil sie an der Aufnahmeprüfung gescheitert waren.

So kam es also schließlich dazu, dass Yunus seine Tochter zur Aufnahmeprüfung an der Oberschule Santa Helena anmeldete und bei der Bekanntgabe des Ergebnisses – Silvy habe sie mit Bestnote bestanden und ein Vollstipendium sowie zusätzlich ein Sparbuch erhalten – weinte wie ein Hirte um eine verloren gegangene Kuh. Doch damit war noch nicht alles gewonnen, dachte Yunus bei sich, er würde ausreichend Geld für ihre weitere Ausbildung verdienen müssen; das Mädchen sollte später auf eine Hochschule gehen, sie sollte die Chance haben, jedes von ihr gesteckte berufliche Ziel zu erreichen.

Als Yunus seine Tochter zur Schule Santa Helena begleitete und das Schulgelände mit all den modern ausgestatteten Gebäuden aus nächster Nähe betrachten konnte, hatte er keinen Zweifel daran, dass sie für die nächsten Jahre in guten Händen sein würde. Silvy erwarteten gefüllte Stundenpläne, regelmäßige Mahlzeiten und ein schulisches Umfeld, das ihre Lernentwicklung förderte. Ganz wie ein verantwortungsbewusster Vater wollte Yunus aber auch bestmöglich für die Zeit nach Silvys Schulabschluss und für ihre weitere Zukunft vorsorgen.

So fasste er den Entschluss, seinem Gedanken, als Arbeitsmigrant nach Malaysia zu gehen, Taten folgen zu lassen. Dieser Gedanke war schon länger in seinem Kopf herumgeschwirrt, aber immer wieder hatte er ihn verworfen, weil er seine Tochter nicht allein zurücklassen wollte. Nun aber, da sie in guten Händen war und umgeben von unendlich vielen Büchern und komfortabler Ausstattung leben würde, konnte er für mindestens drei Jahre nach Malaysia gehen und dort in einem Schnellrestaurant oder auf einer Palmölplantage arbeiten.

»Der Papa muss Geld verdienen, damit seine liebe und kluge Tochter studieren kann«, sagte er zu Silvy. »Das, was ich mit dem Verkauf von Büchern verdiene, reicht gerade, um zu überleben, aber es reicht nicht, um wirklich zu leben.«

Er fragte Silvy, was sie später einmal werden wolle. »Vielleicht Stewardess? Oder Ärztin? Scheue dich nicht, dir hohe Ziele zu stecken. Um das Geld mach dir keine Sorgen, darum kümmert sich Papa.«

Silvy aber wollte nur eins: mit ihrem Vater zusammenleben.

»Für ein Studium kann ich mir später ein Stipendium besorgen«, erklärte sie. »Bleib du einfach hier, Papa! Geh nicht nach Malaysia, geh nirgendwohin! Bring mir einfach hin und wieder eine Zeitung oder ein Buch mit.«

Yunus ließ seinen Blick im Pendopo schweifen, unter dessen Dach er mit seiner Tochter im Schatten saß. Zwischen den Stützpfeilern standen niedrige Bücherregale mit Zeitungen und Büchern. Wenn es an diesem Ort schon Zeitungen und Bücher gab, welche Fülle würde dann erst in der Schulbibliothek zu finden sein? Yunus stellte sich eine stattliche Auswahl an Presseerzeugnissen vor, die, sorgfältig sortiert, mit Klammern zusammengeheftet und an eigens dafür angebrachten Haken an den Türen und Wänden der Bibliothek hingen. All diese Zeitungen, davon war er überzeugt, waren seriöser als die Käseblätter, die er auslieferte und von denen die meisten nur leeres Geschwätz in Form von Interviews mit Leuten wie der Mutter Teresa von Timor enthielten, eng gedruckt neben Anzeigen für Potenzmittel und Ehehygieneprodukte.

Er war sicher, Silvy benötigte keine Bücher mehr von ihm. Er wusste auch, dass Silvy in der Lage sein würde, Stipendien für jede Schule, auf die sie gehen wollte, zu bekommen. Doch welcher Vater will nicht ein wenig Geld für die Träume seines Kindes bereithalten?

Zwei Wochen nachdem er Silvy zur Schule Santa Helena begleitet und in deren Obhut gegeben hatte, verkaufte Yunus sein restliches Hab und Gut und verließ die gemietete Hütte. Beim Abschied hatte er Silvy erklärt, sie würde bis zu seiner Rückkehr im Wohnheim bleiben. Silvy weinte, und er versprach ihr, nach spätestens drei Jahren mit sehr viel Geld zurückzukommen, mit Geld, das sie für Silvys Studium verwenden könnten, und auch, um das Haus in Kupang, das sie einst verlassen mussten, zurückzukaufen. Er schickte einen Brief mit Abschiedswünschen und einem Abschiedskuss an Silvy und machte sich dann an die Vorbereitung der Papiere, die er als Arbeitsmigrant für seine Ausreise nach Malaysia benötigte.

Doch das bürokratische Prozedere, um hierzulande die nötigen Dokumente zu beschaffen, stellte sich als mindestens so verklausuliert und verschlungen heraus wie der Lateinunterricht bei einem schwachköpfigen Lehrer. Nehmen wir an, man benötigt drei Dokumente, um als Arbeitsmigrant anzuheuern: Dokument A der Behörde X, Dokument B der Behörde Y und Dokument C der Behörde Z. Um das Dokument A der Behörde X ausgestellt zu bekommen, muss man das Dokument A1 der Behörde XI, Dokument A2 der Behörde VI und Dokument A3 der Behörde XII vorlegen sowie die eidesstattliche Erklärung, dass man einer offiziell von der Regierung anerkannten Religion angehört. Wer kein Anhänger einer offiziell anerkannten Religion ist, der wird am Schalter gar nicht erst bedient, sondern er wird gleich zur Polizeistation abgeführt, wo man ihm ordentlich auf den Zahn fühlt, ob er am Ende nicht gar ein Überbleibsel der Kommunistischen Partei, das heißt der Volksverräter ist. Um Dokument A1 der Behörde XI zu erhalten, muss man Dokument 1-A1 der Behörde IX komplementieren sowie Dokument 2-A1 der Behörde X, Dokument 3-A1 der Behörde I, Dokument 4-A1 der Behörde XIX und – diesmal ausgestellt vom Bezirksvorsteher – Dokument 5-A1 vorlegen. Um Dokument 1-A1 der Behörde IX zu erhalten, muss man Dokument a-1-A1 der Behörde P vervollständigen sowie Dokument b-1-A1 der Behörde Q und Dokument c-1-A1 der Behörde R und so weiter und so fort. Allein sich das Prozedere vorzustellen, macht einen ganz wirr im Kopf, da hat man noch keinen einzigen Fuß auf einen der verschlungenen Pfade der hiesigen Bürokratie gesetzt. Bis man einen Teil der Dokumente und die eidesstattlichen Erklärungen beschafft hat, ist man sowohl wertvolle Lebenszeit als auch eine nicht gerade unerhebliche Summe Geld für Fotokopien und Fahrtkosten von einer Behörde zur nächsten losgeworden. Das alles bliebe einem selbstverständlich erspart, wenn man entweder hinreichend Schmiergelder mitbringt oder jemanden an den richtigen Stellen in den Ämtern kennt. Yunus konnte bedauerlicherweise auf keins von beiden zurückgreifen.

Da er nicht viel Zeit mit den Behördengängen verschwenden wollte, suchte er einen Arbeitsvermittler, der ihm gefälschte Papiere und einen Arbeitsplatz in Malaysia besorgte. Sechs Tage später legte er vom Hafen Tenau ab und stieg bis zu seiner nicht ganz legalen Einreise nach Malaysia auf mehrere namenlose Schiffe und Boote um.

Silvy sollte nie wieder etwas von ihrem Vater hören.

* * *

Vom ersten Tag an war Silvy Hakuak Namepan der Star an der Oberschule Santa Helena. Ihre Klugheit war beeindruckend und ihre Schönheit bezaubernd. Weil sie in allem, was sie tat, äußerst geschickt und flink vorging, erledigte sie mehrere Aufgaben im Handumdrehen gleichzeitig und schien immer an mehreren Orten zu sein. Sie sang und spielte die *Sasando,* sie schrieb Artikel für Zeitungen und posierte für Reisemagazine. Sie löste komplexe chemische Gleichungen und schrieb wohlklingende Gedichte. Die Lehrer waren in ihrer Gegenwart allerdings häufig überfordert, vor allem dann, wenn sie deren Erläuterungen im Unterricht unterbrach und mit einem einzigen auf unstrittiger Datenlage aus wissenschaftlichen Studien basierenden Argument entkräftete. Keinem Lehrer gelang es, Silvys Vorträge zu schwächen oder zu widerlegen.

»Sie plappert in einem fort, und kaum ein anderer Schüler versteht, was sie sagt«, klagte der Indonesischlehrer in einer der wöchentlichen Lehrerbesprechungen. Er selbst vermochte zu verbergen, dass er selbst nicht immer verstand, was Silvy sagte, indem er in seinem Unterricht Formulierungen verwendete, die ebenfalls kein anderer Schüler verstand.

»Ich wollte gerade dasselbe sagen«, warf die Geschichtslehrerin ein, eine junge Frau, die neben ihrer Aufgabe als Lehrerin das Wohnheim der Mädchen betreute. Auch sie litt unter der Besserwisserei der klugen Schülerin. In einer ihrer letzten Unterrichtsstunden hatte die Lehrerin erklärt, mit welchen Strategien Indonesien die japanische Armee während des Zweiten Weltkriegs geschlagen habe. Silvy aber hatte sie unterbrochen, um richtigzustellen, welche Umstände tatsächlich zur Kapitulation Japans geführt hatten, welche Länder sich wann zusammenschlossen, wer Verrat an wem übte und vor welchem krisengeschüttelten ökonomischen Hintergrund, global gesehen, sich dies alles abspielte.

Mit der Zeit vertrauten die Kinder Silvys Erklärungen mehr als denen ihrer Lehrer. Immer wenn ein Lehrer ihnen etwas erklärte, schauten sie zu Silvy hinüber, als ob sie fragen wollten, ob das, was sie da hörten, auch zutreffend war. Anstatt eine Frage an den Lehrer zu richten, wandten sie sich direkt an Silvy. Wenn Silvy darauf mit ihrem Vortrag begann und eine Reihe von Fachleuten zitierte und Fachpublikationen als Referenzen nannte, schauten die Kinder ihren Lehrer an, als würden sie ihn fragen wollen: »Hallooo, wer bringt uns jetzt hier etwas bei?«

Aufgrund der bei jeder der wöchentlichen Lehrerbesprechungen vorgetragenen Beschwerden über Silvy sah sich Pater Yosef veranlasst, einen bekannten Professor der Katholischen Hochschule für Philosophie Ledalero in Maumere, *die* Koryphäe auf seinem Gebiet, einzuladen und um Rat zu bitten. Der Professor kam zwar nicht persönlich, schickte aber vier seiner tüchtigsten Assistenten. Diese vier Assistenten reisten mit vier riesigen Koffern an. In einem ihnen zur Verfügung gestellten Raum der Schule entnahmen sie diesen vier riesigen Koffern etliche wissenschaftliche Werke und seltsam aussehende Messinstrumente. Sie riefen Silvy zu sich, sprachen zunächst ein paar Gebete mit ihr, stellten ihr anschließend etliche Fragen, die sie von einer Liste ablasen, und forderten sie dann auf, die Messgeräte nach ihren Anweisungen zu betätigen. Während dieser Untersuchungsreihen machten sich die vier Assistenten umfangreiche Notizen, dann machten sie sich wieder auf den Heimweg nach Maumere.

Sechs Tage später reiste der Professor der Ledalero-Hochschule höchstpersönlich an. Er trug lediglich einen Koffer bei sich, und diesem Koffer entnahm er einen Stapel Papier und ein paar Bücher. Auch er ließ Silvy zu sich kommen und forderte sie auf, eine Reihe von Tests zu absolvieren; abschließend führte er eine Befragung mit ihr durch, die von acht Uhr morgens bis drei Uhr nachmittags dauerte. Um sieben Uhr am Abend bat er Pater Yosef zur Besprechung in den Speisesaal und eröffnete das Gespräch mit der Bemerkung, die Schule Santa Helena sei eine exzellente Lehranstalt.

»Sicher ist sie das«, erwiderte Pater Yosef. »Ich habe sie mit meinem Herzblut aufgebaut.«

Ohne dass ihn der Professor danach gefragt hätte, hob Pater Yosef dazu an, den miserablen Zustand der Schule zum Zeitpunkt seiner Ankunft zu beschreiben, sozusagen als Einführung zu seinem Vortrag darüber, wie er die Schule zu dem gemacht habe, was sie heute ist. Er wollte dabei der Chronologie folgen, der er sich in seinen Ansprachen vor Gästen und Gönnern der Schule bediente und die er mit wenigen Abweichungen stets im selben Wortlaut wiederholte: Nach detailreichen Beschreibungen des verwahrlosten Zustands der Schule folgten weitschweifige Ausführungen, worin im Einzelnen seine Arbeit bestanden hatte, welcher letztendlich der vollständige Wandel der Schule hin zu einer exzellenten Lehranstalt zu verdanken war. Während seines Vortrags würde sich dieser Wandel, so Pater Yosefs Ansinnen, dem Zuhörer wie ein Film in Zeitraffer vor Augen abspielen.

Doch der Professor unterbrach ihn schon mitten in seinem zweiten Satz.

»Es ist allerdings keine optimale Lehranstalt für das Mädchen.«

»Was wollen Sie damit sagen?«, fragte Pater Yosef zurück.

Der Professor holte den Stapel Papier hervor, der sich als das Gutachten seiner vier Assistenten herausstellte, und übergab ihn Pater Yosef.

»Die Intelligenz des Mädchens übersteigt die durchschnittliche Intelligenz Gleichaltriger bei Weitem«, erklärte der Professor. »Ich hatte zunächst meine Zweifel an diesem Gutachten. Daher wollte ich mich persönlich von den Resultaten der Testreihen überzeugen. Wie ich feststellen musste, sind sie ausnahmslos zutreffend. Falls man das Mädchen an dieser Schule belässt, wird sie entweder vor ihrem Abschluss abbrechen, weil sie sich langweilt, oder aber sie besucht weiterhin den Unterricht und sorgt für Unruhe.«

Pater Yosef fragte den Experten, was seiner Meinung nach in einem solchen Fall zu tun sei.

»Ich empfehle in vergleichbaren Fällen stets, das Kind möglichst bald auf die Universität zu schicken«, lautete die Antwort des Professors. »Silvy sollte an einer wissenschaftlichen Studie zu einem Thema arbeiten, das ihren Interessen und Neigungen entspricht, und nicht die Schulbank drücken und dem Geschwätz eines Oberschullehrers zuhören müssen.«

Nach der Abreise des Professors ließ sich Pater Yosef den Gedanken, Silvy auf eine Universität zu schicken, noch einmal in Ruhe durch den Kopf gehen. Im Grunde pflichtete er der Empfehlung des Professors bei. Er hatte von Kindern gelesen, die Gott mit einer außerordentlichen Intelligenz beschenkt hatte, welche die der anderen Kinder gleichen Alters weit überragte. Mit Silvys Intelligenz könnte er sich vor den anderen Schulleitern brüsten, auch vor seinen Pastorenkollegen und selbst vor dem Bischof und dem Gouverneur. Er könnte sagen, die Santa Helena beherberge eine Schülerin mit brillantem Geist, die keine drei Jahre für den Abschluss der Oberschule benötige.

Dann aber betrachtete er die Sache von einer anderen Warte aus. In den letzten Jahren war die Zahl der Studenten, die sich der Bewegung der, wie sie es nannten, »Reformasi«, anschlossen, erheblich gewachsen. Täglich organisierten sie Demonstrationen und forderten Präsident Suhartos Rücktritt. Sie errichteten Straßenbarrikaden aus brennenden Autoreifen, scheuten kein Handgemenge mit der Polizei und bewarfen sogar Regierungsgebäude mit Steinen. Zuletzt war das Militär mit härterer Hand eingeschritten, Soldaten hatten mit Gewehrfeuer geantwortet und einige der Demonstranten getötet. Unter diesen Umständen wollte Pater Yosef unbedingt vermeiden, dass Silvy an eine Universität ging. Sie war noch viel zu jung, um in diese politischen Wirren hineingezogen zu werden.

Aber welche Möglichkeiten hatte er, das Kind weiterhin auf der Santa Helena zu behalten? Silvy würde, so wie der Professor es ausgemalt hatte, die anderen Schüler aufstacheln und dafür sorgen, dass die Lehrer sich in ihrer Gegenwart immer unwohler fühlten.

Während der nächsten Lehrerbesprechung förderte der spontane Einwurf des Lehrers für Handarbeiten und Kunst eine glänzende Idee zutage.

»Silvy liest einfach viel zu gerne Bücher«, sagte der Lehrer. »Wenn sie einmal den Kopf in ein Buch steckt, kann sie niemand mehr weglocken. Ich wette, sie verpasst es, in den Himmel aufzusteigen, wenn man sie zusammen mit Büchern in einen Sarg legt.«

Pater Yosef kam daraufhin die Idee: »Wir werden ihr die Aufgabe geben, in der Bibliothek zu arbeiten und zu lernen. Nennen wir es Praktikum.«

»Aber, Pater Yosef«, meldete sich der Indonesischlehrer zu Wort. »Wenn sie wirklich so viel intelligenter ist als die anderen Kinder unserer Schule, dann wird sie sich mit unserem Buchbestand bald langweilen.«

»Das stimmt allerdings … Sie sorgt jetzt schon des Öfteren in der Bibliothek für Unruhe, weil sie sich über das beschränkte Leseangebot beklagt«, stimmte die Bibliothekarin zu.

Pater Yosef wälzte die Gedanken in seinem Hirn hin und her, da erinnerte er sich plötzlich an den Lesesaal in der Pfarrei, den die Ordensschwestern vom Heiligen Herzen hinterlassen hatten. Ein großer Raum mit Regalen voller theologischer Bände, philosophischer Reihen, Bücher und Bildbände über Literatur, Kunst, Kultur und vieles mehr. Außerdem befand sich dort auch noch das Dutzend Kisten mit Büchern, die er selbst seit seiner Zeit im Priesterseminar gesammelt hatte. Dieser Bestand, so dachte er, würde Silvy zumindest für den Anfang beschäftigen.

Damit war die Entscheidung endgültig gefallen. Neben der bestehenden Schulbibliothek sollte der Lesesaal in der Pfarrei eigens für erwachsene Leser eingerichtet werden und Silvy sollte sich um die Sammlung kümmern. Sie würde die erste Schülerin an der Santa Helena sein, die außerhalb des regulären Unterrichts lernte. Sie würde nach wie vor an den vierteljährlichen Prüfungen teilnehmen, und falls ein Lehrer der Ansicht war, die Arbeit im Lesesaal würde sie nicht auslasten, so stünde es ihm frei, ihr zusätzliche Aufgaben zu geben. Sollte es in der Zukunft einen ähnlich gelagerten Fall geben, der den Empfehlungen des Professors der Ledalero-Hochschule bedurfte, würde man sich erneut Gedanken machen.

* * *

Hinter dem Pfarrhaus breitete sich die Sawusee aus. Ursprünglich war das Gebäude als Wohnhaus für sieben Ordensschwestern und die Klosteroberin errichtet worden. Inzwischen diente es als Pfarrhaus und beherbergte Pater Yosef als seinen einzigen Bewohner. Von der Eingangstür trat man in einen Empfangsraum, der früher durch ein deckenhohes Regal voller Krüge und Vasen in zwei Räume unterteilt worden war und der nun, da man das Regal irgendwann entfernt hatte, die Größe eines Volleyballfeldes besaß. Von diesem Raum gingen U-förmig mehrere Zimmer ab. Auf der linken Seite befand sich zunächst ein großes Zimmer, das Pater Yosef bewohnte. Dessen Fenster ging auf den Garten hinaus und bot Ausblick auf den Fischteich und den Brunnen der Schule. Aus diesem Fenster warf Pater Yosef gerne Krümel in den Teich und beobachtete die Fische, die sich daraufhin um die Leckerbissen rissen und das Wasser aufspritzen ließen. Auf der rechten Seite des Empfangsraums lagen drei leerstehende, ungenutzte Zimmer. Auf der Stirnseite, gegenüber der Eingangstür, lagen vier ebenfalls ungenutzte Zimmer, die aber jeweils über ein eigenes Badezimmer, einen Schrank, einen Lesetisch und ein Bett mit Matratze und Kissen verfügten. Wenn ein respektabler Gast wie seine Exzellenz der Bischof, ein Pastor oder ein Besucher, der eine wichtige Angelegenheit in der Schule zu erledigen hatte, über Nacht blieb, musste Tanta Yuli nur noch ein Moskitonetz aufhängen, das Bett frisch beziehen und einige andere für die Nacht benötigten Dinge bereitstellen. Für weniger respektable Gäste wie Eltern oder Besucher des Festivals standen Zimmer in einem weiteren Gebäude im westlichen Teil des Schulgeländes und zu einem Tarif, der dem eines Viersternehotels entsprach, zur Verfügung.

Auf der linken Seite des Empfangsraums, gleich neben der Tür zu Pater Yosefs Zimmer, stand ein runder Tisch aus Teakholz, um den herum sieben Stühle, ebenfalls aus Teakholz, gruppiert waren. An diesem Ort knöpfte sich Pater Yosef die ungezogenen Schüler vor: Zuallererst ohrfeigte er sie und versohlte ihnen den Hintern, dann zählte er ihre Vergehen auf und stellte ihr niederträchtiges Verhalten der Liebe ihrer Mütter sowie der Güte Gottes gegenüber. Daraufhin fielen die Kinder auf die Knie und weinten bitterlich, gepeinigt von Schmerzen und Schuldgefühlen. Aus diesem Grund wurde dieser Tisch von den Schülern der »Klagetisch« genannt. Im Übrigen nutzte Pater Yosef diese Sitzecke, um mit seinen Pastorenkollegen, die ihn besuchten, Bier zu trinken und über unterschiedlichste Themen zu sprechen, angefangen vom niemals enden wollenden Krieg in Timor über die grassierende Armut der Bevölkerung bis hin zu gemeinsamen Erlebnissen im Priesterseminar. Da bei diesen Gelegenheiten nicht zuletzt auch Dinge besprochen wurden, die im Zusammenhang mit der Arbeit in der Diözese standen, nannten sie ihre Treffen dort »Konferenzen am Runden Tisch«.

Ein Gang, breit genug für die Durchfahrt eines Militärlastwagens, trennte die leerstehenden Zimmer gegenüber der Eingangstür von den beiden Räumen, die auf der linken Seite neben Pater Yosefs Zimmer lagen. Direkt neben Pater Yosef, sozusagen Tür an Tür, befand sich besagter Lesesaal, der einst von den Ordensschwestern eingerichtet worden war. Nach dem Fortgang der Schwestern hatte der Lesesaal nurmehr als Bücherlager gedient und war inzwischen völlig verstaubt. Om Lamber und Tanta Yuli halfen Silvy dabei, ihn wieder herzurichten, sie staubten die deckenhohen Regale sowie die Bücher ab und wischten den Boden.

Neben dem Lesesaal lag der Speisesaal des Pfarrhauses. Dieser war ebenfalls großzügig geschnitten, und in seiner Mitte stand eine lange Tafel mit zwölf Stühlen. An der linken Wandseite hing ein Gemälde, auf dem Jesus im Kreise von fünfzehn alten Männern abgebildet war, denen größtenteils die Zähne fehlten. Die Figuren trugen traditionelle gewebte Stoffe aus der Gegend, saßen auf dem Boden und hatten Schüsseln mit *Penpasu* vor sich, der timoresischen Spezialität aus gekochtem Mais, Bohnen und Gemüse. Beim Betrachten des Gemäldes musste man unweigerlich an das Letzte Abendmahl denken, nur ohne den Tisch, aber gleichzeitig stutzte man und fragte sich, wie der Maler bloß auf ein solches Motiv gekommen sein mochte: zahnlose Greise essen Mais. Pater Yosef wusste darauf keine Antwort. Es hieß, der Künstler dieses Werks sei ein französischer Maler gewesen, der, der Kunstwelt Europas überdrüssig, zunächst seinen Tod vorgetäuscht hatte und dann nach Timor geflüchtet war. In Timor hatten die Leute ihn Kae Muit Aseket genannt, was so viel hieß wie »der Weißhäutige, der sich verlaufen hat«, da er ständig Bilder malend von Dorf zu Dorf gezogen war und sie über Pflanzen ausgefragt hatte, mit denen sie ihre Stoffe färbten. Das hatte er viele Jahre getan, bis er eines Tages von Männern aus dem Norden umgebracht wurde, die der Ansicht waren, alle Weißen seien Räuber.

In einer Ecke des Speisesaals stand ein etwas kleinerer rechteckiger Tisch, auf dem zwei Thermoskannen, drei Wasserkaraffen, mehrere Trinkgläser, ein elektrischer Toaster, Marmeladengläser sowie andere Essensutensilien säuberlich nebeneinander angeordnet waren. An der Wand befand sich ein Schrank mit unzähligen Türen und Fächern mit Tellern und Tassen in allen möglichen Größen. Daneben brummten zwei Kühlschränke, beide von der Größe eines Erwachsenen und immer prall gefüllt. Viele wohlhabende Familien besuchten die Sonntagsmesse in der Kapelle der Santa Helena; sie genossen die friedliche Ruhe beim Gebet in diesem kleinen, dem Meer zugewandten Gotteshaus. Die Gläubigen wetteiferten darum, wer Gott die großzügigsten Gaben darbrachte. Wenn an einem Sonntag eine Familie mit einem Tablett voller Früchte, einer Flasche Sopi

Kepala und zwei extra dafür engagierten Tänzerinnen zur Kapelle kam, so würde am darauffolgenden Sonntag eine andere Familie mit vier Tabletts voller Früchte, einem gegrillten Huhn und vier engagierten Tänzerinnen kommen; am darauffolgenden Sonntag würde eine dritte Familie mit fünf Tabletts voller Früchte, fünf Tabletts mit Weißbroten, einer Flasche importiertem Wein und einem gegrillten Schwein kommen. So ging es an den Sonntagen in einem fort mit dem Wettstreit, wer Gott das Meiste und Beste geben würde. Außer an den Feiertagen, denn da war es für alle Gläubigen verpflichtend, Opfergaben mitzubringen. Und mit eben diesen Opfergaben waren die zwei erwähnten Kühlschränke prall gefüllt. Die Bierflaschen darin wurden allerdings von einem anderen Wohltäter im regelmäßigen Abstand von zwei Wochen geliefert. Neben den Kühlschränken befand sich der Eingang zur Küche, einem ebenfalls recht großen Raum, komplett ausgestattet mit verschiedenen Küchengeräten, Kochutensilien, einem separaten Badezimmer sowie einer kleinen Tür, die nach draußen führte.

Der breite Gang, der vom Empfangsraum zu diesen Räumlichkeiten führte, endete an einer Tür zur Veranda an der Rückseite des Gebäudes. Auf dieser Veranda stand ein kleiner Tisch mit zwei in Alor hergestellten Rattanstühlen. Hier saß Pater Yosef häufig bis spät in die Nacht, trank Bier und beobachtete die flackernden Lichter der Fischerboote auf der Sawusee. Jedes Mal, wenn er dort so dasaß und auf das Wasser sowie in das Innere seines Herzens blickte, spürte er Gottes Anwesenheit und er fühlte sich klein und berauscht – ob Letzteres nun von Gottes Liebe oder vom kalten Bier, das hätte er nicht genau sagen können.

Pater Yosef schloss die Pfarrei niemals ab, sodass jeder, der seinen Rat oder Zuspruch suchte, zu jeder Zeit eintreten und mit ihm sprechen konnte. Trotz der unverschlossenen Tür war in die Pfarrei nie eingebrochen worden, weder von einer organisierten Diebesbande noch von einem kleinen Dieb, der sich in der Adresse geirrt hatte.

Manchmal rief Pater Yosef aus seinem Büro im Hauptgebäude nach einem Schüler, der zufällig vorüberkam, und gab ihm einen Auftrag, der folgendermaßen oder ganz ähnlich lautete:

»Geh zu meinem Zimmer! Du weißt, wo das ist, nicht wahr? Was sagst du, vorbei am Klagetisch? Wo man dich geohrfeigt hat? Na schön, dann benimm dich in Zukunft anständig, hörst du! Du gehst jetzt sofort zu meinem Zimmer. Du öffnest die Tür, der Lichtschalter ist links. Merk dir das: links! Du schaltest das Licht an. Dann siehst du den Tisch am Fenster, auf dem Tisch steht eine Keksdose. Du öffnest die Keksdose. In der Dose ist viel Geld. Du zählst dreihundertfünfundzwanzig Rupiah ab und bringst sie mir hierher. Verstanden? Und vergiss nicht, das Licht wieder auszuschalten!«

Es kam an guten Tagen sogar vor, dass Pater Yosef dem Auftrag hinzufügte: »He, Junge, nimm dir noch fünfhundert oder tausend Rupiah aus der Dose. Die sind für dich. Kauf dir davon ein Kung-Fu-Heft oder was immer du gern liest. Aber kauf dir von dem Geld bloß keinen Roman von diesem Fredy S, hörst du?«

Der Schüler hüpfte freudig davon, weil er nun das Geld hatte, um sich am nächsten Sonntag einen neuen Roman von Fredy S zu kaufen. Er war wirklich ein Glückspilz, dachte er bei sich. Um sein Glück komplett zu machen, öffnete der Schüler bei seinem Botengang für Pater Yosef aber nicht sofort die Tür zu dessen Zimmer, sondern die Tür zum benachbarten Lesesaal. Dort war das schöne Mädchen, das fragte ihn, was er wolle, worauf er sich entschuldigte und erklärte, er habe gedacht, es sei die Tür zu Pater Yosefs Zimmer. Das Mädchen lächelte ihn an, und er verabschiedete sich brav und ging dann in Pater Yosefs Zimmer, mit einem breiten Lächeln auf den Lippen, denn er hatte endlich die Schöne wiedergesehen.

Tatsächlich war Silvy, seit ihr die Aufgabe übertragen wurde, sich um die Bücher im Lesesaal zu kümmern, kaum mehr auf dem Schulgelände oder bei schulischen Aktivitäten zu sehen gewesen. Selbst auf dem Festspiel am Ende des Monats, bei dem sie früher stets der Star gewesen war, ließ sie sich höchstens kurz und selbst da mit einem Buch in der Hand blicken. Der Lesesaal mit seiner Fülle an Büchern war ein Paradies für sie, das ihre Aufmerksamkeit voll in Beschlag nahm. Sie hatte Sorge, die Zeit würde niemals reichen, um all die Bücher zu lesen, die sie interessierten, sodass sie jede noch so kurze Gelegenheit nutzte, um ein paar Zeilen zu verschlingen.

Jeden Morgen nach der Messe und dem Frühstück, wenn ihre Mitschüler ins Klassenzimmer eilten, eilte sie in den Lesesaal. Sie hatte die Aufgabe, den Raum sauber zu halten, die Schutzumschläge der Tausenden von Büchern auszubessern oder zu erneuern sowie Zeitungsartikel zu archivieren. Für diese Arbeiten wendete sie zwei Stunden am Tag auf, die übrige Zeit nutzte sie zum Lesen oder zum Übersetzen fremdsprachiger Texte. In diesem Lesesaal konnte sie etliche Stunden verbringen, und häufig vergaß sie die Zeit völlig und ließ selbst das Mittagessen im Wohnheim verstreichen. Tanta Yuli aber hatte ein Herz für Silvy. Wenn die Mittagessenszeit im Wohnheim verstrichen war, ging Silvy in die Küche, wo Tanta Yuli ihr eine Mahlzeit beiseite gestellt hatte, oder sie aß mit Tanta Yuli in deren Wohnung.

Es gab allerdings auch Zeiten, da hatte sie keine Lust zu lesen oder Zeitungsartikel auszuschneiden oder irgendetwas anderes zu tun, da wollte sie einfach nur faul sein und gar nichts machen. Dann ging sie in eins der leerstehenden Zimmer und legte sich auf das unbezogene Bett. Manchmal machte sie sich im Speisesaal eine Tasse Tee, stibitzte ein Stück Kuchen aus dem Schrank und setzte sich auf einen der Rattanstühle auf der Veranda. Dort nippte sie an ihrer Tasse Tee und blickte über das Meer, sie zählte die Boote, die als winzige Punkte auf der Oberfläche tanzten, oder sie malte sich ein Bild ihrer Mutter in ihrem Kopf. Die Gesichtszüge ihrer Mutter, auch ihr Geruch, verblassten in Silvys Erinnerung mit der Zeit immer mehr, und in ungestörten Momenten versuchte sie daher, ihre Konturen nachzuzeichnen, um ein möglichst vollständiges Bild zu bewahren, bevor es eines Tages vollständig verschwinden würde. Ihre schöne Mutter. Ihre wohlriechende Mutter. Ihre Mutter, die ihr Vater mehr liebte als alles andere, ihr Vater, der inzwischen ohne jede Nachricht verschwunden war.

Sie wollte immer ihre Mutter sein.

* * *

Nach vier Tagen, an denen er vom Schulgelände der Santa Helena verschwunden gewesen war, als hätte ihn der Erdboden verschluckt, kehrte Pater Yosef mit zerzaustem Haar und unrasiertem Kinn zurück. Sein Gesicht war von einer Erschöpfung gezeichnet, als habe er gerade im Alleingang ein Land in die Unabhängigkeit geführt. Er ging sofort auf sein Zimmer und ließ sich auf die Matratze fallen. Niemand sah ihn wieder herauskommen.

Nach acht Stunden klopfte Tanta Yuli an die Tür zum Lesesaal.

»Der Herr Pater hat sich hingelegt und ist bis jetzt nicht wieder aufgestanden«, sagte sie zu Silvy, sowie diese ihr die

Tür geöffnet hatte. »Er hat seinen Teller nicht angerührt. Er hat noch nichts gegessen.«

Silvy warf einen Blick auf die Wanduhr im Empfangsraum. Es war kurz nach vier. Sie hörte die ausgelassenen Stimmen der Kinder auf dem Sportplatz. Das war ein herrlicher Nachmittag zum Ballspielen. Der Wind wehte sacht durch den Gang und ließ die Vorhänge vor den Fenstern im Lesesaal flattern.

Silvy näherte sich der Tür zu Pater Yosefs Zimmer und legte ein Ohr ans Türblatt. Kein Ton war zu hören. Sie drehte sich zu Tanta Yuli um und wollte ihr sagen, dass alles in Ordnung sei, doch das Gesicht der Köchin war so verfinstert wie das der Ehefrau eines Fischers, der vor dem Sturm aufs Meer hinausgefahren und noch nicht zurückgekehrt war.

»Klopf doch mal«, bat Tanta Yuli.

Silvy klopfte. Ein Mal. Zwei Mal.

Da war plötzlich Pater Yosefs schwache Stimme zu hören, er bat herein.

»Ruf bitte nach Tanta Yuli«, sagte er zu Silvy, als sie ihren Kopf durch die Tür ins Zimmer steckte. Sie trat einen Schritt zurück und ließ die Köchin vor.

Im Zimmer war es dämmrig und stickig. Kaum ein Lichtstrahl drang durch die Vorhänge und die verdunkelten Glasscheiben. Tanta Yuli trat ins Zimmer und setzte sich auf die Bettkante zu Pater Yosef. Von der Tür aus konnte Silvy Pater Yosefs Gesicht sehen, es war blass und schweißbedeckt. Während Tanta Yuli seine Stirn berührte, sprachen beide flüsternd miteinander. Dann trat sie wieder aus dem Zimmer. In Silvys Augen las sie die Frage, was los sei.

»Der Herr Pater ist krank«, antwortete Tanta Yuli. »Seine Stirn ist heißer als Feuer.«

Silvy schloss leise die Tür.

»Ich sollte Reisbrei für ihn machen«, sagte die Köchin und ging in Richtung Küche. Silvy folgte ihr. In der Küche schaltete sie den Herd an, und Tanta Yuli säuberte den Kochtopf und wusch den Reis. Während sie weitere Handgriffe verrichtete, offenbarte sie ihre Sorgen um Pater Yosef.

»Der Herr Pater klagt nie, nur ganz selten bittet er mal um Hilfe. Wie schwer etwas auch ist, er will es allein machen.«

Silvy schwieg und verrichtete ihrerseits ein paar Handgriffe. Ein Teil ihrer Gedanken war damit beschäftigt, das Dickicht zu durchdringen, das die Gedichte von Fanu Tki'un in ihrem Kopf bildeten. Als Tanta Yuli vorhin an ihre Tür klopfte, hatte Silvy gerade eine Abschrift eines Gedichtbandes dieses timoresischen Dichters entdeckt und ehrfürchtig darin gelesen. Die Gedichte klangen düster. Fanu Tki'un, der des Kommunismus bezichtigt und später in Hue'buni getötet worden war, hatte sie während einer Hungersnot geschrieben. Das einzig Essbare, das dem Dichter und seinen Angehörigen zu jener Zeit zur Verfügung stand, waren über Nacht eingeweichte Tamarindensamen. Als eine ältere Frau ihnen eine halbe verfaulte Papaya brachte, verliebte er sich in sie. Der andere Teil ihrer Gedanken verhielt sich ruhig, um die Gedanken, die mit den Gedichten beschäftigt waren, nicht zu stören. Tanta Yulis Gerede zusammen mit den Geräuschen, die sie beim Reiswaschen machte, störten Silvy nun aber doch gehörig, und sie entschied sich, die Gedichte vorläufig zu vergessen und den Klagen der Köchin über Pater Yosefs Leben zuzuhören.

»Stell dir nur einmal vor, Silvy! Zum Glück sind wir vorhin gleich zu seinem Zimmer gegangen. Nicht auszumalen, was passiert wäre, wenn wir das nicht getan hätten.«

Sie schaute Silvy an und erwartete eine Reaktion. Da

Silvy aber keine Anstalten machte zu reagieren, hob sie ihre Schulter mit etwas mehr Dramatik nach oben und seufzte tief.

»Ich habe zwei Kinder, Silvy.« Nun versuchte Tanta Yuli ihre Besorgnis mit konkreten Beispielen aus der eigenen Elternpraxis zu untermalen. »Mein erstes ist eine Tochter, sie heißt Emilia. Sie arbeitet in Java, da versorgt sie alte Leute in einem Altersheim. Das zweite ist ein Sohn, ein Junge. Toni heißt er. Früher wollte er mal Priester werden. Ach, Silvy, als er gesagt hat, dass er Priester werden will, da habe ich geweint. Bei dem Gedanken, dass er leiden muss, bin ich fast gestorben.«

Tanta Yuli konnte in Silvys Augen einen Funken Interesse ausmachen und freute sich, dass ihr Gegenüber sich für ihre Geschichte interessierte. Beim Anblick der älteren Frau, wie diese sie freudig ansah, befürchtete Silvy, dass ihr interessierter Blick, den sie sich aufzusetzen bemühte, bald verriet, dass sie ihn nur bemüht aufsetzte, und sie warf ihn stattdessen in den Topf auf dem Herd. Der Topf war wie neu, er wurde selten benutzt. Hier kochten die Leute den Reis meist mit dem elektrischen Reiskocher. Früher, da hatte ihre Mutter auch einen solchen Topf besessen, nicht ganz so groß, dafür komplett verbeult. Wenn ihr Vater wütend war, rastete er aus und warf mit allen möglichen Gegenständen um sich, einschließlich des Topfes. Als ihre Mutter fortgegangen war, nahm er diesen Topf sowie die Pfanne und alle möglichen anderen Dinge, die sie zurückgelassen hatte – und die verbeult waren – und umarmte sie schluchzend.

»Ich hätte das nicht ausgehalten«, sagte Tanta Yuli plötzlich und in einer Lautstärke, dass es Silvy aus ihren Erinnerungen aufschreckte. »Was wäre gewesen, wenn man ihn in eine schwierige Gegend versetzt hätte? Irgendwo tief in

Sumatra? Oder Kalimantan? Oder Java? Du gute Güte!« Sie schüttelte sich, um ein »Gott bewahre« auszudrücken.

»Das wäre nicht so schlimm gewesen, Tanta Yuli«, sagte Silvy endlich. »Kalimantan ist schon ziemlich fortschrittlich. Sumatra auch. Und Java erst recht.«

»Ach, fortschrittlich, was heißt das schon?«, entgegnete die Köchin. »Emilia hat mir mal in einem Brief geschrieben: ›Oh je, Mama, glaub ja nicht, was die Leute sagen! Glaub nicht, was sie im Fernsehen sagen! Das Fernsehen steckt voller Blödsinn. Die Javaner sind mehr…‹« Plötzlich hörte Tanta Yuli zu sprechen auf, als wäre ihr in dem Augenblick bewusst geworden, dass das, was sie nun sagen wollte, nicht für andere Ohren bestimmt war, und leicht verwirrt wählte sie folgende Worte: »›… die Javaner sind mehr … sie sind mehr … sie sind mehr weniger vom Glück begünstigt als wir.‹«

Silvy schaute irritiert. Tanta Yuli schwieg und blickte sich um, vergewisserte sich, dass niemand in der Nähe war.

»Verstehst du immer noch nicht?«, fragte sie. »Es ist doch so. Seien wir mal ehrlich«, diesmal sprach sie im Flüsterton. »Das bleibt unter uns, ja? Also. Ich will ja niemanden beleidigen, aber Emilia schreibt, dass die Leute auf Java viiiieeel ärmer sind als wir. Viel ärmer und nicht so zivilisiert. Es gibt sogar Leute, die können gar nicht unsere Sprache sprechen. Es gibt Leute, die haben kein Haus und leben unter der Brücke. Viele kacken in den Fluss. Es gibt welche, die essen Menschenfleisch, um übernatürliche Kräfte zu bekommen. Stell dir das mal vor! Das ist doch entsetzlich, oder etwa nicht?«

Sie machte ein angeekeltes Gesicht, worauf Silvy lachen musste.

»Ja, Fräulein, lach du nur. Aber …«, sie dämpfte ihre Stimme und sprach mit einem mitleidigen Unterton, als überbrächte sie nun die schrecklichste Nachricht der Welt und als sie müsste abwenden, dass ihre Zuhörerin darauf in Depressionen verfiel: »Aber, das ist die Wahrheit!«

»Ein Glück nur, dass mein Sohn am Ende nicht Priester geworden ist. Wenn er das geworden wäre … Oh!«

Sie brach mitten im Satz ab, weil der Reisbrei im Topf beinah überkochte und der Dampf den Deckel klappern ließ.

»Nah, der Brei ist gar«, urteilte Tanta Yuli. »Was denkst du, willst du nicht nebenan im Speisesaal einen heißen Tee für Pater Yosef machen? Nimm seine Tasse, die weiße mit dem Bild von Jesus vorne drauf. Er nimmt einen halben Esslöffel Zucker. Lass mich den Brei fertigmachen.«

Silvy nickte und ging in den Speisesaal, um den Tee zuzubereiten. Als sie den Zucker in der Tasse verrührte, erinnerte sie sich plötzlich wieder daran, dass ihr vorhin im Zusammenhang mit dem Gedichtband ein genialer Gedanke gekommen war. Diesen Gedanken hatte sie in einen Artikel für die Zeitung einfließen lassen wollen, eine Besprechung von Fanu Tki'uns Werk. Aber wie es schien, war der Gedanke verflogen.

Einen Augenblick später erschien Tanta Yuli in der Tür, in den Händen ein Tablett mit einer Schüssel Brei. Sie stellte das Tablett ab und probierte von der Tasse Tee, die Silvy zubereitet hatte, und sagte, er sei genau richtig, sie solle doch häufiger Tee für Pater Yosef machen. Dann nahm sie eine Paracetamol aus dem Arzneischrank, legte sie ebenfalls auf das Tablett und eilte mit diesem davon in die Richtung von Pater Yosefs Zimmer. Silvy folgte und öffnete ihr die Zimmertür. Tanta Yuli trat ein und stellte das Tablett auf den kleinen Tisch neben dem Bett, auf dem mehrere Bücher lagen.

»Herr Pastor«, rief Tanta Yuli. Pater Yosef bewegte sich unter der Decke. »Es steht Reisbrei auf dem Tisch. Essen Sie etwas davon, solange er noch heiß ist.«

Keine Antwort.

»Eine Paracetamol liegt auch dort. Vergessen Sie nicht, sie einzunehmen.«

Diesmal ohne eine Antwort abzuwarten, verließ Tanta Yuli das Zimmer und schloss die Tür hinter sich.

»Hast du das gesehen?«, flüsterte sie Silvy zu. »Er kann einem nur leidtun. Er hat keine Frau, er hat keinen Freund, niemanden, der sich um ihn kümmert. Ein Glück nur, dass du vorhin geklopft hast.«

Silvy sah die Köchin an und nickte.

»Silvy, du bleibst doch hier?«, fragte die Frau wieder.

Silvy bejahte und fragte, warum das wichtig sei.

»Nah, Folgendes«, Tanta Yuli flüsterte immer noch. »Wenn du sowieso hier bist, dann leg bitte zwischendurch mal dein Ohr an die Tür, ja? Sieh nach, wie es dem Herrn Pater Yosef geht. Auch wenn er etwas braucht, bittet er nicht um Hilfe. Deshalb müssen wir nachsehen, ob es ihm an nichts fehlt. Wenn er dringend etwas braucht, dann rufst du mich, ich bin zuhause.«

Silvy nickte zustimmend.

Als Tanta Yuli gegangen war, trat Silvy in den Lesesaal und schloss die Tür. Sie nahm den Gedichtband, den sie vorhin aus der Hand gelegt hatte, wieder auf und las einige Zeilen darin. Sie versuchte, sich wieder an den Gedanken zu erinnern, der ihr abhanden gekommen war. Doch sie erinnerte sich nicht. Stattdessen kamen ihr Tanta Yulis Worte in den Sinn: Wie schwierig es sei, Priester zu sein. Alleine zu leben, dem Familienleben zu entsagen. Ob ein Priester auch entsagen musste, geliebt zu werden? Ein Teil ihrer Gedanken stellte sich vor, ob sie Priester hätte werden wollen, falls sie als Junge geboren worden wäre. Mit dem anderen Teil ihrer Gedanken fragte sie sich, warum Frauen eigentlich keine Priester werden konnten. Ein Mann konnte die

Priesterweihe erhalten und als Diener Gottes verehrt werden. Und eine Frau? Was war die Frau für die Kirche, ein Fluch? Während sie über diese Fragen nachgrübelte, hörte sie plötzlich ein Stöhnen aus Pater Yosefs Zimmer. Silvy meinte, er habe nach ihr gerufen. Sie öffnete die Tür zum Gang, da hörte sie ihn etwas deutlicher rufen, allerdings einen völlig anderen Namen: »Maria … Maria …«

Unsicher näherte sie sich seiner Tür.

»Maria … Maria …«

Ob der Pater gerade im Schlaf nach der Muttergottes rief, fragte sich Silvy. Sie drückte den Türgriff hinunter und öffnete die Tür. Im fahlen Licht konnte sie Pater Yosefs schweißbedeckte Stirn erkennen, er hatte die Augen geschlossen und stöhnte.

Silvy trat ein. Das Tablett mit dem Reisbrei und der Paracetamol stand noch unangetastet auf dem Tisch. Silvy setzte sich auf die Bettkante. Sie legte ihre Handfläche auf Pater Yosefs Stirn. Sie war glühend heiß.

»Maria … Mariaaa …« Dieses Mal stöhnte Pater Yosef heftiger, er wand sich und richtete seinen Oberkörper auf. Dabei rutschte die Decke von seinem Hals hinab bis unterhalb seiner Brust. Er trug kein Hemd und Silvy blickte auf die behaarte Brust, die vor Schweiß glänzte. Ihr Blut erstarrte, plötzlich kam es ihr vor, als kenne sie dieses Stöhnen; Schmerzenslaute begleitet von den knarzenden Geräuschen eines Bettes und dem Bild eines von Schweißperlen glänzenden Männergesichts.

»Maria … Maria …«

Sie erinnerte sich nun tatsächlich. Sie hatte ein solches Stöhnen häufig aus dem Zimmer ihres Vaters gehört. Sie spürte ein Kribbeln überall auf ihrer Haut, ihre Augen waren fest auf die Brust des Paters geheftet, ihre Kehle war wie ausgetrocknet. Mit einem Satz sprang sie auf, eilte zur Tür und aus dem Zimmer hinaus. Sie schloss die Tür hinter sich und lief mit kleinen Schritten in das Zimmer neben dem Gang auf der Stirnseite.

Dort legte sie sich auf die unbezogene Matratze. Sie keuchte. Sie schloss die Augen und versuchte, ihren Atem zu beruhigen. Doch einen Augenblick später hörte sie auch hier Pater Yosef abermals aufstöhnen und rufen.

»Maria … Maria …«

Sie hielt es nicht länger aus. Ihre rechte Hand schlüpfte in ihre Unterhose. Sie war feucht. Ihre Nackenhaare stellten sich auf.

»Maria …«

Sie wollte es nicht. Ihre Wirbelsäule entspannte sich. Ihre linke Hand bewegte sich nach oben, streichelte ihre Brüste. Ihre Unterhose war feucht und sie zog sie nach unten, sie rutschte von ihrem Fuß, der über die Bettkante hing, auf den Boden. Sie berührte ihre Brustwarzen. Ihr Mund stand offen. Sie berührte ihre Klitoris. Sie kniff die Augen fest zusammen. Mit der einen Hand streichelte sie die Innenseite ihrer Schenkel. Die andere Hand streichelte ihre Brüste, knetete sie. Augenblicke später schon spannte sich ihr ganzer Körper an. Ihre Hand bewegte sich schneller. Und noch schneller. Dann wölbte sich ihre Brust nach oben und sie krümmte sich. Ihr Körper bebte – da öffnete sich die Tür.

Er stand im Türrahmen und betrachtete Silvys bebenden Körper. Das Quietschen der Türangeln ließ Silvy aufschrecken, sie öffnete die Augen. Sie schauten sich in die Augen. Eine Sekunde. Zwei Sekunden. In der dritten Sekunde hatte er schon die Tür geschlossen und stand im Zimmer. Noch bevor Silvy einen klaren Gedanken fassen konnte, war sein Kopf bereits in ihrem Schoß, zwischen ihren gespreizten Beinen versunken. Ihr Herz machte einen Satz, als sie seine warme Zunge spürte. Mit beiden Händen umfasste sie seinen Kopf. Eine Hand bewegte sich nach oben, streichelte ihre Brüste, während die andere Hand die Knöpfe seiner Hose öffnete. Silvy wand sich, sie stöhnte. Augenblicke später richtete er sich auf, legte sich auf Silvy, küsste ihren Bauch, ihre Brustwarzen, ihren Hals, ihre Ohrläppchen. Silvy spürte etwas langsam in ihre Vagina eindringen, sie hielt die Luft an. Sie wollte Nein sagen, doch ihre Hände griffen nach seiner Brust, kratzten sie mit Verlangen.

Der Mann bewegte sich schneller, unaufhaltsam. Noch vor Ablauf von insgesamt zwei Minuten kam er zum Höhepunkt. Silvy spürte, wie sich eine fremde Flüssigkeit in ihre Vagina ergoss, überlief und auch in ihren Bauchnabel floss.

»Maria …«, hörte sie Pater Yosef ein weiteres Mal aus seinem Zimmer rufen.

KAPITEL 9

Wie enttäuscht die meisten Gemeindemitglieder wegen Pater Yosefs Wechsel zur Oberschule Santa Helena auch sein mochten, niemand litt mehr darunter als Maria Goreti Naleok. Tagelang verließ sie das Haus nicht, starrte Löcher in die Luft und tat nichts, außer zu atmen und ein wenig zu essen. Weil sie nur wenig aß und das auch nur, um das Flirren in ihrem Kopf zu vertreiben, machte sie nicht einmal ein großes Geschäft.

In der Gemeinde spekulierte man munter über die Gründe für Pater Yosefs Versetzung. War sie einer außerordentlichen Leistung, einem Fehlverhalten oder einfach nur einer Laune des Bischofs zu verdanken? Der Pater war noch jung, und im Rahmen seiner bisherigen Tätigkeit als Geistlicher hatte er noch nichts vollbracht, was als außerordentliche Leistung oder als besonderes Verdienst hätte gelten können. Nun gut, während seiner Dienstzeit hatte er immerhin die Anzahl der Hunde im Pfarrhaus von drei auf neun erhöht, aber das war sicher keine Leistung, die eine Beförderung rechtfertigte. Pater Yosef hatte sich bislang auch keinen für das Bistum blamablen Fehltritt erlaubt, der Anlass für eine Strafversetzung gegeben hätte. Weil sie keine plausible Erklärung zur Hand hatten, dachten sich die Leute selbst Geschichten aus. Diejenigen, die der Kirche kritisch gegenüberstanden, setzten das Gerücht in die Welt, Pater Yosef habe eine Straftat begangen, wobei sie die Einzelheiten auf Nachfrage frei erfanden, und sie vergaßen auch nicht zu erwähnen, dass doch im Grunde alle Pastoren miese Halunken seien, nichts als heuchlerische Verbrecher, die Übles unter dem Talar versteckten, und denen man als Mitglied der Glaubensgemeinde nicht jedes Wort glauben dürfe. Diejenigen, die der Kirche nahestanden und sie achteten, berichteten von der Gutherzigkeit des jungen Paters und schilderten beispielhaft ein paar seiner guten Taten, die belegten, dass es nur recht und billig war, ihm die Leitung einer Schule zu übertragen. Sie vergaßen auch nicht zu erwähnen, dass die Kirche sich in besonderem Maße für die armen Familien an der Küste einsetzte und ihre besten Diener schickte, um deren Kinder zu unterstützen, und dass man als Mitglied der Glaubensgemeinde eifrig spenden sollte, um die Wohltätigkeit der Kirche zu fördern. Dieserart spekulierten die Leute über Pater Yosefs Versetzung, aber nur Maria wusste, was es wirklich damit auf sich hatte.

Maria hatte Yosef ein paar Jahre vor dessen Priesterweihe kennengelernt. Sie war noch Studentin, und er wurde noch »Bruder« genannt. Maria und ihre Kommilitonen hatten an der Universität ein sogenanntes Diskussionsforum ins Leben gerufen, zu dem sie den jungen Geistlichen regelmäßig einluden. Bruder Yosef wusste nicht viel über die Studentenbewegung und war schon gar nicht aktiv an den Protesten der Studenten beteiligt, doch die jungen Leute luden ihn ein, weil sie ihren Treffen mit ihm als geistlichem Beistand eine bessere Tarnung geben konnten, um davon abzulenken, wozu ihre Zusammenkünfte tatsächlich dienten. Von dem, was sie besprachen, durfte das Militär nichts erfahren. Präsident Suharto hatte eine derart große Wut auf die Studenten, die ihren Protest gegen seine Regierung immer vehementer zum Ausdruck brachten, dass er nicht davor zurückschreckte, das Militär gegen sie einzusetzen. Soldaten in voller Montur schlugen Protestaktionen blutig nieder, griffen Studenten auf und verschleppten sie. Einige schleusten sich in Zivil gekleidet auf dem Campus ein, sie tarnten sich als Suppenverkäufer und schoben ihren Suppenstand auf Rädern über das Universitätsgelände, andere besaßen einen Studentenausweis und besuchten regelmäßig Vorlesungen. Studentische Diskussionsveranstaltungen wurden häufig durch Provokateure gestört und gewaltsam aufgelöst. Es verschwanden Studenten und Aktivisten, die Protestaktionen organisiert oder sich daran beteiligt hatten, ohne dass man je wieder von ihnen hörte. Das führte dazu, dass sich viele Studenten heimlich trafen oder ihre Treffen als harmlose Diskussionsforen tarnten.

Weil Kommunisten als Staatsfeinde galten und die Religion als Leitfaden für ein gesetzestreues Leben dienen sollte, gründeten Maria und ihre befreundeten Kommilitonen eine christliche Gebetsgruppe. Sie gaben sich den passenden Namen Studentische Gebetsgruppe Ora et Labora. Zu jedem Treffen nahmen sie eine Bibel und einen Rosenkranz mit für den Fall, dass ihnen ein unbekannter Zuhörer verdächtig vorkam und sie annehmen mussten, er sei ein Spitzel und habe sich unter sie gemischt, um sie auffliegen zu lassen; dann nämlich würde die Gruppe einfach nur gemeinsam beten, in der Bibel lesen und den Namen Gottes preisen, anstatt über ihre Pläne für weitere Proteste zu sprechen. Bei einem dieser Treffen hatte ein Student, der gern herumalberte und Witze riss, so getan, als sei der Heilige Geist in ihn gefahren, und das Militär verspottet. Auf dem Heimweg wurde er von einem Wagen angefahren, dessen Fahrer unerkannt flüchtete. Der Student trug schwere Verletzungen davon, beide Beine waren gebrochen, und er und die anderen der Gruppe fanden seinen Scherz nun gar nicht mehr lustig. Sie mussten dafür sorgen, dass ihre Gebetsgruppe auf Außenstehende noch überzeugender wirkte. Zu diesem Zweck erstellten sie einen festen Plan für ihre wöchentlichen Gebetstreffen und suchten nach einem geistlichen Beistand. Ein Gebet pro Woche würde ihnen nicht schaden, es wäre im Gegenteil vielleicht sogar von Vorteil, wenn sie dafür beteten, der Heilige Geist möge sich in Suhartos Kopf niederlassen.

Kurz darauf lernte einer der Studenten Bruder Yosef kennen und lud ihn zu ihrem nächsten Treffen ein.

Unter den Studenten machte Yosef mit seiner freundlichen Art und seiner gebogenen Nase im guten Sinne von sich reden. Maria aber schenkte ihm kaum Aufmerksamkeit. Ihrer Ansicht nach gab der junge Mann zu viele gutgemeinte Ratschläge, und er sprach ständig in einer Weise, die keinen Widerspruch zuließ, mit einem gewissen Nachdruck nämlich, so als ob er mit seinen Worten die alleingültige Wahrheit verkündete, was seinem Gegenüber nichts anderes übrig ließ, als zustimmend zu nicken. Dabei widersprach er niemals offen der Meinung eines anderen, sondern blickte diesen stets nachsichtig und verständnisvoll an. Er wusste unzählige Bibelverse auswendig und bei jeder Gelegenheit zitierte er einen, um seinem Gesprächspartner Trost oder Mut oder beides zuzusprechen.

»Lassen wir Gott unser Licht sein, der Lotse auf unserem Lebensweg, dann können wir jeder Versuchung auf Erden widerstehen.«

»Was ist in Gottes Augen kostbar? Es ist das offene Herz, das Herz, das annimmt und vergibt, das Herz voller Liebe.«

»Gott behütet uns und gibt uns das Beste. Es mangelt uns einzig an der Kraft unseres Glaubens und an Dankbarkeit.«

Eines Tages unterbrach ihn Maria mitten im Satz: »Aha, Bruder Yosef, du sagst also, Gott sei der Großzügigste. Aber warum bekommen von seinen Gaben dann nur die Raffgierigsten etwas ab?«

Bruder Yosef sah Maria mit einem mitleidigen Blick an, mit einem sehr mitleidigen Blick, als sei sie eine verlorene Seele, die der Rettung bedurfte.

»Maria, Maria«, sagte er zu ihr. »Du beschäftigst dich zu sehr mit den weltlichen Dingen. Der Spatz sät nicht, aber er stirbt auch nicht vor Hunger. Gott hat für alle vorgesorgt. Seit Erschaffung der Welt hat Gott …«

Einer Predigt gleich holte Bruder Yosef nun über die Liebe Gottes und die fehlende Dankbarkeit der Menschen aus, bevor er am Ende ein Gebet sprach und noch ein Bibelzitat anbrachte. Dann bat er Gott, die Studenten von aller Angst zu befreien. Die Studenten aber waren in der Ära der Neuen Ordnung unter Suharto aufgewachsen und hatten zu lange schon unter dem repressiven Regime gelitten, es verfolgte sie Tag und Nacht. Korrupte Regierungsbeamte und das Militär, das sie schützte, waren allgegenwärtig. Bruder Yosefs Worte über Gottes Barmherzigkeit vermochten sie nicht aufzumuntern.

Nichtsdestotrotz hörten die jungen Frauen und Männer den Reden von Bruder Yosef respektvoll zu, schließlich handelte es sich um einen künftigen Priester, einen Menschen also, der bald Gottes Segen erhalten würde. Nur Maria machte keinen Hehl daraus, wie sehr sie der freundlichen Worte aus dem Mund von Bruder Yosef, seiner Durchhalteparolen und Motivationssprüche überdrüssig war. Wenn der junge Geistliche zu reden begann, pickte sie sich manchmal zum Spaß einen Bibelvers heraus und machte sich offen darüber lustig, das diente ihrer eigenen Unterhaltung und kürzte Bruder Yosefs ausschweifende Rede ab.

»Bruder Yosef, ist es nicht so, dass der Spatz, der zwar nicht sät, aber sich die Früchte auf dem Feld schmecken lässt, dem Bauern das Leben schwer macht? Sind die Spatzen nicht schlicht und ergreifend kleine Räuber?«, warf sie ein.

»Sie werden von Gott ernährt, Maria«, entgegnete Yosef.

»Die Spatzen sind doch nur räuberische Kreaturen, die von Gott beschützt werden. Mieses Pack!«

Je häufiger Maria sich über Yosefs Sprüche lustig machte, desto mehr erkannte sie, dass dieser Mann eine Geduld besaß, die sich mit der eines Heiligen messen lassen konnte. Obwohl Maria bei ihren Kommentaren nicht selten laut wurde und an jedem Satzende ein Schimpfwort platzierte, zeigte er niemals das geringste Anzeichen von Unmut oder Verärgerung. Er sah Maria an und hörte dem, was sie zu sagen hatte, aufmerksam zu. Anschließend wiederholte er noch einmal, was er gesagt hatte, mit anderen Worten und hoffte, Maria würde es besser verstehen, wenn er es anders formuliert wiederholte. Maria allerdings gab sich selten damit zufrieden und hatte noch viele weitere Fragen und Schimpfwörter auf Lager, die sie loswerden wollte.

So knüpfte sich allmählich ein freundschaftliches Band zwischen den beiden. Maria debattierte und spottete gern, während Bruder Yosef gern zuhörte und belehrte. Maria fand es in diesen Zeiten besonders schwierig, einen Gesprächspartner zu finden, der selbst in hitzigen Debatten einen kühlen Kopf bewahrte. Der Krieg in Osttimor, die Repressionen des Militärs gegenüber den Studenten und viele andere Probleme im Land ließen ein Gespräch oft schon nach wenigen Sätzen in einen Streit münden; selbst Freunde waren schnell verärgert und stritten sich. Um einen Streit zu entfachen, reichte es schon, einer kritischen Frage aus dem Weg zu gehen, der Meinung des Gegenübers nicht sofort zuzustimmen oder die Überzeugung des anderen zu hinterfragen. Im Gespräch mit Bruder Yosef aber konnte Maria offen und unverblümt ihre Meinung äußern – ob auf ruhige und freundliche oder auf grobe Weise –, ohne dass sie ihn damit beleidigte.

Mit der Zeit fühlte sich Maria im Gespräch mit Bruder Yosef immer wohler und immer häufiger diskutierten sie zu zweit. Sie verabredeten sich auch außerhalb der regelmäßigen Diskussionsforen und trafen sich an einem der vielen Essensstände am Oesapa-Strand, wo sie Spezialitäten vom gegrillten Schwein bestellten und über alle möglichen Dinge vom Wetter bis zur christlichen Glaubenslehre sprachen. Weil sie so gut wie immer unterschiedlicher Meinung waren, ging ihnen der Gesprächsstoff nie aus. Manchmal schlief der Koch und Betreiber des Essensstandes ein, während er auf das Ergebnis ihrer Debatten darüber wartete, welches Getränk sich nach dem Verzehr von Schweinerippchen wohl am besten eignete oder wie es möglich sei, dass der Vatikan einen derartigen Reichtum anhäufte, während die Menschen in vielen Ländern vor Hunger starben. Die Fischer, die als Stammgäste den Essensstand aufsuchten, verdrehten schon beim Anblick der beiden die Augen und baten den Koch gleich bei der Bestellung darum, im Voraus zu bezahlen für den Fall, dass sie eingeschlafen wären, bevor die zwei ihre Debatten beendet hatten. Die Ehefrau des Kochs, eine vollbusige Frau aus Manado mit losem Mundwerk, fragte die beiden eines Tages, warum sie nicht einfach heirateten.

»Wir sind kein Liebespaar,« entgegneten Maria und Yosef wie aus einem Mund.

»Aber ihr seid wie füreinander bestimmt«, erwiderte die Frau. »Wisst ihr denn nicht, wie das läuft? Eine Frau, die nicht mehr die Jüngste ist, die ständig meckert und schnell aus der Haut fährt, kann unter einem Dach mit einem jungen, unerfahrenen und fügsamen Mann glücklich werden. Ein gebildeter Mann mit kühlem Kopf fühlt sich mit einer Frau wohl, die gern meckert und flucht.«

Bruder Yosef antwortete der Frau mit einigen philosophischen Ausführungen über die Liebe, und Maria lachte nur. Ob er sich in ihrer Gegenwart wohlfühlte?

Eines Tages fragte Maria ihn geradeheraus: »Einmal angenommen, also, du bist ja noch kein Priester, und sagen wir, du würdest dich gegen die Priesterweihe entscheiden, dürfte ich dich dann heiraten?«

Bruder Yosef lachte auf.

»Daran habe ich nie gedacht, noch nicht«, lautete seine Antwort.

»Ich möchte Priester werden. Ich weiß jedoch nicht, ob Gott das will. Aber höre ich aus deiner Frage eine gewisse Frustration heraus, Maria? Hast du es schwer, einen Ehemann zu finden?«

Maria lachte.

»Sehe ich etwa aus wie eine frustrierte Frau, Yosef? Ich bin schön und intelligent. Ich kann jeden Mann heiraten, der mir gefällt«, gab sie entschlossen zurück. »Aber mit dir«, fügte sie hinzu und setzte eine verführerische Miene auf, »mit dir könnte ich eine heilige Familie bilden. Maria und Yosef. Wie das Paar in Nazareth könnten wir Gott noch einmal auf die Welt bringen«, fügte sie hinzu und lachte wieder laut auf.

Bruder Yosef stimmte in ihr Lachen mit ein. Dann wendete er seinen Blick ab, weil er spürte, wie sich etwas in ihm veränderte; er spürte, wie etwas in seiner Brust anschwoll, das sein Blut rauschen und seine Gesichtszüge einfrieren ließ.

Maria, die sofort erkannte, wie verlegen ihr Scherz Bruder Yosef machte und dass er deshalb errötete, wendete ebenfalls ihren Blick ab. Sie bemerkte nicht, wie ihr selbst die Röte ins Gesicht gestiegen war, aber sie bemerkte das heftige Klopfen in ihrer Brust. Von nun an und bei jeder Gelegenheit blickte Maria ohne Zurückhaltung in Bruder Yosefs Augen und stellte ihm Fragen nach den einfachen Dingen: Was denkst du gerade? Hast du schon gegessen? Warum bist du nur so schön?

* * *

Maria übertrieb nicht, wenn sie ihm sagte, dass er gut aussah. Seine vorstehende Nase, die er von seinem Großvater hatte, erinnerte zwar an den Schnabel eines Papageis, aber die Gesichtszüge hatte er von seiner Mutter geerbt, und die war eine sehr schöne Frau gewesen. Ursprünglich aus Amarasi stammend, verdiente sie ihren Lebensunterhalt in der Stadt Kupang mit dem Verkauf von süßem Tuak. Man erzählt sich, auf sie gingen die Zeilen zurück, die bis heute junge Frauen auf dem Land für ihren Geliebten singen, der auf Wanderschaft gehen will:

Hüte dein Herz, Geliebter,
solltest du nach Kupang kommen
Die Mädchen von Kupang sind so süß
samt der Verkäuferin des süßen Tuak

Yosefs Haut war makellos und hell, und wenn er zu viel getrunken hatte oder wenn er aus Verlegenheit errötete, konnte Maria sehen, wie das Blut aus seinem Herzen hinauf bis zu seinem Hals und von dort in seine Wangen stieg. Hinter der Brille funkelten seine Augen, und seine Lippen … Diese Lippen!

Eines Tages fragte ihn Maria, ob er die Brille ständig tragen müsse.

»Sicher. Ohne Brille sehe ich alles verschwommen.«

»Auch beim Sport? Oder wenn du dich hinlegst?«

»Es kommt darauf an. Warum fragst du?«

»Es ist nichts weiter. Ich habe mich nur gefragt, ob du auch dann deine Brille aufbehalten würdest, wenn wir uns küssten ... Oh, nein! Das sollte keine Einladung sein! Ich war nur neugierig.«

Doch manches Wort ist nicht zuletzt auch Gebet. Irgendwann küssten sie sich dann doch. Eines Abends während des Sonnenuntergangs. Am Strand. Unter dem Flügelschlag einer Seemöwe.

Maria legte beide Hände um seinen Hals und grub ihre Fingernägel in seine Haut. Yosef zog Maria an der Hüfte zu sich heran und schloss sie fest in seine Arme, als wolle er sie nie wieder loslassen. Und eben das sagte er nach dem Kuss zu ihr. Er wolle Maria nie wieder loslassen. Er wolle seinen Talar ablegen.

Maria wendete ihren Blick ab.

»Wir können heiraten«, sagte er. »Wie das Paar in Nazareth können wir Gott noch einmal auf die Welt bringen.«

Maria konnte ihre Gewissensbisse, die sich auf ihrem Gesicht abzuzeichnen begannen, nicht verbergen.

»Es ist nicht wegen dir, Maria«, fügte er rasch hinzu. »Bilde dir bloß nicht zu viel ein! Ich habe schon länger darüber nachgedacht. Ich möchte Gott dienen, aber nicht als Priester.«

Der angehende Priester war kein guter Lügner. Maria erkannte die Unwahrheit in seinen Augen. Was auch immer Yosef sagen würde, Maria spürte, sie war der Auslöser für seine Zweifel. Sie wollte später nicht von dem Mann mit dem Rauschebart gefragt werden: »He du, bist du nicht die Frau, die mir meinen Diener weggenommen hat?« Maria verließ den Diener Gottes und traf ihn nicht wieder.

* * *

Es gab noch einen anderen Timoresen, der den Wunsch hatte, zu dienen. Nicht als Diener Gottes, auch nicht als Bediensteter in einer Garküche, sondern als ein Diener für die Insel und die Nation. Er wollte ein Soldat sein, mutig und entschlossen, für sein Land zu sterben. Sein Name war Linus – Linus Atoin Aloket.

Linus Atoin Aloket wuchs in einem Dorf in der Nähe von Kap Bastian an der Nordküste Timors auf. Als er acht Jahre alt war, kamen eines Tages ein paar Soldaten auf der Suche nach Widerstandskämpfern aus Osttimor durch das Dorf. Die Männer gaben Linus ein Stück Schokolade und forderten ihn auf, eine Kokospalme hinaufzuklettern, um ihnen eine junge Kokosnuss zu pflücken, mit der sie an diesem heißen Tag ihren Durst löschen konnten. Er war die Palme noch keine vier Meter hinaufgeklettert, da kam ihm ein Gecko aus dem Geäst der Krone entgegen und griff ihn an. Vor Schreck löste Linus beide Hände vom Stamm. Er stürzte in die Tiefe und schlug mit dem linken Ohr auf eine aus dem Boden ragende Wurzel auf.

Der Junge wurde kurz ohnmächtig, aber ein paar Klapse der Soldaten brachten ihn wieder zu Bewusstsein. Die Männer spornten ihn an, den Gecko aufzuspüren und einzufangen. Als das unglückliche Tier schließlich in seinen Händen war, drückte er ihm so lange den Hals zu, bis es starb. Das war der Moment, in dem sich sein bisheriger Berufswunsch, Informationsminister, zum Traumberuf Soldat wandelte. Er wollte gegen Staatsfeinde in den Krieg ziehen. Staatsfeinde waren wie Geckos auf der Kokospalme. Wenn man sie nicht tötete, dann würden sie das Volk töten.

Nach Abschluss der Oberschule nahm Linus an der Aufnahmeprüfung für das Militär teil, bestand jedoch nicht. Drei Jahre in Folge nahm er an den Prüfungen teil, und drei Jahre in Folge fiel er durch. Sein Vater verkaufte etliche Rinder und Stücke Land, um ein paar Leute zu bestechen, aber Linus bestand trotzdem nicht. Der Junge war durchaus groß und muskulös, er hatte breite Schultern und einen kräftigen Brustkorb, weil er von Kindesbeinen an gewohnt war, Holz zu schlagen und Rinder anzutreiben. Doch seit dem Vorfall mit dem Gecko auf der Kokospalme war er auf dem linken Ohr taub. Das Militär schloss taube Männer aus. Bevor sein Vater am Ende noch völlig bankrott ging, legte man Linus nahe, seinen Traum vom Soldatenleben zu begraben und sich einen anderen, das heißt einen für ihn passenderen Traum zu suchen.

Linus war frustriert, er betrank sich zwei Wochen lang und ging dann nach Kupang, um dort an der Universität Westtimor zu studieren. Ohne einen konkreten Plan für seine weitere Zukunft zu haben, schrieb er sich für ein Wirtschaftsstudium ein.

Bereits am ersten Tag an der Universität hörte er von Menwa, dem örtlichen Studentenregiment. Die Studentenregimente waren in vielen Provinzen des Landes als offizielle Einheiten des Militärs stationiert. Die Regimentsangehörigen waren keine Soldaten im eigentlichen Sinne, trugen aber Uniform und unterschiedliche Rangabzeichen, sie erhielten eine militärische Ausbildung und wurden vom Wachpersonal der Universitäten respektiert. Darüber hinaus bildeten sie Reserveeinheiten, die auf Befehl in die Schlacht ziehen konnten, wann immer es die Regierung für nötig befand. So ließ sich Linus mit der auf den Überresten seiner

Leidenschaft für das Soldatentum keimenden Hoffnung als Anwärter für das Studentenregiment in Kupang registrieren. Er nahm am Auswahlverfahren teil, schied aber aus. Diesmal nicht nur, weil er auf einem Ohr taub war, sondern vor allem deshalb, weil sein Intelligenzquotient im unteren Bereich lag.

Sicher, seine Dummheit hatte in den vorangegangenen Aufnahmeprüfungen für das Militär kein Problem dargestellt. Zur Zeit seiner Bewerbung hatten die bewaffneten Streitkräfte Bedarf an mutigen Männern, nicht an klugen Männern, sie brauchten Männer, die nicht erst viel nachdachten, wenn sie mit dem Gewehr im Anschlag in vorderster Front dem Feind gegenüberstanden. Ein wenig Dummheit schadete da nicht, entscheidend war die Entschlossenheit, den Feind zu erschießen. Ein Studentenregiment allerdings berücksichtigte den Faktor Intelligenz, da die Soldaten der Menwa ihren Dienst auf dem Campus verrichten und sich demonstrierenden Studenten entgegenstellen würden. Von Angesicht zu Angesicht mit Studenten, die gerne Bücher lasen, sollten die Mitglieder der Menwa schon ein wenig Grips mitbringen.

Linus vergoss bittere Tränen, als man ihm das Ergebnis mitteilte. Dabei wollte er seinem Land unbedingt dienen. Der Kommandant des Regiments klopfte ihm auf die Schulter und sagte zu ihm, er müsse kein Mitglied des Menwa sein, um seinem Land zu dienen.

Jeder andere hätte die Worte als einen üblichen Trostspruch für einen abgelehnten Bewerber aufgefasst. Für Linus aber stellten sie eine höhere Botschaft dar, die zu beherzigen er sich fest vornahm. Wenn er morgens aufwachte oder bevor er abends einschlief, zerbrach er sich den Kopf darüber, wie er seinem Land nur dienen könne, wie er die Feinde seines Landes ausrotten könne.

Linus hatte ein Zimmer in einem Haus in der Nähe der Universität gemietet, das Kost und Logis anbot und beinah ausschließlich von Studenten aus Osttimor bewohnt wurde. Mit ihrer offenen und freundlichen Art nahmen die Studenten ihren neuen Mitbewohner in ihren Kreis auf und nannten ihn Bruder von Timor Loro Munu – Westtimor. Sie liehen sich gegenseitig Handtücher aus und aßen aus demselben Topf. Sie liehen sich gegenseitig Romane aus und tranken Sopi Kepala aus derselben Flasche. Schnell schweißte ein solidarisches Miteinander die jungen Männer zusammen. Nach einiger Zeit hatte niemand der Studenten aus dem östlichen Inselteil mehr etwas dagegen, wenn Linus an ihren internen Treffen teilnahm, bei denen sie in erster Linie über den Unabhängigkeitskampf Osttimors sprachen. Sie luden ihn sogar ausdrücklich ein, mit ihnen zu diskutieren, und nahmen ihn zu Treffen mit wichtigen Persönlichkeiten des Widerstandskampfes mit, die aus Osttimor nach Kupang gekommen waren.

Ohne dass die anderen etwas davon bemerkten, machte Linus sich bei diesen Treffen Notizen, etwa darüber, welche Personen besonderen Einfluss innerhalb der Unabhängigkeitsbewegung ausübten oder was die Gesprächsteilnehmer über bevorstehende Aktionen sagten. Die Notizen übergab er anschließend den Soldaten des Militärbezirkskommandos. Nicht zuletzt war es diesen Aufzeichnungen zu verdanken, dass aufrührerische Studenten und Staatsfeinde einer nach dem anderen verschwanden. Die Aktivisten, die noch nicht verschwunden waren, mussten die Erfolge des indonesischen Geheimdienstes zähneknirschend anerkennen, bevor sie ihre Beine in die Hand nahmen und sich aus dem Staub machten. Niemand hegte den leisesten Verdacht gegen ihren Bruder von Timor Loro Munu. Nur sechs Monate nachdem sich Linus an der Universität eingeschrieben hatte, fand sich in ganz Kupang kein einziger Student mehr, der offen über Menschenrechtsverletzungen in Osttimor, geschweige denn über Unabhängigkeitsbestrebungen der Bevölkerung des Inselteils gesprochen hätte.

Was Linus tat, war weitaus effektiver als die Bemühungen der offiziellen Mitarbeiter, die ihre Gehälter von der Regierung erhielten. Die Männer des Geheimdienstes waren den rebellischen Studenten zwar schon seit längerem auf den Fersen, konnten bislang aber noch keine der Schlüsselfiguren festnehmen. Die wenigen, die man einkassiert hatte, waren unwichtige Leute, die kaum etwas wussten. Wie es schien, konnten Studenten die Geheimdienstleute auch dann erkennen, wenn diese keine Erkennungsmarke um den Hals trugen, ihre Haare lang wachsen ließen und einen Studentenausweis bei sich trugen.

»Je mehr ihr euch anstrengt, unerkannt zu bleiben, desto leichter ist es für uns, euch zu erkennen«, fasste es ein Student bei seiner Festnahme am Rande einer Demonstration zusammen. »Ihr stinkt nach Blut. Wir können euch aus einer Entfernung von einem Kilometer riechen.«

Allgemein vertraten Studenten zwar die Ansicht, unter den Soldaten gäbe es keinen einzigen, der nicht dumm war, allein schon aus dem Grund, weil sie nicht nur keine Bücher lasen, sondern diese auch noch verbrannten. Doch den Informanten, die sich beinah unerkannt unter die Studenten mischten, gestanden sie eine gewisse Intelligenz zu. Linus kannte man als ziemlich minderbemittelten jungen Kumpel, und daher kam sein Name niemandem in den Sinn, als sie sich den Kopf darüber zerbrachen, wer der Studentenbewegung solchen Schaden zufügte.

Das Militär war hier eindeutig im Vorteil. Unter den Soldaten stieg Linus in Beliebtheit und Ansehen, und sie schützten ihn wie ein wertvolles Gut. Sie schenkten ihm Zigaretten und nahmen ihn oft zu Spritztouren nach Karang Dempel oder zu einem Sternehotel mit, in denen höherklassige Prostituierte ihre Dienste mit Sonderrabatten für die Helden der Nation anboten.

»In dieser vergänglichen Welt kannst du dir Glück mit Geld kaufen, wenn du verstehst, es richtig einzusetzen«, sagte einer der Soldaten zu Linus.

Linus schrieb sich den Satz als Erinnerungsstütze an die Wand in seinem Zimmer. Häufig sagte er diesen für ihn außerordentlich weisen Spruch laut auf und wollte ihn nach besten Kräften befolgen: Er nahm sein Geld, um sich damit in dieser vergänglichen Welt Glück zu kaufen. Doch im Gegensatz zu Linus wurden die Soldaten, wenn auch nur mäßig, vom Staat bezahlt. Linus dagegen verdiente kein eigenes Geld, er war abhängig von dem monatlichen Betrag, den seine Eltern ihm nach Kupang schickten.

Weil er aber immer mehr Geld für den Kauf von Glück benötigte, bat er seine Eltern bei jeder Gelegenheit um höhere Zahlungen. In den Briefen an seinen Vater schrieb er von gestiegenen Studiengebühren oder er erfand Ausgaben für dringende Anschaffungen für das Studium. Weil Zeitungen und Radiosender ununterbrochen von explodierenden Kosten für Dinge des täglichen Bedarfs berichteten, war es für den Vater nur nachvollziehbar, dass sein Sohn mehr Geld benötigte. Im Übrigen zeigte sich der Junge überaus verantwortungsbewusst und gab in allen Einzelheiten Auskunft darüber, wohin das Geld der Eltern geflossen war. Er habe das Geld für nützliche Dinge ausgegeben, schrieb Linus, für Dinge, die man üblicherweise nur mit fremdsprachigen Begriffen bezeichnete. Die Zunge des Vaters war durch jahrelangen Betelnusskonsum schon recht unbeweglich geworden und machte ihm die Aussprache solcher Begriffe beinah unmöglich, aber trotzdem bemühte er sich, sie in Gesprächen auf dem Markt oder wo auch immer mehrere Leute zusammenkamen, einfließen zu lassen. So waren ihm anerkennende Blicke der anderen sicher und er hatte das Gefühl, er habe Rinder und Stücke Land nicht vergeblich verkauft, um seinem Sohn eine höhere Bildung zu ermöglichen.

»Ich bin ganz durcheinander«, sagte der Vater eines Tages zu seinem Schwager, der überraschend an seine Haustür geklopft hatte. Eigentlich war der Schwager den weiten Weg von über dreißig Kilometern zu Fuß gekommen, um Linus' Vater die Nachricht vom Tod des Großvaters des Schwiegersohns seines Schwiegersohns, der in Ponu lebte, zu überbringen.

»Warum bist du denn durcheinander?« fragte er stattdessen.

»Die Kosten für die *study tour* unseres angehenden Akademikers sind in diesem Monat schon wieder gestiegen.« Nach dieser Antwort verkniff sich der Schwager die Bitte nach einem Beitrag für die Beerdigungskosten des Verstorbenen, und er verkniff sich ebenso die Frage, was eine *study tour* wohl war, weil er befürchtete, man hielte ihn für ungebildet, auch wenn er zugegebenermaßen niemals in seinem Leben auf einer Schulbank gesessen hatte.

Ein anderes Mal fragte Linus' Vater die Leute auf dem Markt, ob nicht einer von ihnen ein Grundstück an der Küste kaufen wolle.

»Warum willst du dort denn ein Grundstück verkaufen?«, fragte einer aus der Gruppe. »Und überhaupt, ist das Land an der Küste nicht das Land unserer Ahnen und gehört der Gemeinschaft?«

Mit einem halb niedergeschlagenen und einem halb stolzen Gesichtsausdruck antwortete Linus' Vater: »Gerade gestern ist der Brief von unserem angehenden Akademiker eingetroffen, er schreibt, dass die Kosten für das *practicum non laboratory* in diesem Monat um das Doppelte gestiegen sind.«

Die Leute fragten nicht nach der Bedeutung des seltsamen Begriffs, sie wollten schließlich nicht als dumm dastehen. Stattdessen begann nun ein jeder, die Kosten für die Ausbildung der eigenen Kinder zu beklagen, gleichfalls ergänzt mit unterschiedlichen Fremdwörtern und jeweils eigenen Kostenrechnungen. Je fremder ein Begriff klang und je schwieriger er auszusprechen war, desto teurer war auch das, was er bezeichnen sollte.

Schließlich fragte einer kopfschüttelnd, warum man so viel Geld für diese fremden Wörter bezahlen müsse, nur damit die Kinder später als gebildet gelten könnten.

»Wozu sollen die Fremdwörter überhaupt nutze sein? Kann man sie vielleicht essen? Lässt sich damit der Regen beeinflussen?«

Die meisten nickten und stimmten dem Mann zu.

»Ach, das sieht euch Bauerntölpeln ähnlich«, warf Linus' Vater ein. »Mit diesen Begriffen machen unsere Kinder ihren Abschluss an der Universität. Nach dem Abschluss bekommen sie einen akademischen Titel. Mit einem akademischen Titel finden sie leichter Arbeit und bekommen ein monatliches Gehalt.«

Die meisten nickten und stimmten nun wieder der Erklärung von Linus' Vater zu und wiesen die Argumente des anderen mit einer wegwerfenden Handbewegung ab.

Doch der andere gab nicht klein bei und fing an zu debattieren: »Wir geben jede Menge Geld aus, damit unsere Kinder einen akademischen Titel verliehen bekommen, und dann dient der Titel dazu, um Geld zu verdienen? Wie dumm sind wir denn eigentlich?«

Die meisten lachten und stimmten wieder diesem Mann zu.

»Nah, hast du nicht gerade gefragt, wie dumm wir sind?«, meldete sich Linus' Vater erneut zu Wort. »Eben weil wir sehr dumm sind, ist es unsere Pflicht, unseren Kindern eine gute Ausbildung zu ermöglichen, damit sie nicht so dumm bleiben wie wir.«

Die meisten nickten und stimmten wieder Linus' Vater zu.

Eines Morgens machte sich Linus' Vater mit einem zerknitterten Gesicht, als hätte er kein Frühstück bekommen, auf den Weg zum örtlichen Viehgroßhändler und fragte diesen, ob er nicht einen Viehbesitzer in der Stadt kenne, der acht Rinder kaufen wolle.

»Aber, aber, Herr Unu Nakmolo! Warum wollen Sie denn plötzlich so viele Rinder verkaufen?«, fragte überrascht der Viehgroßhändler. »Die Kosten für unseren angehenden Akademiker sind wieder gestiegen«, antwortete der Vater. »Gestern Abend ist der Brief von ihm angekommen. Er hat ihn mit dem Überlandbus von Sinar Gemilang geschickt. Die Kosten für die Unterkunft sind gestiegen. Die Kosten für *smoking* sind gestiegen. Und dann sind auch noch die Kosten für *drunken student* gestiegen. In der letzten Zeit sind ja, wie wir alle wissen, sämtliche Kosten gestiegen, nicht wahr? Nun ja, so ist es.« Er hob die Schultern, um damit zu sagen: »Sie wissen schon, was ich meine.«

Der Viehgroßhändler antwortete, er wisse, was die Kosten für Kost und Logis bedeuteten, aber er wisse nicht, was der Junge mit den Kosten für *smoking* und *drunken student* sagen wolle.

Linus' Vater sah den Mann verwundert an, dann zog er im Stillen seine Schlüsse, dass nicht jeder, der gebildet aussah, auch wirklich gebildet war.

»Es ist so«, begann er zu erklären. »Bei *smoking* handelt es sich um eine regelmäßig stattfindende Veranstaltung auf dem Campus. Bei *drunken student* ebenso. Es fallen auch noch Kosten für andere Dinge an wie *study tour*, *practicum non laboratory*, *hangover* und ähnliches. Sie waren doch früher selbst Student, nicht wahr? Dann verstehen Sie das natürlich. Oh, aber sicher, ich verstehe, ich verstehe. Das sind vermutlich alles ganz neue Begriffe in der modernen akademischen Welt. Ihr Abschluss liegt schon länger zurück, da werden Ihnen die Begriffe nicht mehr geläufig sein.«

Der Viehgroßhändler erklärte dem Mann so schonend wie möglich, was hinter den unsinnigen monatlichen Kosten steckte, und erinnerte noch einmal daran, dass der angehende Akademiker lediglich für ein Wirtschaftsstudium eingeschrieben war. Ungläubig stieg Linus' Vater gleich auf ein Motorradtaxi und fuhr zum Busbahnhof, wo er noch einen Bus der Linie Sinar Gemilang erwischte und nach acht Stunden Busfahrt in Kupang ankam. Im Sekretariat der Universität Westtimor befragte er die Angestellten und musste erfahren, dass sein Sohn, dem er blind vertraut hatte, ein ausgekochter Dieb war. Darauf entschied er, die Zahlungen für Fremdwörter sofort einzustellen, außer jene für die mit SPP abgekürzten Studiengebühren und jene für Kost und Logis. Wenn er essen wollte, konnte der angehende Akademiker den Reis essen, den seine Eltern ihm einmal im Monat zusammen mit Trockenfisch, Dörrfleischstreifen und ein wenig Schweineschmalz im Bambuszylinder schickten.

* * *

»Auf dem Campus laufen doch viele Muschis für umsonst herum. Verabrede dich mit einer, nimm sie dir, und wenn sie dir langweilig wird, suchst du dir eine neue!« So lautete der Ratschlag eines Soldaten, dem Linus mit zerknirschtem

Gesicht den Fall von Korruption enthüllte, in dem er selbst der Täter und seine Eltern die Opfer waren. Der Soldat hatte nur so dahergeredet, aber für Linus waren die Worte aus dessen Mund ein weiser Rat. Daher begann er auf dem Campus Ausschau nach einer Studentin zu halten, mit der er sich verabreden wollte.

Doch es zeigte sich bald und bedauerlicherweise für Linus, dass er in der Liebe kein Glück hatte. Dabei sah er gut aus, er hatte welliges Haar und war immer ordentlich rasiert, er hatte eine große athletische Statur und roch angenehm. Aber keine Studentin wollte seine Freundin werden. Wenn er sich mit einer Frau verabredet hatte und sie gemeinsam spazieren gingen, kam zwischen ihnen einfach kein ordentliches Gespräch zustande. In Timor gilt seit jeher das ungeschriebene Gesetz, dass die Frau bei einem Spaziergang mit einem Mann zu dessen Linker geht für den Fall, ein durchgegangenes Pferd – oder in jüngster Zeit ein Militärlastwagen – könne sie streifen und verletzen. Auf dem linken Ohr aber war Linus seit dem Sturz von der Palme taub, und wenn er rechts neben der Frau ging, hörte und verstand er kein Wort von dem, was sie sagte. Davon einmal abgesehen, hielt sich Linus' Allgemeinwissen in engen Grenzen. Um ehrlich zu sein, war er strohdumm, und da er nie ein Buch las, lernte er nichts dazu. Die Studentinnen auf dem Campus aber standen mehr auf kluge Aktivisten, auch wenn diese meist ungepflegt herumliefen und der Schrecken aller Schwiegermütter waren.

Nichtsdestotrotz war Linus ein attraktiver Mann, sportlich und angenehm anzuschauen. Die Frauen nahmen seine Einladung, mit ihm am Strand spazieren zu gehen, deshalb trotzdem zunächst geschmeichelt an. Wenn ein fliegender Fotograf ein Foto von ihnen schoss, posierten sie verführerisch lächelnd. Später zeigten sie das Foto ihren Freundinnen und den Freundinnen ihrer Freundinnen, die Linus nicht kannten, und prahlten, sie hätten eine Verabredung mit diesem unglaublich gutaussehenden Typen gehabt. Wenn aber Linus am Strand von Liebe sprach, dann sahen sie ihn mit nur schlecht verhohlenem Abscheu an und wiesen ihn mit einer Ausrede ab: »Du bist einfach so gut zu mir. Du bist wie ein eigener Bruder für mich.« Linus war deprimiert und entmutigt.

Ein Soldat, dem Linus sein Leid klagte, erwiderte: »Aber wenn du sie auf einen Strandspaziergang einlädst, kommen sie doch gerne mit, richtig?« Linus antwortete mit einem Kopfnicken.

»Betäube sie doch einfach«, sagte darauf der Soldat, laut lachend.

»Wie soll ich das denn anstellen?«, fragte Linus.

Der Soldat erklärte ihm die Herstellung eines Betäubungsmittels, dessen Zutaten zu kleinem Preis in jedem Lebensmittelladen zu haben wären. In der richtigen Dosis könne das Mittel das Bewusstsein der Frau trüben und gleichzeitig ihre Libido steigern. Das Einzige, worauf Linus zu achten habe, sei, das Mittel unauffällig in den Mund der Frau zu befördern.

Mit dem fertig gemischten Mittel ausgerüstet, schritt Linus zur Tat. Nun kaufte er jeder Frau, die er für einen Strandspaziergang gewinnen konnte und für die er angeblich wie ein leiblicher Bruder war, ein Eis oder eine andere Leckerei. Wenn sie dann das Eis verdrückt hatte und schon erste Anzeichen von Benommenheit zeigte, nahm er sie mit auf sein Zimmer und hatte seinen Spaß mit ihr. Dank der Geheimrezeptur gelang es Linus, in einem Monat vier bis sieben Frauen in sein Bett zu bringen. Wenn es vorbei war und die Frauen ihr Bewusstsein wiedererlangten, verfluchten sie Linus, aber keine unter ihnen fasste den Mut, ihn bei der Polizei anzuzeigen. Sie wussten, sie würden doch nur ein weiteres Mal gedemütigt werden, wenn die Beamten sie zum Hergang befragten: »Wenn Sie das nicht wollten, warum sind Sie dann mit auf sein Zimmer gegangen? Sie waren doch bestimmt schon feucht da unten, oder nicht?«

Es kam nur ein einziges Mal vor, dass eine Frau zur Polizeiwache ging und ihren Fall entschlossen vor den Polizisten vorbrachte. Sie war zutiefst gedemütigt und wollte Anzeige gegen den Täter Linus erstatten. »Zu dem Zeitpunkt, als er mich auf sein Zimmer gebracht hat, war ich nicht mehr bei Bewusstsein«, erklärte sie den Beamten. »Er muss mich betäubt haben. Nein, ich war nicht feucht! Sie haben doch auch Töchter, nicht wahr? Nehmen Sie den Vergewaltiger fest!«

Die Anschuldigungen der Frau führten dazu, dass die Polizisten tatsächlich Linus zuhause aufsuchten und zur Wache brachten. Doch auf der Wache lachte Linus nur über die Vorwürfe der Studentin.

»Ich hab gerade erst angefangen, da hat sie schon mitgemacht, Herr Polizist. Sie hat sogar gestöhnt. ›Oh ja, oh ja‹, so in der Art, Herr Polizist.«

Die Polizisten brachen in lautes Gelächter aus und gaben der Frau keine weitere Gelegenheit zur Aussage. Sie setzten Linus wieder auf freien Fuß und nahmen von der Studentin an, sie sei einfach eine Campus-Schlampe und habe Linus nur deshalb angezeigt, weil er ihr nichts zahlen wollte.

Nach dieser Erfahrung fühlte sich Linus bei allem, was er tat, nur noch freier. Er begrabschte eine wehrlose Frau nach der anderen, vergewaltigte eine Frau nach der anderen, Frauen, die noch Jungfrauen waren, Frauen, die bereits einmal ein Kind abgetrieben hatten, Frauen, die nach Knoblauch rochen oder Frauen, die wie Zedernholz dufteten.

Nach achtzehn Monaten beschlich Linus das Gefühl, mit seinem Penis stimme etwas nicht. Er benutzte nie ein Kondom und hinterließ sein Sperma immer ungeschützt in der Scheide seiner Opfer. Doch von den einhundertachtunddreißig Studentinnen, die er vergewaltigt hatte – er machte sich auch hier umfangreiche Notizen –, war keine, von der er mitbekommen hätte, dass sie schwanger geworden war.

Er wollte der Sache auf den Grund gehen und änderte seine Taktik. Wenn er sich nun mit einem seiner potenziellen Opfer verabredete, versuchte er herauszubekommen, wann sie das letzte Mal ihre Menstruation gehabt hatte. Mit dieser Information könnte er die fruchtbaren Zeiten berechnen und genau in dem Moment, in dem die Eizellen reif für die Befruchtung waren, zur Tat schreiten.

Seinen ersten Versuch startete er mit Novi. Er vergewaltigte sie und wartete ab. Während der zwei folgenden Monate warf sie ihm hasserfüllte Blicke zu, aber ihr Bauch schien nicht dicker zu werden. Sie zeigte kein Anzeichen einer Schwangerschaft. Dann entschloss er sich, sie einfach geradeheraus zu fragen, ob sie nicht schwanger sei und ob sie ganz normal ihre Tage bekommen habe.

Novi sah Linus an und spuckte vor ihm auf den Boden.

»Wenn ich schwanger wäre, wärst du ein toter Mann!«

Noch nicht völlig entmutigt, versuchte er es bei Rita. Aber Rita wurde auch nicht schwanger. Dann versuchte er es bei Imelda. Auch Imelda wurde nicht schwanger. Reni. Nicht schwanger. Icha. Fehlanzeige. Sinta. Desi. Nurul. Und achtundzwanzig weitere Frauen. Keine von ihnen war schwanger geworden. Bei der vierundvierzigsten Frau gab Linus auf.

Gott hatte ihn verflucht. Er war unfruchtbar.

KAPITEL 10

»An dem Tag, an dem ein Priester geweiht wird, legt Gott eine Arbeitspause ein, steigt vom Himmel herab auf die Erde, nur um das Haupt des Priesters zu segnen. Wer bei einer Priesterweihe anwesend ist, spürt die Gegenwart Gottes.«

Maria kamen die Worte ihres verstorbenen Vaters in den Sinn, als die jungen angehenden Priester in einer Reihe vor dem Altar niederknieten und der Erzbischof ihnen nacheinander beide Hände auf den Kopf legte. Eine kleine Gruppe von Priestern folgte ihm, der Wind bewegte ihre weiten Messgewänder, und der Chor der Gläubigen, der Freunde und Förderer der Kirche schmetterte die Hymne *Veni Creator Spiritus*. Auf Marias Schoß saß ihr Sohn, in seinen Augen erkannte sie ihren Vater. Der Kleine umklammerte ihren Daumen, da kamen ihr die Tränen. Nicht die Gegenwart Gottes spürte sie, sondern die ihres Vaters. Sie wandte sich zu ihrer Rechten und sah ihrem Mann in die Augen, er fragte sie mit Blicken, ob alles in Ordnung sei. Sie nickte, beugte sich hinab und küsste ihren Sohn auf die Stirn.

In dem Moment, als sie wieder nach vorn Richtung Altar aufschaute, trafen sich ihre und Pater Yosefs Blicke. Er stand gemeinsam mit den anderen Frischgeweihten nun den anwesenden Gläubigen zugewandt, um sie als ein Neupriester zum ersten Mal zu segnen. Maria hatte Yosefs Foto als einen der Kandidaten für die Priesterweihe einige Tage zuvor im Mitteilungsblatt des Erzbistums Kupang entdeckt. Seit ihrer letzten Begegnung, oder besser gesagt, seit ihrem aufwühlenden und beinah schicksalhaften Kuss, waren mehrere Jahre vergangen, und sie hatte nichts Falsches daran finden können, mit ihrer Familie aus Anlass der Priesterweihe die Kirche Santo Ferdinandus zu besuchen. Die drei waren früh am Morgen aufgebrochen und fanden noch einen Platz in der Kirchenbank gleich neben dem Chor, nur einen Speerwurf vom Altar entfernt. Damit, dass sich ihre und Yosefs Blicke treffen würden, hatte sie nicht gerechnet.

Er war soeben zum Priester geweiht worden und sie war längst verheiratet. Aber als Maria sah, dass Yosef errötete, lächelte sie geschmeichelt; diesen Mann wollte Gott zweifellos als Seinen Diener, dachte sie, auch wenn ihn manche weltlichen Dinge noch rot werden ließen.

Nach der Messe, die im Anschluss an die Priesterweihe folgte, küsste Maria Pater Yosefs Hand und stellte ihn ihrem Mann als »der Geistliche, von dem ich dir erzählt habe« vor. Marias Ehemann lächelte erfreut, ergriff mit seiner Rechten Pater Yosefs Hand und küsste sie ebenfalls.

»Ich bin Wildan, Pater«, sagte er und fügte mit einem Blick auf den Jungen auf seinem linken Arm hinzu: »Und das ist Riko. Er ist jetzt ein Jahr alt.« Dann sagte er zu Riko: »So, das ist der Herr Pater. Grüß ihn schön. Küss ihm die Hand! So ist es brav.«

Pater Yosef hatte die letzten Jahre für Marias Glück und Gesundheit gebetet, nach dieser Begegnung aber musste er tief in sich hineinhorchen und sich fragen, ob seine Gebete nicht nur dazu gedient hatten, seinen eigenen Schmerz zu lindern; denn in dem Augenblick, als er sie ansah und erkannte, wie glücklich sie war, spürte er einen Stich im Herzen, weil nicht er es war, der für ihr Glück sorgte.

Bei ihrem Abschied baten Maria und Wildan um Pater Yosefs Telefonnummer. Vor jedem Wochenende rief einer der beiden an, um ihn zum gemeinsamen Essen im Haus der Familie einzuladen. Am anderen Ende der Leitung aber war jedes Mal erst ein überraschtes »Oh« und dann eine Erklärung zu hören, warum ihm ein Besuch leider nicht möglich sei.

»Oh, entschuldigt, ich muss die Heilige Kommunion vorbereiten.«

»Oh, entschuldigt, es findet ein Hochzeitsempfang in einem Hotel statt. Ich habe versprochen, vorbeizukommen.«

Jedes Mal nahm das Paar die Entschuldigung an.

Wildan schlug Maria vor, sie sollten umgekehrt den Weg zu Pater Yosef ins Pfarrhaus machen. In dieser Gegend würde ein Priester wie der König von Timor angesehen. »Deswegen nennen wir einen Geistlichen auch *Uspaer*, nicht wahr? Und welcher Timorese würde es wagen, einen König in sein Haus einzuladen?« Maria lachte spöttisch auf, und Wildan beeilte sich, ihr einen Kuss auf die Lippen zu drücken. Er wusste nur zu gut, was für ein bissiger Kommentar aus ihrem Mund sprudeln würde, wenn er diesen nicht schnell genug mit einem Kuss schloss.

Eines Sonntagmorgens also fuhren sie zu dritt auf dem Motorrad zur Kirche Santo Ferdinandus, in der Pater Yosef seinen Dienst als Pastoralassistent verrichtete, um dort den Gottesdienst zu besuchen. Maria hatte zudem sechs Flaschen Bier, ein gegrilltes Hühnchen, Zucker, Kaffee und ein paar Küchenutensilien in einen großen Korb gepackt. Während Pater Yosef die Familie freundlich empfing, begrüßte der leitende Pfarrer sie mit überschwänglicher Herzlichkeit.

»Diese Seine Kinder hat Gott gesegnet«, sagte er. »Tretet ein und lasst uns gemeinsam essen!«

Der Pfarrer war schon ziemlich alt. Rote Äderchen überzogen sein Gesicht und kreuzten die tiefen Falten und dunklen Altersflecken. Das gemeinsame Essen und die Gespräche über alle möglichen Themen – über Glaubensfragen, die aktuelle politische Lage, die Zukunft des Landes und das Wetter – waren der Beginn einer freundschaftlichen Verbindung zwischen der kleinen Familie und den zwei Geistlichen. Obwohl Wildan und Maria streng genommen der Gemeinde Santa Sabina angehörten, besuchten sie nun immer häufiger die Sonntagsmesse in der Kirche Santo Ferdinandus. Manchmal, wenn Wildan Nachtschicht hatte – er arbeitete im öffentlichen Krankenhaus –, besuchten sie dort vor Tagesanbruch die Frühmesse. Bei diesen Gelegenheiten brachten sie Aufmerksamkeiten für die Geistlichen mit, eine Kleinigkeit für die Küche oder für das Bad. Der Pfarrer hatte Riko vom ersten Tag an in sein Herz geschlossen. Oft nahm er den Kleinen auf die Arme, hob ihn hoch in die Luft und fragte ihn, wie schwer er wohl sei und was er besonders gern esse.

Da Riko gerade einmal die Worte Mama und Papa sagen konnte, sorgten seine Antworten für heiteres Gelächter.

»Warum bist du nur so schwer? Was hast du denn bloß gegessen, kleiner Mann?«

»Mammaaa!«

»Was isst du am allerliebsten?«

»Pappaaa!«

Gemeinsam über und mit Kindern zu lachen und unbeschwerte Momente zu erleben, verbindet Erwachsene auf besondere Weise. Mit der Zeit wurde das Verhältnis zwischen Maria und ihrer Familie mit der Gemeinschaft der Pfarrei immer enger. Die Familie brachte nicht nur Geschenke für Pater Yosef und den Pfarrer mit, sondern auch für die Angestellten der Kirche: für den Koch, der sich gleichzeitig um die Wäsche kümmerte, den Fahrer und den Gärtner.

Zu Rikos drittem Geburtstag bereiteten Maria und Wildan eine stattliche Menge unterschiedlicher Gerichte zu und brachten sie mit zur Pfarrei. Das Paar feierte den Geburtstag ihres Sohnes gemeinsam mit den beiden Geistlichen und den Angestellten. Pater Yosef sprach ein erwartungsgemäß sehr langes Gebet, über dem der Junge, noch bevor er die Geburtstagskerzen ausblasen konnte, tief und fest einschlief. Stellvertretend für ihren Sohn blies Maria die drei Kerzen aus, während die anderen Erwachsenen ein Geburtstagsständchen sangen. Der Pfarrer sprach ein kurzes Gebet und dankte Gott:

»Gott der Barmherzige, der Du Dich aller und allem annimmst, möge das Kind mit einem langen Leben gesegnet sein und möge es schon recht bald mit einem kleinen Geschwisterchen gesegnet sein.«

Da schüttelte Maria den Kopf.

»Bitte nicht Letzteres, Vater, zumindest nicht so bald!«, kam es aus ihrem Mund.

Alle lachten und sein Gebet wurde nicht erhört. Zwei Wochen nach der kleinen Geburtstagsfeier rammte ein Unimog auf einem geraden Abschnitt der Straße in Richtung Naibonat das Motorrad, auf dem Riko und sein Vater saßen. Ihre beiden Körper wurden von dem Militärlastwagen erfasst, über den Asphalt geschleift und dann zu einer unförmigen Masse zerquetscht.

* * *

Der Unimog war Teil des Militärkonvois, der mit einer Geschwindigkeit von neunzig Stundenkilometern die Straße entlangdonnerte. Entwickelte Länder verstehen sich zweifellos ausgezeichnet darauf, Tötungsmaschinen zu produzieren, und Entwicklungsländer verstehen es gut, diese vermaledeiten Maschinen einzusetzen. Es war ein Sonntag im trockenen Monat Juli. Wildan und Riko waren auf dem Weg zur Oma, zu Wildans Mutter, um ihr Hühnerfutter vorbeizubringen. Für gewöhnlich fuhr Wildan allein, und es war erst das zweite Mal, dass er seinen Sohn auf dem Motorrad ohne Maria mitnahm. Wildan fand, der Junge sei inzwischen alt genug, um auch ohne seine Mutter mit ihm kleine Ausflüge zu unternehmen, nur sie beide, nur Vater und Sohn; bald würden sie sich zu zweit die Stadt ansehen und von Mann zu Mann über alle möglichen Dinge reden können. Es roch nach Meer, eine sanfte Brise wehte von der Sawusee her, Vogelgezwitscher, Straßenstaub. Die Sonne war noch nicht untergegangen. Der rote Ball glühte wenige Zentimeter über dem Wasser. Da plötzlich ein gewaltiger Stoß von hinten. Wildan und Riko wurden von den Reifen des Unimogs erfasst und neun Meter mitgeschleift, dann wurden sie von den Reifen der drei folgenden Militärlastwagen überrollt. Das Hühnerfutter lag verstreut auf der Straße. Klumpen von Blut und Hirnmasse sprenkelten den Asphalt. Ein Auge von Riko haftete im Profil eines Unimogreifens. Der Konvoi war zum Stehen gekommen. Anwohner versammelten sich am Straßenrand, wagten jedoch nicht, näherzukommen. Sie hatten bereits erfahren müssen, dass man Augenzeugen solcher Verkehrsunfälle nicht selten ins Gefängnis steckte.

Die Soldaten waren aus ihren Fahrzeugen gestiegen und einige verfluchten lauthals die Zivilisten, die beim Fahren nicht aufgepasst hatten. Die Lage in Osttimor war aufgeheizt. Die Soldaten waren in Eile, sie mussten in den Krieg. Zivilisten hatten auszuweichen und an die Seite zu fahren, sobald sie einen Unimog sahen.

Nach kurzem Halt setzte sich der Konvoi wieder in Bewegung. Schon längst gab es Offiziere, die mit einem Extrasold eigens dafür abgestellt worden waren, im Namen der Republik bei Beerdigungen von getöteten Zivilisten Traueransprachen zu halten.

* * *

Weil es so oft vorkam, dass ein Unimog mit einem Zivilisten zusammenstieß und ihn dabei tötete, hatte der junge Offizier die Trauerrede schon derart häufig gehalten, dass er sie auswendig aufsagen und sogar hier und da einige Zitate aus dem Buch Exodus einstreuen konnte, wobei Letzteres seiner Ansicht nach bei den Zuhörern nebenbei noch den Geist des Nationalismus kräftigte. Ein anderer Soldat in der Schreibstube hatte für diesen Zweck bereits eine entsprechend gefühlvolle Rede geschrieben, gespickt mit Phrasen über den Schmerz der Trauer und über die aufopferungsvolle Hingabe für die Sache der Republik.

Als der Offizier und die beiden ihn eskortierenden Soldaten die Kirche betraten, wurden sie von den Anwesenden mit Blicken empfangen, aus denen eine Mischung aus Hass und Respekt sprach, so als wollten sie sagen: »Da sind die Mörder!«, und gleichzeitig: »Aber töten sie nicht für die Verteidigung der nationalen Einheit?«

Diese Blicke waren ihm nicht fremd und es gelang ihm, mit festen, selbstbewussten Schritten durch den Gang zwischen den Trauernden zu marschieren. Vor einem solchen Einsatz gab er sich mit seinem Äußeren immer die größte Mühe und hoffte, die Feindseligkeiten der Trauernden ihm gegenüber durch sein Aussehen wettzumachen. Jung, gutaussehend und in Uniform: Wer würde da nicht sein Herz verlieren? Sein Gesicht war makellos glatt rasiert und seine

Augen blickten freundlich und unschuldig. Sein weiches Haar wurde einmal in der Woche zum Bürstenschnitt gestutzt und glänzte von Haaröl. Seine Uniform war sauber und tadellos gebügelt, und an der linken Seite heftete eine bunte Palette von Verdienstorden. Das größte Geschöpf, das er jemals getötet hatte, war eine Kakerlake gewesen, vor der sich seine Verlobte erschreckt hatte. Die Verlobte hatte ihn wenig später für einen Offizier der Luftwaffe verlassen, und er hatte oft bereut, das Tier überhaupt getötet zu haben.

Die beiden Soldaten, die vor und hinter ihm einmarschierten, sahen aus wie die meisten timoresischen Männer: Sie hatten lockiges Haar, dunkle Haut und ausgeprägte Kieferknochen, die sie, wenn sie lächelten, nur noch umso hinreißender aussehen ließen. Leider kamen die beiden ohne zu lächeln im Stechschritt daher und wirkten bedrohlich. Der vordere war bereits älter, etwa um die fünfzig, er hatte einen dünnen Schnurrbart und einen vorstehenden Bauch, ein sicheres Zeichen, dass er der Typ Soldat war, der den ganzen Tag hinter seinem Schreibtisch hockt, die eingehende und ausgehende Post bearbeitet und nach Dienstschluss das Fenster in der Schreibstube schließt. Der andere war deutlich jünger, höchstens Anfang zwanzig; er hatte wachsame Augen wie die einer Hündin, die gerade Junge geworfen hat, und eine Wunde an der Schläfe, die er sich erst kürzlich, vermutlich bei einer Übung, zugezogen haben musste.

Der Trauergottesdienst war soeben mit einem letzten Gebet beschlossen worden. Drei Priester saßen beim Altar, der Zeremoniar stand davor und ergriff das Mikrofon. Ein Mann mittleren Alters kam auf den Offizier zu, machte vor ihm einen tiefen Buckel wie ein Kuli und hieß ihn sowie seine beiden Begleiter in der vordersten Kirchenbank Platz nehmen. Der Offizier lächelte und schritt, den Kragen seiner Uniform richtend, erhobenen Hauptes voran, ihm folgte der Schreibstubensoldat mit dem Schnurrbart. Unterdessen blieb die wachsame Hündin mitten im Gang zwischen den Trauernden stehen, verschränkte die Arme vor der Brust, in Habachtstellung für den Ernstfall.

Der Zeremoniar am Mikrofon war inzwischen am Ende seiner Rede angelangt und bat den Vorsitzenden der Laiengemeinschaft des Bezirks, ein oder zwei Worte an die Gemeinde zu richten. Der Vorsitzende nahm das Mikrofon entgegen und bedankte sich. Während er sprach, gab das Mikrofon einen langen, durchdringenden Rückkopplungston wieder, worauf sich alle Trauernden die Ohren zuhielten. Der Ton klang ab und der Katechist war an der Reihe. Zunächst hieß er die Trauergäste in der Gemeinde Santa Sabina herzlich willkommen, brachte ein paar abgeschmackte Allgemeinplätze über Tod und Verlust an und erwähnte, dass der Verstorbene Herr Wildan zu Lebzeiten mehrere gute Taten vollbracht habe. Dann aber erhob er seine Stimme, er sah endlich die Gelegenheit gekommen, ordentlich Dampf abzulassen. Während der Trauerzeit, donnerte er los, habe er mit großer Enttäuschung und mit dem größten Bedauern feststellen müssen, dass die Mehrzahl der Gemeindemitglieder anstatt zu beten und zu trauern viel häufiger dem Glücksspiel gefrönt habe. Bei seinen privaten Inspektionen bis in die hintersten Winkel der Bananenpflanzungen hinein habe er etliche Spieler dabei beobachten können, wie sie mit Karten und Würfeln um Geld gespielt hätten. Er lege all seine Hoffnung in die Polizei, dem Ganzen ein Ende zu setzen und die Spieler zu bestrafen. Glücksspiel sei eine Sünde, betonte er immer wieder. Am Schluss seiner Rede bedankte er sich beim Pfarrer der Gemeinde Santa Sabina für die Leitung der Messe sowie beim Pfarrer und dem Pastoralassistenten der Gemeinde Santo Ferdinandus für ihre kostbare Zeit, dem Trauergottesdienst beizuwohnen.

Das Mikrofon gab er an den Zeremoniar zurück, der nun ohne Umschweife die Reihenfolge des Trauerzuges verlas. Das Kreuz gehe vorneweg, gefolgt von den engsten Familienangehörigen, und dann alle übrigen anwesenden Trauergäste. Auch wenn das Grab lediglich einen Steinwurf entfernt hinter dem Pfarrhaus liege, sei es dennoch angezeigt, auf dem kurzen Fußweg den Rosenkranz zu beten. Wer während des Gehens weine, möge bitte darauf achten, niemandem auf die Füße zu treten, es seien viele Frauen und Kinder anwesend. Er sprach noch, da näherte sich ihm der Schreibstubensoldat und flüsterte ihm etwas ins Ohr.

»Oh ja, natürlich«, sagte der Zeremoniar, als der Soldat sich wieder in die Kirchenbank setzte. »Ich bitte um Ruhe! Es folgt eine weitere Ansprache. Ich möchte nun Herrn Sugiyono die Gelegenheit geben, zur Trauergemeinde zu sprechen.«

Unser Offizier erhob sich von seinem Platz, richtete noch einmal seinen bereits gerichteten Uniformkragen und senkte den Kopf respektvoll in Richtung der zwei nebeneinander aufgebahrten Särge, einem großen und einem kleinen. Ebenso respektvoll senkte er den Kopf in Richtung der Frau, die in der Kirchenbank dem Fußende der Särge gegenübersaß, ihr Gesicht vor Tränen rot und geschwollen. Der Offizier nahm das Mikrofon vom Zeremoniar entgegen und klopfte mit den Fingern auf dessen Spitze. Sowie das Klopfen durch das Gotteshaus hallte, verstummten die Leute vor dieser achtunggebietenden Persönlichkeit.

»Verehrte Anwesende dieser Trauerfeier, mein tiefer Respekt«, eröffnete er seine Rede. »Unsere Republik ist in Trauer, denn in ihrem Bemühen, die Einheit der vereinten

Nation zu verteidigen und zu bewahren, muss sie den Verlust ihrer Besten beklagen, einschließlich …«

»Hurensohn! Bastard! Hund!« Die Frau mit ihrem roten und geschwollenen Gesicht am Fußende der zwei Särge explodierte vor Wut und stürmte nach vorn.

* * *

Gemeinsam mit den anderen Studenten aus ihrer Diskussionsgruppe an der Universität war es Maria damals gelungen, eine Fülle von Materialien zu sammeln und zu dokumentieren, die belegten, in welchem Ausmaß korrupte Regierungsbeamte ihre persönlichen Vorteile aus der randständigen Lage der Provinz Ost-Nusa-Tenggara zogen. Die Bevölkerung in diesem östlichen Teil des Landes war arm und besaß keine Lobby in der Regierung. Beamte stellten Besitzurkunden auf ihre eigenen Namen aus und erhoben Anspruch auf Land, das traditionell der Gemeinschaft gehörte. Sie sorgten auch dafür, dass etliche Hektar Savannenland, auf dem bislang die Rinder der Bauern weideten, in sogenannte Forstwirtschaftliche Nutzflächen umgewandelt wurden. Dort ließen sie Teakbäume anpflanzen und steckten die Profite aus dem Holzverkauf in die eigenen Taschen. Gelder für öffentliche Bauvorhaben wurden zum persönlichen Vorteil abgezweigt, ebenso wie die Gelder aus kommunalen Haushalten oder für Sozialleistungen oder was auch immer, nichts war vor den korrupten Beamten sicher. Als sich das Chaos in Osttimor ausbreitete und von unterschiedlicher Seite Hilfszahlungen für Flüchtlinge geleistet wurden, gelangte nur ein Bruchteil davon in die Hände der Betroffenen.

Maria und ihre Freunde meldeten ihre Rechercheergebnisse an unterschiedliche offizielle Stellen. Aber es verging immer mehr Zeit, ohne dass sich eine Entwicklung zum Positiven abzeichnete. Maria musste einsehen, dass ihre Gruppe zu klein und zu machtlos war, um irgendetwas gegen die Korruption im Land auszurichten. Die Staatsdiener waren durch und durch korrupt, Korruption zog sich durch alle Behörden; verließ ein korrupter Beamter sein Amt, dann ersetzte ihn sein genauso korrupter Spezi, alles unter dem schützenden Schirm des korrupten Regimes, getragen von einem korrupten System und genährt durch eine Kultur, die keine Skrupel kannte. Diese Leute waren völlig schamlos und deckten ihre verkommenen Taten gegenseitig, auch dann noch, wenn der Verwesungsgestank beißender war als der der Leichen, die auf offener Straße herumlagen.

Maria machte der vergebliche Kampf gegen dieses System beinah verrückt. Sie beteiligte sich nicht mehr an Diskussionen, zog sich aus der Protestbewegung zurück, sie verlor auch den letzten Funken Vertrauen in den Staat und seine Beamten. Sie wollte nur noch ihr Studium abschließen und mehr Zeit dem Gebet und dem Fasten widmen, da sie inzwischen der Überzeugung war, nur noch Gott könne das Land retten. Jeden Morgen ging sie zur Kirche, dreimal täglich betete sie wie eine Witwe, die auf ihren Tod wartet. Sie vergaß dabei nicht, auch für Bruder Yosef zu beten, den sie verlassen hatte, und sie hoffte, es würde immer mehr junge Männer wie ihn geben, die Gott dienen wollten.

An einem wolkenverhangenen Dezembertag erlitt ihre Freundin Elisabeth bei ihrem Versuch, selbst einen Schwangerschaftsabbruch herbeizuführen, einen schweren Blutverlust und schwebte in Lebensgefahr. Im Krankenhaus erzählte Elisabeth in Tränen aufgelöst ihrer Freundin Maria, dass sie mit dem geistlichen Beistand der katholischen Jugendorganisation, in der sie sich engagierte, schon seit längerem ein Verhältnis habe. Dieser Priester, ein Mann in den Dreißigern, habe ihre Studiengebühren gezahlt und ihr eine Kreditkarte gegeben, die sie benutzen durfte, um mit dem Geld sich selbst und ihre jüngeren Geschwister zu versorgen. Da habe sie ihn nicht abweisen können, als er sie bedrängte. Der Priester habe ihr immer wieder versprochen, sein Amt als Geistlicher abzulegen und sie zu heiraten. Als sie ihm aber sagte, dass sie schwanger war, da wehrte er ab, es sei nicht sein Kind, und er beschuldigte Elisabeth, sie habe mit mehreren anderen Männern geschlafen. Elisabeth bat daraufhin einen anderen Priester um Rat, aber dieser riet ihr, ihre Verleumdungen gegen seinen Kollegen einzustellen oder erst mit Beweisen wiederzukommen, denn der Mann, den sie bezichtigte, sei ein Priester und geistlicher Beistand für junge Katholiken, der für seine Integrität und Frömmigkeit weit über die Insel hinaus bekannt sei.

»Wenn er es nicht zugeben will, was nutzen mir dann noch Beweise?«, schluchzte Elisabeth.

Maria und einige Freunde besuchten Elisabeth nach der Entlassung aus dem Krankenhaus in ihrem Studentenzimmer. Einer der Freunde leitete mit den Worten »Entschuldige bitte, aber …« die Frage ein, warum Elisabeth den Priester, wenn sie, wie sie behaupte, wirklich nicht von ihm angefasst werden wollte, nicht abgewiesen habe? Wie es sein könne, dass der Priester sogar mehrere Male mit ihr schlafen konnte?

»Und wenn du …?«, unterbrach ihn eine andere Freundin schockiert. »Bist du schon einmal von einem Menschen angefasst worden, zu dem du aufschaust? Von einem Menschen, bei dem du in der Schuld stehst?«

Der Freund lachte.

»Ich würde schweigen und genießen«, sagte er im Versuch zu scherzen und die Stimmung aufzulockern.

Doch die Freundin verfluchte ihn samt seiner Mutter und warf ihn aus Elisabeths Zimmer. Männer waren wirklich nicht geboren, um zu verstehen. Sie waren geboren, um Frauen einen dicken Bauch zu machen.

Damit sich Elisabeth nicht weiter Selbstvorwürfe machte und sich wie die verdorbenste Frau der Welt fühlte, begannen ihre Freundinnen von eigenen Erfahrungen mit katholischen Geistlichen zu berichten. Agnes gestand, sie habe ein unfreiwilliges Verhältnis mit Pater Agus gehabt; Ira erzählte, sie bediene die ständigen Telefonsexanrufe von Pater Rafael; Yani offenbarte, wie Pater Binus sie auf seinen Schoß gezogen und dabei gekeucht habe – und es gab noch etliche andere schmutzige Geschichten von Geistlichen, die aber nicht geeignet sind, sie an dieser Stelle zu wiederholen.

Ihre Freundinnen, denen all das widerfahren war, waren nicht schwanger geworden, sie waren nicht gezwungen gewesen abzutreiben, und Elisabeth fühlte sich nach wie vor wie die verdorbenste Frau der Welt. Diese Erfahrungsberichte änderten nichts an ihrer Gemütsverfassung. Sie änderten allerdings etwas an Marias Gemütsverfassung. Sie weinte oft und verlor mehr und mehr den Glauben an die Kirche. Sie wollte nie wieder einen Fuß in eine Kirche setzen, denn jedes Mal, wenn ein Priester am Altar den Messkelch hob und Gott pries, erschienen ihr die furchtbaren Bilder vor Augen: ein Mann im Messgewand, der vor Lust keuchte, Elisabeths bleiches Gesicht, Yani auf dem Schoß … und all die anderen Bilder aus anderen Geschichten. Sämtliche Gebete und Segenssprüche, ganz gleich von welchem Geistlichen sie kamen, wandelten sich für Maria in etwas Abstoßendes. Um die Bilder zu verdrängen, las sie Geschichten über den Propheten oder über besonders hilfsbereite Priester. Doch es war vergebens. Immer wenn sie sich einen Ruck gab und eine Kirche betrat, schauderte sie beim Anblick des Geistlichen; wenn dieser sie anlächelte, fragte sie sich im Stillen, ob sein Lächeln aufrichtig war oder ob er sie anlächelte, weil er eigentlich nur mit ihr flirten und Sex haben wollte. Sie stellte ihre Kirchenbesuche schließlich ganz ein. An jedem Sonntag, wenn die Leute scharenweise zur Kirche strömten, ging sie zum Friedhof Santa Klara, zündete eine Kerze auf dem Grab ihrer Eltern an und sprach mit ihnen.

An einem Maisonntag setzte sie dann doch wieder einen Fuß in die Kirche. Nicht, weil sie ihren Glauben an die Kirche wiedergefunden hätte, sondern weil Wildan, ihr Freund, ihr einen Heiratsantrag gemacht hatte. Sie hatte Wildan in dem Krankenhaus kennengelernt, in dem Elisabeth behandelt worden war. Er arbeitete dort als Ernährungstherapeut, und mit seiner freundlichen Art war er in jeder freien Minute ins Krankenzimmer gekommen, um nach Elisabeth zu sehen – und dann auch, um nach Maria zu sehen. Nach Elisabeths Entlassung traf Maria ihn weiterhin. Mit diesem Mann konnte sie über alles Mögliche sprechen, und er begleitete sie sonntags gern zum Grab ihrer Eltern. Er wusste viel, war aber nie belehrend. Noch bevor sie sich ein Jahr kannten, wurde Maria klar, sie hatte sich längst in ihn verliebt. Sie wurden ein Paar, und nachdem Maria ihr Studium beendet hatte, sprach er von Hochzeit in der Kirche. Sie liebte diesen Mann von ganzem Herzen. Aber unter keinen Umständen würde er sie in eine Kirche kriegen. Hätte er sie gefragt, ob sie mit ihm zur Hölle fahren wolle, wäre sie bereit gewesen, sich selbst ans Steuer zu setzen.

Seit Beginn ihrer Freundschaft wusste Wildan, dass es Dinge in Marias Vergangenheit gab, die ihr den Glauben an den Staat und an die Kirche geraubt hatten. Er versuchte nie, sie von ihrer Haltung abzubringen, er brachte ihr

Verständnis entgegen, und manchmal erinnerte er sie behutsam an positive Seiten dieser Institutionen:

»Auch wenn es tausend schlechte Soldaten gibt, bedeutet das nicht, dass das ganze Militär schlecht ist. Auch wenn es tausend Priester gibt, die sich an Frauen vergehen, bedeutet das nicht, dass die gesamte Kirche aus Übeltätern besteht. Auch wenn es tausend korrupte Beamte gibt, bedeutet das nicht, dass wir den Staat nicht brauchen.«

Maria aber blieb bei ihrer Überzeugung, sämtliche Institutionen seien verbrecherisch, denn auch wenn einzelne Beamte selbst keine Verbrechen begingen, dann würden sie es zumindest unterlassen, dem verbrecherischen Treiben ihrer Kollegen ein Ende zu setzen, und diese sogar noch decken.

»Nirgends gibt es die Bereitschaft, Fehler einzugestehen und die Situation zum Besseren zu verändern«, erwiderte sie. »Selbst wenn herauskommt, dass ein Beamter etwas verbrochen hat, versuchen andere, ihn zu decken. Selbst wenn wir mit Beweisen kommen und der Verbrecher mit dem Rücken zur Wand steht, würden die anderen seine Hände in Unschuld waschen und sagen: ›Was wollt ihr denn noch? So ist eben das System‹, oder: ›Der ist doch nur ein Rädchen im Getriebe. Der ist auch nur ein Mensch‹, oder etwa nicht?«

Nach Rikos Geburt war Maria dennoch bereit, in die Kirche zu gehen, für ihren Sohn. Sie wollte nicht, dass er die Kirche hasste, ohne die Gelegenheit bekommen zu haben, sich selbst eine Meinung zu bilden. Wildan ließ sie auch hier gewähren, er versuchte höchstens, bei passender Gelegenheit einen positiven Aspekt von etwas aufzuzeigen, das sie verabscheute. Als der Pfarrer ihren Sohn Riko auf seine Arme nahm, stieß Wildan seine Frau von der Seite an und flüsterte ihr ins Ohr: »Nah, sieh nur, nicht alle Geistlichen sind schlecht.«

Solche Begebenheiten gaben Maria wieder Hoffnung. Wildan war stets an ihrer Seite und sie konnte zu jeder Zeit mit ihm sprechen und auch ihre ablehnende Haltung hinterfragen. Sie war sich durchaus bewusst, dass ihr Denken von ihren eigenen Ängsten überschattet und manchmal auch getrübt war.

Als man Maria die Leichen von Wildan und Riko unter ohrenbetäubendem Sirenengeheul mit dem Krankenwagen nach Hause brachte, versuchte sie daher, alle Kraft zusammenzunehmen und sich an Wildans Worte zu erinnern; sie versuchte sich vorzustellen, was er in diesem Augenblick zu ihr sagen würde.

»Nimm es an, Maria, lass los! Du lebst nur einmal. Vergebung wird uns Frieden schenken.«

Selbst in dem Moment, als der Offizier mit seinen Fingern auf das Mikrofon klopfte und alle Trauergäste verstummten, stellte Maria sich das Optimismus versprühende Lächeln ihres Mannes vor und öffnete ihr Herz, um zu vergeben. Doch Gottes Pläne lassen sich mit dem menschlichen Verstand nur schwer ergründen. Denn als der Offizier dann begann, seine Rede zu halten und den Tod ihrer Familie mit dem Bemühen des Staates um die Einheit des Landes zu verknüpfen, da brach die Wut aus Maria heraus.

* * *

»Hurensohn! Bastard! Hund!«

Schreiend stürmte Maria nach vorn, griff die Blumenvase auf dem Tisch neben den zwei Särgen und warf sie mit aller Kraft in Richtung des Offiziers. Reflexartig wich dieser aus und die Blumenvase traf den Messkelch auf dem Altar. Der Lärm des zersplitternden Porzellans hallte, über das Mikrofon verstärkt, in der Kirche wie ein Donnerschlag wider. Maria war nur noch zwei Schritte von dem Offizier entfernt, da sprangen blitzschnell drei Trauergäste von ihren Plätzen in der vorderen Kirchenbank auf sie zu und hielten sie zurück. Daran gehindert, den Offizier zu schlagen, beugte sich Maria vor und spuckte ihm ins Gesicht. Der Chor der Trauergemeinde stieß ein lautes und gedehntes »Ooohhh« aus. Der Soldat mit der Wunde an der Schläfe war ebenfalls aufgesprungen und stellte sich als Schutzschild vor seinen Vorgesetzten. Der Schreibstubensoldat blieb mit offenem Mund wie angewurzelt an seinem Platz in der Kirchenbank stehen. Der Offizier zog ein schwarzes Taschentuch aus seiner Hosentasche und wischte sich gelassen die Spucke aus dem Gesicht.

Maria wehrte sich mit Leibeskräften und schrie völlig aufgelöst.

»Nationale Einheit? Was für eine nationale Einheit? Ist es das, worum es geht?«, schrie sie. »Das, worum es geht, ist Menschlichkeit! Das, worum es geht, ist meine Familie, verdammter Hurensohn! Verschwinde von meinem Mann und meinem Sohn! Du denkst, die nationale Einheit ist wichtiger als … Du Hund!«

Ohne den Satz zu beenden, spuckte Maria nochmals in Richtung des Offiziers, traf aber ein Auge des jungen Soldaten, der ihn abzuschirmen versuchte. Die Gemeinde stieß erneut ein lautes und gedehntes »Ooohhh« aus. Der Soldat blieb ungerührt in Habachtstellung, er ließ sich weder von Marias Beschimpfungen noch von ihrer Spucke provozieren, die ihm im Augenwinkel klebte.

Je mehr Männer dazukamen, um Maria festzuhalten, desto energischer schrie sie einerseits ihre Beschimpfungen und andererseits ihre Trauerklagen heraus. Wiederholte man hier an dieser Stelle Einzelheiten beider Seiten, würde man jeden Nationalisten in dieser Republik verärgern und gleichzeitig jeden, der ein Herz hat, traurig machen. Maria verfluchte den Staat, der ihr den Mann und den Sohn genommen hatte, sie verfluchte die Einheit der Republik, die auf Kosten von Leib und Seele der Menschen ging, und sie rief nach Auflösung des Staates für jetzt und alle Zeit. Einige Gemeindemitglieder weinten mit ihr, sie fühlten ihren Schmerz. Einige andere schüttelten insgeheim ihre Köpfe und fragten sich, wie der Mensch nur ohne den Staat leben könne.

Es dauerte eine ganze Weile, bis Maria sich beruhigt hatte und der Trauerzug sich in Bewegung setzen konnte. In dem Moment, als die zwei Särge nebeneinander ins Grab gelassen wurden, schien es Maria, als begrabe sie ihr eigenes Leben.

* * *

Maria stand nun völlig allein da. Die Leute brachten ihr tiefes, aufrichtiges Mitgefühl entgegen und versuchten, ihr bei jedem Besuch Trost zu spenden, aber irgendwann mussten sie wieder in ihren Alltag zurückkehren. Wildans Mutter zog fürs Erste ins Haus und leistete Maria Gesellschaft, das aber nur bis zur Gedenkfeier am vierzigsten Tag nach dem Tod ihres Sohnes und ihres Enkels. Sie musste sich wieder um ihr eigenes Haus und um ihre Hühner kümmern. Ab dem dritten Monat kamen Marias Freunde, Bekannte und Nachbarn immer seltener. Wenn sie sie anfangs täglich besuchten, so kamen sie bald nur einmal in der Woche vorbei, dann einmal im Monat, und dann ließ sich kaum mehr jemand blicken. Irgendwann klopfte wirklich kein einziger Mensch mehr an die Tür, um nach ihr zu sehen. Die Stadt war mit sich selbst beschäftigt und die Zäune um die Häuser wurden höher. Die Leute vergaßen Maria und ihr Unglück. Selbst ihr Wutausbruch am Tag der Beerdigung war vergessen. Unterdessen kamen bei Zusammenstößen mit anderen Unimogs auf anderen Straßen der Insel weiterhin Menschen ums Leben.

Marias einzige verbliebene Gesprächspartner waren der Fernseher und die Gräber. Dem Fernseher gegenüber kommentierte sie die unfassbar lächerlichen Figuren der Seifenopern. Den Gräbern erzählte sie von allen möglichen Dingen, von den Kakerlaken, die im Esszimmer herumliefen, oder von den plötzlichen Stromausfällen alle paar Tage. Weil ihr die Gespräche mit dem Fernseher und den Gräbern allmählich zu langweilig wurden, schaffte sie sich eine Katze an. Doch schon nach drei Tagen warf sie das Tier auf die Straße, weil sie sich davor ekelte, wenn es mit seiner rauen Zunge über ihre Hand leckte. Sie gab sich einen Ruck und ging zu den Treffen der Frauen im Wohnviertel, aber deren Gespräche drehten sich nur um langweilige Dinge wie neue Handtaschen aus gewebtem Stoff oder um die Frage, wie sich der Traum des Kindes, Dichter zu werden, in den Berufswunsch Arzt verwandeln ließe. An dem Tag, an dem Maria, verzweifelt wie sie war, über einen schmerzfreien Weg in den Tod nachzudenken begann, klopfte Pater Yosef an die Tür.

»Geh doch mal raus, Maria!«, sagte der Pater und saugte am Strohhalm, der im Getränkekarton mit Tee steckte, den er sich mitgebracht hatte.

Maria konnte nicht die geringste Veranlassung erkennen, das Haus zu verlassen.

»Die Welt ist zu beschissen. Sie findet immer einen Weg, dir wehzutun«, gab sie zurück.

Pater Yosef bemühte das Alte Testament und erzählte von Hiob aus dem Lande Uz, der stets von Unglück verfolgt gewesen sei. Maria sah ihn nur gleichgültig an. Yosef berichtete von einem Mann aus seiner Gemeinde, der mutterseelenallein aufgewachsen war, weil sein Vater, seine Mutter und seine drei Geschwister von den anderen Dorfbewohnern der Hexerei beschuldigt und bei lebendigem Leib verbrannt worden waren. Maria weinte. Bevor sich Pater Yosef verabschiedete, bat er Maria, wann immer sie wolle, in die Kirche zu kommen. »Gott erwartet dich in Seinem Gotteshaus: ›Kommt zu Mir, all ihr Geplagten und Beladenen.‹«

Einige Tage später nahm sie all ihre Kraft zusammen und stand noch vor Tagesanbruch auf, nahm ein Bad, rief ein Taxi und fuhr zur Kirche Santo Ferdinandus. Der alte Pfarrer, der Augenzeuge von Marias Angriff auf den Offizier während des Trauergottesdienstes geworden war, trat auf sie zu, in seinem Gesicht standen Dankbarkeit und Erleichterung.

»Gott sei gepriesen, dir geht es gut, Maria«, begrüßte er sie. »Wir haben uns Sorgen um dich gemacht.«

Kein Zivilist würde es wagen, einem Offizier ins Gesicht zu spucken, fügte er an. Und falls es einer gewagt hätte, dann wäre er längst im Gefängnis, oder weiß der Himmel wohin verschwunden.

»Ich habe nur die Wahrheit gesagt«, erwiderte Maria.

Der Pfarrer gab ihr das Kreuzzeichen auf die Stirn, und sie bemühte sich, ihre Tränen zurückzuhalten.

Ab diesem Tag stand Maria nun jeden Morgen in aller Frühe auf, rief ein Taxi und fuhr zur Kirche Santo Ferdinandus. Wie die älteren Witwen setzte sie sich in eine Kirchenbank auf der rechten Seite im Kirchenschiff, betete den Rosenkranz und folgte dann mit all ihren Zweifeln im Herzen dem Gottesdienst: Existiert Gott wirklich? Hört Er sich wirklich jeden Morgen die Gebete von Millionen von Menschen an? Den Heimweg legte sie zu Fuß zurück, sie ging am Markt vorbei und an den Essständen der Bugis. Der lange Fußweg machte ihren Kopf frei und die Betriebsamkeit auf dem Markt half ihr, leichter in den Tag zu finden. Es kam auch vor, dass die beiden Geistlichen sie zum Frühstück einluden, ganz so wie früher, als Wildan und Riko noch lebten. Die Einladungen nahm sie gern an. Mit den beiden Geistlichen zu frühstücken, war weitaus besser, als allein in ihrem Haus zu sitzen und zu weinen.

Sie war sich natürlich bewusst, dass ihre Nähe zu den zwei Gottesmännern, zumal als junge Witwe, Anlass für Gerüchte geben konnte. Sie schwor bei ihrem Mann und bei ihrem Sohn, niemals und bei niemandem einen Gedanken an einen Flirt zu verschwenden. Ihre Gefühle, die sie früher für Pater Yosef gehegt hatte, waren längst vergessen, vergessen war auch das Beben ihres Herzens, als sie sich am Strand küssten. Wildan hatte nicht nur Yosefs Kuss auf ihren Lippen ausgelöscht, sondern er hatte in ihr eine unauslöschliche Liebe wachsen lassen.

Eines Morgens, die drei saßen am gedeckten Frühstückstisch im Esszimmer, klingelte das Telefon nebenan im Empfangsraum. Der alte Pfarrer war gerade hinausgeeilt, um den Anruf entgegenzunehmen, da war Pater Yosef schon hinter Marias Stuhl gesprungen und hatte seine Hände um ihren Nacken gelegt. Maria blickte nach oben. Seine sanften Augen waren von seiner vorstehenden Nase verdeckt. Er beugte sich hinab und küsste Maria auf den Scheitel. Maria schloss die Augen und erlaubte sich, den Kuss auszukosten. Als sie ihre Augen öffnete und ihn bitten wollte, damit aufzuhören, waren seine Lippen schon ein Stück weiter zu ihrem Augenwinkel gewandert und dann über den Weg über ihre Wange und Nase auf ihrem Mund gelandet. Ein Kuss. Ein zweiter Kuss. Maria schloss erneut die Augen, öffnete den Mund. Sie küssten sich, bissen sich zärtlich, lang und lustvoll. Erst als sie ein Räuspern hörten, hielten sie inne.

Der alte Pfarrer stand regungslos in der Tür und starrte sie an, unfähig, ein Wort zu sagen.

An diesem Morgen gab es kein gemeinsames Frühstück. Maria erhob sich von ihrem Stuhl und verließ, ohne sich zu verabschieden, das Pfarrhaus; Pater Yosef ging schweigend auf sein Zimmer; der Pfarrer setzte sich allein an den Tisch und kaute mechanisch auf einer Scheibe Weißbrot herum. Auf dem Heimweg verfluchte Maria sich selbst, sie flehte ihren Mann und ihren Sohn um Vergebung an. Sie machte sich Vorwürfe, nicht wegen des Kusses, sondern deshalb, weil sie den Kuss gewollt hatte. Sie hatte sich in ihrem Verlangen gehen lassen. Sie verachtete sich dafür.

* * *

Pater Yosef war außerstande, seine Scham gegenüber seinem vorgesetzten Pfarrer zu ertragen, und bat eine Woche nach dem Kuss im Esszimmer um ein persönliches Gespräch mit seiner Exzellenz dem Erzbischof von Kupang.

»Ob Eure Exzellenz wohl die Güte hätte, sich im Fall einer Vakanz außerhalb des Stadtzentrums von Kupang an meinen Namen zu erinnern?«, lautete seine Frage.

Der Bischof fragte ihn umgehend zurück, ob es Schwierigkeiten an seiner gegenwärtigen Dienststelle gebe?

»Es gibt keinerlei Schwierigkeiten, Eure Exzellenz«, log er. »Ich bin lediglich auf der Suche nach einer neuen Herausforderung. In der Stadt sind die Dinge oft zu einfach.«

Der Erzbischof war hocherfreut, das zu hören. Das mangelnde Engagement der jungen Priester und ihre Bequemlichkeit waren ihm häufig ein Dorn im Auge. Sie wollten am liebsten nur in den Pfarrgemeinden im Stadtzentrum eingesetzt werden und nörgelten, wenn man ihnen ein Priesteramt in einer ländlichen Gemeinde oder an einem anderen Ort mit schwierigem Umfeld übertrug. Die Priester rissen sich förmlich um die Gemeinden in der Stadt mit ihren modernen Einrichtungen und Annehmlichkeiten. Wenn ein junger Geistlicher in eine Pfarrei im Landesinneren der Insel versetzt wurde, verabschiedete er sich vom Erzbischof zwar mit dem Versprechen, dem Auftrag zu folgen und sein Bestes zu tun, machte dabei aber ein Gesicht, als ginge es in die Verbannung. Als der Orden vom Heiligen Herzen dem Erzbistum Kupang die Verwaltung der vernachlässigten Oberschule Santa Helena übertrug, kontaktierte der Erzbischof daher umgehend Pater Yosef.

»Ich werde Euch nicht enttäuschen, Eure Exzellenz«, sagte Pater Yosef in aller Aufrichtigkeit.

Als Maria im Radio vom Beschluss des Erzbischofs zur Versetzung von Pater Yosef hörte, drohte sie vor Verzweiflung gänzlich den Verstand zu verlieren. Sie ging davon aus, dass der Bischof von der Affäre des Paters mit der jungen Witwe erfahren haben musste und er den Sünder deshalb bestrafte, indem er ihn weit weg an einen abgelegenen Ort an der Küste verbannte. Sie fühlte sich schuldig, denn sie hatte die Arbeit eines Gottesdieners gestört. Ihre Schuldgefühle ihrem Mann und ihrem Sohn gegenüber wogen mindestens ebenso schwer. Sie hätte längst nicht mehr sagen können, welche Gefühle, Scham, Schuld oder Angst, sie nacheinander oder gleichzeitig befielen. Waren es Schuldgefühle gegenüber Gott, gegenüber Pater Yosef oder aber gegenüber ihrem Mann und ihrem Sohn, oder war es Verachtung für sich selbst? Tagelang verließ sie das Haus nicht, starrte Löcher in die Luft und tat nichts, außer zu atmen und ein wenig zu essen. Weil sie nur wenig aß und das auch nur, um das Flirren in ihrem Kopf zu vertreiben, machte sie nicht einmal ein großes Geschäft.

Die Tage vergingen, Wochen wurden zu Monaten, und

wie die Kalenderblätter nacheinander fielen, so verlor Maria sich mehr und mehr selbst. Sie war oft verwirrt, wurde immer vergesslicher und verlor jedes Zeitgefühl. Sie sah keinen Grund, das Haus zu fegen oder die Fenster zu öffnen. Sie erinnerte sich nicht mehr daran, wohin sie ihre Sandalen gestellt oder wann sie zuletzt das WC gespült hatte. Sie ging zwar noch häufig zum Friedhof und bat am Grab ihres Mannes und ihres Sohnes um Vergebung, aber sie hatte vergessen, wie der Riss in den Fernsehbildschirm gekommen war. Manchmal war sie außerstande, die Treppenstufen im Haus hinaufzusteigen, sie fühlte sich steinalt und kraftlos. Manchmal hörte sie ihren Sohn um das Haus herumlaufen und ihren Mann im Badezimmer pfeifen. Manchmal stand ihre Mutter in der Tür und fragte sie, ob sie sich schon die Füße gewaschen habe. Manchmal fand sie auf dem Esszimmertisch noch einen Rest des Sambals aus Bananenherzen, das ihr Vater zubereitet hatte. Manchmal kam es ihr vor, als liege sie wohlig zusammengerollt im Mutterleib.

Eines Nachts träumte sie, Riko und Wildan seien bei ihr. Sie malten ihr aus, wie die Menschen im Himmel in gegenseitiger Liebe zusammenlebten. Es gebe keinen Staat und kein Militär. Keine Kirche und keine religiösen Führer. Keinen Streit und keinen Diebstahl, es würde nicht einmal ein guter Ruf gestohlen.

In dieser Nacht schliefen sie gemeinsam auf dem Fußboden. Wildan hatte seine Arme um Maria gelegt, Rikos Kopf ruhte in ihrer Halsbeuge. Es war eine himmlische Nacht und sie schlief tief und fest.

Sie erwachte früh am Morgen. Sie nahm ein Bad und wusch ihre Haare, sie zog ihre besten Kleider an, rief ein Taxi und fuhr zur Kirche. In der Kirche saßen an diesem Morgen lediglich sechs Ordensschwestern in der vorderen Kirchenbank und sieben Witwen auf der rechten Seite. Ihr

Gesang aber klang wie der eines ganzen Engelschors in einem Spielfilm über Jesus mit einem gutaussehenden Darsteller.

Nach der Messe ging Maria zu Fuß, sie folgte der Route, die sie oft zurückgelegt hatte. Sie dachte an ihren Mann und an ihren Sohn. Sie dachte an ihren Vater und an ihre Mutter. Wie es ihnen wohl im Himmel erging? An der Kreuzung kaufte sie eine Zeitung. Auf dem Markt kaufte sie eine Portion Reisbrei. Auf der Liliba-Brücke angekommen, stieg sie über das Geländer und sprang in die Tiefe. Die Brücke war mehr als einhundert Meter hoch. Der Wasserstand im Fluss war niedrig. Die lange Trockenzeit hatte gerade erst begonnen.

KAPITEL 11

Das tat Siprianus Portakes Oetimu in seinen Kindertagen: In aller Frühe, noch bevor sich der Tau auf die Blätter senkte und der Hahn sich die Augen rieb und krähte, wurde Ipi schon von Am Siki aus seinen Träumen gerissen. Während sich sein Großvater auf den Weg zu den Lontarpalmen machte, ging er hinüber ins *Saenhana*. Dort zündete er die bereits aufgeschichteten Holzscheite in der Kochstelle an. Diese war aus drei stattlichen Steinbrocken errichtet, die stabil genug waren, um den schweren, hohen Tontopf von der Größe von vier Pferdeköpfen zu tragen. Bis das Feuer brannte, würzte er nach einer bestimmten Rezeptur den Palmsaft aus den Lontarpalmen in einem anderen Gefäß. Die pflanzlichen Zutaten dafür sammelte immer Am Siki im Wald und besprach sie mit Gebeten und Mantras. Nun war der süße Saft für die Destillation bereit, und sobald das Feuer ordentlich brannte, schöpfte Ipi die Flüssigkeit in den riesigen Tontopf darüber. Er hockte sich vor das gut gefüllte Gefäß und wartete. Um gegen seine Müdigkeit anzukämpfen, rechnete er das Einmaleins im Kopf. Nach ungefähr einer halben Stunde begann der Palmsaft zu sieden und bildete einen weißen klebrigen Schaum auf der Oberfläche, es sah aus wie Maniokbrei. Diesen Schaum nahm Ipi vorsichtig mit dem Schöpflöffel ab und bestrich damit die Palmfasern, die auf dem Boden aufgereiht bereitlagen. So erhielt er klebrige Faserröllchen, die er gleich benötigte. Zunächst aber entfernte er das noch nicht völlig verbrannte Holz in der Feuerstelle, sodass unter dem Topf nur noch die glühende Holzkohle übrig blieb. Der Saft siedete und dampfte noch, schäumte aber nicht mehr. Er holte einen anderen Tontopf, von der Größe eines Kinderkopfes und damit deutlich kleiner, und stülpte ihn mit der Öffnung nach unten auf den vierpferdekopfgroßen Tontopf. Seitlich des Kinderkopftopfes befand sich ein Loch, das gerade so groß war, dass ein Ende eines leicht nach unten ragenden Bambusrohrs hineinpasste. Die klebrigen Faserrollen, die er vorhin hergestellt hatte, stopfte er nun zwischen die Ränder der beiden Töpfe und dichtete damit auch das Loch ab, in dem das Bambusrohr steckte, bis auch der kleinste Spalt, aus dem Dampf entweichen konnte, geschlossen war. Der heiße Dampf stieg jetzt vom großen in den kleinen Topf auf und dann hinein in das Bambusrohr, in dem er sich auf wundersame Weise verflüssigte und in Form von Tropfen am anderen Ende wieder herauskam und von dort in ein großes Gefäß hineinfiel. Die aufgefangene Flüssigkeit war das Sopi, das er später auf dem Markt verkaufen würde. Nachdem er sichergestellt hatte, dass das Kondensat ordnungsgemäß und ohne Verlust in den Auffangbehälter tropfte, verließ er das *Saenhana*, nahm sein Pferd und ritt zum Fluss, um dort zu baden, denn schließlich musste er zur Schule. An Feiertagen begleitete er Am Siki zu den Lontarpalmen, und an den Sonntagen schliefen sie beide einfach aus, denn schließlich hatte selbst *Uisneno* am siebten Tag eine Arbeitspause eingelegt.

Eines Morgens im September kamen ihm auf dem Weg zum Fluss zwei seiner Klassenkameraden auf ihren Pferden entgegen.

»Wo wollt ihr denn hin?«, fragte Ipi. »Wollt ihr nicht zur

Schule?« Die zwei Jungen waren fleißig und klug. Der eine war gut im Zählen und Zusammenrechnen der dünnen Zweige, die der Mathematiklehrer in seinem Unterricht als Rechenhilfe einsetzte, und der andere war der Flinkeste, wenn es darum ging, die Tafel zu wischen. An diesem Morgen allerdings hatten sie ausgemacht, nicht in die Schule zu gehen, sondern flussaufwärts bis zur Quelle zu reiten, denn da gab es ein natürliches Wasserbecken, das tief und breit genug war, um dort zu schwimmen und zu planschen.

»Hast du etwa vergessen, was heute für ein Tag ist, Ipi?«, fragten ihn die beiden.

Es war der 30. September und damit der Tag, an dem wie in jedem Jahr die Männer von der Informationsbehörde zur Schule kommen und im Klassenraum den Film über die Morde der Kommunisten zeigen würden. Wie in den Jahren zuvor war es natürlich auch an diesem Tag für alle, nicht nur für die Schulkinder, sondern auch für deren Eltern und jeden anderen Dorfbewohner Pflicht, zur Filmvorführung zu erscheinen. Ipis Freunde erklärten, sie hätten den Streifen ja schon mehrmals angeguckt und könnten schon sämtliche Dialoge auswendig, da hätten sie keine Lust auf die nächste Wiederholung.

Als sie ihm auch noch von dem einladenden Wasserbecken an der Flussquelle vorschwärmten und in allen Farben ausmalten, wie sie von den Ästen der Bäume am Ufer mit einem Salto ins Wasser springen konnten, da war Ipi schnell überredet, mitzukommen.

Vor Ipis geistigem Auge erschien zwar kurz der Schuldirektor Herr Alex Atolan und wie er sie am nächsten Tag mit Schlägen bestrafen würde, weil sie die Schule geschwänzt hatten. Andererseits erinnerte er sich auch nur zu gut an einige Szenen aus dem Film und da stand für ihn endgültig fest, sich den beiden Freunden anzuschließen.

Lieber würde er sich vom Direktor schlagen lassen, als in die Schule zu gehen und sich diesen Film nochmal ansehen zu müssen. In seinem ganzen Leben war er noch nie mit seinen Kumpels zur Flussquelle geritten, weil er immer seinem Großvater bei der Arbeit helfen musste. Und der Film war der gruseligste, den er jemals gesehen hatte. Bei jeder Vorführung musste er sich übergeben, und nachts verfolgten ihn die blutigen Szenen und bescherten ihm Albträume. Tagelang danach hatte er keinen Appetit, weil er ständig das Blut aus dem Film vor Augen hatte.

Der Oberlauf des Flusses lag eine gute Strecke entfernt weiter nördlich, aber mit den Pferden kamen sie schnell voran. So ritten die drei durch die Savannenlandschaft, redeten über dies und das und beantworteten die Rufe der Affen und Hirsche, die von den Felsen widerhallten. Sowie sie an der Flussquelle angekommen waren, sprangen sie von den Pferderücken, sie konnten es nicht abwarten, ins Wasser zu hüpfen. Ipi beeilte sich, Hemd und Hose auszuziehen, um schnell mit den anderen beiden um die Wette zu schwimmen. Aber als er seine Unterhose auszog, bemerkte er, wie seine Freunde in ihren Bewegungen einfroren und ihn mit offenem Mund anstarrten. Die drei waren erst in der sechsten Klasse, sie waren gleich alt, aber Ipis Penis war im Vergleich zu denen der beiden anderen ziemlich groß, um nicht zu sagen, mindestens doppelt so groß.

»Wah, Ipi! Bist du krank?«, fragte der eine, sich einen Reim auf das machend, was er da vor sich sah.

»Nein, das glaub ich nicht«, wandte der andere ein. »Das sieht mir eher nach einer Fehlbildung aus.«

Ipi betrachtete nacheinander die Penisse seiner Freunde, dann schaute er an sich hinunter und musste ebenfalls erkennen, dass sein eigener in Größe und Umfang deutlich von den zwei anderen abwich. War er etwa nicht normal?

Er bekam es mit der Angst zu tun. An was für einer Krankheit oder Fehlbildung litt er wohl? Musste er bald sterben? Seine beiden Freunde debattierten über die Abnormalität seines Penis, und gerade als sie einsehen mussten, zu keiner befriedigenden Erklärung für Ipis Leiden zu kommen, fiel ihnen der Mann ein, der mit Sicherheit eine Antwort auf ihre Fragen wusste: Naef Ahelet.

Naef Ahelet war der einzige für sämtliche entlang des Flusses Noenifu gelegenen Dörfer und Weiler zuständige Heiler, der sich auf Beschneidungen spezialisiert hatte. Mit seiner Fachkenntnis, die ihm von seinem Vater, seinem Großvater und Urgroßvater und allen anderen männlichen Vorfahren vererbt worden war, hatte er bereits die Penisse von Hunderten von Männern der im Flusstal siedelnden *Atoin Meto* beschnitten und sie zu erwachsenen Männern gemacht. Er verstand sich nicht nur auf die Beschneidung, sondern auch auf die Heilung von den Penis befallenden Krankheiten mittels Heilpflanzen und Mantras, außerdem klärte er seine Patienten darüber auf, wo und wie sie den mit dem Beschneidungsritual verbundenen Beischlaf, *Sifon,* vollziehen konnten. Jeder Mann kannte Naef Ahelet und vertraute ihm seinen Penis an, um ihn zu beschneiden, denn ein Mann, der sich nicht der Beschneidung unterzog und auch nicht Sifon durchführte, konnte sich der Verachtung aller gewiss sein.

* * *

Das Erste, was Naef Ahelet zu den drei Jungen sagte, als diese vor seinem Haus von ihren Pferden stiegen, war: »Reitet wieder nach Hause, ihr seid noch viel zu jung, kommt in vier oder fünf Jahren wieder!« Er war es leid, ständig von jungen Burschen aufgesucht zu werden, die nur deshalb beschnitten werden wollten, damit sie bald Sifon vollziehen konnten. Diese Jungen hatten nicht die leiseste Ahnung. Mit einer Frau zu schlafen, klang in ihren Ohren nach großem Spaß, aber von den Schmerzen während der Beschneidung machten sie sich keine Vorstellung. Er hatte es schon oft erlebt, da legten sich die jungen Männer vor der Beschneidung die ganze Nacht ins Flusswasser und weichten ihr Geschlechtsteil ein, bis die Vorhaut ganz verschrumpelt und nachgiebig war, sowie aber die Klinge ansetzte, wurden sie ohnmächtig. Hinzu kam, das wusste jeder, dass Penisse von Männern, die nicht immer ganz ehrlich waren und andere gern täuschten, nach der Beschneidung in der Regel heftig bluteten und zu eitern anfingen. Dabei hatten die jungen Männer heutzutage noch Glück, dachte Naef Ahelet, sie waren in eine Welt hineingeboren worden, in der es bereits das kleine Messer namens Rasierklinge gab. Naef Ahelet war seinerzeit mit einem angespitzten Stück Bambus beschnitten worden, und obwohl er sich reinen, aufrechten Herzens auf das Ritual vorbereitet hatte, lag er nach der Beschneidung zwei Wochen lang mit hohem Fieber nieder und wurde erst gesund, als er Sifon ausgeführt hatte.

»Wir kommen nicht, um beschnitten zu werden«, rief ihm einer der Jungen entgegen. »Unser Freund hat einen geschwollenen Penis. Wir wollen fragen, was das für eine Krankheit ist.«

»Wer von euch dreien ist es denn?«, fragte Naef Ahelet.

Ipi hob die Hand.

»Na schön, komm ins Haus, lass mich nachschauen! Ihr zwei wartet im Lopo. Na, komm schon, beeil dich! Ich will gleich den Kommunisten-Film sehen.«

Ipis Freunde machten sich auf ins Lopo, und Ipi folgte dem Heiler ins Haus. Ipi ließ seine Hosen hinunter, präsentierte dem alten Heiler sein Glied und stellte ihm bang die Frage, ob es nicht viel zu groß, ob es nicht fehlgebildet sei, und ob er damit leben könne.

Aber Naef Ahelet sagte kein Wort. Schon beim Anblick der Konturen von Ipis bestem Stück, die sich unter dem Stoff der Unterhose abgezeichnet hatten, war ihm die Spucke weggeblieben. Schweigend hockte er sich vor Ipi nieder und führte sein Gesicht nah an den Penis heran. Sein Atem beschleunigte sich und er schielte.

»Das ist aber ein prächtiger *Tolo*«, sagte er endlich. »So einen *Tolo* habe ich in meinem ganzen Leben noch nicht gesehen.«

Während er sprach, hielt er den Penis in seiner Rechten und drehte ihn hin und her, um ihn sich von allen Seiten ansehen zu können, wie ein Ornithologe, der ein Exemplar einer bisher unentdeckten Vogelart in der Hand hält. Dann strich er darüber und versuchte, die Vorhaut zurückzuschieben. Ipi verzog das Gesicht vor Schmerz. Naef Ahelet begann, den Penis in seiner Hand zu schütteln.

»Warum ist der denn so groß, Naef?«, fragte Ipi erneut und wunderte sich, warum seine Stimme plötzlich zitterte. Er räusperte sich. Ein merkwürdiges wohliges Gefühl breitete sich in seiner Lendengegend aus, es war ihm peinlich.

»Halt still! Lass mich nachsehen«, sagte der Beschneidungsspezialist und drehte den Penis weiter in seiner Hand. Einen Augenblick später stand dieser kerzengerade, ganz wie von selbst, offensiv und herausfordernd.

Naef Ahelet umfasste das erigierte Glied mit einer Hand, seine Fingerspitzen berührten sich dabei kaum, so groß war es. Nun begann der Heiler, seine Hand vor und zurück zu bewegen.

Ipi hielt die Luft an, er wagte nicht hinzusehen. Ein warmes Kribbeln floss nun von seinem Penis zu seinem Steißbein, von dort kroch es über die Wirbelsäule nach oben bis in seinen Kopf. Seine Knie wurden weich und zitterten, seine Wangen glühten, und er genierte sich schrecklich. Er ließ den Blick im Raum schweifen, sah durch die Lücken in den Bebak-Wänden nach draußen, er befürchtete, seine Freunde könnten ihn mit seinem hochroten Kopf sehen.

»Naef … mein … *Tolo* … warum …?« Ipi nahm all seinen Mut zusammen und schaute nach unten, aber seine Stimme versagte ihm nun beinah völlig. Seine Knie wurden immer weicher und drohten jeden Augenblick, unter seinem Gewicht einzusacken. Vor seinen Augen tanzten Glühwürmchen, er lehnte sich zurück gegen die Wand im Rücken. Naef Ahelet aber hatte Ipis Penis weiterhin fest im Griff und bewegte ihn. Vor, zurück. Vor, zurück. Scham, Wonne. Scham, Wonne.

Einen Augenblick später spürte Ipi ein Pulsieren in seinem Glied, und anders als beim Pinkeln stieg etwas in dessen Inneren auf. Wenn er Hintern und Hüfte im Rhythmus der Hand des alten Heilers bewegte, dann steigerte sich das Wohlgefühl noch. Er warf den Kopf zur Seite, als Scham und Wonne gleichzeitig in ihm explodierten. Sein ganzer Körper ging auf in diesem unvergleichlichen Empfinden. Ihm wurde schwarz vor Augen, er schwankte. Er sah nach unten. Eine weiße, zähe Flüssigkeit wie der Schaum auf dem siedenden Palmsaft tropfte von Naef Ahelets Fingern. Der Alte ließ die Substanz durch seine Finger gleiten, führte die Hand zu seiner Nase, roch und leckte daran. Ipi wurde übel, ob er sich vor dem alten Mann ekelte oder vor sich selbst, hätte er nicht sagen können, aber sein Magen drehte sich und um ein Haar hätte er sich übergeben.

Als Naef Ahelet ihn aus dem Haus führte, war Ipis Gesicht so finster wie das eines Bauern in der Trockenzeit.

»Was ist mit unserem Freund, Naef?«, fragten die beiden Jungen, die voller Sorge gewartet hatten.

»Es ist alles in Ordnung«, antwortete Naef Ahelet. »Er ist nicht krank. Er ist gesund und munter.«

Die beiden Jungen lächelten erleichtert, Ipi aber fühlte, etwas war aus ihm herausgesprungen.

KAPITEL 12

Vier Tage bevor Pater Yosef erschöpft und fiebrig zur Santa Helena zurückkehrte, klingelte um 6:45 Uhr morgens das Telefon in seinem Büro. Noch bei bester Gesundheit, glatt rasiert und die Ärmel seines weißen Hemdes hochgekrempelt, stand er im Gang des Hauptgebäudes und schaute aus dem Fenster. Seine Augen leuchteten beim Anblick der Schulkinder, die ordentlich aufgereiht auf dem Schulhof standen, die Nationalhymne und den Schulmarsch sangen sowie anschließend im Chor den Schwur aufsagten, immer fleißig zu lernen. Er hatte das Telefonklingeln zunächst ignoriert, aber dann schrillte es erneut und Pater Yosef lief in sein Büro. Wer rief denn da so ungeduldig früh am Morgen an?

Es war sein ehemaliger Vorgesetzter, der Pfarrer der Gemeinde Santo Ferdinandus: »Yosef, wie geht es dir? Es wird gerade Morgenappell sein, richtig? Ich rufe aus einem wichtigen Grund an, Yosef. Setz dich bitte! Sitzt du? … Maria ist tot. Man hat ihren zerschmetterten Leichnam am Fuß der Liliba-Brücke geborgen. Die Unglückliche. Heute in der Frühmesse habe ich sie noch gesehen.

Ich fand, du solltest das wissen. Deshalb habe ich dich sofort, sowie ich es erfahren habe, angerufen … Es ist noch nicht in der Zeitung … Es ist heute Morgen erst passiert.«

Pater Yosef war wie erschlagen. Er legte den Hörer auf.

Durch den Selbstmord hatte Maria ihre Seele dem Teufel ausgeliefert. Er rief den Lehrplanbeauftragten zu sich, einen Mathematiklehrer, der sich sowohl um die Stundenpläne für die Schüler als auch um den Terminkalender des Sekretariats kümmerte, und bat ihn, sämtliche seiner Termine in der kommenden Woche bis auf Weiteres abzusagen. Er habe sich um eine dringende Angelegenheit zu kümmern.

Marias Leichnam war vom Fundort zunächst ins Krankenhaus und anschließend in ihr Haus gebracht worden, da die Polizei den Fall eindeutig als Selbstmord einstufte. Einige von Marias Bekannten und Nachbarn hatten sich bereits im Haus eingefunden. Als Pater Yosef eintrat, küssten sie seine Hand und fragten ihn, was nun zu tun sei.

Pater Yosef stellte seine Tasche im Vorderzimmer ab, dann nahm er sich der Dinge an, die nun zu erledigen waren: Er bestimmte, wo Marias Leichnam aufgebahrt werden sollte. Er entschied, wie viele Rinder für die Bewirtung der trauernden Gäste geschlachtet werden sollten. Er schickte die Männer fort, die gleich nach ihrer Ankunft eine Runde Glücksspiel begonnen hatten. Er orderte die Keramikfliesen für Marias Grab und wählte dafür das Motiv mit Jesus, der Lazarus von den Toten erweckt, sowie ein Kreuz mit dem Namen Maria und einem lateinischen Bibelvers darauf. Er schickte nach dem auf Regenvertreibung spezialisierten Heiler aus Usapinonot, der gewährleisten sollte, dass kein Regen fiel, bevor Marias Grabstätte nicht vollständig fertiggestellt war, obwohl es auch ohne sein Zutun mit Sicherheit nicht regnen würde, da die Trockenzeit längst begonnen hatte. Er vergewisserte sich, dass jeder Gast zu essen und zu trinken bekam, und er wurde nicht müde, jeden anzuhalten, für Marias erbarmungswürdige Seele zu beten. Den ganzen Tag über organisierte er dies, orderte jenes, entschied das, und erst spät am Abend schloss er sich in Marias Zimmer ein und weinte still. Er weinte um Marias Seele, denn die Seele einer Selbstmörderin flog, das wusste er schließlich, auf direktem Weg in die Hölle. Nur die Barmherzigkeit Gottes konnte sie noch retten. Er betete, Gott möge einen guten Tag haben und Maria ihre Sünden vergeben, sowohl ihre unverzeihlichen, wozu der Selbstmord gehörte, als auch ihre geringfügigen Sünden, die sie dafür aber umso häufiger beging, wozu das Fluchen gehörte.

Schon nach ihrer ersten Begegnung war Pater Yosef klar, Maria würde sich das Fluchen niemals abgewöhnen. Anfangs waren ihm die zotigen Provokationen und Beleidigungen äußerst unangenehm, mit der Zeit aber kamen ihm die Flüche vor wie Zierpflanzen, die blühend Marias Kommentare schmückten, die sogar Maria selbst, sich um sie rankend, noch verschönerten. Wenn sie nicht fluchte, fehlte etwas, und je öfter sie fluchte, desto anziehender wirkte sie auf ihn. Und je stärker ihre Anziehungskraft wurde, desto schwieriger war es für Pater Yosef, sich gegen seine wachsende Zuneigung und schließlich gegen seine Liebe zu ihr zu wehren.

An jenem Abend am Strand hatte Maria ihm von dem Gottesdienst erzählt, den sie am Nachmittag besucht habe. Die Messe sei von einem jungen Priester geleitet worden, den sie, im Gegensatz zu vielen anderen Geistlichen, weder als dick noch als aalglatt beschrieb. Er sei vielmehr auffallend dünn gewesen, wie ein mittelloser Aktivist und ewiger Student, mit ungekämmtem Haar und einem Gesichtsausdruck, als hätte er die Nacht davor durchgemacht. Allerdings habe er die Meinungen und Sichtweisen eines überzeugten Anhängers von Suharto vertreten. In seiner Predigt habe er an die Jugendlichen in Kupang appelliert, sich nicht an den Demonstrationen gegen die Regierung oder gar gegen Herrn Suharto persönlich zu beteiligen. Andere Menschen zu beleidigen, insbesondere den eigenen Präsidenten, entspräche nicht der asiatischen Kultur und stünde nicht im Einklang mit religiösen Normen.

»Seine Devise: Bloß nichts Falsches sagen! Was für ein mieser Feigling von einem Priester!«, wetterte Maria. »Der ist bestimmt ein Handlanger von Suharto. So ein Wichser! Redet daher wie ein Arschlecker. Und so einer nennt sich Gottesdiener? Pah! Schämt der miese Hund sich nicht? Er spricht von der Liebe Gottes und ist zu feige, auch nur ein Wort gegen Ungerechtigkeit und Unterdrückung zu verlieren?«

Yosef schwieg. Er lächelte nur und bemühte sich, Marias wachsendem Zauber standzuhalten. Maria blickte ihm für einige Sekunden in die Augen, suchend, als gäbe es in ihnen etwas zu ergründen.

»Du bist kein Feigling, nicht wahr, Yosef?«

Yosef war kein Feigling. Er küsste Maria. Maria erwiderte seinen Kuss. Obwohl dieser Kuss der Grund war, warum sie sich danach nicht mehr wiedersahen, überkam Yosef bei jedem Gedanken daran ein Glücksgefühl, weil er eben kein Feigling gewesen war.

Am Tag der Beisetzung von Wildan und Riko empfand Yosef, auch wenn er ein gewisses Mitgefühl mit den Soldaten hatte, die Marias Beschimpfungen ausgesetzt waren, eine aufrichtige Bewunderung für die Frau, die da Amok lief. Sie fluchte wie eine Hochleistungssportlerin in Bestform auf der sicheren Zielgeraden zur Goldmedaille. Die Flüche flossen nur so aus ihrem Mund und machten sie für ihn nur noch bezaubernder.

»Sogar auf dem Weg dahin, wo ihr ein Massaker an Unschuldigen anrichten wollt, schafft ihr es noch, andere unschuldige Menschen zu töten? Ihr verfluchten Hunde!«

Als sie wieder häufiger zur Kirche kam und ihre Trauer

langsam an Gewicht verlor, brachte Maria ihre Flüche zwar weiterhin in fast jedem Satz unter, aber sie tat dies nunmehr ausschließlich Pater Yosef gegenüber. Eines Morgens bereitete der alte Pfarrer das Frühstück vor und beklagte sich über den Toaster, der allmählich den Geist aufzugeben schien, da zitierte Maria einen der Bibelverse, die Pater Yosef häufig in ihren Diskussionen bemühte, um sie friedlich zu stimmen.

»Das macht doch nichts, Pater«, sagte sie. »Es heißt doch: ›Lasst uns aber Gutes tun und nicht müde werden; denn zu seiner Zeit werden wir auch ernten, wenn wir nicht nachlassen.‹ Gott ist gütig, Er wird euch einen besseren Toaster geben. Ist es nicht so, dass selbst die Vögel, auch wenn sie selbst nicht säen, doch aber immer ernten?«

Der alte Pater malte mit dem Zeigefinger das Kreuzzeichen in die Luft und dankte Gott.

Eine Woche später, als Pater Yosef murrend vor dem launischen Toaster stand, sagte Maria laut und deutlich, um bloß vom alten Pfarrer gehört zu werden, dass es doch halb so wild sei. Dann aber beugte sie sich leicht zu Pater Yosef hinüber und zog, diesmal nur für ihn hörbar, vom Leder:

»Was bist du nur für ein Ignorant, Yosef!«, zischte sie ihm zu, während sie vorgab, mit dem Toaster beschäftigt zu sein. »Täglich sterben Menschen. Sie sterben im Krieg oder vor Hunger. Sie sterben! Und du isst dich hier in der Pfarrei satt und beklagst dich noch über diesen verfluchten Toaster? Was für ein Hirte bist du eigentlich? Schämst du dich denn überhaupt nicht?«

Pater Yosef tat, als höre er nichts. Der alte Pfarrer aber konnte von seinem Platz aus das Flüstern hören und fragte, was los sei.

Maria wandte sich zu ihm: »Nein, nein, es ist alles in Ordnung, Vater. Ich denke auch, der Toaster sollte ersetzt werden.« Während sie auf ihren Platz am Tisch zuging, fügte sie noch einen Allgemeinplatz über Gottes Segen an, um das Gespräch auf ein anderes Thema zu lenken. Da klingelte das Telefon im Empfangsraum nebenan, der Pfarrer bat um Entschuldigung, um den Anruf entgegenzunehmen. Als er den Raum verlassen hatte, atmete Maria erleichtert auf. Pater Yosef, der die ganze Zeit über bewegungslos vor dem Toaster gestanden hatte, war wie verzaubert. Wie Maria da umrankt von den Blüten ihrer Flüche vor ihm stand, kam er sich vor wie ein Ehemann, der von seiner Ehefrau unter den Augen seines ahnungslosen Vaters zurechtgewiesen wird. Pater Yosef war derart aufgeregt und von seiner Liebe zu Maria – oder von was auch immer von ihm Besitz ergriffen hatte – überwältigt, dass er nicht anders konnte, als auf sie zuzugehen, seine Arme um ihren Nacken zu legen und sie zu küssen. Es war das letzte Mal, dass Pater Yosef Maria lebend sah und ihren warmen Atem spürte, auf seinem Gesicht, an seiner Nase, zwischen seinen Lippen.

So war es nur verständlich, dass Pater Yosef kein Auge schloss und alles tat, was in seiner Macht stand, um für die Frau, die er liebte, eine feierliche Bestattung auszurichten, mit allem, was dazugehörte.

Weil er keine Minute geschlafen hatte, kehrte er in desolatem Zustand zur Santa Helena zurück, vor Erschöpfung schwach und ausgezehrt, seine Kehle völlig ausgetrocknet. Er ging auf sein Zimmer und fiel aufs Bett. Als er Stunden später aufwachte, hatte ihn bereits ein hohes Fieber im Griff. Er fühlte sich, als schmore er in der Hölle. Gleichzeitig hatte er einen Bärenhunger. Hatte er jemanden gebeten, ihm einen Reisbrei zu bringen? Erschöpft und fiebrig wie er war, musste er wieder eingeschlafen sein. An der Schwelle zur Bewusstlosigkeit sah er Maria; sie wurde von Teufeln und Dämonen vergewaltigt, in einem riesigen Gefäß, gefüllt mit heißem Öl. Die teuflischen Gestalten fielen nacheinander über sie her und rissen ganze Stücke aus ihrem Leib. Da erkannte er, dass die Teufel niemand anderes waren als Abbilder seiner selbst. Er sah sich selbst und zwei andere Gestalten, die ebenfalls er selbst waren, sie nahmen Maria von vorne, zwei weitere nahmen sie von hinten, wiederum drei andere bissen sie in den Hals, bissen Stücke heraus und verschlangen sie. Ein anderer Doppelgänger riss ihr den Kopf ab, steckte seinen Penis in der Form eines Pfeils mit messerscharfer Spitze in den Schädel, währenddessen spielten vier oder fünf weitere Doppelgänger mit ihren Ohren, ihrem Herzen, ihrem Magen und anderen herausgerissenen Körperteilen und Organen. Pater Yosef erfasste das Grauen und eine übermächtige Trauer. Gleichzeitig aber war er von einem bisher ungeahnten Genuss erfüllt. Den ganzen Nachmittag über wälzte er sich im Bett hin und her, er stöhnte, ob vor Grauen, Trauer oder Wonne, das hätte er nicht sagen können.

Das war der Nachmittag, an dem Silvy ihn bis über den Gang hinaus hören konnte. Der Nachmittag, an dem Silvy sich auf dem Bett im Zimmer neben dem Gang ihren Erinnerungen hingab.

* * *

Es war nicht das erste Mal, dass Silvy im Bett liegend das Keuchen eines Mannes mitanhörte. Nachdem sie und ihr Vater in das windschiefe Haus am Strand umgezogen waren, passierte es häufig, dass sie mitten in der Nacht vom Stöhnen ihres Vaters, begleitet vom Quietschen des Bettgestells, geweckt wurde. Neugierig geworden, legte sie ihr Ohr an die dünne Bebak-Wand zwischen den beiden Schlafzimmern. Durch die Ritzen hindurch konnte sie ihren Vater erkennen, wie er mit einer ihr unbekannten Frau auf dem Bett zu ringen schien. Mal saß der Vater auf der Frau, mal war die Frau oben und ritt auf dem Vater. Im gelblichen Schein der Glühbirne, die von der Decke baumelte, glitzerte das verschwitzte und bleiche Gesicht ihres Vaters wie Maismehl, auf das flüssiges Schweineschmalz tropft. Die Frau trug Lippenstift, sie schwitzte ebenfalls, beide wirkten erschöpft. Silvy schlug das Herz beinah aus der Brust und sie spürte das Blut durch ihre Adern rauschen. Noch nie fühlte sie sich lebendiger und noch nie fühlte sie sich schuldiger.

»Yanti ... Yanti ... Ooohhh, Yanti ...«, stöhnte ihr Vater.

Viele Male hatte Silvy die Szene heimlich beobachtet, da wurde ihr erst bewusst, dass die Frau bei ihrem Vater immer eine andere war – mal war es eine dunkelhäutige Frau, mal war es eine hellhäutige, einige sprachen mit javanischem Akzent, einige sprachen Malaiisch, gefärbt mit dem Akzent der Leute von Kupang, einige hatten eine kräftige Stimme, andere verharrten während des Ringens stumm und steif wie eine Büste – aber ganz gleich, mit wem ihr Vater zusammen war, er rief immer nur einen Namen: den Namen ihrer Mutter.

»Yanti ... Yanti ... Ooohhh, Yanti ...«

In einer anderen kühlen Nacht, einige Tage, nachdem sie im Lexikon das Wort »Mastuli« nachgeschlagen hatte und nach dem Lesen der Erläuterung »ein aus grober Seide gewebter Stoff« auf den nächsten Eintrag »Masturbation« gestoßen war, rief ihr Vater wieder den Namen ihrer Mutter. Diesmal streckte sich Silvy auf ihrem Bett aus und ließ eine Hand in ihre Unterhose gleiten. Das brachte, wenn ihr Vater nebenan keuchend den Namen ihrer Mutter rief, ihren ganzen Körper zum Beben. Sie hatte sich an dieser Stelle zuvor noch nie berührt, aus Angst, eine große Sünde zu begehen. Nun aber, da sie herausgefunden hatte, dass es dafür ein Wort gab, das sogar einen eigenen Eintrag im Lexikon hatte, und zwar als ein Tuwort, musste sie doch davon ausgehen können, dass es sich um etwas handelte, das der Mensch eben tat. Sie begann ihr Geschlecht zu streicheln und jedes Mal, wenn sie den Namen ihrer Mutter hörte – begleitet vom rauen Stöhnen voller Sehnsucht und erschöpftem Verlangen – bebte ihr Körper vor Lust.

»Yanti … Yanti … Ooohhh, Yanti …«

Sowie sie den Namen hörte, stellte sie sich vor, sie sei der Auslöser dieses Verlangens, sie spürte eine tiefe Liebe und eine unbeschreibliche Wonne. Ihr Körper schauderte, ihre Seele war erfüllt und sie fühlte sich bedingungslos geliebt. Wenn sie vom Quietschen des Bettgestells und von den Lauten ihres Vater geweckt wurde, verwandelte sie sich in Yanti und ließ ihrer Fantasie freien Lauf, sie wollte ihre Mutter sein. Schon immer wollte sie ihre Mutter sein. Ihre wohlduftende Mutter, ihre von ihrem Vater heißgeliebte Mutter.

* * *

Seit Silvy die Verantwortung für den Bestand der Bücher innehatte, war es, als wäre sie keine Schülerin der Santa Helena mehr. Sie kümmerte sich nur noch um die Bücher; die Stundenpläne der Schule wie auch die des Wohnheims ließ sie verstreichen, wie es ihr gerade gefiel. Da sie ihre Zeit beinah ausschließlich im Lesesaal verbrachte, war sie auf dem Schulgelände kaum noch zu sehen. Allmählich scherte es niemanden mehr, ob sie sich blicken ließ oder auch nicht. Es war, als habe man sie vergessen. Selbst wenn sie eines Tages wirklich verschwunden gewesen wäre, es hätte niemand nach ihr gesucht.

Und genau so kam es, eines Tages war sie verschwunden

und niemand suchte nach ihr. Niemand bemerkte ihre Abwesenheit, bis zu dem Nachmittag, an dem Pater Yosef eine Hauptversammlung ausschließlich für die erwachsenen Beschäftigten der Schule einberief. Das hatte es zuvor noch nie gegeben. Er lud alle Erwachsenen ein, die auf dem Schulgelände lebten oder arbeiteten, außerdem bat er die Lehrkräfte, auch ihre Ehefrauen oder Ehemänner mitzubringen, die in den Unterkünften der Schule wohnten. Der Gärtner und seine Frau wurden gerufen, die Wachleute, auch die Köchinnen sollten dabei sein. Kinder nicht, da man, so Pater Yosefs Mitteilung, eine außerordentlich wichtige und heikle Angelegenheit zu besprechen habe. Wer eine Kinderbetreuung benötige, möge sich für terminliche Absprachen im Wohnheim der Mädchen melden.

So versammelten sich an diesem Nachmittag gut fünfzig Personen in der Schulaula.

Nach einem kurzen, vom Religionslehrer geleiteten Gebet eröffnete Pater Yosef die Versammlung mit der Geschichte von Kain und Abel. Nur Om Lamber und Tanta Yuli, die Köchinnen und ein paar Lehrer spitzten respektvoll die Ohren. Eine Köchin bekreuzigte sich und murmelte etwas von der Herrlichkeit Gottes, als handele es sich bei der Geschichte um die Verkündung eines Wunders, das sich erst am Abend zuvor an der Schule ereignet hatte. Die übrigen Lehrer und die Mehrheit der Anwesenden kämpften mit Schläfrigkeit, denn die Geschichte hatten sie schon oft gehört, sowohl aus dem Mund von Pater Yosef als auch aus dem des Geschichtenerzählers ihrer Kindheit.

»Die ersten Menschen, das waren Adam und Eva, sie hatten zwei Söhne. Der eine hieß Kain, der andere hieß Abel. Mit Gottes Segen wuchsen sie beide zu gesunden und starken jungen Männern heran. Kain wurde Ackerbauer und Abel wurde Hirte. Gemeinsam wollten sie eines Tages Gott ein Feueropfer darbringen. Kain opferte einen Teil seiner Ernte, nämlich etwas von jeder Frucht und von jedem Gemüse; derweil opferte Abel das jeweils jüngste Zicklein und Schäflein. Aber was geschah nun?« (Die Köchin bekreuzigte sich wieder, viele waren schon beinah eingeschlafen.) »Gott gefielen nur die Opfergaben von Abel, dem Hirten. Da wurde Kain zornig!« (»Oh Herr, vergib mir meine Sünden«, murmelte die Köchin auf ihrem Platz.) »Kain machte Abel den Vorschlag, auf sein Feld mitzukommen, und dort tötete er seinen Bruder. Doch Abels Blut tränkte den Acker vor Gottes Angesicht und Gott rief: ›Wo ist Silvy, deine kleine Schwester?‹«

Viel zu träge, das Hirn einzuschalten, gab keiner der Anwesenden eine Antwort. Pater Yosef wiederholte seine Frage, nun etwas lauter und nachdrücklicher: »Wo ist Silvy, deine kleine Schwester?«

Da erst vereinzeltes Stirnrunzeln. Seit wann gab es in der Genesis eine Figur namens Silvy? Die Anwesenden richteten sich leicht auf und sahen ihre jeweiligen Sitznachbarn an.

»Wo ist Silvy, deine kleine Schwester?«, wiederholte Pater Yosef ein weiteres Mal.

»Wir verstehen die Frage nicht, Vater«, versuchte sich einer an einer Antwort.

»Na, ihr habt doch alle meine Frage gehört, nicht wahr? Wer von euch hat in den letzten Tagen unsere Schülerin Silvy Hakuak Namepan gesehen?«

Da dämmerte es ihnen langsam. Es hatte doch mal an dieser Schule eine Schülerin mit dem Namen Silvy gegeben, Silvy Hakuak Namepan, und ja, tatsächlich! Sie hatten das Mädchen wirklich schon eine ganze Weile nicht mehr gesehen. Stimmengewirr schwoll an, es klang wie ein Bienenschwarm, jeder fragte oder sagte etwas, aber niemand hörte dem anderen zu. Pater Yosef gab mit beiden Händen ein

Zeichen, ruhig zu sein, und bat dann jeden, sowie die Menge sich beruhigte, laut und deutlich auf seine Frage zu antworten.

Die Leiterin des Mädchenwohnheims sagte, sie habe Silvy das letzte Mal vor einem Monat gesehen. Tanta Yuli berichtete, das süße Ding habe ihr noch vor zwei Wochen beim Kuchenbacken geholfen. Der oberste Wachmann aber widersprach und pochte darauf, Silvy habe ihn schon vor drei Wochen um Erlaubnis gebeten, das Schulgelände zu verlassen, sie habe eine kleine Tasche bei sich getragen, sei gegangen und bis heute nicht mehr zurückgekehrt. Ihre Unterschrift befinde sich im Ausgangsbuch, aber nicht im Eingangsbuch. Der Mann nutzte die Gelegenheit, um neben seiner Aussage auch zu betonen, wie ernst er seine Aufgabe als oberster Wachmann nehme und wie verantwortungsbewusst er seiner Pflicht nachgehe, die Namen aller Personen, die das Schulgelände verließen oder betraten, zu notieren. Mit hochrotem Kopf warf Tanta Yuli ein, wer dann bitte schön ihr beim Kuchenbacken geholfen haben sollte? Ein Geist etwa? War das Kind denn tot?

Einige lachten über Tanta Yulis Bemerkung, einige andere gaben dem Wachmann die Schuld, er habe Silvy gehen lassen, ohne sich von ihr die Auskunft einzuholen, wann sie wieder zurückzukehren gedenke.

»Sie hat zu mir gesagt, Pater Yosef habe ihr die Erlaubnis gegeben«, verteidigte sich der Wachmann. »Davon abgesehen, wer von euch hätte sich denn getraut, Silvy aufzuhalten? Wer von euch hätte denn mit ihr debattieren wollen?«

Die Leute verstummten.

»Aus diesem Grund habe ich diese Versammlung einberufen«, übernahm Pater Yosef wieder das Wort. Er hielt inne, räusperte sich, da es in seiner Kehle kratzte, und trank einen Schluck aus dem großen Kaffeebecher, den er zu jeder Versammlung mitnahm.

Bis Pater Yosef erneut zu sprechen begann, verhielten sich die Anwesenden ruhig. Das Plätschern des Brunnens im Schulinnenhof füllte die Stille. Eine warme Brise von der Sawusee wehte durch die halb geschlossenen Fenster in die Aula hinein und ließ die Fahne auf der Bühne sowie den Pony von Frau Ida, der Physiklehrerin, flattern.

»Falls es jemand noch nicht wissen sollte«, fuhr Pater Yosef fort. »Silvy war während der letzten Monate damit betraut, sich um den Buchbestand in der Pfarrei zu kümmern. Es handelt sich hier um eine durch die Lehrerkonferenz getroffene Entscheidung. Sind wir so weit alle im Bilde?«

Die Lehrer nickten zustimmend.

Nach einer kurzen Sprechpause setzte er fort: »Aber hört«, er korrigierte seine Sitzposition. »Ich schwöre bei meiner Mutter, die mich geboren hat, und auch bei der Mutter, die Jesus geboren hat, ich habe das Mädchen niemals angefasst, nicht eine einzige Haarspitze von ihr. Ich sage es euch, damit ihr es euch merkt, damit später nicht irgendwelche Gerüchte entstehen. Ich habe das Mädchen wie ein eigenes Kind geliebt.«

Die Leute begannen zu flüstern, orakelten, in welche Richtung die Rede gehen würde. Das Stimmengewirr klang wie ein ganzes Bienenvolk beim Verlassen seines Nests. Pater Yosef bat wieder mit einem Handzeichen um Ruhe und setzte seine Rede fort.

»Vor einigen Wochen kam das Mädchen zu mir und bat um ein offizielles Schreiben, das sie für einen Umzug benötigen würde. Aber wozu sollte sie umziehen wollen?« (Pater Yosef schob eine Sprechpause ein. Die Leute schauten sich fragend an.) »Verehrte Anwesende! Sie ist schwanger!«

Da stieß die Menge ein gedehntes und anschwellendes

»Ooohhh« aus, wie ein Schwarm Fliegen in einem Raum voller verwesender Leichen. Einige verurteilten den außerehelichen Geschlechtsverkehr, einige brachten die Hypothese vom Zusammenhang von Intelligenz und Triebhaftigkeit ins Spiel, und wieder andere lachten gehässig und machten anzügliche Kommentare.

»Und, Vater«, übertönte einer mit seiner Stimme die Menge. »Wer war denn bei ihr?«

»Ja, wer war das wohl?«

»Dem das gelungen ist, der ist auf jeden Fall ein Glückspilz, oder?«, warf ein anderer ein, gefolgt von zustimmendem Lachen der Männer einerseits und von missbilligendem Murren der Frauen andererseits.

»Das ist der Grund«, hob Pater Yosef wieder mit einem zur Ruhe mahnenden Handzeichen an. »Das ist der Grund, warum ich uns alle heute an diesem Ort versammelt habe, alle Erwachsenen, die auf dem Schulgelände leben. Damit wir alle um die Situation wissen und, falls eines Tages die Sache ans Licht kommt, niemand davon überrascht wird. Ich habe mit Silvy gesprochen, es war ein langes Gespräch, aber den Namen des Mannes hat sie nicht offenbart. Sie hat mich gebeten, es auch nicht herausfinden zu wollen, sie würde mich verfluchen, sollte ich daraus eine große Sache machen. Aber seit sie die Schule verlassen hat, habe ich keine Ruhe mehr, ich kann kaum schlafen. Denn ich bin mir sicher, es ist hier auf dem Schulgelände passiert. Das Mädchen hat das Schulgelände seit ihrem ersten Schultag nie verlassen, es hat ja nicht einmal eine Familie, zu der es gehen kann.«

Die Anwesenden nickten zustimmend.

Pater Yosef nahm einen tiefen Atemzug.

»Ich möchte keine große Sache daraus machen, verehrte Anwesende«, so Pater Yosef weiter. »Ich habe Silvy versprochen, es nicht zu tun, aber Gott ist mein Zeuge, in aller Bescheidenheit möchte ich hier nur die Frage zu stellen versuchen, wer von euch sich dem Mädchen genähert hat.«

Auf der Stelle war es mucksmäuschenstill. Niemand schaute Pater Yosef an. Die Männer blickten zu Boden, die Frauen blickten nach rechts und nach links. Die Ehefrauen sahen ihre Ehemänner mit argwöhnischen und mit drohenden Blicken an.

In diese Stille fuhr Pater Yosef fort:

»Wer immer du bist, der bei ihr war, Silvy trägt dein Kind unter dem Herzen. Silvy ist ein selbstbewusstes Mädchen und will das Problem selbst in die Hand nehmen, aber sie ist auch sehr jung und unerfahren. Das Kind in ihrem Leib wird heranwachsen und eines Tages fragen, wer sein Vater ist. Die Männer von Timor übernehmen Verantwortung, sie lassen Frauen auf einem steinigen Weg nicht im Stich.«

Stille lag über dem Raum. Pater Yosef ließ seinen Blick schweifen, nahm jeden Mann, der zu Boden blickte, ins Visier.

»Nun gut«, sagte er, machte erneut eine kurze Pause: »Das ist alles, was ich zu sagen habe.«

Die Anwesenden atmeten erleichtert auf und hoben ihre Köpfe, endlich befreit von dieser Qual.

»Falls jemand etwas sagen möchte, sich aber scheut, es hier in aller Öffentlichkeit zu tun, dem steht die Tür zu meinem Büro immer offen. Kommt jederzeit zu mir und wir sprechen in aller Ruhe über die Sache.«

Die Anwesenden nickten und fanden, das sei die beste Entscheidung. Nur ein Dummkopf würde in aller Öffentlichkeit über seine Sünden sprechen.

»Wir alle sind Sünder«, sprach Pater Yosef weiter.

»Vor Gott sind wir alle gleich, und Gott der Barmherzige vergibt uns unsere Sünden. Nun, um unsere Versammlung zu beschließen und um uns auf die Liebe Gottes besinnen zu können, werde ich euch noch eine Geschichte erzählen.«

Die Anwesenden holten tief Luft, richteten aufs Neue ihre Sitzpositionen. Einige, um zuzuhören, andere, um ein Nickerchen zu machen.

»Es war einst ein Heiliger aus Hippo in Nordafrika. Sein Name war Augustinus. Er lebte im vierten Jahrhundert, nachdem unser Erlöser den Tod am Kreuz starb. In seiner Jugend war er ein Sünder. Seine Sünden waren viele und schwerwiegend. Er hat alles mögliche verbrochen, und ich bringe es nicht über das Herz, hier Einzelheiten wiederzugeben. Aber: Beging er die Sünden bis an sein Lebensende? Ließ Gott ihn sein Leben in einem Sündenpfuhl fristen?«

Er hielt kurz inne, die Zuhörer sollten die Gelegenheit haben, über die Frage nachzudenken. Da hob der Geschichtslehrer die Hand.

»Es ist eine rhetorische Frage, Herr Kollege«, sagte Pater Yosef. »Sie bedarf keiner Antwort.«

Die Leute lachten. Der Geschichtslehrer aber behielt seine Hand oben.

»Ich sagte doch schon, hier ist keine Antwort nötig, Herr Kollege«, wiederholte Pater Yosef.

Die Leute lachten lauter. Verstand der Geschichtslehrer denn nicht, was eine rhetorische Frage ist?

Der Lehrer nahm nicht nur seine Hand nicht herunter, sondern erhob sich jetzt auch noch von seinem Sitzplatz.

»Ich … Es ist so, *Usi* …«, versuchte er sich zu äußern. Er stammte aus einer Gegend, in der man einen Priester noch mit »*Usi*« ansprach, dieselbe Anrede wie für einen König. Pater Yosef bat mit einem Handzeichen um Ruhe.

»Also, wegen Silvy …«, sprach der Lehrer weiter. »Ich war das. Ich war bei ihr.«

Wieder erfüllte ein gedehntes »Ooohhh« den Raum, diesmal aber deutlich lauter und erregter. Einige fragten sich, ob er die Wahrheit sagte, andere lachten abfällig, sie glaubten keine Sekunde daran. Was war das schon wieder für ein Unsinn? Was erlaubte der Kerl sich denn, so etwas hier vor allen Leuten zu behaupten?

Der Lehrer aber machte unbestreitbar einen offenen und ehrlichen Eindruck: »Damit wir uns nicht gegenseitig verdächtigen und beschuldigen. Damit später kein übles Gerede zum Schaden von *Usi* Pater Yosef entsteht. Ich gebe es zu, ich war das. Ich schwöre bei meiner Mutter, die mich geboren hat, und auch bei der Mutter, die Jesus geboren hat.«

Da zitierte er auch noch Pater Yosef! Die Anwesenden waren hin- und hergerissen, sollten sie dem Geschichtslehrer glauben oder nicht? Die Frage war schwierig zu beantworten. Denn einmal davon abgesehen, dass er ganz passabel aussah, musste man, wenn man ihm Glauben schenken wollte, gleichzeitig auch anerkennen, dass er dumm wie Stroh war und Silvy sich häufig über ihn lustig gemacht hatte. Eine Beziehung zwischen den beiden schien undenkbar. Andererseits musste man, wenn man ihm keinen Glauben schenken wollte, dennoch anerkennen, dass sein offener und ehrlicher Gesichtsausdruck und seine Worte durchaus überzeugend waren, und außerdem hatte er auf Maria, die Mutter Gottes, und auf seine eigene Mutter geschworen.

Plötzlich klatschte der Lehrer für Pancasila und Staatsbürgerkunde in die Hände. Er lobte den Mut und die Offenheit des jungen Kollegen. »Das nennt man Tapferkeit«, sagte er. Einige andere taten es ihm nach und applaudierten. Andere aber sahen den Geschichtslehrer nach wie vor ungläubig an. Dieser Schwachkopf? Der sollte Silvy geschwängert haben?

* * *

Von den sechshundertneunundachtzig männlichen Absolventen, die sich auf die offene Lehrerstelle an der Santa Helena beworben hatten, war ausgerechnet er derjenige, der eine Zusage erhielt. Dafür gab es zwei Gründe: Erstens, er hatte seinen Universitätsabschluss erst vor zwei Monaten gemacht und erfüllte damit die Einstellungsvoraussetzung »frisch absolviert«. Die Hälfte der Bewerber bestand aus Absolventen, deren Examen schon mehrere Jahre zurücklag und die, seit sie ihr Geld mit vollen Händen für die Abschlussfeier ausgegeben hatten, immer noch nach einer Anstellung suchten. Zweitens, er war der einzige männliche Bewerber, der überzeugend den Eindruck eines Staatsbürgers machte, der sein Vaterland liebte.

»Die meisten Männer Ihrer Generation haben bereits jeden Sinn für Patriotismus verloren«, hatte Pater Yosef mit Bedauern in der Stimme zu ihm gesagt. »Die jungen Leute demonstrieren einfach zu viel. Bei jeder Kleinigkeit demonstrieren sie. Bei jeder Kleinigkeit protestieren sie und fordern ihre Rechte ein. Und seien wir ehrlich, normalerweise sind die, die gerne protestieren, nicht gerade die, die sich aufs Arbeiten verstehen!«

Schon im Vorstellungsgespräch und auch danach als neuer Kollege bemühte er sich nach besten Kräften, einen guten Eindruck auf Pater Yosef zu machen.

»Warum die Preise für Waren explodieren?«, wiederholte er die Frage, mit der Pater Yosef im Vorstellungsgespräch das Thema Politik eröffnete, um etwas über die politischen Einstellungen des Bewerbers zu erfahren.

»An dieser Stelle muss ich ganz offen zugeben, das ist die Schuld meiner Generation. Meine Altersgenossen und Mitstudenten tun kaum etwas anderes als zu demonstrieren.

Diese dauernden Demonstrationen schwächen die volkswirtschaftliche Stabilität unserer geliebten Nation. Aber, um es noch einmal zu sagen, *Usi* Pater, ich persönlich habe noch nie demonstriert. Ich habe noch nie bei einer solchen Dummheit mitgemacht. Und ich werde es auch niemals tun.«

»Warum demonstrieren diese Menschen Ihrer Meinung nach?«

»Warum sie demonstrieren?«, fragte er wieder zurück und rutschte auf seinem Stuhl hin und her, und erst als Pater Yosef ihm mit einem Kopfnicken das Wort erteilte, antwortete er entschlossen: »Weil sie faul sind, *Usi* Pater. Sie sind zu faul zum Lernen und sie sind nicht bereit, hart zu arbeiten, um ihren Eltern etwas zurückzugeben. Sie demonstrieren vorsätzlich, um die Vorlesungen schwänzen zu können. Außerdem fordern sie, dass Herr Suharto von seinem Amt zurücktritt. Haha. Dabei vergessen sie, dass sie ihr Leben allein diesem Mann zu verdanken haben. Sie atmen ja nur, weil es den Herrn Präsidenten Suharto gibt. Der Herr Präsident Suharto ist gegen die niederländischen Kolonialherren in den Krieg gezogen und hat sie aus dieser Republik verjagt. Er war es auch, der die Kommunisten in diesem Land vernichtet hat. Ihm und seinem Einsatz ist es zu verdanken, dass Osttimor wieder in den Schoß des Mutterlandes zurückgekehrt ist. Er hat uns auch den Reis gebracht, die Nahrung kultivierter Menschen. Ohne ihn wären wir immer noch ein primitives, kolonialisiertes Volk oder von den Kommunisten umgebracht worden. Wahrlich groß ist sein Verdienst. Haha. Wie es scheint, haben diese Demonstranten sich nicht im Geringsten mit der Geschichte unseres Landes befasst. Hahaha.«

Am Ende des Vorstellungsgesprächs gab Pater Yosef ihm die Hand sowie die Zusage für die Anstellung als Lehrer für das Fach Geschichte, auch wenn er ein Wirtschaftsstudium abgeschlossen hatte, und machte ihn im Besonderen darauf aufmerksam, dass sämtliche die Arbeit betreffenden Angelegenheiten, ob groß oder klein, vorab unbedingt mit seinem Vorgesetzten, nämlich Pater Yosef, abzustimmen seien.

»Jawohl, *Usi* Pater!«, antwortete er mit militärischer Zackigkeit.

Zusätzlich zu seiner Aufgabe als Geschichtslehrer wurde der junge Kollege zur Oberschule Seminar Lalian geschickt, um dort zu hospitieren und sich Kenntnisse der Verwaltung eines Wohnheims für Jungen einer katholischen Bildungseinrichtung anzueignen. Er lernte eifrig und fand heraus, dass die Arbeit als Betreuer im Jungenwohnheim einer katholischen Schule keine schwierige Sache war. Sämtliche Stundenpläne für den Unterricht, für Veranstaltungen und Freizeitaktivitäten sowie die Hausordnung und andere Regeln waren bereits vom leitenden Priester erstellt worden und hingen gut sichtbar überall in der Schule an den Wänden und an den schwarzen Brettern. Ihm blieb lediglich, sicherzustellen, dass sich die Kinder diszipliniert an die Stundenpläne und Regeln hielten. Bei geringen Verstößen, etwa zu spät zum Essen in den Speisesaal kommen oder im Unterricht quatschen, musste er dem undisziplinierten Jungen nur eine Ohrfeige geben, ihn in den Hintern treten oder ihm eins mit dem Elektrokabel überziehen. Es machte nichts, wenn der Junge eine geschwollene oder blutige Lippe davontrug. Denn wie Pater Yosef immer sagte, war es besser für den Schüler, in jungen Jahren eine kleine Blessur davonzutragen, als dass seine ganze Zukunft zunichte gemacht würde. Bei schweren Verstößen, etwa während des Gottesdienstes in der Kapelle einschlafen oder beim Lesen eines Pornohefts ertappt werden, wurde der delinquente

Schüler auf direktem Weg in die Pfarrei geschickt, wo ihn sich Pater Yosef persönlich vorknöpfte.

Die Arbeit war auch deshalb einfach, weil er nicht nachzudenken brauchte. Wie der Vermerk in seiner Personalakte lautete, war es für ihn verpflichtend, sämtliche Angelegenheiten mit Pater Yosef abzusprechen. Er selbst brauchte nicht nachzudenken, so hatte es der Pater ihm erklärt. Der Pater übernahm das Denken, er führte die Befehle aus.

Er war froh und erleichtert gewesen, als er diese Anweisung bekam. Er hatte das Gefühl, der Pater wusste wirklich, was es hieß, der Kopf einer Schule zu sein. Der Kopf! Womit dachte der Mensch nach? Mit dem Hirn. Wo befand sich das Hirn? Im Kopf. Was bedeutete das? Das bedeutete, der Kopf dachte nach, und kein anderes Körperteil. Die anderen Körperteile hatten die Aufgabe, die Befehle aus dem Kopf auszuführen. Man stelle sich nur einmal vor, die Körperteile täten das, was ihnen gerade einfiel, ohne sich vorher mit dem Kopf zu koordinieren, was würde passieren? Er fand eine passende Analogie, die er nicht ohne Stolz und bei jeder Gelegenheit vor seinen Kollegen ausbreitete: »Nehmen wir zum Beispiel einmal an, deine Beine machen sich, ohne sich mit deinem Kopf abzusprechen, auf den Weg ins Büro des Gouverneurs, und deine rechte Faust, auch wieder ohne sich mit dem Kopf abzusprechen, schlägt der hübschen Sekretärin auf die Nase. Was passiert? Ja, natürlich: Chaos bricht aus! Da sehen wir es, wir müssen folgsame Körperteile sein, alles muss immer mit dem Kopf koordiniert werden. Überlasst das Denken dem Kopf!«

Als Silvy an der Oberschule Santa Helena aufgenommen wurde, ging es ihm wie den meisten Männern: Er verlor sein Herz an sie und fühlte sich gleichzeitig schuldig, weil er diese körperliche Lust verspürte. Er hatte schon mit vielen Frauen geschlafen und schon viele Schönheiten gesehen, aber Silvy war anders. Silvy besaß die Schönheit einer wahren Tochter Timors, und er schätzte sich glücklich, sie ansehen zu dürfen. Magazine und Fernsehprogramme zeigten als Schönheitsideal in letzter Zeit immer nur javanische Frauen. Das ging so weit, dass die Frauen in Timor sich in ihren eigenen Körpern unwohl zu fühlen begannen und dachten, sie müssten, um schön zu sein, wie eine Javanerin aussehen. Sie vergrößerten den einen Körperteil und verkleinerten den anderen, sie machten den einen Teil heller, den anderen dunkler, begradigten das eine, bogen das andere. Aber das alles führte nur dazu, dass sie seltsam aussahen. Silvy indessen gehörte zu den wenigen Frauen, die ihren Körper annahmen, wie er war, sie wuchs zu einer wunderschönen Frau heran, deren Anblick zu genießen der junge Lehrer sich glücklich schätzte.

Das Glücksgefühl verflüchtigte sich allerdings mit jeder Unterrichtsstunde, die er in Silvys Klasse gab. Das Mädchen sorgte immer wieder dafür, dass er wie ein Dummkopf dastand. Er nahm sich den Leitfaden für Lehrer vor, verstand das meiste aber nicht, er konsultierte auch einige ältere Kollegen, aber Silvy gelang es trotzdem immer wieder, ihn mit ihrem Wissen, mit frischen Argumenten, die für ihn völlig neu waren, zu schlagen und zu blamieren. Als dann Pater Yosef entschied, die Schülerin sollte außerhalb des regulären Unterrichts ein Praktikum machen, war er wie einige andere Lehrer erleichtert. Für ihn war es völlig unproblematisch, ihr auch ohne Leistungserbringung eine gute Note zu geben, wichtig war für ihn nur, dass Silvy nicht mehr an seinem Unterricht teilnahm.

Eines Maitages, einige Tage, nachdem Pater Yosef aus der Schule verschwunden war, kamen in mehreren Gruppen viele Leute chinesischer Abstammung zur Oberschule Santa Helena. Erst war es nur eine Familie: ein Ehepaar, drei

Kinder und eine Kinderfrau. Dreißig Minuten später kamen weitere Familien, bis sich schließlich eine große Menge eingefunden hatte, und es hätten nur noch rote Ladenschilder gefehlt, um das Schulgelände wie ein Chinesisches Viertel aussehen zu lassen.

Es waren die unterschiedlichsten Leute versammelt, etwa Baba Gie, der mit Kampfhähnen handelte und immer pleite war, oder Baba Kim, der Besitzer der weit und breit einzigen Fabrik für Fischkonserven und Eigner mehrerer Schiffe. Alle kamen sie.

Der oberste Wachmann teilte ihnen freundlich mit, dass die Kunstdarbietungen erst Ende des Monats stattfinden würden und sie nach Hause gehen könnten. »Im Radio gibt es weitere Informationen. Schalten Sie einfach Ihren Lieblingssender ein!«

Doch die Menschen waren nicht gekommen, um sich das Festival anzusehen.

»Wir wollen nur etwas ausspannen, hier in dieser gesegneten Gemeinschaft am Meer«, so hieß es aus den Reihen der Ankömmlinge. »Wir sind der Geschäftigkeit der Stadt müde.«

Weil es sich in der Mehrzahl um wohlhabende Leute handelte, denen Respekt gebührte, bat der Wachmann Om Lamber darum, das Gästehaus am westlichen Rand des Schulgeländes für Übernachtungen herzurichten. Es waren aber viel zu viele Leute und das Gebäude war zu klein, um sie alle unterzubringen.

»Gehen Sie zum Wohnheim für die Jungen!«, sagte der Wachmann zu den Gästen. »Sprechen Sie dort mit Linus Atoin Aloket. Das ist der Betreuer des Wohnheims. Fragen Sie ihn nach freien Zimmern.«

Herrn Linus ergriff Panik, als die Familien vor ihm standen. Er fragte, wie es denn nur möglich sein konnte, dass auf einmal so viele Menschen gleichzeitig des Stadtlebens überdrüssig geworden waren.

Ein Mann trat aus der Menge vor und flüsterte ihm zu, dass sie nicht aus diesem Grund gekommen waren.

»In Wirklichkeit sind wir hier, um Schutz zu suchen. Aufgrund der Ereignisse in Jakarta. Wir fühlen uns in unseren Häusern nicht mehr sicher.«

»Was reden Sie denn da? Ständig lassen Sie sich von den Problemen der Leute in Jakarta beeinflussen. Die Leute in Jakarta pissen und scheißen, da hält man sich die Nase zu und spült das Klo.«

»Aber diesmal haben wir es mit einem ernsten Problem zu tun, Herr Linus.«

»Was denn für ein Problem?«

Die Leute schauten Linus verwundert an. Da sonderte der junge Mann Kommentare ab, obwohl er gar nicht wusste, wovon man sprach und was in Jakarta los war?

»Herr Linus, haben Sie denn nicht die Nachrichten im Fernsehen gesehen?«, stellte der Mann ihm die Gegenfrage.

»Der Fernseher im Wohnheim wird nur für eine Stunde nach dem Abendessen eingeschaltet«, verteidigte sich Linus. »Und dann sitzen davor auch nur die Jungen und gucken sich eine Seifenoper an. Sowas anzusehen, ist immerhin sinnvoller, als sich die Nachrichten anzusehen.«

Der Mann schüttelte ungläubig den Kopf und fragte nochmals nach:

»Lesen Sie denn keine Zeitung?«

»Hier ist immer so viel zu tun. Warum also mit Zeitunglesen die Zeit verschwenden? Mit Lesen und Schreiben verändern wir nicht die Welt. Erzählen Sie mir doch einfach, was passiert ist! Stellen Sie mir nicht so viele Fragen! Ich habe anderes zu tun.«

In Jakarta und in einigen anderen Städten, so berichtete der Mann, würden Menschen chinesischer Abstammung getötet. Ihre Häuser würden niedergebrannt, Frauen erst vergewaltigt und dann getötet, Männer sofort erstochen, ohne Fragen zu stellen.

»Wir haben gehört, auch in Kupang schlägt die Stimmung um. Männer machen sich auch hier bereit«, fuhr der Mann fort. »Es heißt, einige schärften schon ihre Macheten. Sie tun sich an mehreren Orten zu Gruppen zusammen. Sie sollen planen, den Flughafen und den Hafen zu blockieren. Wir haben Angst, dass sie uns in unseren Häusern angreifen. Lassen Sie uns bitte hier Schutz finden.«

Linus war perplex. »Warum will man denn die Chinesen töten? Wo Rauch ist, da ist bekanntlich auch Feuer, oder nicht?«

Der Mann schaute Linus nur an. Dieser dachte kurz nach und sprach weiter:

»Wollt ihr, also ihr Chinesen, die Unabhängigkeit?«

»Wer sagt denn so was?«, fragte der Mann.

»Zu Zeiten der Niederländer wurden Indonesier, die die Unabhängigkeit wollten, getötet. Zu Zeiten der Japaner dasselbe: Wer die Unabhängigkeit wollte, wurde getötet. Jetzt will die Bevölkerung in Osttimor die Unabhängigkeit und wird auch getötet. Da liegt doch nur eins nahe: Wenn man die Chinesen im Land töten will, dann bestimmt deshalb, weil sie die Unabhängigkeit wollen.« Mit vollster Überzeugung brachte Linus seine Schlussfolgerung dar.

»Wir wollen überhaupt keine Unabhängigkeit«, entgegnete der Mann entschieden. »Wer will sich denn die Arbeit machen und sich um eine Nation kümmern? Wir sind Geschäftsleute.«

Linus schwieg einen Augenblick und zermarterte sein Hirn.

»Also, wenn das so ist, sind Sie dann Kommunisten, die nicht an Gott glauben?«

Der Mann schaute ihn verwundert, aber inzwischen auch verärgert an und fragte ihn:

»Müssen denn Kommunisten, die nicht an Gott glauben, getötet werden?«

»Natürlich!«, antwortete Linus prompt. »Die Welt ist Gottes Schöpfung. Gott hat sie geschaffen. Das heißt, wenn ihr keinen Gott wollt, dann seid ihr besser tot. Am besten wir töten euch, bringen euch um. Verstanden? Hört einfach auf, in dieser Welt zu leben!« Er schwieg einen Augenblick, dann fuhr er fort: »Und jetzt antwortet mir ehrlich: Seid ihr Kommunisten?«

Während er sprach, machte er einen Schritt nach vorn. Die Menge setzte drei Schritte zurück.

»Wir sind Katholiken«, antwortete der Mann schnell. »Und bei unserem Herrn Jesus Christus, wir brauchen keine Unabhängigkeit. Wir brauchen nur einen Ort, an dem wir Schutz finden. Gehört Ihnen dieses Gelände? Warum stellen Sie uns all diese Fragen? Wir haben viel von Pater Yosef gehört. Es heißt, er ist ein guter und freundlicher Mann. Deshalb sind wir alle hierher gekommen.«

Wie er den Namen Pater Yosef hörte, erinnerte sich Linus wieder daran, dass er eigentlich nicht denken sollte. Was nützte es, wenn er über den Grund nachdachte, warum man diese Menschen töten wollte? Was nützte das Denken überhaupt? Er brauchte nur zu arbeiten. Arbeiten, arbeiten, arbeiten. Pater Yosef übernahm das Denken.

»Das ist gut, wenn Sie schon von Pater Yosef gehört haben«, sagte Linus nun mit verständnisvollem Gesichtsausdruck. »*Usi* Pater ist gerade außer Haus. Er ist schon vier Tage fort und noch nicht zurück. Warum? Eine dringende Angelegenheit. Warum ich so viele Fragen stelle?« (Er hatte das Gefühl, sich rechtfertigen zu müssen.) »Weil *Usi* Pater mir den Ort anvertraut hat mit dem Auftrag, gut darauf aufzupassen. Deshalb stelle ich all diese Fragen. Da liege ich doch ganz richtig, nicht wahr? Und nun, setzen Sie sich in den Garten oder woanders hin. Warten Sie, bis Pater Yosef zurück ist. Er wird ...«

»Herr Linus«, ein Schüler unterbrach ihn. »Pater Yosef ist schon zurück. Ich habe vorhin sein Motorrad in der Garage gesehen.«

Linus fragte den Jungen, ob er auch die Wahrheit sage, und der Junge antwortete, er sage immer nur die Wahrheit.

»Na schön, wenn du nur die Wahrheit sprichst«, sagte Linus zu ihm. »Aber die Art und Weise, wie du das vorhin getan hast, ist falsch. Warum bist du mir ins Wort gefallen? Komm her! Komm her zu mir! Wie oft habe ich euch schon gesagt, ihr sollt mich nicht unterbrechen? Komm her! Noch etwas näher. Wo ist deine Wange? Na, so ist recht.«

Der Junge hielt ihm seine Wange hin und Linus belohnte ihn mit einer saftigen Ohrfeige, die einen heißen roten Fleck hinterließ. Darauf verabschiedete sich Linus von der Menge, wie eine wichtige und viel beschäftigte Person, mit der knappen, aber entschlossenen Bemerkung: »Ich muss nach Pater Yosef sehen.« Mit großen Schritten eilte er dann Richtung Pfarrhaus.

Auf seinem Weg an der Aula vorbei wurde er aufgehalten, er musste einen Schüler und eine Schülerin mit Ohrfeigen maßregeln. Die beiden standen an der Gebäudeecke zum Garten, sprachen angeregt miteinander und lächelten sich verschämt an. Mit Sicherheit turtelten die beiden da. Das war untersagt, so stand es in der Hausordnung. So ein Geschäker war nicht nur unproduktiv, es konnte auch leicht zu sündigem Tun führen. Wenn er sie nicht schleunigst züchtigte, würden sie sich da in dieser stillen Ecke womöglich noch küssen. Das durfte nicht geschehen. Küssen war eine Sünde. Das durften sie erst tun, wenn sie verheiratet waren.

Als er an Tanta Yulis Haus vorüberkam, goss die Köchin gerade die Blumentöpfe auf der Veranda des sich bedenklich zu einer Seite neigenden Hauses. Das kleine Holzhaus hatte ursprünglich als Stall für die Lieblingsziegen der Ordensschwestern vom Heiligen Herzen gedient.

»Wohin wollen Sie denn, Herr Lehrer?«, begrüßte Tanta Yuli ihn.

»Ist der *Usi* Pater schon zurück?«, stellte er die Gegenfrage.

Tanta Yuli teilte ihm mit, dass Pater Yosef bereits wieder da, aber erkrankt sei.

»Gütiger Gott, vergib mir meine Sünden, er ist glühend heiß vor Fieber«, fuhr sie fort.

Linus blickte enttäuscht aus der Wäsche.

»Was ist denn so wichtig?«, fragte Tanta Yuli zurück.

»Es sind viele Gäste angekommen. Sie wollen alle hier übernachten und wir haben zu wenige Zimmer.«

»Es ist doch noch gar nicht Monatsende. Warum sind denn so viele Leute da?«, fragte Tanta Yuli besorgt und neugierig.

Linus sah die Köchin an und dachte kurz nach. Nein, es handelte sich hier um eine wichtige Angelegenheit, sagte er zu sich. Als Köchin, und überhaupt als Frau, durfte sie von solch wichtigen Dingen nichts wissen.

»Das ist *on the recorder*, Tanta Yuli«, antwortete er daher. »Das ist geheim.«

Tanta Yuli war beeindruckt. Dieser Lehrer kannte eine derart lange, aus mehreren fremdsprachigen Wörtern bestehende Bezeichnung für ein einfaches Wort wie »geheim«. Leute, die fremdsprachige Wörter, vor allem mehrere hintereinander, beherrschten, mussten ungemein gebildet sein.

»Die Sache aber ist die«, erklärte Linus weiter, »dass wir zu wenige Zimmer haben. Deshalb muss ich Pater Yosef sprechen.«

»Ach«, stieß Tanta Yuli aus, weil ihr plötzlich etwas eingefallen war. »Im Pfarrhaus gibt es doch viele Zimmer. Nur drei Zimmer auf der einen Seite werden benutzt. Die haben Sie doch schon mal gesehen, oder? Die Reihe der Zimmer auf der linken Seite des Empfangsraums? Nah, die anderen Schlafzimmer auf der rechten Seite und geradeaus stehen leer. Schauen Sie am besten selbst nach, aber lassen Sie die Zimmer auf der linken Seite zu! Stören Sie Pater Yosef nicht, er ist heiß wie glühende Kohle. Gütiger Gott, vergib mir meine Sünden, lassen Sie ihn sich ausruhen!«

Linus bedankte sich, wieder in einer Fremdsprache, und setzte mit großen Schritten seinen Weg zum Pfarrhaus fort. Er musste schleunigst nachsehen, ob in dem Gebäude genügend Zimmer vorhanden waren, um die Ankömmlinge zu beherbergen. Auch wenn sich die Gäste im Pfarrhaus mit beengten Räumlichkeiten zufrieden geben mussten, wäre das weitaus besser, als sie im Wohnheim einzuquartieren, wo sie sich dicht an dicht mit pubertierenden Jungen aufhalten müssten, in deren Schlafräumen es nach Sperma roch. Denn darauf musste man sich einstellen, Jungen in diesem Alter masturbierten üblicherweise häufig und scherten sich nicht darum, wo ihr Sperma landete. Masturbation war eine Sünde, aber wer hatte es noch nie getan? Er selbst tat es noch oft. Seit er herausgefunden hatte, dass Gottes Fluch der Unfruchtbarkeit auf ihm lastete, wollte er mit keiner Frau mehr schlafen. Er masturbierte seither nur noch. Er würde erst damit aufhören, wenn Gott ihm vergab und ihm eine Frau schickte, mit der er Sex haben konnte, ohne sie vorher betäuben zu müssen.

Er betrat das Pfarrhaus. Er wusste, wo das Schlafzimmer

von Pater Yosef lag. Schon auf der ersten Stufe der Treppe zum Gebäude hörte er den Pater vor Schmerz wimmern und immer wieder den Namen Maria rufen. Der Pater war wirklich ein frommer Mann, dachte Linus bei sich, dass er all seine Qualen und Schmerzen der Maria anvertraute, der Mutter unseres Gottes, der Mutter aller Völker.

Ohne den Pater bei seinen Kämpfen, die er da ausfocht, zu stören, öffnete Linus die drei Zimmer auf der rechten Seite des Empfangsraums und blickte sich darin um. Es waren nur noch die Matratzen mit einem Laken sowie die Kopfkissen zu beziehen und die Moskitonetze zu befestigen, schon hatte man richtige komfortable Unterkünfte. Er öffnete die drei nächsten Zimmer an der Stirnseite des Empfangsraums. Sie waren ziemlich verstaubt, aber er konnte Tanta Yuli bitten, sie zu reinigen. Als er das Zimmer gleich am Gang öffnete, blieb er wie angewurzelt stehen. Da lag vor ihm auf der Matratze ausgestreckt die Schöne, die er schon lange nicht mehr auf dem Schulgelände gesehen hatte, wie ein toter Frosch. Ihre Schenkel weit gespreizt, ihr Mund geöffnet und ihr Körper gewölbt. Ihre Schamlippen feucht, jung, in voller Blüte.

Linus trat ins Zimmer und schloss die Tür hinter sich. Gott hatte ihm seine Sünden vergeben und ihm eine Frau geschickt. Um mit ihr Sex zu haben, musste er sie nicht erst betäuben.

* * *

Der Mann mochte auf einem Ohr taub und dumm wie Stroh sein, aber er hatte Hoden, und Hoden produzierten Sperma, so wie Frauen Eierstöcke besaßen, die Eizellen produzierten. Silvy hatte schon Hunderte Bücher gewälzt und wusste genau, dass es in jedem Monat ein bestimmtes Zeitfenster gab, in dem Eizellen heranreiften und den Spermien, die sich in ihre Nähe gewagt hatten, entgegenkamen. Die frechen Eizellen traten aus ihrem Haus heraus und sendeten verführerische Signale an die Spermien. Die Spermien ließen sich leicht verführen und nahten in Scharen herbei wie Hunde, die einen fleischigen Knochen wittern. Die mutigste Eizelle brauchte nur noch ein Spermium, und zwar eins, das ihr Herz erfreute, auszuwählen und es sich einzuverleiben, um sich in einen Menschen zu verwandeln. Die anderen Spermien ließ sie links liegen und elendig sterben.

Silvy rechnete regelmäßig ihren Menstruationszyklus aus und wusste, dass der Tag, an dem dieser Dummkopf sein Sperma in ihrer Vagina entladen hatte, der Tag war, an dem ihre Eizellen reif und angriffslustig waren. Und natürlich war das befruchtete Ei schon einen Tag später mit seiner unschlagbaren Selbstzufriedenheit dabei, sich unaufhaltsam in einen Menschen zu verwandeln. Eine oder zwei Wochen später würden sich die ersten Anzeichen einer Schwangerschaft zeigen – ihr würde übel werden, ihr Bauch würde von Tag zu Tag mehr anschwellen und sie würde, blass und dickbäuchig, für jede Menge Gesprächsstoff in der Schule sorgen. Jeder würde sie fragen, wer der Vater des Kindes unter ihrem Herzen sei.

Sie könnte sich natürlich einfach vor alle hinstellen und mit dem Finger auf den Spermaproduzenten zeigen und sagen: »Das ist der Mann, er muss die Verantwortung übernehmen.« Man würde sie trösten, und dann würde man sie miteinander verheiraten. Aber was hätte sie davon? Einen Vollidioten als Ehemann, mit dem sie das ganze Leben verbringen müsste? Oh, dieser feige Schwachkopf, er zuckte ja schon vor Angst zusammen, wenn sie ihn nur ansah. Sie konnte sich beim besten Willen nicht vorstellen, dass er jemals Sex mit einer Frau hatte, die daran Gefallen fand, oder dass er sich vor eine Frau, die er liebte, hinstellen und selbstbewusst fragen würde: Willst du mich heiraten?

Nein! Ich werde Tisch und Bett nicht mit solch einem elenden Feigling teilen, sagte Silvy zu sich selbst.

Weil sie wusste, dass Männer schon als Spermium leicht zu verführende Lebewesen waren, hatte sie beschlossen, den Vater ihrer künftigen Kinder selbst auszusuchen. Wie ihre Eizelle, die selbst gewählt hatte, welches Spermium sie sich nehmen würde. Silvy konnte Millionen von Männern in einer Reihe vor sich aufstellen und sich den besten daraus auswählen, einen, den sie mochte. Sie brauchte nur irgendwohin zu gehen und mit der Auswahl beginnen.

Aber wohin? Von ihrem Vater hatte sie nie wieder etwas gehört und es gab kein Zuhause mehr. Ihr einziger Verwandter war … Ach, ja, natürlich! Wie konnte sie nur Om Daniel in Oetimu vergessen? Wie konnte sie das Dorf im Landesinneren von Timor vergessen, das Dorf voller echter timoresischer Männer, die sich nicht schämten, Frauenarbeiten zu verrichten, und die immer auf der rechten Seite einer Frau gingen? Sie könnte dorthin gehen, sich einen Mann aussuchen und ihn heiraten, dann würde sie ein Haus am Rand der Savanne bauen. Sie würde ein großes, weites Maisfeld besitzen, und ihre Kinder würden mit Pferden und mit Sopi aufwachsen. Sie könnte Sandelholzbäume pflanzen und in der Regenzeit Geschichtenerzählerin sein.

Silvy suchte Pater Yosef auf und bat ihn um ein Schreiben, das ihr den Umzug erlaubte. Sie sei schwanger, würde sich aber selbst um die Angelegenheit kümmern. Pater Yosef brauche sich nicht zu sorgen: »Versprecht mir, Pater Yosef, keine große Sache daraus zu machen! Versprecht es mir bei eurer Mutter oder bei wem auch immer, den ihr liebt! Ich kann mich gut um mich selbst kümmern.«

Doch es gab in dieser Welt Dinge, von denen selbst Silvy nichts wusste. Dazu gehörte, dass das Sperma des jungen Lehrers, der halbtaub, strohdumm und feige war, genauso war wie er: zu nichts zu gebrauchen.

KAPITEL 13

Der Vorfall vom 30. September im Haus von Naef Ahelet hatte nicht länger als eine Stunde gedauert, verfolgte Ipi aber beinahe sein ganzes Leben. Er träumte oft davon, und dann meist in einer noch grauenvolleren Version. Darin hatte der Beschneidungsspezialist einen Krokodilskopf und die Fingernägel an beiden Händen, mit denen er sich an Ipi zu schaffen machte, waren lang und gebogen. Als er zum Höhepunkt kam, quollen aus seinem Penis sein eigener Kopf, seine Leber und sein Herz heraus.

Die Erinnerungen quälten Ipi. Sobald jemand das Thema Beschneidung ansprach, brach ihm kalter Schweiß aus. Er hatte nicht nur Angst vor Naef Ahelet, sondern vor jedem, der auf dieser Erde mit Beschneidungen zu tun hatte. Wenn jemand ein Wort sagte, das auch nur im Entferntesten mit dem Ritual zu tun hatte, hämmerte es in seiner Brust, und am liebsten wäre er auf und davon gerannt und hätte seinen hochroten Kopf irgendwo versteckt. Wenn er nur daran dachte, wie Naef Ahelets raue Hand sein Glied umfasst hatte, war er zutiefst beschämt.

Bekanntermaßen aber folgt der Scham nicht selten ein ungeahntes Wonnegefühl. So war es auch bei Ipi. Wenn ihm die Bilder in den Kopf kamen, wie Naef Ahelet seine Vorhaut vor- und zurückschob, pulsierte sein Glied, als verlangte es sehnsüchtig nach dieser Berührung, und plötzlich trat eine helle Flüssigkeit heraus und durchnässte seine Unterhose. Wenn er sich in einem solchen Moment dort selbst anfasste, fühlte er dieselbe Wonne, die ihn im Haus des Heilers überwältigt hatte. Von der ihm übel wurde. Die ihn beschämte. Eine maßlose Lust.

In der Folge griff Ipi immer häufiger nach seinem Glied und spielte damit. Weil er beinah täglich auf Palmen kletterte, Holz sammelte und kleinmachte, Gras schnitt und andere Schwerstarbeit verrichtete, waren seine Hände ebenso rau wie die von Naef Ahelet. Und sie verschafften ihm wahren Genuss. Auf der einen Seite hatte er Angst vor allem, was mit Beschneidung zu tun hatte, andererseits gefiel es ihm, seinen Penis anzufassen, daran herumzuspielen und die Vorhaut vor- und zurückzuziehen, so wie es Naef Ahelet getan hatte.

Den Jungen von Oetimu war das generell nicht fremd. Im Gegenteil, sie taten es sogar ziemlich häufig, wenn auch heimlich, in der Savanne oder zwischen den Büschen am Flussufer. Dort spielten sie an sich herum, das machte die Vorhaut nachgiebiger und ihr Penis konnte wachsen und gedeihen. So würden sie bald für die Beschneidung bereit sein. Ipi aber tat das weitaus häufiger als die anderen Jungen. Bei jeder Gelegenheit, bei der er sich mit seinem Geschlechtsteil beschäftigte, sagen wir, wenn er badete und sich überall einseifte oder auch, wenn er einfach nur pinkelte, dann masturbierte er. Es juckte ihm in den Händen, seinen Penis zu streicheln, und umgekehrt pulsierte dieser vor Verlangen, berührt zu werden. Obwohl sein Kopf »Nein« sagte, »Fass dich da nicht an! Du bist danach nur schlapp und müde!«, glitt seine Hand nach unten und griff sich, was sie wollte. So verschoss Ipi sein Sperma zwischen fünfzehn und dreißig Mal in der Woche. Er hatte keine feuchten Träume mehr, da sein Samen gar nicht lange genug gespeichert wurde. Er entlud sich, wann immer und wo immer er die Gelegenheit dazu hatte.

Das viele Masturbieren machte Ipi blass und antriebslos. Zwar machte er sich jeden Tag fleißig an die Arbeit, wurde aber schnell müde, und oft starrte er nur gedankenverloren ins Leere. Am Siki entging diese Veränderung nicht, und schließlich entschied er, dass der Junge bald beschnitten werden sollte.

»Beschneidung und Sifon werden dich neu beleben«, sagte er. »Deine Vorhaut wird im Schatten eines Banyanbaums vergraben und du wirst so gesund und stark werden wie der Baum, und dein Penis bleibt für die nächsten hundert Jahre standhaft. Selbst wenn du längst tot bist, könnte dich jemand aus deinem Grab ausbuddeln und sich mit deiner Erektion befriedigen. Aber das Allerwichtigste ist, dass nach Sifon alles Ungesunde, die Wurzel deiner Faulheit und deines schlechten Benehmens, wie weggeblasen sein wird. Du wirst daraus hervorgehen wie ein neuer Mensch.«

Der Junge wurde bleich vor Angst, als er den Alten so reden hörte.

»Wovor hast du solche Angst? Vor den Schmerzen?«

Ipi schüttelte den Kopf.

»Ich habe dich aufgezogen, kleiner Herr. Ich kenne dich wie kein anderer. Du bist ein aufrechter Mensch, der keinen Schmerz kennt. Also, was macht dir solche Angst, dass du ganz bleich wirst?«

Ipi schüttelte heftig den Kopf und antwortete nicht. Am Siki erkannte, dass der Junge etwas vor ihm zu verbergen versuchte. Als ein Mann der Atoin Meto schwieg er und wartete ab. Als man dann aber nur eine Woche nach ihrem Gespräch, bei dem Ipi bleich und ängstlich den Kopf geschüttelt hatte, Naef Ahelet mit aufgeschlitzter Kehle in seiner kleinen Hütte auffand, sprach Am Siki nie wieder das

Thema Beschneidung an. Er wusste, Ipi verbarg etwas, so wie er selbst im dunkelsten Winkel seines eigenen Herzens das eine oder andere vergraben hatte. Ab diesem Tag aber wirkte Am Siki häufig niedergeschlagen, und wenn er Geschichten erzählte, brachte er seine moralische Botschaft unter: Du sollst nicht töten, auch keinen bösen Menschen. Du sollst nicht vergewaltigen, auch keine Stute.

* * *

Die Angewohnheit, bei jeder Gelegenheit an seinem Penis herumzuspielen, behielt Ipi auch als erwachsener Mann bei. Nachdem er als junger Polizist mit den Kumpels seines Jahrgangs einen Ausflug in eins der Bordelle in Karang Dempel gemacht und zum ersten Mal sein Glied in die Vagina einer Frau gesteckt hatte, erkannte er gleich, dass ihm das bei Weitem nicht das Vergnügen verschaffte, wie es seine eigene Hand vermochte. Die Öffnungen der Prostituierten waren zu weich und zu glitschig, sie gaben keinen Widerstand. Im Gegensatz dazu war er mit seiner Hand bestens vertraut, er konnte selbst bestimmen, wie fest der Druck sein sollte. Wie tief und wie fest Sergeant Ipi auch bei einer Frau eindrang, er wusste, die Finger seiner eigenen Hand würden ihm größeren Genuss verschaffen. Außerdem konnte sich sein Penis im Inneren der Vagina nicht zu seiner vollen Größe aufrichten – er war steif genug, um einzudringen, danach aber bog er sich wie ein Gummischlauch. Ganz gleich, wie sich Sergeant Ipi auf der Frau liegend abmühte, sich bis zur Erschöpfung hin und her und auf und ab bewegte, ganz gleich, welche akrobatischen Stellungen aus den Pornoheften er auch nachzustellen versuchte – zum Orgasmus kam er nicht. Wenn er aber sein Glied wieder herauszog und es mit seiner Hand berührte, schien es sich über das Wiedersehen riesig zu freuen. Nach nicht mehr als vier Hinundherbewegungen entlud er sich auf die Prostituierte, die vor ihm lag.

Nach mehreren Ausflügen nach Karang Dempel, die ihm nicht das erwartete Vergnügen gebracht hatten, versuchte Sergeant Ipi nochmals, sich die Sache mit der Beschneidung durch den Kopf gehen zu lassen und die Vor- und Nachteile von Sifon abzuwägen. Vielleicht stimmte es, dass ein Fluch auf ihm lag, weil er die Rituale nicht vollzogen hatte. Weil er nicht beschnitten war, blieb ihm Sifon verwehrt. Was die Leute sagten, schien auf ihn zuzutreffen, nämlich dass sich ein Mann ohne Beschneidung und ohne Sifon auf einer Frau abrackern konnte, wie er wollte, er würde keinen Genuss verspüren. So war es auch für die Frau: Während der Mann sich abmühte, lag die Frau nur da und könnte, um nicht dabei einzuschlafen, Flechtarbeiten machen oder Lieder singen.

Ohne Beschneidung und ohne Sifon kein Genuss für den Mann, das war Ipis Schlussfolgerung.

Bis er Silvy traf.

Bis er Silvy traf.

* * *

Schon in dem Augenblick, als Silvy im Türrahmen stand und ihn anlächelte, waren Sergeant Ipis Penis vor Freude und sein Herz vor Liebe in die Höhe gehüpft. Unter dem Gewicht der in seinem Inneren tobenden Emotionen musste er sich erst einmal hinsetzen und tief Luft holen. Er musste etwas Zeit gewinnen und gab vor, länger mit dem Ausziehen seiner Schuhe beschäftigt zu sein.

Als Silvy wenig später mit geschlossenen Augen seine Lippen küsste, sie fordernd biss, da hatte er das Gefühl, er müsse sterben. Sein Glied stand vollkommen aufrecht. Noch nie hatte es so stark und hart gestanden, selbst wenn er es mit beiden Händen anfasste.

Als er in Silvy eindrang, kam ihm der Gedanke, am besten hackte er sich beide Hände ab, denn er hatte eine Entdeckung gemacht, die ihm millionenfach mehr Genuss verschaffte. Er hatte seine Hüften erst viermal hin- und herbewegt, da musste er sich schon beeilen, sein Glied herauszuziehen, weil er heftig zitterte und kurz davor war zu explodieren. Ohne dass ein Finger seiner Hand ihn berührte, entlud er sich und sein Sperma benetzte Silvys Uniform. Er befürchtete schon, das Liebesspiel sei zu einem vorzeitigen Ende gekommen. Doch Silvy lächelte, sie lächelte so hinreißend, so bezaubernd, dass sein Glied sich wieder aufrichtete, so vollkommen wie zuvor. Er wollte dieses Lächeln.

Wie von Sinnen hob er Silvy vom Tisch und drang auf dem Boden aufs Neue in sie ein. Er begann sie wild zu küssen, denn er war zu zwei Schlussfolgerungen gekommen: Beschneidung und Sifon waren ein Mythos, und die Geschichte von der verlorenen Rippe in der Genesis war nichts als leere Worte. Er hatte die seinige gerade wiedergefunden, wunderbar umhüllt von Silvys Haut. In Windeseile hatte er sich seiner Kleidung entledigt und fiel ungestüm über Silvy her. Silvy reagierte nicht weniger wild, und sie hatten ausdauernden und leidenschaftlichen Sex. Sie bissen und kratzten sich, sie taten sich weh und sie liebten sich. Am Ende ihres Liebesspiels ließ er jeden Tropfen seines Spermas in Silvys Vagina fließen, bis es überfloss. Das war seine Art zu geloben, dass er nur diese eine Frau wollte: Sie zu schwängern war eine Alternative zum Heiratsantrag.

Er erwartete, dass Silvy panisch aufspringen würde, weil er nicht aufgepasst hatte. So jedenfalls wurde es immer in den Pornoheften dargestellt. Aber Silvy blieb neben ihm liegen, mit geschlossenen Augen, als würde sie nachspüren wollen, wie der Samen in ihre Gebärmutter aufstieg; als würde sie sich vorstellen, wie ihr zukünftiges Kind aussähe. Wird es lockiges Haar oder eine vorstehende Nase haben, ein ausgeprägtes Kinn oder starke Kieferknochen?

Wenige Augenblicke später öffnete sie die Augen und fragte ihn, ohne Panik in ihrer Stimme, ob er gekommen sei. Als sie ihm in die Augen sah und sagte, »Ich bin gerade fruchtbar«, war es für ihn, als hörte er sie sagen: »Verlass mich nicht!«

Er schloss sie fest in seine Arme.

Wir werden heiraten, meine Liebste. Wir werden schöne, niedliche Kinder haben. Wir werden ihnen Namen geben mit klangvolleren Silben als por-ta-kes.

KAPITEL 14

Sergeant Ipi war überglücklich, Silvy ganz für sich zu haben. Sie würde nicht nur seine Geliebte, sondern bald seine Ehefrau und die Mutter seiner Kinder sein.

Und Silvy war überglücklich, Sergeant Ipi gefunden zu haben. Mit ihm bekam sie einen Ehemann, noch bevor ihr Bauch sich sichtbar wölben würde. Einen Ehemann, der sie verehrte und achtete.

Drei Tage nach ihrem leidenschaftlichen Liebesspiel suchte Martin Kabiti Om Daniel auf. Sergeant Ipi hatte seinem Kumpel Martin von der Geschichte mit Silvy erzählt – einschließlich des wilden Sex, der am helllichten Tag stattgefunden und mit höchster Wahrscheinlichkeit zur Schwangerschaft geführt hatte – und ihn gebeten, sein Stellvertreter zu sein.

»An wen sollte ich mich sonst wenden?«, fragte Ipi.

Für Martin Kabiti war der junge Polizist, der ohne jede Familie dastand, in der Vergangenheit beim Aufbau seiner Holzgeschäfte recht dienlich gewesen. Daher hatte er nichts dagegen einzuwenden gehabt, als dessen Stellvertreter einzuspringen. Gemeinsam mit seiner Frau und einer Flasche Sopi Kepala machte er sich also auf zu Om Daniel. Obwohl er nicht zu denen gehörte, die gern Smalltalk betrieben und schon gar nicht mit unwichtigen Leuten, bemühte er sich, für die gesamte Dauer des Besuchs ein freundliches Gesicht aufzusetzen.

»Die jungen Leute von heute: verlieben sich bei ihrer ersten Begegnung«, raunte Om Daniel in Richtung der fast vertrockneten Orchideen im Jackfruchtbaum neben dem Lopo, in dem er mit seinem Gast saß. Ein Bekannter aus Surabaya hatte ihm erzählt, dass es Leute gab, die Blumen sammelten und sich besonders für Orchideen aus Timor interessierten und sogar Geld dafür bezahlten. Seitdem war er viele Male auf der Suche nach Exemplaren dieser Pflanzenart durch den Wald gewandert, hatte seine Fundstücke in Kokosfasern eingewickelt und sie zuhause in den Jackfruchtbaum gehängt. Auch wenn die Epiphyten inzwischen verwelkt waren, lieferten sie bei jedem Besuch ein willkommenes Gesprächsthema. Mit Martin Kabiti hatte er ebenfalls schon über die Blumen gesprochen und in dem Zusammenhang außerdem darüber geklagt, wie geldgierig die Stadtmenschen doch waren; selbst auf Blumen, die wild auf einer abgelegenen Insel wuchsen, hatten sie es abgesehen, um mit ihnen zu handeln und daraus Profit zu schlagen. Mittlerweile war das Gespräch über den Smalltalk hinaus und auf das eigentliche Anliegen gekommen. Die beiden Ehefrauen saßen am Rand des Lopo und hörten ihren Ehemännern zu. Silvy selbst war zuvor nur kurz nach draußen gekommen, um Getränke zu servieren, und saß nun mit klopfendem Herzen im Wohnzimmer hinter dem Fenster und lauschte.

»Die beiden haben Schande über uns gebracht«, kam Martin Kabiti zum Punkt. »Aber alle werden mir zustimmen, wenn ich sage, dass sie wie füreinander geschaffen sind.«

Martin Kabiti schwieg einen Augenblick, um Om Daniel die Gelegenheit zu geben, sich wieder an die Orchideen zu wenden.

»Worauf warten wir?«, fuhr er fort, als sein Gegenüber

nicht reagierte. »Sie lieben sich. Ich denke, es wird das Beste sein, wenn wir sie bald miteinander verheiraten – bevor Silvys Bauch dicker wird und wir unser Gesicht verlieren. Ipi ist kein kleiner Junge mehr, er geht einer geregelten und sicheren Arbeit nach. Und Silvy ist für ihr Alter schon ziemlich reif. Wie du weißt, Daniel, werden in Java die Frauen verheiratet, sobald sie die Grundschule abgeschlossen haben.«

Om Daniel wandte sich wieder seinen Blumen zu, hatte aber nicht viel zu sagen:

»Lass uns Silvy selbst fragen«, sagte er. Aber sowie er sich zum Haus umblickte, um Silvy herzurufen, stand sie schon auf der Stufe zum Lopo, sie lächelte und nickte, mit einem Gesichtsausdruck, auf dem sich beides spiegelte: Glück und schlechtes Gewissen.

So beschlossen die beiden Männer, dass sie in genau zwei Wochen, gerechnet ab diesem Tag, gleichzeitig die Verlobung und die Hochzeit der beiden Turteltauben ausrichten würden. Um die kirchliche Trauung wollte man sich später kümmern, da es sich dabei um eine äußerst komplexe Angelegenheit handelte: Das Paar musste dafür erst alle möglichen Papiere beibringen, Almosen an die Bedürftigen verteilen, einen Ehekurs besuchen, außerdem mehrere Gebete auswendig lernen und noch vieles anderes mehr, das Zeit, Geld und Nerven kostete.

Es muss an dieser Stelle gar nicht ausgemalt werden, wie glücklich Sergeant Ipi war, als man ihm die Nachricht überbrachte. Da er sich verpflichtet fühlte, eine Feier für die Dorfbewohner auszurichten, schritt er gleich zur Tat: Am nächsten Morgen stand er in aller Frühe auf, zog seine Uniform mit allem Drum und Dran an und fuhr in die Stadt, um die Neuigkeit seinen Polizeikollegen zu verkünden. Angetrieben von ihrem Korpsgeist machten sich die Kollegen gemeinsam auf zur Hauptstraße, wo sie jeden Fahrer anhielten, der ihrer Ansicht nach nicht ordnungsgemäß fuhr. Anschließend statteten sie jedem Geschäft, das unter dem Ladentisch Alkohol verkaufte, einen Besuch ab. Am Ende hatten sie von den Fahrern eine stattliche Summe Bargeld kassiert und in den Läden ein ansehnliches Sortiment an alkoholischen Getränken beschlagnahmt. Das sollte für ein ausgelassenes, fröhliches Fest in Oetimu reichen. Bestens ausgestattet fuhr Sergeant Ipi ins Dorf zurück und richtete die kleine Feier am Abend des Endspiels der Fußballweltmeisterschaft aus.

An diesem Abend vor dem Fernseher favorisierten alle anwesenden Männer die brasilianische Elf, mit Ausnahme der beiden Soldaten aus Java. Sie interessierten sich nicht sonderlich für Fußball, und sie mochten den Polizisten auch nicht sonderlich, der sich gern als großer Macker aufspielte. Sie waren nur aus Respekt vor Martin Kabiti gekommen, der sie ausdrücklich eingeladen hatte. »Mischt euch unter die Dorfbewohner!«, lautete sein Ratschlag. »Damit sich die Leute im Fall der Fälle auf eure Seite stellen.« So mischten sich die zwei Soldaten an diesem Abend unter die Zivilisten und vermittelten den Eindruck, als teilten sie ihre Begeisterung für dieselbe Sache, auch wenn man nicht behaupten konnte, dass sie auf der gleichen Stufe mit ihnen standen oder saßen. Sie waren ausgelassen, tranken und erwarteten wie alle anderen den Sieg Brasiliens. Brasilien gewinne jedes Fußballspiel haushoch, sagte der Schuldirektor, der in ihrer Nähe saß, man brauche keinen Universitätsabschluss in Sport, um vorauszusagen, dass Brasilien seinen Gegner Frankreich vernichten werde.

»Die Brasilianer können tanzen, und genau das werden sie auf dem grünen Rasen tun: tanzen. Die Franzosen spielen dagegen wie Roboter. Wie Roboter mit leeren Batterien.«

Als das Spiel begann und die Brasilianer ihre ersten Dämpfer einzustecken hatten, sagte niemand mehr ein Wort, und die beiden Soldaten beobachteten, wie die Unterlippe des Schuldirektors herabhing wie die Brüste einer alten Frau.

»Die Roboter haben wohl frische Batterien«, sagte der eine von ihnen, worauf beide schallend lachten.

Martin Kabiti grummelte anfänglich nur, weil das Spiel nicht so lief, wie er es erwartet hatte. Aber als dann das zweite Tor für die Franzosen fiel, sprang er von seinem Drehstuhl auf und trat dagegen. Er schimpfte auf Amerika, dass ihm die Spucke durch seinen Schnurrbart spritzte, und schließlich bat er darum, nach Hause gefahren zu werden.

»Bring mich nach Hause, bevor ich den verfluchten Fernseher in Stücke haue! Der wurde doch auch in Amerika hergestellt, oder etwa nicht?«, wetterte er. Schon einen Augenblick später bahnte er sich, ohne sich zu verabschieden, den Weg durch die Menge der Anwesenden nach draußen und sprang vor der Tür auf den Sozius von Sergeant Ipis Motorrad, das dieser schon gestartet hatte. Ipi hupte einmal und gab Gas, dann fuhren sie davon und zerschnitten die über dem Dorf liegende nächtliche Stille. Während der Fahrt theoretisierte Martin darüber, welcher Methoden sich Amerika, aber auch einige andere große Länder bedienten, um die ganze Welt zu kontrollieren und vor allem auch, um die Entwicklungsländer wie Indonesien zu vernichten.

»Mach die Augen auf, Ipi! Wer sorgt dafür, dass unser Land so hart von der Finanzkrise getroffen wird? Wer steckt hinter den massiven Protesten gegen Suharto? Wer ist für den Krieg in Osttimor verantwortlich? Wer, wenn nicht Amerika? Seit Jahrhunderten kommen fremde Völker hierher und versuchen, Indonesien zu spalten. Sie wollen das Land spalten, um es zu beherrschen. *Divide et impera.* Weißt du, was das bedeutet? Natürlich weißt du das. Diese Bastarde. *Mai pung puki*!«

Sergeant Ipi sagte kein einziges Wort. Im Mondschein durch die nächtliche Kühle fahrend wurde ihm ganz romantisch zumute und er dachte nur an Silvy. Das Mondlicht drang durch den zarten Nebelschleier und reflektierte glitzernd von den Zinndächern auf den Häusern der wohlhabenderen Leute. Der Wind blies durch die Ritzen in die Häuser der armen Leute hinein und ließ die Öllampen flackern, sodass es aussah, als schwankten die Wände nach rechts und nach links. Hin und wieder tauchte ein einzelner Hund oder auch ein Rudel von fünf Hunden auf, die kläffend dem Motorrad hinterherjagten. Was Silvy wohl in diesem Augenblick tat? Ob sie schon tief und fest schlief und träumte? Ob sie das Dröhnen seines Motorrads hinter dem Fenster ihres Zimmers hören konnte?

Sergeant Ipi lächelte vor sich hin, beseelt von seiner Liebe zu Silvy. Martin fluchte unterdessen weiter, ergriffen von einer maßlosen Wut und verstrickt in seine Verschwörungstheorien. Keiner von beiden war sich der vor ihnen lauernden Gefahr bewusst.

Als das Motorrad auf sein Grundstück fuhr, meinte Martin Kabiti, zwischen den Bananenstauden den Schatten eines Mannes zu sehen. Das Haus selbst stand ein gutes Stück abseits der Straße, davor lag eine ausgedehnte, unbebaute Parzelle Land, nicht einmal ein Lopo stand darauf. Martin beabsichtigte, dort ein großes Haus aus Stein zu bauen, wenn er genügend Geld auf die Seite geschafft haben würde. An den Seiten dieses Grundstücks wuchsen prächtige Bananenstauden. Das Motorrad war noch nicht bis ans Haus herangefahren, als Martin nun ganz sicher den Schatten eines Mannes ausmachte. Er klopfte Sergeant Ipi auf die Schulter und flüsterte ihm zu, was er gesehen hatte.

Sergeant Ipi, der bis zu diesem Augenblick noch seinen Gedanken an Silvy nachgehangen hatte, schärfte seinen Blick, aber da stürmten schon vier Männer mit gezogenen Klewang-Schwertern auf sie zu. Martin Kabiti sprang mit einem Satz vom Sozius und nahm eine Kampfpose ein, bereit zum Angriff. Doch sofort erkannte er, dass die Angreifer bewaffnet und in der Überzahl waren, und er musste davon ausgehen, dass sein Haus bereits besetzt worden war. Er ging in die Hocke und hob die Hände. Er dachte nur an seine Frau und an seine Kinder.

Sowie Martin Kabiti vom Motorrad abgesprungen war, tat es ihm Ipi nach, vom Angriff noch völlig überrascht. Er machte eine Rolle vorwärts zur linken Seite, das Motorrad fiel zur rechten.

Drei der Männer näherten sich Martin Kabiti, der vierte war im Begriff, sich Ipi zu schnappen. Aus seiner Angriffshaltung heraus ließ Ipi sein rechtes Bein hochschnellen. Der erste Fußtritt landete auf der Brust des Angreifers, dieser strauchelte ein paar Schritte rückwärts, fasste dann aber wieder Fuß, nahm Anlauf und setzte, sein Klewang schwingend, wieder nach vorn. Blitzschnell wich Sergeant Ipi nach links aus und schlug dem Gegner mit aller Kraft in die Magengrube. Mit dem Schwung des Faustschlags hob er sein rechtes Bein in die Höhe und versetzte dem Mann einen Fußtritt gegen die Schläfe, dieser stürzte zu Boden, das Klewang fiel ihm aus der Hand.

Sergeant Ipi sprang auf ihn zu, um nach der Waffe zu greifen, doch bevor er sie erreichte, stellten sich ihm zwei andere Männer in den Weg. Der Gestürzte war aufgestanden und nahm sein Klewang wieder auf. Ein ungleicher Kampf begann. Drei bewaffnete Männer gegen einen unbewaffneten.

Sobald Sergeant Ipi, geübt und sportlich wie er war, der

einen Klinge auswich, sah er sich sofort der todbringenden Spitze einer anderen Klinge gegenüber. Schließlich konnte Martin Kabiti von seiner Position aus hören, wie die scharfen Schwerter auf menschliches Fleisch und Knochen trafen und sie durchschnitten. Was er nicht hören konnte, war ein Laut aus Sergeant Ipis Mund. Unbemerkt von dem Mann, der ihn bewachte, wischte er sich die Tränen aus dem Gesicht, er konnte sich nicht erinnern, wann er das letzte Mal geweint hatte.

Sergeant Ipi fiel zu Boden. Der Mann, der vorhin Ipis Schläge einzustecken hatte, stieß ihm die Spitze seines Klewang ins Herz. Mit derselben Rohheit zog er die Klinge wieder heraus, stieß sie in Ipis Hals und schlitzte ihn auf. Ipis Kopf und Körper waren getrennt. Der Mörder griff ins Haar, hob den abgetrennten Kopf in die Höhe, holte aus und schleuderte ihn mit aller Kraft hinter das Haus. Der unglückselige Kopf flog über das Dach der Küche, schlug auf den Plastikwassertank mit der Aufschrift UNHCR auf, bevor er auf den Boden traf und noch ein kurzes Stück weiter über die Erde rollte.

Martin wandte sich ab, als die drei Männer sich ihm näherten. Wer hätte ahnen können, dass die Feier in der Polizeiwache für diesen mutigen Mann das letzte Abendmahl gewesen war. Sergeant Ipi war in einem ungleichen Kampf gefallen. Aber nicht der leiseste Schmerzensschrei war seinem Mund entwichen und mit keinem Wort hatte er um Gnade gefleht.

Einer der Angreifer ging in die Küche, kam mit einer Handvoll Salz zurück. Das Salz streute er auf Ipis Halsstumpf und sprach dabei ein Mantra, das verhindern sollte, dass der Tote durch ein anderes Mantra wieder zum Leben erweckt werden konnte. Die Männer stießen Martin Kabiti Richtung Haus. Zwei Männer öffneten die Haustür von innen, zogen Martin Kabiti hinein und verschlossen die Tür wieder, die vier Angreifer blieben draußen und hielten weiterhin Stellung vor dem Haus.

Martin atmete erleichtert auf, als er seine Frau und seine beiden Kinder sah. Sie lebten. Sie knieten vor einem Mann mittleren Alters, der auf einem Stuhl saß. Seine Frau drückte die Hand ihres Sohnes, ihre Tochter weinte still, verbarg ihren Kopf unter dem Arm der Mutter.

Martin wurde zu Boden gestoßen und fiel neben seine Tochter, er setzte sich auf. Der Mann auf dem Stuhl erhob sich und hockte sich vor Martin. Sie starrten sich an, Auge in Auge.

»Erinnerst du dich an mich, Martin Kabiti?«, fragte er.

Martin sah in das Gesicht des Mannes, suchte in seinen Erinnerungen. Tatsächlich! Er erinnerte sich an einen Mann, der diesem ähnlich sah, der aber hatte lockiges, langes und ungepflegtes Haar und einen zotteligen Bart gehabt. Der Kerl vor ihm war glatt rasiert wie ein Bräutigam und sah in seinem verwaschenen Hemd und dem Sarong ansonsten eher aus wie ein Bauer.

»Atino?«, fragte Martin, um sich zu vergewissern, dass er sich richtig erinnerte, und fügte hinzu: »Was tust du hier? Geht die Sonne jetzt im Westen auf?«

Bamm!! Ein harter Faustschlag traf Martins Unterkiefer. Er fiel zur Seite, gegen seine Tochter, die daraufhin noch heftiger weinte, wie jetzt auch ihr kleiner Bruder. Seine Frau hielt die Luft an und versuchte, ihre Kinder zu beruhigen.

»Sorg dafür, dass deine Kinder still sind, bevor ich es mit meinem Klewang tue!«, schrie einer der beiden Männer, die vorhin die Haustür geöffnet hatten. Er zog dann eine Packung Nelkenzigaretten aus seiner Hosentasche, lehnte sich an die Tür, nestelte eine Zigarette heraus und zündete sie an.

Martin Kabiti richtete seinen Oberkörper auf. Er griff nach dem Handgelenk seiner Tochter. Das Mädchen schluchzte, unterdrückte ihr Weinen. Martins Frau knetete die Hand ihres Sohnes, der vor Angst den Kopf gesenkt hielt.

»Seele für Seele, Martin Kabiti!«, sprach Atino weiter.

Martins Frau sah zu ihrem Mann hinüber, senkte aber schnell wieder ihren Blick.

Martin lächelte Atino an. Spöttisch.

»Bei all den Morden und Überfällen, von denen man in der Zeitung liest, hast du also deine Hand im Spiel, Atino?«, fragte er. »Wie viele Kinder und Ehefrauen von Soldaten hast du schon getötet? Fünfzehn? Fünfzig?«

Atino erhob sich.

»Nicht mehr als die Anzahl der Familien, die ihr in meinem Dorf getötet habt«, gab er barsch zurück.

»Atino«, Martin senkte seine Stimme. »Ich habe niemals Frauen und Kinder getötet.«

Atino hockte sich wieder vor Martin hin und schlug ihm auf das linke Ohr.

»Ja, ja«, sprach er weiter. »Jetzt redest du dich raus. Selbst Säuglinge habt ihr umgebracht.«

»Ich war das nicht.«

Atino schlug noch kräftiger zu.

»Dafür hattest du deine Leute, Kabiti. Du gabst die Befehle. Und in Santa Cruz … Du hast doch Bekanntschaft mit den Männern draußen vor deinem Haus gemacht, oder nicht? Viele ihrer Familienangehörigen wurden in Santa Cruz getötet. Von deinen Leuten! Die haben blind auf die Menschen geschossen. Jetzt sind die Männer hier, um abzurechnen.«

»Atino …«, Martin sprach mit gesenkter Stimme. »Ich habe 1990 mit dem Kämpfen aufgehört.«

Er schwieg einen Augenblick, um Atino die Gelegenheit zu geben, darüber nachzudenken.

»Wenn du jemanden töten willst, dann töte mich, und nicht meine Familie!«

»Vielleicht hätte ich dir das damals auch sagen sollen«, antwortete Atino.

»Man wird dich jagen«, sagte Martin herausfordernd.

»Dann jagt man den Falschen.«

Martin antwortete nach einer Pause: »Auf welchen Rückhalt willst du zählen, Atino? Von diesen Männern hier? Oh, man wird euch erschießen wie Schweine. Sieh dir nur diesen Hinterwäldler da an!«, er deutete mit dem Kinn auf den rauchenden Mann an der Tür. »Der ist doch kein Soldat. Er ist nur ein Räuber aus dem Norden, oder etwa nicht? Sieh ihn dir an! Er weiß nicht einmal, wie man richtig raucht.«

Atino blickte zu dem Mann, über den Martin sprach. Der Mann lehnte gegen die Tür und rauchte lässig, wie ein rausgeputzter Schnösel am Rand der Tanzfläche auf einem Dorffest. Soldaten, die einmal im Wald gekämpft hatten, hatten sich angewöhnt, eine Zigarette so zu halten, dass die Glut hinter der Handinnenfläche verborgen blieb, sodass der Feind nicht sehen konnte, wie sich die glühende Zigarettenspitze auf und ab bewegte und damit verriet, wo sich der Kopf des Gegners befand.

Der Mann an der Tür merkte, dass über ihn gesprochen wurde, er warf die Zigarette auf den Boden, näherte sich den beiden Männern und schlug Martin kräftig gegen die Schläfe.

Und wieder fiel Martin zur Seite.

»Dein Geschwätz ist wie mein *Tolo*«, fluchte der Schläger. »Lang, groß, grob, aber hohl! *Heet o-nia inan*!«

Während er die letzten Worte ausspuckte, hob er einen Fuß in die Höhe und ließ ihn auf Martins Gesicht niedergehen. Martin schlug mit dem Kopf hart auf den Boden auf und Blut strömte aus seiner Nase. Martins Frau und die Kinder schrien auf.

Der Schläger erhob erneut seinen Fuß, doch Atino hielt ihn auf und befahl ihm harsch zurückzubleiben. Da war plötzlich von draußen ein Räuspern zu hören. Ein warnendes Räuspern, wie von einem Lehrer, der einen Schüler dabei ertappt, wie er auf das Heft seines Sitznachbarn schielt.

Atino und seine beiden Komplizen sahen sich an.

* * *

Nachdem Sergeant Ipi und Martin Kabiti mit dem Motorrad davongefahren waren, machten sich auch die anderen Männer in der Polizeiwache zum Aufbruch bereit. Da der Hausherr sie soeben ohne ein Wort zu sagen verlassen hatte, fühlten sie sich nicht wohl, noch länger zu bleiben. Abgesehen davon waren die beiden Soldaten aus Java vom Sofa aufgestanden und klopften sich den Hosenboden ab, was sich anhörte wie eine Glocke, die signalisierte, dass die Zeit abgelaufen war. Einige versuchten, Mas Zainal zu überreden, das Spiel bei ihm zu Ende anzusehen, und einige andere schlugen vor, einfach nach Hause zu gehen und zu schlafen, schließlich sei ein Fußballspiel mit einem kraftlosen Starspieler nicht wert, es sich überhaupt anzusehen.

Einer der Soldaten ging auf den Fernseher zu und schaltete ihn aus. Beim Verlassen der Polizeiwache fluchten die Männer. Einige verfluchten Amerika, das hinter allem Übel auf der Welt steckte; einige verfluchten den jungen Polizisten, der sie nun auch bis in ihre Träume hinein terrorisieren würde. Von diesem Tag an würde nun jedes Mal, wenn sie von Silvy träumten, auch das Gesicht von Sergeant Ipi vor ihnen auftauchen. Die Vorstellung, dass der Polizist schon bald die Frau ihrer Träume besitzen würde, war einfach grauenhaft.

Einer aus der aufbrechenden Menge warf ein, dass die Wurzel allen Übels auf der Welt gar nicht Amerika sei. Amerika sei nur ein kleines Land mit einem Haufen Dummköpfe, die glaubten, sie seien eine Supermacht. Die Wurzel allen Übels auf dieser Welt sei in Wirklichkeit ein Fluch von höherer Instanz: Das Universum habe die Menschen verflucht, weil diese sich herausnähmen, gegen Präsident Suharto zu protestieren.

»Früher war alles gut«, sagte der Mann und spuckte einen Batzen Betel auf den Boden. »Aber seitdem die Leute die Stirn haben, gegen Präsident Suharto zu protestieren und all diese Demonstrationen organisieren, überkommt uns ein Unglück nach dem anderen. Lasst es mich euch sagen! Herr Suharto ist eine Wiedergeburt javanischer Könige. Ich schwöre, das habe ich mal in der Zeitung gelesen. Auf jeden Fall ist es so, dass all seine Vorfahren und Gott der Allmächtige hinter Suharto stehen. Wenn sich jemand gegen ihn stellt, bricht heilloses Chaos auf der Welt aus.«

Einer der jungen Kerle widersprach und argumentierte, wenn Suharto wirklich eine Wiedergeburt javanischer Könige wäre, dann gäbe es mit Sicherheit das Unglück nur in Java. Alles, was mit Java und seinen Königen zu tun habe, könne unmöglich Einfluss auf Timor haben, und schon gar nicht auf Ronaldo in Brasilien.

Ein anderer Mann widersprach dem und erklärte, Timor bekomme möglicherweise deshalb etwas von dem Unheil ab, weil die Insel schon seit der Zeit des Königreichs Majapahit eine Verbindung mit Java habe.

»Früher herrschte Majapahit über den gesamten Archipel. Das heißt, über das gesamte Inselreich, über ganz

Indonesien, sein Machtzentrum war in Java. Indonesien ist Java. Und wenn einem König von Java etwas passiert, dann bekommt ganz Indonesien die Auswirkungen davon zu spüren.«

Ein anderer der jungen Kerle lachte und fragte den Vorredner, ob er in der Regenzeit niemals im Dorf-Lopo gewesen sei, um dem Geschichtenerzähler zuzuhören?

»Lass mich nachsehen!«, sagte er. »Du bist bestimmt voller Narben von den Skorpionstacheln. Alle Timoresen wissen das, Timor wurde niemals von Majapahit beherrscht. Die Javaner kamen erst auf die Insel Timor, nachdem das Königreich gefallen war. Ihre Schiffe kenterten vor der Küste und sie riefen: ›Gebt uns ein Stück Land! Wir wurden unseres Landes durch Hinterlist beraubt.‹ Man gab ihnen ein Stück Land im Norden, und ihre Nachkommen leben dort bis zum heutigen Tag, sie haben glattes Haar und vorstehende Zähne. Muss ich euch wirklich die ganze Geschichte erzählen?«

Ein anderer junger Mann stimmte dem lachend zu: »Ja genau, wer nicht den Geschichten seines eigenen Volkes glaubt, der braucht sich auch nicht das dumme Zeug anderer Völker anzuhören. Lasst euch doch nicht von Suharto und den Javanern hinters Licht führen!«

Der Vorredner, der die Sache mit Majapahit aufgebracht hatte, warnte die jungen Männer, sie sollten aufpassen, was sie sagten. Es könne leicht passieren, dass sich die beiden Soldaten von Suhartos Armee gekränkt fühlten. Keiner im Dorf würde Mitleid mit den jungen Kerlen haben, wenn die Soldaten sie töteten, weil sie Suharto und die Javaner beleidigt hatten.

Und wieder ein anderer junger Mann lachte und sagte herausfordernd: »Suharto hat doch schon verloren. Präsident ist längst ein anderer. Und die zwei Soldaten sind Soldaten der Republik, sie gehören zur Armee des Volkes. Sie sind keine Soldaten von Suharto.«

»He, ihr aufgeblasenen Kerle!«, warnte der Ältere. »Ob Suharto verliert oder nicht, ob es einen neuen Präsidenten gibt oder nicht, das Land bleibt im Besitz von Suharto. Selbst eure Seelen gehören Suharto. Passt bloß auf, was ihr sagt!«

Die jungen Männer beeilten sich nun zu gehen, denn der Ältere hatte sie vorhin nicht nur barsch zurechtgewiesen, sondern er hatte dabei auch mit einem vielsagenden Blick zu den beiden Soldaten geschielt, als wolle er sich bei ihnen vergewissern, dass sie ihm Recht gaben und den vorlauten Kerlen, die da Suharto beleidigten, bei nächster Gelegenheit eine Tracht Prügel verpassen würden. Die Soldaten aber hatten in dem Augenblick den Sohn von Om Ose beobachtet, der auf ihren Befehl hin die Tür der Polizeiwache abschließen sollte. Außerdem scherten sie sich nicht im geringsten um die Männer, die sich da gegenseitig beschimpften. Sie verstanden obendrein auch nicht alles, was die Leute sagten, diese sprachen zwar Indonesisch, aber durchsetzt mit diesem timoresischen Dialekt, der sich in ihren Ohren anhörte, als würden sie beim Sprechen auf Kieselsteinen herumkauen.

Nachdem sie sich vergewissert hatten, dass alle Türen und Fenster der Polizeiwache verriegelt waren, und die Leute geordnet nach Hause gingen, legten die beiden Soldaten den Schlüssel unter die Fußmatte und stiegen auf ihr Motorrad. Mit geringer Geschwindigkeit fuhren sie Richtung Süden. Die Nacht war kühl und ein feiner Nebelschleier lag über der Straße. Keiner der beiden sagte etwas, jeder war in seine eigenen Gedanken vertieft. Hin und wieder verscheuchten sie die Hunde, die ihnen hinterherliefen und nach ihnen schnappten.

Als sie auf der Höhe von Martin Kabitis Haus waren,

hielten sie an. Ihnen war aufgefallen, dass Sergeant Ipi ihnen noch nicht entgegengekommen war. Möglicherweise fanden sie hier eine Erklärung dafür. Sowie sie sich Martin Kabitis Grundstück näherten, konnten sie in der Dunkelheit die RX King ausmachen, die vor dem Haus lag. Mit ihren geschulten Augen nahmen sie außerdem die Schatten von menschlichen Gestalten zwischen den Bananenstauden wahr. Der Fahrer des Motorrads zählte drei, der Beifahrer zählte fünf Gestalten. Mit Sicherheit befanden sich hinter dem Haus und auch im Haus weitere. Sie wussten zwar, dass die Anzahl von bewaffneten Raubüberfällen und sogar von Morden in jüngster Zeit gestiegen war, aber in Oetimu hätten sie solche Verbrechen nicht vermutet. Anstatt sich dem Haus zu nähern, setzten sie ihren Weg auf dem Motorrad fort, als hätten sie nichts Verdächtiges gesehen.

Als sie an der Grenzwache ankamen, sagten sie zu zwei Kameraden, die gerade Schach spielten, und einem anderen, den sie aus dem Schlaf rissen, sie hätten einen kleinen Zeitvertreib für sie. Ein Kamerad, der Bereitschaft hatte, und zwei weitere sollten auf dem Wachposten bleiben.

Die fünf Soldaten packten zusammen, was sie für den bevorstehenden Kampf benötigen würden, und machten sich auf den Weg zu Martin Kabitis Haus.

Der Angriff stellte sich als weitaus einfacher heraus als erwartet. Sie sahen sich lediglich einem Haufen von mit Klewang bewaffneten und völlig kampfunerfahrenen Räubern gegenüber. Allein mit ihren Einsatzmessern gelang es den Soldaten, die vier Männer, die vor dem Haus Wache hielten, geräuschlos zu töten.

Anschließend schlichen drei der Soldaten um das Haus zur Hintertür, und die beiden übrigen robbten zur Vordertür, um von dort unbemerkt einen Blick ins Haus werfen zu können.

Sie waren imstande, die Lage zu beurteilen: Neben Martin Kabiti und seiner Familie befanden sich im Wohnzimmer noch drei weitere Räuber. Zwei davon waren mit Schwertern bewaffnet, der dritte wirkte deutlich älter, war glatt rasiert und schien der Anführer zu sein. Mit der Gewissheit, die drei Männer ohne Schwierigkeiten überwältigen zu können, räusperte sich einer der Soldaten deutlich hörbar.

Die Räuber standen wie angewurzelt da und sahen einander an. Der an der Tür warf einen Blick durch das Fenster, neugierig, wer sich da in einer solchen Situation einen Spaß erlaubte. War es Petrus oder Lukas? Weil er draußen nichts Auffälliges erkennen konnte, griff er an den Türknauf und zog daran.

»Nicht aufmachen!«

Atino schrie aus Leibeskräften, aber da stand die Tür schon halb offen. Nach einer blitzschnellen Bewegung von der anderen Seite des Türblatts fiel der Räuber zu Boden, hauchte seinen letzten Atemzug und seine Seele aus.

Der andere Räuber, von diesem Angriff völlig überrascht, brachte sich in Position. Er hatte gerade sein Klewang gezogen, da flog ein Einsatzmesser auf ihn zu und durchbohrte seinen Adamsapfel. Gurgelnd stürzte auch er zu Boden und starb.

Die beiden Soldaten traten über die leblosen Körper hinweg ins Haus.

»Hallo, Affe!«

Bamm!

Ein Schuss, in Atinos Schädel explodierte eine Patrone. Die drei anderen Soldaten stürmten das Haus von der Hintertür aus.

»Gesichert!«

Nachdem sie Haus und Grundstück gesichert und mit

Martin Kabiti gesprochen hatten, fuhren die Soldaten zurück zur Grenzwache. Am nächsten Tag verbreitete sich die Geschichte von diesem Vorfall in der Version, wie sie bis heute von Generation zu Generation weitergeben wird, in der Kirche und im Subur-Laden, in den Klassenzimmern und in der Regenzeit.

* * *

»Da waren acht Kommunisten, die hielten sich im Wald versteckt. Kommunisten sind Menschen, die nicht an Gott glauben, das sind Atheisten, Ungläubige, Räuber, Vergewaltiger, Mörder, Homosexuelle und Leute, die hinter jedem Übel auf der Welt stecken.

Eines Nachts überfielen sie das Haus von Martin Kabiti. Martin Kabiti war zu dem Zeitpunkt gerade bei Sergeant Ipi in der Polizeiwache. Und weil die Angreifer atheistische, ungläubige und böse Kommunisten waren, verbrannten sie alle Heiligenbilder in Martin Kabitis Haus, traten mit ihren Füßen auf den Kopf der Marienstatue, und sogar den Leib Jesu Christi nahmen sie vom Kreuz herab und warfen ihn in den Schweinestall.

Unterdessen beschlich Sergeant Ipi in seiner Polizeiwache plötzlich eine Vorahnung. Irgendetwas ging in Martin Kabitis Haus vor sich. Er schlug seinem Freund vor, ihn mit dem Motorrad nach Hause zu fahren. Martin lehnte zunächst ab, doch Sergeant Ipi überredete ihn, bis er schließlich einwilligte und sie gemeinsam zu ihm nach Hause fuhren.

Sergeant Ipis Vorahnung bestätigte sich. Sowie sie an Martin Kabitis Haus angelangt waren, trafen sie auf die Bande dieser bösartigen Menschen. Neben dem ausgezeichneten Gespür für Gefahren besaß Sergeant Ipi auch die

Kraft und Schnelligkeit eines Pferdes und er beherrschte die hohe Kunst der Selbstverteidigung. Mit all dem ausgestattet kämpfte er gegen die Bösen. Diese waren zwar bewaffnet, Sergeant Ipi aber besiegte sie mit bloßen Händen. Er entriss ihnen ihre Waffen und tötete einen nach dem anderen. Böse Menschen verdienen den Tod.

Sergeant Ipi konnte allerdings nicht wissen, dass einer der Angreifer bei einem heiligen Mann in Usapinonot die Fähigkeit erlernt hatte, sich unsichtbar zu machen. Dieser Mann machte sich also unsichtbar und schlich sich unerkannt hinter Sergeant Ipi. Hinter dessen Rücken zog er sein Klewang und hieb auf den tapferen Polizisten ein. Da seht ihr es! Kommunisten sind nicht nur böse und grausam, sie sind auch durch und durch feige. Sie können nur hinterrücks angreifen.

Der Kommunist schlug mit seinem Klewang auf Sergeant Ipi ein und bevor er floh, schnitt er ihm auch noch den Kopf ab. Sergeant Ipi fiel heldenhaft in Ausübung seines Dienstes, um das Volk zu schützen, um den kleinen Mann zu schützen. Wahrlich, ein großer Krieger unseres Volkes.«

NACHWORT

DIE GESCHICHTE(N) HINTER DER GESCHICHTE

Sergeant Ipi überlebt den Abend des Fußballfinales nicht, mit dem der Roman beginnt und endet. Er wird, wie im 3. Jahrhundert der Bischof von Karthago, von dem er seinen Namen hat, geköpft. Während Cyprian als Heiliger und Märtyrer in die Kirchengeschichte einging, geht Ipi als »großer Krieger des Volkes« in die Geschichte des fiktiven Ortes Oetimu ein.

Felix Nesi lässt am Ende seines Romans eine nicht näher beschriebene Erzählerfigur das heimtückische Mordkomplott von den acht bösen Kommunisten gegen Ipi schildern, das, wie der Leser weiß, so nicht stattgefunden hat. Nesi bedient sich in der Rede des Erzählers der ironischen Überspitzung und eines fantastischen Elements: Der unbewaffnete Polizist ist zwar imstande, seine Angreifer zu töten, aber einem der Kommunisten gelingt es am Ende doch noch, ihn zu besiegen und zu enthaupten, dank seiner übersinnlichen Fähigkeit, sich unsichtbar zu machen. So unglaubwürdig das so erzählte Ende ist, es lässt sich in das Narrativ von den gottlosen, mörderischen Kommunisten einfügen, das seit den Ereignissen Ende September 1965 zur offiziellen Geschichtsschreibung des autoritären Regimes der Neuen Ordnung (*Orde Baru*) unter Präsident Suharto gehörte.

In der Nacht vom 30. September auf den 1. Oktober 1965 wurden sechs führende Generäle und ein Hauptmann der indonesischen Armee entführt und ermordet. Als verantwortlich für die Morde und für den angeblichen, bis heute nicht aufgeklärten Putschversuch gegen den amtierenden Präsidenten Sukarno gilt die Bewegung 30. September (*Gerakan September Tiga Puluh,* kurz G30S) unter Beteiligung hochrangiger Armeeangehöriger. Die Kommunistische Partei Indonesiens (PKI), zu dem Zeitpunkt größte kommunistische Partei außerhalb Chinas und der Sowjetunion, wurde beschuldigt, die treibende Kraft dahinter zu sein. Suharto, zu der Zeit Generalmajor, gelang es mit Unterstützung von gleichgesinnten Militärs in den folgenden Monaten, schrittweise den Befehl über die indonesische Armee und die Macht im Land zu übernehmen. Auf die Mordnacht folgte in den Wochen und Monaten danach ein beispiellos blutiger politischer Umbruch: Die PKI und linksgerichtete Organisationen wurden verboten; Teile des Militärs und zivile Gruppen begingen Massaker an Hunderttausenden Menschen, die als kommunistisch oder links eingestellt galten; gleichzeitig fanden Massaker an der chinesischen Bevölkerung statt. Die Verbrechen wurden nie geahndet. Oder wie es im Roman heißt: »Kommunisten verdienen den Tod.« In den folgenden Jahren und Jahrzehnten wurden weitere Hunderttausende verhaftet, gefoltert und misshandelt. Verfolgung und Diskriminierung von (vermeintlich) politisch Andersdenkenden waren an der Tagesordnung. Ein Repressionsapparat bestehend aus Militärs und Geheimdiensten ließ jede kritische Meinungsäußerung gefährlich werden. Die Pressefreiheit war drastisch eingeschränkt, und die Gefahr, ausspioniert und denunziert zu werden, war im ganzen Land bis zum Ende des Regimes der Neuen Ordnung allgegenwärtig.

In Oetimu, so erfahren wir beinahe beiläufig, wurde die einstige Kooperative der PKI niedergebrannt, Kommunisten wurden getötet und im Wald verscharrt oder vor der Kirche Santa Maria erschossen. Ein Datum oder ein Zeitraum werden nicht genannt. »Aber das war keine große Sache gewesen«, erinnert sich Am Siki im Gespräch mit Laura. Vom verheerenden Ausmaß des Massenmords in den Jahren 1965/66 spürte man in Oetimu, ganz im Osten Westtimors, offenbar kaum etwas. Die antikommunistische Propaganda gelangte aber auch hierher, und der Schüler Ipi und seine Schulfreunde müssen sich wie alle anderen Dorfbewohner in der Schule alljährlich am 30. September den Film über den »Verrat der Bewegung G30S/PKI« ansehen.

Vor dem Hintergrund des Kalten Krieges war die Entmachtung Präsident Sukarnos und die Machtübernahme durch General Suharto aus Sicht des Westens ein Gewinn. Außenpolitisch hatte Sukarno als erster Präsident der seit 1945 unabhängigen Republik Indonesien eine antiimperialistische, antikoloniale Politik verfolgt. Bereits im April 1955 hatte er zur Konferenz in Bandung eingeladen, bei der Delegierte aus 29 afrikanischen und asiatischen Staaten zusammenkamen und die Bewegung der blockfreien Staaten gründeten. Unstrittig ist die Unterstützung für Suharto und seine Truppen durch die amerikanische CIA, etwa mittels Bereitstellung von nachrichtendienstlichen Informationen oder Offiziersausbildungen. In seinem Buch *Die Jakarta-Methode. Wie ein mörderisches Programm Washingtons unsere Welt bis heute prägt* (Köln 2023) zeigt der Journalist Vincent Bevins anhand von aus Archivmaterial, freigegebenen Geheimdokumenten und Augenzeugenberichten gewonnenen Erkenntnissen das Ausmaß der Unterstützung der CIA für das indonesische Militär auf. Er beschreibt die »Jakarta-Methode« als eine Vorgehensweise, mit der, vor Massenmord nicht zurückschreckend, das blockfreie Indonesien unter dem neuen Präsidenten Suharto auf prowestlichen Kurs gebracht wurde und die, erfolgreich, wie sie war, später in anderen Ländern wie Brasilien, Chile oder Argentinien nachgeahmt wurde. Glenn Jäger, der Übersetzer des Buches, schreibt in seinem Nachwort über die Beteiligung von westdeutscher und später gesamtdeutscher Seite. Die Bundesregierung leugnet bis heute jede Unterstützung und verweist ansonsten auf geheimhaltungsbedürftige Inhalte nachrichtendienstlicher Quellen. Jägers Quellen belegen neben wirtschaftlichen Förderungen aber zumindest auch Hilfen durch die Bundeswehr und den Bundesgrenzschutz in Form von Ausbildungskursen für indonesische Offiziere an der Bundeswehr-Akademie sowie Spezialtrainings bei der GSG-9. Auch General Prabowo Subianto nahm in den 1980er Jahren an Spezialtrainings bei der Elitetruppe teil – im Oktober 2024 wird der ehemalige Schwiegersohn Suhartos und einer der mächtigsten Militärs während der Ära der Neuen Ordnung, zum neuen Präsidenten Indonesiens vereidigt werden. Im Februar 2024 sind er und sein Stellvertreter Gibran Rakabuming Raka, ältester Sohn seines Amtsvorgängers Widodo, aus den Wahlen als Sieger hervorgegangen. Prabowo, der im März 1976 erstmals und in den folgenden Jahren mehrfach in Osttimor u. a. mit der Spezialeinheit Kopassus stationiert war, wird mit den Massakern in Kraras 1983 und in Santa Cruz 1991 in Verbindung gebracht. Außerdem wurden ihm Menschenrechtsverletzungen in Westpapua sowie 1998 in Jakarta vorgeworfen. Zur Rechenschaft gezogen wurde er nicht.

Angesichts der jüngsten politischen Entwicklungen in Indonesien erscheint Nesis Roman, der während der Ära der Neuen Ordnung spielt, aktueller denn je. Für einige der älteren Fußballfans lebt das Narrativ der bösen Kommunisten und auch das der fast übermenschlichen Stärke Suhartos weiter. Tatsächlich war Präsident Suharto zum Zeitpunkt des Fußballfinales Brasilien-Frankreich, das am 12. Juli 1998 in Paris stattfand, nicht mehr im Amt. Am 21. Mai 1998 verkündete er in Jakarta nach 32-jähriger Herrschaft erzwungenermaßen seinen Rücktritt; sein Stellvertreter Habibie übernahm die Präsidentschaft. Auch das Ende der Neuen Ordnung war von Gewalt begleitet. Der Mai 1998 war, vor allem in den großen Städten Jakarta, Medan und Solo, aber auch in etlichen anderen Orten, geprägt von Massenunruhen, Vergewaltigungen, Plünderungen und Brandanschlägen. Zum Ziel gewalttätiger Angriffe wurden vor allem Menschen chinesischer Abstammung. Es starben mehr als 1.200 Menschen. Von der Asienkrise in den Jahren 1997 und 1998 war Indonesien besonders stark betroffen, und die wachsende Unzufriedenheit der Bevölkerung, angefacht durch maßlose Korruption, hohe Arbeitslosigkeit, drastische Verteuerung von Lebensmitteln und Treibstoffen, führte letztendlich zu einer immer breiter und offensiver werdenden Opposition gegen Präsident Suharto. Gegen pro-demokratische Demonstrationen ging das Militär gewaltsam vor, so am 12. Mai 1998, als sich rund zehntausend Studenten an der Universität Trisakti in Jakarta versammeln und Suhartos Rücktritt fordern und Soldaten das Feuer eröffnen. Vier Studenten wurden erschossen, Dutzende verletzt. Darüber hinaus wurden dreiundzwanzig Aktivisten entführt und gefoltert, dreizehn bleiben verschwunden. Die Spezialeinheit der indonesischen Armee Kopassus gerät unter Verdacht, an den Entführungen beteiligt zu sein. Nach Suhartos Rücktritt werden drei ehemalige Kommandeure, darunter auch Prabowo, hierzu befragt. Der Oberbefehlshaber der Streitkräfte, General Wiranto, räumt die Beteiligung von Kopassus an den Entführungen ein, und im April 1999 erklärt ein Militärgericht elf Mitglieder der Einheit für schuldig und verurteilt sie zu Haftstrafen. Prabowo wird im August 1998 aus dem Militärdienst entlassen, bleibt ansonsten straffrei.

In Oetimu hören wir von der Finanzkrise in Asien durch Martin Kabiti, laut dem Amerika dahintersteckt, und von den pro-demokratischen Demonstrationen der Studentenbewegung durch Pater Yosefs Klagen darüber. Wir werden Zeuge, wie eine große Gruppe der chinesischen Minderheit in Westtimor zum Schutz vor Übergriffen auf das Schulgelände der Santa Helena flüchtet.

Die Neue Ordnung in Indonesien bildet den Hintergrund für die im Fokus des Romans stehende Geschichte der beiden Inselteile Timors ab 1974. Nach der Nelkenrevolution in Portugal sollte das unter portugiesischer Herrschaft stehende Osttimor entkolonialisiert und 1975 in die Unabhängigkeit geleitet werden. Im zweiten Kapitel erleben wir den kurzen, blutigen Bürgerkrieg Mitte August bis Mitte September 1975 an der Seite von Júlio, seiner Frau Lena und ihrer Tochter Laura mit: den Putsch der konservativen UDT, die anschließenden bewaffneten Kämpfe zwischen der UDT und der linksgerichteten Fretilin, schließlich den Sieg der Fretilin. Nach der Niederlage der UDT begann Indonesien, in die Grenzgebiete Osttimors einzudringen und sie zu besetzen. In Balibo wurden fünf ausländische Journalisten, die den Einmarsch der indonesischen Soldaten beobachteten und filmten, auf Befehl von Offizieren erschossen. Im November rief die Fretilin einseitig die Unabhängigkeit aus. Anfang Dezember begann mit der Operation Seroja der Einmarsch der indonesischen Armee in Osttimor. In der Zeit der indonesischen Besatzung von 1975 bis 1999 kamen Schätzungen zufolge zwischen 130.000 und 180.000 Menschen ums Leben.

Die lange Geschichte der Teilung der Insel in West und Ost ist eine Geschichte von Machtkämpfen und Interessenkonflikten der beiden Kolonialmächte Niederlande und Portugal. Nachdem Anfang des 16. Jahrhunderts portugiesische Seefahrer auf ihrem Weg zu den »Gewürzinseln« auf Timor gelandet waren und die reichen Sandelholzbestände vorfanden, ließ Portugal dort bald einige Garnisonen und Handelsposten errichten, um sich einen Teil des Sandelholzhandels zu sichern. Später erreichten niederländische Händler die Insel und bauten 1640 nahe Kupang ihre erste Festung auf Timor, und die politische Teilung der Insel begann. Der bis heute bestehende Grenzverlauf zwischen Westtimor und Timor-Leste fußt auf einem im August 1916 in Den Haag zwischen den Niederlanden und Portugal ratifizierten Vertrag.

Unmittelbar an dieser Grenze zwischen West- und Osttimor liegt der fiktive Ort Oetimu. Das im Roman beschriebene dörfliche Umfeld im Landesinneren der Insel lässt sich durchaus mit dem des ebenfalls westtimoresischen Dorfes Nesam-Insana vergleichen, in dem Felix Nesi 1988 geboren wurde und das, wie er sagt, genau zwischen Dili, der Hauptstadt des heute unabhängigen Timor-Leste, und Kupang, der Hauptstadt der indonesischen Provinz Ost-Nusa-Tenggara, liegt. Der Name des Romanschauplatzes setzt sich aus den zwei Wörtern *Oe* für Wasser und *Timu* für eine bestimmte Baumart in der Sprache Uab Meto zusammen und bedeutet so viel wie »Quelle unter dem Timu-Baum«. Nesi erklärt, es handele sich um einen in Timor recht verbreiteten Flurnamen und auch das Feld hinter seinem Haus heiße Oetimu.

Felix Nesi war elf Jahre alt, als die Vereinten Nationen am 30. August 1999 ein Referendum zur Lösung des Konfliktes in Osttimor durchführten. Die Mehrheit der Bevölkerung stimmte für die Unabhängigkeit von Indonesien. Das indonesische Militär und pro-indonesische Milizen antworteten mit einer Strafaktion. In der Folge wurden über tausend Menschen getötet und rund zwei Drittel der Bevölkerung nach Westtimor vertrieben, ein Großteil der Häuser und der Infrastruktur wurde zerstört. Dieser Teil der Geschichte Osttimors liegt außerhalb des Handlungsrahmens des Romans, ebenso der folgende Einsatz der multinationalen Friedenstruppe INTERFET und die Übergangsverwaltung der Vereinten Nationen, die Timor-Leste am 20. Mai 2002 entsprechend dem Ergebnis des Referendums in die Unabhängigkeit entließ.

Im Roman werden manchmal Orte nur erwähnt, die synonym für blutige Ereignisse oder Massaker stehen, die während der Suharto-Ära in Osttimor stattfanden, wie Kraras oder Santa Cruz. So sagt Atino bei seinem Überfall zu Martin Kabiti den unvollständigen Satz: »Und in Santa Cruz …« Nesi schrieb den Roman für ein indonesisches Publikum, von dem er annehmen konnte, dass es Hintergründe und Folgen der Ereignisse kennt und einen Satz wie diesen mit der Zahl der Menschen, die an diesem Tag ums Leben kamen, verletzt wurden oder verschwanden, ergänzen kann. Der Satz ließe sich auch ergänzen mit der Beteiligung der Spezialeinheit Kopassus und Prabowos Anwesenheit in Dili. Im Rückblick ließe sich aber auch hinzufügen, dass mit dem Massaker eine breite internationale Solidaritätsbewegung für Osttimor ausgelöst wurde. In vielen Ländern schlossen sich Menschen zusammen, um sich für die Aufklärung von Menschenrechtsverletzungen in Indonesien und im von Indonesien annektierten Osttimor einzusetzen, in Deutschland etwa die Arbeitsgruppe »Watch Indonesia!«.

Die jahrzehntelange Gewalt in Osttimor ist auch im benachbarten Westtimor bis heute allgegenwärtig. Hunderttausende haben in Westtimor Zuflucht gesucht, die meisten leben bis heute in Armut. Unter den Geflüchteten befinden sich sowohl ehemalige pro-indonesische Milizionäre als auch ehemalige Kämpfer für die Unabhängigkeit, aber auch viele Zivilisten, die in der Besatzungszeit lediglich für einen Anschluss Osttimors an Indonesien waren und aus Angst vor Rache nicht zurückkehren. Um Menschenrechtsverletzungen in Osttimor zu untersuchen und um den Weg zur Versöhnung zwischen ehemals verfeindeten Gruppen zu ebnen, gab es 2000 einen gesellschaftspolitisch breiten Konsens zur Einrichtung einer Wahrheitskommission. UNTAET, die UN-Übergangsverwaltung von Timor-Leste, schuf dazu 2001 die nötige Verordnung, und im Januar 2002 nahm die unabhängige Empfangs-, Wahrheits- und Versöhnungskommission von Osttimor (Comissão de Acolhimento, Verdade e Reconciliacão de Timor-Leste, CAVR) ihre Arbeit auf. Zwischen den Ländern Timor-Leste und Indonesien kam es im März 2005 zu einem Abkommen zur Gründung der Commission for Truth and Friendship, CTF, das auf bilateraler Ebene und als Alternative zur Strafverfolgung zur Aufarbeitung der 1999 in Osttimor begangenen Verbrechen beitragen sollte. Die Abschlussberichte beider Kommissionen (CAVR 2005 und CTF 2008) zeigen, dass die Muster der Menschenrechtsverletzungen in Osttimor denen, die andernorts während des Suharto-Regimes begangen wurden, nahezu glichen, und dass viele der Täter dieselben waren.

Felix Nesi ist mit den Traumata Indonesiens und den Traumata Timors aufgewachsen. Und er ist mit der Tradition des Geschichtenerzählens aufgewachsen. In seinem Roman verbindet er beides. Dabei gelingt es ihm, komische Szenen und brutale Ereignisse mit satirischem Witz, ironischen Überspitzungen, überraschenden Wendungen inklusive Cliffhangern und teilweise komödiantischen Einlagen zu verschmelzen. Auf die Frage, was ihn zu einzelnen Geschichten und Figuren inspirierte, antwortet er, dass er sich unterschiedlicher Quellen bedient habe. So gingen einige Szenen auf eigene Erlebnisse aus seiner Kindheit zurück, etwa die Ankunft der Geflüchteten aus Osttimor, prügelnde Polizisten oder die bedrohliche Auseinandersetzung zwischen zwei Gruppen von Jugendlichen aus dem Dorf und aus einem Flüchtlingscamp. Andere Geschichten habe er aus Tageszeitungen und Magazinen, andere entstammten seiner Fantasie, wieder andere würden seit Jahrzehnten, wie es in Timor zur Tradition gehört, mündlich weitergegeben. Anhand der Figur Am Siki macht er deutlich, welch hohe Bedeutung der Tradition des Geschichtenerzählens und der Person des Erzählers zukommt. Von ihm hören die Kinder im Dorf-Lopo fantastische Geschichten von Riesen und Zauberern, lernen die Geschichte des Landes und erfahren aus erster Hand, zugegebenermaßen subjektiv gefärbt, von den Interessenkonflikten der Kolonialmächte Niederlande und Portugal und von der japanischen Besatzung Timors im Zweiten Weltkrieg.

Nesi hatte in einer früheren Romanversion die Figur eines Geschichtenerzählers eingeführt. Letztendlich aber entschied er sich, diese wieder herauszunehmen. In einem Gespräch erklärt er: »Ich hatte das Gefühl, der Erzähler verlangsame den Roman. Und ich wollte, dass die Geschichte ein gewisses Tempo hat.« Auch wenn der Erzähler im Roman nicht mehr als Figur in Erscheinung tritt, schimmert er bzw. seine Stimme doch immer wieder durch. Für die Übersetzung stellte sich an vielen Stellen die Frage, wie diese Stimme etwa über einen bestimmten Tonfall oder eine sprachliche Nuance Berücksichtigung finden könnte.

In einem Essay erklärt Nesi, dass er im Roman auch über sich selbst und über seine Wunden geschrieben habe. Er schildert auch, dass das Schreiben und das Teilen der Geschichten mit anderen jedoch kaum dazu beigetragen habe, die erlebten Traumata zu verarbeiten oder Wunden zu heilen. Das sei ihm am Tod Lauras klar geworden. Die Szene habe ihn beim Schreiben überwältigt, und er habe versucht, Laura in anderen Romanversionen weiterleben zu lassen. Er sei aber, genau wie Am Siki, beim Versuch, Laura vom Leben zu überzeugen, gescheitert. Doch wenn sie gelesen werden, leben die Geschichten weiter, und damit auch die Figuren darin.

Schon in der Grundschule schrieb Nesi erste Erzählungen und ließ seine Schulfreunde diese nicht nur lesen, sondern auch Ideen beisteuern, korrigieren und ändern. Er habe etliche Geschichten geschrieben, etwa über einen jugendlichen Helden in Jakarta oder einen Jungen mit übersinnlichen Fähigkeiten in Surabaya, bis ihm aufgefallen sei, dass weder in den Büchern, die er las, noch in den Geschichten, die er selbst schrieb, die Insel Timor, sein Dorf oder Menschen wie er vorkamen. Das Stereotyp vom rückständigen Timor, von der ungebildeten Bevölkerung, die Bevormundungen und Diskriminierungen von Menschen dunklerer Hautfarbe – verletzende Erfahrungen, die er selbst oder andere machen, verarbeite er seitdem in seinen Texten. Indem er das Lebensumfeld der Menschen in Westtimor beschreibt, lenkt Nesi den Blick auf politische und soziale Missstände im gesamten indonesischen Archipel. Die Perspektiven der Romanfiguren setzen sich zu einem Bild der Gesellschaft zusammen, in der die Interessen von Kirche und Politik durch Machtmissbrauch und Intrigen durchgesetzt und vertreten werden. Nesi schreibt über Gräueltaten durch Militärangehörige, Machtinteressen lokaler Milizionäre, die überbordende Bürokratie, die alle Institutionen durchdringende Korruption, aber auch über systemischen Machtmissbrauch durch die katholische Kirche. Seine Kritik an den javazentrischen und männerdominierten Strukturen in Politik, Kirche und Bildungssystem lässt er von facettenreichen Romanfiguren vermitteln, wie sie selten in der indonesischen Literatur zu finden sind. Der Roman wirft ein Licht auf eine Region, die an der Peripherie des riesigen Landes Indonesien liegt, deren Bewohner aber die negativen Auswirkungen staatlicher Politik – wirtschaftliche Benachteiligung, mangelhafte Bildungs- und Gesundheitsversorgung, Bürokratie und Korruption – im täglichen Leben zu spüren bekommen.

Der unabhängige Verlag Marjin Kiri in Jakarta hat inzwischen die sechste Auflage des Romans im Vertrieb. Felix Nesis Erfolg als Autor in Indonesien ist schon allein deshalb bemerkenswert, da in der indonesischen Literaturszene selten literarische Stimmen von außerhalb Javas zu hören sind, geschweige denn landesweit von sich reden machen. Autoren und Autorinnen aus den östlichen Provinzen sind kaum in den großen Verlagen des Landes vertreten, von denen die meisten ihren Sitz in Jakarta und anderen Städten auf der Insel Java haben.

Mit seinem Debütroman scheint der Autor einen Nerv beim indonesischen Publikum getroffen zu haben. Dem vorherrschenden Narrativ der indonesischen Regierung vom gewonnenen Unabhängigkeitskampf, vom wirtschaftlichen Aufschwung, von der »Eintracht in der Vielfalt« stellt Felix Nesi die Geschichten der Menschen in Oetimu entgegen.

Sabine Müller, Köln, im Juni 2024

Quellen:

Vincent Bevins: *Die Jakarta-Methode. Wie ein mörderisches Programm Washingtons unsere Welt bis heute prägt.* Aus dem amerikanischen Englisch von Glenn Jäger, PapyRossa Verlag, Köln 2023

Felix K. Nesi: *Menulis Orang-Orang Oetimu, Menulis Luka* (Ind.), www.bacapetra.co/menulis-orang-orang-oetimu-menulis-luka/

Stiftung Asienhaus
www.asienhaus.de

Wahlen in Indonesien 2024:
www.asienhaus.de/aktuelles/wahlen-indonesien-2024-wahlkampf-und-reaktionen

Timor-Leste:
www.asienhaus.de/timor-leste

Watch Indonesia! e.V.
www.watchindonesia.de/

GLOSSAR

30.-September-Film: Indonesisches Dokudrama aus dem Jahr 1984, Originaltitel: *Pengkhianatan G30S/PKI* (»Verrat der Bewegung 30. September/PKI«). Der Film basiert auf der offiziellen Geschichte vom Putschversuch der Bewegung 30. September im Jahr 1965, derzufolge der Putsch von der Kommunistischen Partei Indonesiens inszeniert worden sei.

Aluk: (*Uab Meto*) über einer Schulter getragene (gewebte) Tasche für Betel und andere Dinge des persönlichen Bedarfs

Ama Neno Manas Manikin: (*Uab Meto*) »Herrscher über Hitze und Kälte«, im Zusammenhang mit den Jahreszeiten auch »Herrscher über alle Jahreszeiten«

Apartidarismo: (*Portugiesisch*) Prinzip der politischen Neutralität

Apodeti: Akronym für Associação Popular Democrática Timorense, Timoresische Demokratische Volksvereinigung

Atoin Meto: »Menschen des trockenen Landes«, größte Bevölkerungsgruppe Westtimors, die das gesamte zentrale Bergland besiedelt

In der Zeit, als australische Soldaten auf die Insel kamen: Im Dezember 1941 baten die Niederlande im Krieg mit Japan um die Entsendung australischer Truppen nach Kupang, der Hauptstadt des niederländischen Westteils der Insel, und auf die Insel Ambon, entsprechend den Vereinbarungen mit dem Namen *Plenaps* für »*Plans for the employment of naval and air forces of the associated powers in the eastern theatre in the event of war with Japan*«.

Balibo Five: In der osttimoresischen Kleinstadt Balibo Vila wurden am 16. Oktober 1975 fünf Journalisten durch indonesische Soldaten ermordet; an diesem Tag filmten sie den Einmarsch indonesischer Streitkräfte. Sie erhielten darauf den Namen Balibo Five.

Bangsa: (*Indonesisch*) Volk

Bebak: Hauswand aus Wedeln der Schopfpalme (*Corypha utan*), in rechteckige Rahmen oder Gefache aus Bambus eingefasst

Bete: (*Uab Meto*) gewebter Sarong für Männer

Estado Novo: (*Portugiesisch*) Neuer Staat, auch Salazarismus (*Salazarismo*), war die Selbstbezeichnung der von António de Oliveira Salazar gegründeten »ständestaatlich« orientierten autoritären Diktatur in Portugal zwischen Anfang der 1930er Jahre und 1974.

Fredy S: Bürgerlicher Name Fredy Siswanto, 1955 in Jakarta geboren. Inspiriert von Agatha Christie, Sidney Sheldon oder Harold Robbins, begann er mit 17 Jahren zu schreiben, v. a. »Groschenromane«, meist mit erotischen Geschichten. Die populären Heftchen verkauften sich in großer Zahl, häufig an mobilen Verkaufsständen.

Fretilin: Frente Revolucionária de Timor-Leste Independente, Revolutionäre Front für die Unabhängigkeit von Osttimor, vormals ASDT (Associação Social Democrática Timorense, Timoresische Sozialdemokratische Assoziation)

Heet o-nia inan: (*Tetum*) vulgäres Schimpfwort, wörtlich: Fick deine Mutter

Heö: viersaitiges timoresisches Zupfinstrument

Indonesisch-Timor: Das indonesische Westtimor (Timor Barat) gehört heute zur indonesischen Provinz Ost-Nusa-Tenggara (NTT).

Jalan: (*Indonesisch*) Straße, Weg

Japanische Besatzungszeit: Im Zweiten Weltkrieg wurde Timor von der japanischen Armee besetzt. In der Nacht vom 19. zum 20. Februar 1942 landeten japanische Einheiten bei Kupang und brachten bis Ende des Monats fast ganz Westtimor unter ihre Kontrolle. Die Japaner kapitulierten in Westtimor offiziell erst am 11. September 1945 bei einer Zeremonie auf der australischen *HMAS Moresby*. 1949 wurde Westtimor als Teil Indonesiens von den Niederlanden unabhängig.

Juk: (auch Jukulele) viersaitiges Zupfinstrument

Karang Dempel: Rotlichtviertel in Kupang

Kase: (*Uab Meto*) gebildeter Mensch, Mensch mit höherem gesellschaftlichen Status, etwa ein Staatsbeamter

Klewang: Schwert, traditionelle Waffe

Koknaba: (*Uab Meto*) weinartiges Gehölz (*Cyathostemma viridiflorum*), Früchte sind essbar

Kotpese: (*Uab Meto*) giftige Nussart

Kraras: Mit dem Kraras-Massaker bezeichnet man eine Reihe von Morden an Zivilisten durch indonesische Soldaten um den osttimoresischen Ort Kraras im Verwaltungsamt Viqueque zwischen August und Oktober 1983. Die Region wird heute »Tal der Witwen« genannt.

Ledalero-Hochschule: Sekolah Tinggi Filsafat Katolik Ledalero (STFK Ledalero, dt.: Katholische Hochschule für Philosophie Ledalero); philosophisch-theologische Hochschule der Steyler Missionare in Maumere, Flores

Lontarpalme: Die Palmyrapalme (*Borassus flabellifer*), auch Lontarpalme oder Lontaropalme, ist eine der verbreitetsten Palmen, mancherorts ganze Wälder bildend.

Lopo: Traditionelles Dorfhaus, runde Grundform, Dach aus Palmblättern, für Versammlungen und Treffen genutzt

Loro Munu: Bedeutet »untergehende Sonne« oder schlicht »Westen«, Bezeichnung für den westlichen Landesteil Osttimors. Früher wurde die Bezeichnung für den Westteil der Insel Timor verwendet.

Lu'at: Diese Art Sambal besteht aus fermentierten Zutaten, vor allem Chilischoten, Gemüsen, Zwiebeln, Zitronen, Orangen und anderen; wird zum Essen als scharfe Würzsoße gereicht.

Mai pung puki: (*Uab Meto*, Slang) vulgäres Schimpfwort, wörtlich: Möse deiner Mutter

Majapahit: Von 1293 bis zum Anfang des 16. Jahrhunderts die letzte große hinduistische Thalassokratie auf dem malaiischen Archipel. Die Hauptstadt lag im östlichen Java, dem heutigen Trowulan, in der Region von Surabaya. Timor gehörte zwischenzeitlich zu den Vasallenstaaten.

Malae: (*Tetum*) Bezeichnung für einen Ausländer

Matebian: Zweithöchster Berg Osttimors; zwischen 1975 und 1999 befand sich dort das letzte große Widerstandszentrum (*base de apoio*) der FALINTIL (Forças Armadas de Libertação Nacional de Timor-Leste, Bewaffnete Kräfte zur nationalen Befreiung Osttimors), dem militärischen Arm des osttimoresischen Widerstands gegen die indonesische Besatzung.

Volk der Maubere: (*Portugiesisch*, auch *Mau'bere*) bezeichnet allg. die einheimische Bevölkerung Osttimors

Menwa: Akronym für *Resimen Mahasiswa*; Indonesisch: Studentenregiment; zivile Einheit, deren Angehörige eine militärische Ausbildung erhalten. Die Kommandozentralen der Menwa-Einheiten befinden sich an den Universitäten, an denen ihre Mitglieder studieren.

Nationalrat des timoresischen Widerstands: Der Conselho Nacional de Resistência Timorense oder CNRT diente als Dachorganisation, um den Freiheitskampf Osttimors gegen die indonesische Besatzung (1975–1999) besser zu koordinieren. In ihr waren verschiedene osttimoresische Parteien und Gruppen vereinigt, wie die Fretilin, die UDT oder Colimau 2000. Von 1988 bis 1998 hieß die Organisation Conselho Nacional de Resistência Maubere, CNRM (Nationalrat des Widerstandes der Maubere).

Niederländisch-Timor: niederländische Kolonie im westlichen Teil der Insel Timor, von Mitte des 17. Jahrhunderts bis 1950

Neonbal-bali: mythische Figur, Riese, nicht furchteinflößend

Oesao-Krieg: Oesao, ca. dreißig Kilometer von Kupang entfernt; die niederländische Armee und die australische Armee (Sparrow Force) kämpften im Februar 1942 hier gegen japanische Soldaten.

Operation Petrus: Indonesisches Akronym für *penembak(an) misterius*, was so viel bedeutet wie »mysteriöse Schüsse«. Die Operation Petrus bezeichnet in Indonesien nach offiziellen Angaben eine Verbrechensbekämpfungsmaßnahme, die zwischen 1983 und 1985 während der Suharto-Ära stattfand. Dabei sollen je nach Schätzung zwischen 3.000 und 10.000 Menschen ohne gerichtliche Verfahren getötet worden sein.

Pancasila: (*Sanskrit)* alte Schreibweise *Pantja-Sila*, bedeutet »Fünf Prinzipien«, Bezeichnung für die fünf Grundsätze der nationalen Ideologie und Verfassung der Republik Indonesien:

Glaube an einen Gott *(Ketuhanan Yang Maha Esa)*
Humanismus *(Kemanusian yang adil dan beradab)*
Nationale Einheit *(Persatuan Indonesia)*
Demokratie *(Permusyawaratan/perwakilan)*
Soziale Gerechtigkeit *(Keadilan Sosial)*

Pendopo: Pavillon, nach allen Seiten offenes, überdachtes Gebäude, Versammlungsort

PIDE: Polícia Internacional e de Defesa do Estado, portugiesische Geheimpolizei unter der Herrschaft von António de Oliveira Salazar und Marcelo Caetano; als geheime Staatspolizei verfolgte und inhaftierte sie Oppositionelle.

PKI: Partai Komunis Indonesia, Kommunistische Partei Indonesien

Pukimai: (*Uab Meto*) vulgäres Schimpfwort, wörtlich: Möse deiner Mutter

Punglor Cendana: Singvogel (*Geokichla peronii*)

Rádio Marconi: staatlicher Rundfunksender Osttimors, Sitz in Dili

Ramos-Horta: José Manuel Ramos-Horta (*26. Dezember 1949 in Dili) ist ein osttimoresischer Politiker. Für seine Bemühungen um eine friedliche Lösung im Osttimor-Konflikt wurde er 1996 zusammen mit Bischof Carlos Filipe Ximenes Belo mit dem Friedensnobelpreis ausgezeichnet. Von 2006 bis 2007 war Ramos-Horta Premierminister von Osttimor und vom 20. Mai 2007 bis zum 20. Mai 2012 Staatspräsident. Bei einem Attentat am 11. Februar 2008 wurde er schwer verletzt. Am 1. Januar 2013 wurde Ramos-Horta zum UN-Sonderbeauftragten für Guinea-Bissau ernannt. Von 2017 bis 2018 war er Staatsminister und Berater für Fragen der nationalen Sicherheit. Am 20. Mai 2022 wurde er zum zweiten Mal als Staatspräsident Osttimors vereidigt.

Reformasi: Als *Reformasi* (Indonesisch: Reform) bzw. *Era Reformasi* (Reform-Periode) wird in Indonesien die Zeit nach Suhartos Rücktritt im Mai 1998 bezeichnet. Sie löste die Herrschaftszeit von Suharto (1966–1998), die sog. *Orde Baru* (Neue Ordnung), ab.

Rica Anjing: Gulasch aus Hundefleisch

Rōmusha: (*Japanisch*) Arbeiter; hat aber vor allem in der Zeit der japanischen Besatzung Indonesiens im Zweiten Weltkrieg die Bedeutung »Zwangsarbeiter« erhalten.

Roti: Insel vor der Westspitze Timors. 1681 eroberten die Niederländer die Insel Roti, von wo in Folge Sklaven nach Timor gebracht wurden. Außerdem rekrutierten die Niederländer ab 1729 auf Roti Soldaten für ihre Armee.

Saenhana: (*Uab Meto*) Hütte, Destillerie für Palmwein

Santa Cruz: In Dili, der Hauptstadt des damals von Indonesien besetzten Osttimor, kam es am 12. November 1991 zum Santa-Cruz-Massaker (auch Dili-Massaker) auf dem Friedhof Santa Cruz in Suco Bemori. Bei dem Angriff auf Demonstranten und den direkt darauf folgenden Gewalttaten durch das indonesische Militär starben Hunderte Menschen, wurden verletzt oder verschwanden spurlos. Es war die erste größere Demonstration gegen die indonesische Besetzung des Gebietes. Das Santa-Cruz-Massaker war ein entscheidender Wendepunkt in der Geschichte Osttimors und brachte mehr internationale Aufmerksamkeit für den bis dahin sechzehn Jahre währenden Konflikt.

Santo Siprianus: Cyprian von Karthago, eigentlich Thascius Caecilius Cyprianus, war Bischof von Karthago und ein bedeutender Kirchenschriftsteller der Alten Kirche; wurde durch den Proconsul von Karthago, Galerius Maximus, zum Tode verurteilt und am 14. September 258 bei Karthago öffentlich enthauptet.

Sasando: (*Malaiisch*) Röhrenzither aus Bambus mit Schalltrichter

Sifon: Ein Element des Beschneidungsrituals der Atoin Meto, das die beschnittenen Männer verpflichtet, Sex mit einer Frau zu haben.

Sopi: Spirituose aus dem destillierten Saft der Lontarpalme

Sopi Kepala: Sopi nach dem ersten Destillationsvorgang

Sufmuti: Strauchart (*Chromolaena odorata*), v.a. in den Tropen und Subtropen, wird als Heilpflanze verwendet.

Tais: (*Uab Meto*) gewebter Sarong für Frauen

Temukung: (*Uab Meto*) Dorfoberhaupt

Tetum: Eine der malayo-polynesischen Sprachen; stark vom Portugiesischen und dem Indonesischen/Malaiischen beeinflusst. Die Bevölkerungsgruppe mit demselben Namen verwendet Tetum als Muttersprache in verschiedenen Dialekten. Neben Portugiesisch eine der beiden Amtssprachen Osttimors.

Tolo: (Timor/*Malaiisch*) Penis

Uab Meto: Sprache der Atoin Meto im Westen der Insel Timor

UDT: União Democrática Timorense, Demokratische Timoresische Union

Uisneno: (*Uab Meto*) höchster Gott und Schöpfer im Glauben der Atoin Meto

Usi: (*Uab Meto*) Oberhaupt (Familie, Clan), König

Uspaer: (*Uab Meto*) zusammengesetzt aus *Usi* und Paer (für Pater)

Xanana: Kay Rala Xanana Gusmão (*20. Juni 1946 als José Alexandre Gusmão in Laleia, Manatuto) war von Mai 2002 bis zum 20. Mai 2007 der erste Präsident Osttimors nach der indonesischen Besatzungszeit, von 2007 bis 2015 erstmals Premierminister des Landes und von

2015 bis 2017 in der Regierung Araújo »Beratender Minister« und Minister für Planung und strategische Investitionen. Am 1. Juli 2023 wurde er zum zweiten Mal als Premierminister vereidigt, als Chef der IX. Regierung Osttimors. Seit dem 30. April 2007 ist Gusmão Führer der Partei Congresso Nacional da Reconstrução Timorense (CNRT, Nationalkongress für den timoresischen Wiederaufbau).